Mit dem »meisterlichen« Romanfragment ›Die schwarze Messe‹ (Heinz Politzer) und der ersten ganz eigenständigen Novelle ›Nicht der Mörder, der Ermordete ist schuldig‹ endet dieser Band, der, chronologisch geordnet, die Erzählungen Franz Werfels aus den Jahren 1908 bis 1919 sammelt. Diese Zeit war für ihn besonders traumintensiv und zugleich von erwachendem Kritik- und Selbstfindungsbedürfnis und -bewußtsein bestimmt. So bleibt das autobiographische Element in diesen Texten deutlich. Zunächst mag die exuberante, die überbordende Phantasie für Werfel nicht zähmbar zu sein scheinen, anfangs mag er noch wirken wie ein »Wanderer, der allenthalben von der Hauptstraße abkommt, weil er der Verlockung der Seitenwege nicht widerstehen kann« (Franz Brunner), aber allmählich wird er immer konzentrierter und formbewußter; die Chronologie der Texte erlaubt einen direkten Blick in Werfels Werkstatt, auf seine schriftstellerische Entwicklung. Der Band setzt ein mit dem Versuch der literarischen Bewältigung eines pubertären Erlebnisses, ›Die Katze‹; es ist die erste ernsthafte Auseinandersetzung mit sich selbst, mit dem eigenen Charakter, die sich in den folgenden Jahren, parallel zum lyrischen Werk, poetisch steigernd, in verschiedenen Prosaformen Bahn bricht. Märchen, Phantasie, Novelle sind die Bezeichnungen neben Skizzen, Legenden und Fragment gebliebenen Romanversuchen. Ihre Themen und Bild-Ideen, die Werfel später in seinen großen Romanen wieder aufgriff, kreisen um das Individuum, den einzelnen, vielfach Versuchungen ausgesetzten Menschen: Magie und Musik, Jahrmarkt und Theater, Mythos und Leben, Schein und Wirklichkeit. Dem scharfen Realismus von Werfels Ausdruck steht sein kindhaft unverbrauchtes Schauen und Empfinden gegenüber – dies gipfelt formal im Vater-Sohn-Konflikt der Mörder-Erzählung, im Aufbegehren einer Generation gegen die vorausgegangene, im Persönlichen wie im Allgemeinen.

Am 10. September 1890 wird Franz Werfel in Prag geboren; als Schüler schreibt er Gedichte und entwirft Dramen. Karl Kraus veröffentlicht später in seiner Zeitschrift ›Die Fackel‹ Gedichte von ihm. 1914 wird Werfel zum Militärdienst eingezogen; 1915 lernt er im Garnisonsspital in Prag Gertrud Spirk kennen, will sie heiraten – doch 1917 begegnet er Alma Mahler-Gropius, mit der er bis zu seinem Lebensende verbunden bleibt; er siedelt nach Wien über. Zu dieser Zeit sind bereits mehrere Gedichtbände von ihm erschienen, hat er kritische, pazifistische Aufsätze veröffentlicht. 1919 erscheint seine erste große Erzählung ›Nicht der Mörder, der Ermordete ist schuldig‹, 1921 wird sein Drama ›Spiegelmensch‹ an mehreren deutschen Bühnen aufgeführt. In den nächsten Jahren entstehen die berühmten Novellen wie ›Der Tod des Kleinbürgers‹ und ›Kleine Verhältnisse‹, die Romane ›Der Abituriententag‹ und ›Die Geschwister von Neapel‹. Dazwischen veröffentlicht er immer wieder Gedichte. 1929 heiratet er Alma Mahler. 1933 erscheinen ›Die vierzig Tage des Musa Dagh‹ – eine Mahnung an die Menschlichkeit; im gleichen Jahr werden seine Bücher in Deutschland verbrannt. 1938, als Hitlers Truppen in Österreich einmarschieren, hält sich Werfel in Capri auf – seine Emigration beginnt. 1940 wird Werfel in Paris an die Spitze der Auslieferungsliste der Deutschen gesetzt. Mit Alma und einigen Freunden, darunter Golo Mann, flüchtet er zu Fuß über die Pyrenäen nach Spanien. ›Das Lied von Bernadette‹ schreibt er als Dank für seine Errettung. Von Lissabon bringt sie ein Schiff nach New York. Die letzten Jahre verlebt Werfel in Los Angeles, Kalifornien. Am 26. August 1945 erliegt er seinem schweren Herzleiden.

Franz Werfel
Gesammelte Werke
in Einzelbänden

Herausgegeben von Knut Beck

Die Erzählungen

1
Die schwarze Messe

2
Die tanzenden Derwische

3
Die Entfremdung

4
Weißenstein, der Weltverbesserer

Franz Werfel
Die schwarze Messe

Erzählungen

Fischer
Taschenbuch
Verlag

Veröffentlicht im Fischer Taschenbuch Verlag GmbH,
Frankfurt am Main, August 1989
Lizenzausgabe mit freundlicher Genehmigung
der S. Fischer Verlags GmbH, Frankfurt am Main
Für die Erzählungen ›Die Katze‹, ›Revolution der Makulatur‹,
›Das traurige Lokal‹ und ›Die Stagione‹
© by Albert Langen Georg Müller Verlag in der
F. A. Herbig Verlagsbuchhandlung GmbH, München
Für diese Zusammenstellung:
© 1989 S. Fischer Verlag GmbH, Frankfurt am Main
Umschlagentwurf: Buchholz/Hinsch/Hensinger
unter Verwendung eines Gemäldes von Gustav Klimt ›Hygieia‹
(Ausschnitt aus ›Medicine‹)
Satz: Fotosatz Otto Gutfreund, Darmstadt
Druck und Bindung: Clausen & Bosse, Leck
Printed in Germany
ISBN 3-596-29450-9

Inhalt

Die Katze	9
Die Geliebte [I]	17
Die Diener	19
Der Dichter und der Kaiserliche Rat	21
Die Riesin. Ein Augenblick der Seele	22
Revolution der Makulatur. Ein Märchen	26
Das traurige Lokal	30
Die Stagione	36
Die Erschaffung der Musik	48
Der Tod des Mose	50
Knabentag. Ein Fragment	55
Cabrinowitsch. Ein Tagebuch aus dem Jahre 1915	62
Bauernstuben. Erinnerung	69
Die andere Seite	71
Geschichte von einem Hundefreund	73
Das Bozener Buch [Fragment]	77
Die Geliebte [II]	88
Traum von einem alten Mann	93
Blasphemie eines Irren	99
Die Erschaffung des Witzes	107
Theologie	112
Skizze zu einem Gedicht	115
Begegnung über einer Schlucht	116
Der Dschin. Ein Märchen	118
Spielhof. Eine Phantasie	130
Die schwarze Messe. Romanfragment	159
I Das Sakrileg	159
II ›Lucia di Lammermoor‹	161
III Rede eines Opernfreundes	167
IV Doktor Grauh	173

V Die Satanische Genesis	178
VI Die Pilgerfahrt nach Samaria	185
VII Der Klub des Abendmahls	207

Nicht der Mörder, der Ermordete ist schuldig.
Eine Novelle 214
    Erster Teil 214
    Zweiter Teil 233
    Dritter Teil 316
    Epilog 334

Bibliographischer Nachweis 336

Die Katze

Nun muß es doch bald aus sein. Ich fühle zum erstenmal meine Seele körperlich. – Da unten meine Glieder spüre ich nicht mehr, Schwester. Die sind mir wie ein Hügelzug, über dem ich schwebe, sind fest gewachsen, Schwester. Ist das nicht interessant? Nur mein oberes Leben ist da. Um den Kopf herum. Die Welle meiner Sehkraft und der anderen Sinne. So stark, Schwester! Frei und angenehm. Ich rieche nicht mehr durch den Nebel eines Schnupfens. Ich höre nicht mehr hinter der Mauer die gleichmäßigen Geräusche. Und wohin ich auch sehe, habe ich das Gefühl, ganz blaue Augen zu haben. Ist das nicht merkwürdig. Das Gefühl, blaue Augen zu haben! Und wie ich rede, mit welch schöner, glänzender Stimme! Nicht? Und es strengt mich gar nicht an. Bleiben Sie nur ruhig, liebes Kind. Es strengt mich gar nicht an, das ist ja nicht meine Stimme. Die kommt nicht aus meiner Kehle. Die spüre ich nicht im Hals.

Aber jetzt weiß ich, wie den großen Sängern ist, wenn sie in einem zarten Portamento ertrinken. Göttlich! Wie? Ich höre mich jetzt so gerne sprechen. Lassen Sie mich doch.

Daß ich einen großen weißen Backenbart trage, ist ja nicht wahr? Ich muß ja ein Knabe sein! Was! Ich würde mich auch gar nicht mehr schämen, wenn Sie jetzt die Decke aufhöben, Sie Gute, Schöne, und das Tuch glätteten.

Und doch bin ich wiederum verlegen, wenn ich ihren kräftigen, wohlbedachten und überlegenen Unterarm sehe. Ich glaube, meine ganz weiche Wange müßte rot werden. Wie empfinde ich so ephebisch und muß doch immer an Sokrates denken. Vergeßt nicht den Äskulap..., Kiton, waren seine Beine nicht schon ganz starr und kalt?

Den Raseur müssen Sie aber gewiß noch holen lassen. Das versprechen Sie mir. Der scheußliche Bart soll hinunter. Ich trug ihn aus Angst, mein Gesicht zu sehen. Das mußte ein Gesicht gewesen sein! Ich glaube, ein altes Komikergesicht. Mit Falten um die Augen. Deshalb trug ich den Bart. Freundlicher alter Herr! Aber das ist jetzt nicht mehr nötig. Das Kindergesicht ist ja wiedergekommen.

Und jetzt habe ich wieder das Hauptgefühl meines Lebens. Lachen Sie nicht, Schwester! Morgen ist mathematische Schularbeit! Das ist das Hauptgefühl! Stärker als..., aber das andere ist niemals wahr gewesen. Die mathematische Schularbeit ist die einzige Tatsache. (Ich bin eigentlich froh, daß morgen keine mathematische Schularbeit ist.)

Finden Sie nicht auch, daß meine Stimme jung und wunderschön ist? Ich will heute nur reden und reden.

– – –

Oh! Jetzt weiß ich, daß ich sterben muß. Jetzt weiß ich es. Wissen Sie, was von diesem Augenblick an wieder da ist. Von diesem Augenblick an. Das ist das Zeichen! Wissen Sie was gekommen ist? Das Katzerl! Meine Sünde ist da.

– – –

Damals wohnten wir bei der Kaiserin von China. Es war im Salzkammergut. Sie war sehr dick, aber ihre mächtigen Formen hatten etwas Aufstrebendes; wie von einer unbekannten Anziehungskraft Emporgerafftes. Die Augen ganz schief und dennoch buschige Brauen. Und die fürchterliche beängstigende Stimme. Ich höre sie. Sie können sie nicht hören. Ich höre sie.

Nachmittags schlief sie immer in ihrem schönen Zimmer mit dem weichen Teppich, den vielen Polstern, den Käfigen und dem großen Flügel. Dieses Zimmer hatte gar nichts Sommerfrischenhaftes. Und wenn wir Kinder auf den Treppen spielten, und manchmal zaghaft die Türe öffneten und diese gemütliche Pracht bestaunten, mußten wir uns immer erinnern, daß die Ferien nun bald vorbei sein würden.

Die Villa war auch von einem schönen Garten umgeben. Von einem großen Garten mit zwei Hütten und vielen Gartenhäuschen, wo man eifrig Theater spielen konnte. Ich habe zu unsern Aufführungen damals immer die Stücke geschrieben. Eines hieß

›Mörder‹. Ein anderes ›König Alboin‹. Ich spielte immer die Hauptrollen. Eifrig, eifrig war ich damals, wie niemals wieder. Eifrig und ernst. Später wußte ich schon zuviel von meinem Charakter und betrachtete zu sehr mein Schicksal, das mir interessant und notwendig aus meiner Veranlagung herausgewachsen erschien. Und damit war es nicht mehr mit mir verwachsen. Nein, fremd und etwas lächerlich. Verstehn Sie das, Schwester?

So war das Spiel der Ernst in meinem Leben und der Ernst nur Spiel. Darum sind die Mannesjahre auch alle verflattert. Nutzlos, ohne Gefühle zu bringen.

Ich stand in allen Börsensälen der Welt und habe mein ganzes Dasein oft in die Schale gelegt, ruhig, denn es gehörte nicht zu mir. Ich hatte Glück.

Ich heiratete und verlor meine Frau. Mein Wesen, das Untergeordnete, das fern von der Persönlichkeit lebte, wußte von Freud und Schmerz. Doch Kinder hatte ich nicht.

Darin erkenne ich das Göttlich-Waltende jetzt. Kinder konnte ich nicht haben. Kinder aufziehen kann nur der Starke, der Erkenntnislose, der in seinen Fähigkeiten Erstarrte, der Begrenzte. Der Berufsmensch. Er ist unabänderlich. Besitzt er dann noch jene sorgliche Wärme seinem Kinde gegenüber, entsteht die unvergleichliche Mischung, die man Vaterwürde nennt und ohne die niemand der Verpflichtung nachkommt, sein Kind redlich zu erziehn.

Ich war nun alles andere als fest, von der Notwendigkeit der Wahrheit eines Weltbildes überzeugt. Nein, ich fühlte mich immer ein wenig von der Gottheit in die Loge geladen und schaute dem ganzen und nur in Bequemlichkeit zu. Deshalb konnte ich auch niemals eine Sünde begehn. – Darum hatte ich ja keine Kinder – niemals eine Sünde begehn, in der Zeit, wo ich wach und reif war.

Und nun ist das Katzerl, die Sünde meiner Kindheit da, und nun weiß ich, daß das Katzerl dort im Finstern sitzt, wo nun bald mein Tod sitzen wird.

Die Kaiserin von China liebte anfangs das Katzerl sehr. Es war auch sehr klein, so klein und hatte ein gutes weiches Fell und winzige verschlafene Äuglein. Wenn man dem Katzerl die Finger in den Mund legte und es mit seinen hilflosen Zähnen zubeißen wollte, gab das die wohligste Empfindung. Nicht fern von den ersten Geschlechtsreizen dieser Zeit. Sooft ich das warme klopfende Ding auf den Arm nahm, mußte ich es immer leise an mich drücken, in einer Art grausamer Zärtlichkeit. Die kleinen Mädchen zankten miteinander um die Minuten, wo sie mit dem Katzerl spielen durften. Und das war dann immer ein Gelispel, eine Skala wehmütig besorgter Laute, bis die junge unnahbare Erzieherin kam, die das Spiel verbot.

Einmal lagen wir beide, Franzl und ich, auf dem Rasen, o die Kaiserin hätte das sehen sollen! Und neben uns hatten wir das Katzerl ins Gras gelegt.

Mitten im andern Grün, jenseits des Kieswegs hörten wir der wohlerzogenen Melodie des kleinen Springbrunnens zu.

Mein Jugendfreund studierte in dem Band seine Rolle in dem Einakter, den wir nächstens aufführen wollten.

Es war ein Stück mit einem Rittmeister, einer alten schwerhörigen Köchin, einem räsonierenden Referendar, einem Rosenbukett und dem Hohenfriedberger Marsch unterm Fenster.

Ich schaute in den brennend blauen Himmel und fühlte Katzerls Zunge auf meiner Hand.

Franz fragte: »Wollen wir ›Seeschlacht bei Lissa‹ spielen?« Dann standen wir auf und lagerten uns um die Fontäne. Das Katzerl setzten wir auf den Steinrand.

Aus dem Epheu, wo wir unser Spielzeug verborgen hielten, holten wir nun die kleinen Boote, die Indianerkanus, den großen Raddampfer, der Bohemia hieß, und die vielen Papierschifflein. Dann suchten wir den Gartenrechen und machten Sturm. Die Papierkähne waren mit Zeichen versehen, die ihre Nationalität kenntlich machten. Ob nun im aufgeschreckten Wasser die österreichischen oder italienischen Kriegsschiffe mehr sich lösten und als vollgesaugte Papierfetzen umherschwammen, ergab Sieg oder Niederlage.

Mitten im Spiel stand Franz auf und schaute mich an. Den

Blick verstand ich eigentlich nicht, er regte mich aber auf. – Das Katzerl kroch weich und unbeholfen den Brunnenrand entlang. Da packten wir es beide – ohne vorher ein Wort gewechselt zu haben – in einem plötzlichen, mörderischen Einverständnis – und warfen es, während unser Atem keuchte, ins Wasser. Wir fühlten kaum, daß das Tier sich wehrte. Aber plötzlich wich unsere seltsame Leidenschaft, Franz löste seine Hand und ich riß das nasse, wie wahnsinnig pochende Körperlein an meine Brust. Ich glaube, niemals hab ich so heiß geweint. Wie leise das Katzerl miaute. Ich trocknete den triefenden, zerrauften Pelz und meine Tränen liefen und ich schluchzte laut. Ich empfand ein so zerrissenes, schmerzliches Liebesgefühl. Zum erstenmal durchzuckte mich das große Verwandtschaftsgefühl aller Kreatur.

Das Katzerl hatte aber Schaden gelitten. Seit dieser Stunde war sein sonst so appetitliches Fell räudig und seine Bewegungen krankhaft und schleppend. Es sah erbärmlich aus.

In der Villa vermutete man, es wäre krank, und uns Kindern wurde deshalb verboten, das Tierchen anzufassen. Meine Liebeserregung und das spätere Schuldbewußtsein war nun einer Ekelempfindung gewichen. Diese Ekelempfindung teilten aber alle Hausgenossen und Nachbarsleute.

In der Küche duldete man das sonst so verhätschelte Katzerl nicht mehr. Der Gärtner verjagte es mit Fußtritten, wenn er es sah. Ein kleines Mädchen spuckte nach ihm und ein Bub bewarf es vom angrenzenden Gartengitter mit faustgroßen Schottersteinen, ohne aber Schaden anzurichten. Der Briefträger, der es sonst immer auf den Arm genommen hatte, erschreckte es mit Flüchen, und der würdige Greis, der im Erdgeschoß wohnte, schwang bei seinem Anblick in seltsamem Ärger den Spazierstock.

An einem schwülen Nachmittag stand die Kaiserin von China auf ihrem Balkon und wehte mit dem riesigen Fächer. Zufällig erblickte sie das Katzerl, das an der Türschwelle mit den Teppichfransen spielte. Da stieß sie einen ihrer barbarischen Schreie aus, hob das Tier auf, schaukelte ans Geländer und warf es mit wilder Miene auf den Rasen hinunter. Ach, mein Katzerl, du bliebst heil. Dein Schicksal war noch nicht erfüllt.

Da geschah es, daß ich wegen irgend eines Vergehens zum großen Ausflug auf den Schafsberg nicht mitgenommen wurde. Ich blieb den ganzen Tag allein, hielt einsam meine Mahlzeiten, denn die Kaiserin von China wollte ich nicht besuchen. Die hatte wieder ihre asthmatischen Anfälle und an solchen Tagen flößte sie mir namenloses Grauen ein.

So war es mittlerweile fast Abend geworden. Der Himmel war in die beängstigendsten Wolken gekleidet und die Luft hatte jene Spannung, die die Zeit vor einem Gewitter so erwartungsvoll macht. Ich lag erregt und ärgerlich auf dem schon gekühlten Rasen und versuchte mein Bewußtsein dem Wolkenzug zu überlassen.

Doch bald schreckte mich der mächtig einsetzende Wind auf und ich suchte in unserm kleinen Blockshause Schutz. O wie ist dieser Tag zum Festhalten klar wieder da, liebe Schwester. Die kleinste Handlung wieder offenbar. Ich könnte Ihnen die Speisen meines Mittagsmahles hersagen. Und wissen Sie, was ich den halben Nachmittag lang gelesen hatte? Novellen von Hauff. ›Jud Süß‹, immer ›Jud Süß‹, und in diesem kleinen Blockshause, wo ich mich jetzt vor dem heranziehenden Wetter versteckte. Ein dunkler Raum – die Wände mit Ansichtskarten und Zeitschriftsillustrationen tapeziert. Zwei schmale Fenster. Eine enge Tür kreischte in den Angeln und schlug oft wütend zu. Auf dem Lattentische stand für gewöhnlich ein Kistchen Werkzeug. Ich stellte mich nun an ein Fenster und schaute dem tanzenden Garten zu. Es wurde immer dunkler. Ich dachte daran, die kleine Petroleumlampe über dem Tisch anzuzünden. Irgendwo mußten Streichhölzer zu finden sein. Ich begann zu suchen. In einem Winkel betastete ich etwas Weiches und gleich darauf erkannte ich zwei überaus glühende Augen. Es war die Katze. Wie um ein Gespenst zu beschwören, strich ich über den gekrümmten Rükken, mußte aber zusammenzucken, als meine Hand von den plötzlich borstig gesträubten Haaren fast gekratzt wurde. Das Tier blieb aber unbeweglich. Es hockte in seiner Ecke unabwendbar. Zu meinem Entsetzen schien es gewachsen und aufgedunsen zu sein, die beiden Lichtflecke aber glänzten in verhängnisvoller Ruhe.

Meine Furcht zu verjagen, fauchte ich die Katze an, die schien mich aber nicht wahrzunehmen, die Augen schauten an mir vorbei, und der unsichtbare Körper wartete. In diesem Augenblick wuchs in mir die erste Ahnung dessen auf, was später mir zur Überzeugung aller Ohnmacht wurde. Ich erkannte, – ohne dessen geistig bewußt zu werden –, ich erkannte, daß das Katzerl jetzt seine Sühne und ich meine Sünde haben müsse. Und schon kam jene Versuchung wieder, die ich von der Szene am Brunnen her kannte. Jener kindlich grausame Wollustschauer, der diesmal noch durch die gar nicht mehr reizende, nein götzenhaft starre Stellung der Katze seltsam gestachelt wurde.

Draußen brach nun das wütende Gebirgswetter los, der Sturm klirrte mit dem ersten Ungestüm das Fenster ein und die fast theatralischen Blitze erhellten zahlreich die Hütte. Aber immer und immer standen in überirdischer Bewegungslosigkeit die beiden Lichtflecke im Winkel. Da begannen meine Fingerspitzen eine Sucht nach warmer Flüssigkeit zu fühlen, meine Muskeln krampften sich im Wonnevorgefühl eines Wühlens in weicher Lebendigkeit zusammen und mein Ohr lechzte nach dem spitzen Schrei eines Opfers. Meine kindliche Gottverantwortlichkeit schlug in mir seltener und seltener und vereinte sich mit den noch übrigen guten Kräften zu einer weinerlichen Ratlosigkeit. Auf den Knien kroch ich vom Fenster immer tiefer in den Raum und mit jedem Ruck wuchs mein wildes Gelüst zur Besessenheit.

Mit verräterischer Zärtlichkeit hob ich endlich Katzerls leichten Leib auf und verdunkelte durch die vorgehaltenen Daumen seine Augen. Ich ließ mich bebend von den blinzelnden Wimpern kitzeln. Und immer tiefer drückte ich, bis es mir warm die Finger hinabrann und ich mit zusammengebissenen Zähnen in unerhörter Lust kleine Schreie ausstieß. Dann begann das Blut in meinen Ohren fürchterlich zu brausen, ich warf etwas weg und wußte, daß ich zur Tür hinaussprang.

Dann hörte ich mich noch unter Blitz und Donner aufgepeitschtem Rasen fürchterlich schreien: »Herr Gott, hilf mir vor dem Teufel, Gott sei bei Uns.«

Alle guten Geister! – und sah mich endlich im Zimmer der Kaiserin, die magisch beleuchtet auf dem Sofa lag und in langen regelmäßigen Zwischenräumen ihren Fächer bewegte.

Die Geliebte [I]

Du bist schön! Glaubst Du, dies sei Deine Eigenschaft, Mädchen? Du bist schön, weil die Welt in Dich verliebt ist. Sitzest Du im Garten, wirft nicht der Kastanienbaum sein harmonisches Schattennetz über Dein Antlitz, der Feuchtigkeit Deiner Augen und dem Übermut Deiner Nase eine unbemerkte Folie?

Ist es Zufall, daß, als Du gestern zu sprechen begannst, von der Landstraße her ein Leierkasten anhub, daß uns allen bedrängt und weinerlich war? Wie schmiegt sich die kleine Rasenbürste unter Deinem Fuß, wenn Du lustig emporläufst, wie springen die lieben, spitzen Wellen um Dein Boot, als wollten sie nur Dein Kleid berühren. Und als wir letzthin in dem schönen Gartenkaffee saßen, war nicht die unbewußte Bewegung des Kellners, der Dir den Tee servierte, nicht dazu allein angetan, Deinen spielenden Fingern und dem gesenkten Auge zu huldigen, war die Szenerie von Wolken, Sonne und Nachmittagsbeleuchtung abgekartet, Deinen Mund in unbegreiflich süßer Weise zu beleben? Und damals in der Oper, bei ›Fidelio‹, wie drehte sich doch alles nur um Dich. Die bunte Galerie, das elegante Parquet, die Logen mit den großen Damenhüten, der Gesang Florestans vom »Dank in besseren Welten«, die schönen Stimmen, die zärtlich bewegte Gestalt des Dirigenten und vor allem die Streicherdithyramben der Leonorenouvertüre, als wären die Musiker durch Deine Gegenwart zu einem improvisierten, überirdischen Tusch begeistert worden.

Träume ich Dich in Deinem häuslichen Leben. Das Staubtuch, womit Du am Morgen über die Möbel fährst, das Messer- und Gabelgeklirr bei Tische, die Belehrungen des Vaters, die Weisungen der Mutter, die Neckereien der Geschwister, die Handarbeit, das Mittagsschläfchen, die Sprachstunde, das Klavierüben, alles, alles sucht seine Erfüllung darin, Deinen Augenblicken die sichtbar schönste Gestalt zu geben.

Und glaubst Du, ein Ding des Universums ist an Dir unbeteiligt? Vielleicht erlegt ein Tschunguse jetzt eben ein Wild, nur daß Du über tausend Meilen hin so unbeschreiblich mit den Wimpern zucken kannst; vielleicht stirbt in einer Millionenstadt ein Kind in dieser Stunde den Hungertod, nur daß unter einem englischen Seufzer Deine Brust sich hebe. Auf einem Sterne wird ein Jubelfest gefeiert, nur daß deine Füße zu einer unbekannten Melodie einen seltsamen Takt schlagen können.

Glaubst Du, ein Ding des Universums ist an Dir unbeteiligt? Die Natur schaut in Dich, wie ein Mensch in den Spiegel schaut, der setzt sein schönstes Gesicht auf und versucht in seine Mienen diejenigen Eigenschaften zu legen, die ihm von allen seinen Eigenschaften die wertvollste ist.

Darum strahlst Du alles in seiner Verklärung wider. Mädchen, sei selig, daß Du niemals begreifen wirst, wie auserkoren Du bist! Du bist schön, weil die Welt in Dich verliebt ist.

Die Diener

Es sei hier nicht gesprochen von Mitleid und Bewunderung; denn, obgleich ihre emsige Tätigkeit um uns Strapazen und Aufreibung fordert, wer könnte ihr Los Heroenlos nennen und ihr idyllisches Abarbeiten dem Werk eines Grubenarbeiters, der Gefahr eines Maschinenhüters, der Mühe eines Soldaten vergleichen?

Und gewiß! Es ist leichte Arbeit, Nachtgeschirre zu waschen, es bedarf keiner Kraft, den Flederwisch zu führen, und wenn auch der Tag früh beginnt, so gibt es doch nicht jeden Abend Gäste. Warum nun erfüllt uns edlere Herzen dieser Stand gerade mit so rührender Heiligkeit, uns, die wir selbst nicht übermäßig gutgestellt und zu mancher eigenen Berufsqual geboren sind. Fern von jedem sozialen Pathos fällt es uns nicht ein, auf Reformen zu pochen, und trotzdem das Maß unserer Menschlichkeit vielleicht weiter ist, tragen wir absolut nicht dazu bei, ihr Schicksal zu ändern. Nein, wir rufen morgens stürmisch, wie nur einer, nach unserem Kaffee, wir werden grob, ist unser Bettzeug nicht in Ordnung, und häufen sich Nachlässigkeiten, so kündigen wir.

Und bei alledem schiene uns in durchsichtigen Stunden für jene ein Lämpchen, ein Hausaltärchen geraten. Denn, wenn sie uns auch (wie gesagt) weder als Helden, noch als Leidende erscheinen, haben wir dennoch den Drang, sie als Heilige anzusehen. Das liegt darin, weil ihr Leben durchaus Auflösung bedeutet, ein sich Demütigen in fremde Formen, ein Namenloswerden. Wer hat es einmal unternommen, sich den untertänigen Kellner seines Kaffeehauses anders als eilig bedienend vorzustellen? Welch merkwürdiger Gedanke wäre das, anzunehmen, er hätte Frau und Kinder, er ginge Sonntags spazieren, er äße anders, als auf dem Sprunge in einem Winkel, man träfe ihn mit dem Hute in der Hand auf der Straße oder er spräche uns gar im Theater an.

Und das graziöse Mädchen, das mein Zimmer aufräumt! Nie spricht die Schöne ein Wort, das nicht zur Sache gehörte. Vor lauter Selbstentfremdung ist sie schon ganz schwebend und königinnenhaft geworden. Ich vermag es nicht zu fassen (im Grunde hielt ichs für eine Entheiligung), ich vermag es nicht zu fassen, daß sie eine Heimat besitzt, eine Familie, Verwicklungen und Bekanntschaften. Es kann mich aufregen, sehe ich, daß der Briefträger für sie Briefe, Postkarten oder gar Pakete bringt. Ihre Kindheit hat sich ja nirgends abgespielt und ihre Sonntagsausgänge können ja keinem Liebsten gelten oder einem verschwiegenen Grabbesuche; viel eher einem Hinweggenommenwerden von der Erde, einem kurzen Kreisgang in der alten Seligkeit. Dann kehrt sie wieder in ihren Montagsmythos zurück. Nicht anders auch die Köchin. Und erinnert Euch alle Euerer vergessenen Kinderfrauen! Wenn alle andere Betätigung Beruf ist, das Dienen ist religiöse Handlung, ist Priestertum. Der Berufsmensch erfüllt seine Aufgabe innerhalb bestimmter Zeitgrenzen zum Broterwerb, aus Ehrgeiz oder um seiner Neigung zu leben. Der Dienende ist immer zu errufen. Er ist in Deinem Hause und Dir zu jeder Stunde ergeben. Wenn auch sein äußerer Zweck teleologisch ist, einen Unterhalt zu finden, so ist sein Tun dennoch rein, unbewußt Idee. Er löscht sich aus, um ganz Dein Werkzeug zu sein. Du beherrschst ihn wie eine Zauberformel.

Daß bei manchen Völkern an einem Tag das Verhältnis zwischen Herr und Diener umgekehrt wird, halte ich keinesfalls für ein ethisches Symbol, sondern für einen religiösen Brauch. Der naive Sinn erkennt die Heiligung durch Dienen.

Jetzt ahnen wir es auch ein wenig, warum uns alle die Dienstboten so mythisch erscheinen. Sie kommen von nirgendher auf die Erde und man schämt sich, sie essen, lachen und schlafen zu sehen. Man schimpft, macht es ihnen nicht leicht und hält doch ein Lämpchen und Hausaltärchen für geraten.

Sie verdienen auf die christlichste Weise ihr Himmelreich und wenn sie es nicht finden sollten, so klingt ihr Dasein in manchem edleren Herzen dennoch dankbar fort. Das streben wir Sterbliche alle an; nicht jeder so schön.

Der Dichter und der Kaiserliche Rat

Als der Dichter sah, daß der Hausherr schüchtern und hilflos in einer Ecke stand und seine bewegliche Frau von Ferne mit ängstlichem Auge betrachtete, die mit einigen jungen Leuten heftig disputierte, trat er an ihn heran und bat: »Herr Kaiserlicher Rat, es interessiert mich so, könnten Sie mir nicht auseinandersetzen, in welcher Weise die kubanische Mißernte die Börse beeinflußt hat? Es interessiert mich wirklich so.«

Worauf der Kaiserliche Rat mit unendlich verschämtem Lächeln einige sprungweise Erklärungen gab, wie wenn er von etwas schändlich Nebensächlichem in aller Eile zu dem wichtigsten Gegenstande gelangen wollte und endlich aufatmend den Dichter fragte: »Sagen Sie, Herr Doktor, da waren wir gestern beim ›Rosenkavalier‹. Was halten Sie eigentlich von der Sache?«

Da errötete der Dichter und antwortete in verlegener Höflichkeit etwas Unbestimmtes, um mit der schönsten Hingabe wieder von der kubanischen Mißernte zu beginnen.

Mit einem geduldig zuvorkommenden Eifer wich der Kaiserliche Rat der neuen Fragestellung aus, während der Poet in bescheidener Rührung die Unterhaltung über den ›Rosenkavalier‹ ablehnte.

So sprachen die Männer lange Zeit aneinander vorbei, beide bemüht, die Interessen des anderen vor die eigenen zu stellen, bis sie plötzlich lächeln mußten und sich in warmer Aufwallung die Hände reichten.

Von diesem unbemerkten Augenblicke an bemächtigte sich der Gesellschaft ein ruhiges, gehobenes Wohlbehagen, welches wohl in der stillen Tugend von zwei Anwesenden Ursache hatte.

Die Riesin
Ein Augenblick der Seele

(Wirtshaussaal mit Podium in einer Provinzstadt)

BRACCO, DER IMPRESARIO

Meine sehr verehrten Herrschaften! Das, was Sie jetzt zu sehen belieben werden, ist ein Weltwunder, das nicht nur dieses Jahrhundert, sondern auch allerhöchste Herrschaften in Bewegung und Erstaunen versetzt hat. Sie werden Gelegenheit haben zu beobachten, wie unsere Mutter Natur es nicht allein bei der Regel bewenden läßt, sondern wie sie immer und immer experimentiert und in ihrer unendlichen Schaffenskraft anmutige und grandiose Abnormalitäten hervorbringt, die davon zeugen, wie sehr sie doch mit unserer durchschnittlichen Form unzufrieden sein mag. Es handelt sich in diesem Fall, meine Damen und Herren, keinesfalls um eine jener Mißgeburten, wie sie von minderen Etablissements einem Publikum geboten werden, das sich mit Ihrem geistigen Niveau nicht messen darf. Es handelt sich nicht um einen jener scheußlichen Scherze, die sich die Allmutter, die Unergründliche mit ihren Geschöpfen erlaubt. Es handelt sich nicht um bärtige Frauen, Hundemenschen, den Zusammenwuchs zweier Zwillinge und wie die Zwitter heißen mögen, die unverantwortlicher Geschäftssinn, eine vor nichts zurückschreckende Spekulation dem lüsternen Pöbel vorwirft, um, zum Schrecken aller Kultivierten, die allgemeine Verrohung um ein Beträchtliches zu fördern!

Wenn wir uns erlauben, Ihnen, meine Verehrten, heute Fräulein Penthesilea, genannt die Königin der libyschen Steppe, vorzustellen *(er schlägt eine Portiere zurück, und Frl. Penthesilea tritt vor und verbeugt sich)*, so geschieht dies, um zwei Gesichtspunkte in Erwägung zu ziehen. Und zwar den wissenschaftlichen und den ästhetischen. Denn Sie sehen, wie diese 3 m hohe Frauenerscheinung, wohl die bedeutendste unserer Erde, ebenmäßig entwickelt, tadellos gewachsen, ja von wahrhaft monumentaler Schönheit ist. Nichts von den täppischen Bewegungen des Riesen Machnow, den sie ja um ein nicht geringes überragt, nichts von der Verquollenheit fetter Riesenleichname, nein, eine Pallas Athene, die uns weniger zeigt, daß sie so hoch und hehr ist, als daß wir winzig klein sind.

Fräulein Penthesilea ist 17 Jahre alt. Dieselbe wurde in Matrapas geboren, und zwar wunderbarer Weise von Eltern, die auffällig klein waren. Mit acht Jahren hatte sie schon eine Körperhöhe von 1,60 erreicht, mit 13 Jahren war sie bis zu zwei Metern emporgewachsen, und da der Mensch bis zum 25. Lebensjahr im Wachstum begriffen ist, so hofft man gerechterweise, daß Frl. Penthesilea noch mindestens 3,50 groß werden wird.

Das Verdienst, dieses Phänomen entdeckt und aus entsetzlich orientalischen Verhältnissen heraus der Wissenschaft erhalten zu haben, gebührt natürlich einem unserer deutschen, idealistischen, herrlichen Gelehrten. Einem Naturforscher von Rang und Namen, um dessen Katheder sich die meisten Schüler scharen. Er holte das damals 12jährige Kind nach Deutschland, wo er ihm in einer lauschigen Universitätsstadt die sorgfältigste Erziehung angedeihen ließ und dieses Götterbild in der warmen Behaglichkeit seines Heims vor der lästigen Neugierde der Welt schützte.

Frl. Penthesilea wird sich erlauben, Ihnen, meine Damen und Herren, Postkarten mit einer wohlgelungenen Photographie zu überreichen. *(Penthesilea steigt vom Podium, der Phonograph spielt »Auf in den Kampf«.)*

PENTHESILEA
(während sie langsam Postkarten reicht)

Ich hasse es, vom Podium herunter zu müssen. Wenn ich umfiele, wäre das schrecklich. Wie die Leute auf meine Füße schauen. Ich werde der Frau Direktor aber sagen, daß ich endlich lange Röcke tragen will. Kein Mädchen in meinem Alter geht noch so kurz gekleidet.

Morgen, morgen ist ein A-Tag. Ich fahre morgen Eisenbahn.

»Schaffner, lieber Schaffner,
Was haben Sie gemacht?
Sie haben mich nach Amsterdam...«

Sag mal, ist heute die letzte Vorstellung? Ja doch. Nun, da können wir noch am Fenster Rosa von Tannenberg lesen. Aber es kommt vielleicht der Herr Jäger. Vielleicht bleibt er zum Abendbrot. Er hat versprochen, mich mal ins Kino mitzunehmen. Ach, ich glaube, der flunkert immer nur Damen gegenüber.

Wie Magdeburg wohl ausschaut? Ob ich dort ein Bett bekomme? Ob mir Herr Jäger seinen Pudel schenkt?

Blödsinnig, daß er sich Herr Bracco nennt. Ein Italiener wird doch keine Glatze haben, nur die Kathi weiß es ja, daß er Frankenstein heißt. So ein Jude.

Immer muß ich daran denken, daß die Bauernfrau tot ist. Es ist schrecklich komisch, in einem Sarg zu liegen.

BRACCO

Jetzt, meine Herrschaften, jetzt können Sie sich überzeugen, wie harmonisch die Bewegungen dieses Frauenbilds sind, wie sehr sie dem erträumten Ideal des Menschen nahekommt. Jenem Traum, in dem wir uns selbst so hoch und schön durch die Fluren der verjüngten Erde wandeln sehen.

PENTHESILEA

Dieser Herr schaut dem Professor ähnlich. Seine Frau ist aber sicher kein Schuft. Das ist dumm. Er muß doch eine Brille tragen. Warum hat er sie nicht auf?

WERFEL

Schwester, Schwester! Ist es möglich? In dieser Stunde tagen Parlamente und eine Jungfrau macht vierzehn Kreuzelstiche. Und Du gehst hier herum, unsicher von Sitz zu Sitz. Und hast ein ungeheures Schicksal auf Dir und lächelst und stöhnst nicht zu den Wolken.

Wer kann die Verantwortung auf sich nehmen, daß Du bei

keiner Platzmusik dabei sein kannst und keine Tanzstunde mitgemacht hast? Meine und meiner Ahnen Schlechtigkeit ist gewiß mitschuld daran. O Einsamkeit? Wie alt muß ich geworden sein. Einst warf ich dem ganzen Jammer jauchzend das Wort Da-Sein entgegen. Jetzt weiß ich, daß uns allen unendlich tiefer noch als Da-Sein, Einsam-Sein gemeinsam ist. Du bist und Luft ist um Dich und keiner kann sich in Deine Augen ergießen. Wie kommst Du dazu, eine Riesin zu sein, wie komme ich dazu, ein Dichter zu sein? So können wir beide nicht einmal den Tanz der anderen Einsamkeiten mittanzen.

Ach Gott, gewiß ist Dir jedes Bett zu kurz, wie mußt Du verlegen sein, wenn Du mit jemandem sprichst.

Warum werde ich Dich nicht bei der Hand nehmen, Schwester, und mit Dir auf die Wiese gehn und etwas Schönes zum Weinen tun.

Wir beide . . . . .

PENTHESILEA

Voilà Monsieur. Une carte postale.

WERFEL

Bitte Fräulein!

BRACCO

Meine Herrschaften, wir danken für Ihren freundlichen Besuch.

Revolution der Makulatur
Ein Märchen

Motto: Kauft Bücher! Im Lagerspeicher eines berühmten Verlegers brach ins Morgengrauen eine Zauberstunde. – Denn eben hatte sich das Jahrhundert umgedreht. – In den Regalen, wo manche Myriade von Büchern stand, erhob sich ein Donner, wie wenn auf ungeheuren Blachfeldern Armeen erwachen und die Eskadrons auf die noch schnaubenden Morgenpferde aufsitzen. Und wie in die strammen Fronten wilde Kommandos einschlagen, die Linien zerbrechen, die Stäbe sich sammeln und die Trains in der Ferne gelten, so fuhr auch durch die [Reihen] der hundertfarbigen Bücher (jedes einzelne Werk bildete Kompanien, Bataillons, ja ganze Regimenter) eine empörte Bewegung und man sah, wie sich die Truppen in präzisen Formationen trefflich geführt in weiten Scharen um einen Kolossal-Globus sammelten, der in der Mitte des Raumes stand. Als die Bewegung dieses Heeres in Kürze und großer Exaktheit ausgeführt war, gewahrte man auf dem Nordpol des Globus, umgeben von einem Haufen von Adeligen, einen mächtigen Band, der mit ungeheurer Stimme stolzen Blätterrauschens die hier aufgezeichnete denkwürdige Rede hielt:

Kameraden! Wiederum ist in die Urne des erhabenen Weltenlenkers der Tropfen eines Jahrhunderts gesunken! Kameraden, nun brach die ersehnte Stunde an, die unsern Leib beflügelt und uns der höchsten Erdenwonne, der Bewegung, teilhaftig werden läßt. Kameraden! Jetzt, oder niemals! Wir sind geboren! Wir sind da! Was aber ist jammervoller, als da zu sein und nicht da zu sein. Wir sind Geschöpfe! Welches Geschöpf aber ist erbärmlicher, als die Makulatur. Das Glück ist keine Notwendigkeit, das Unglück voll Berechtigung! Im Himmel zu leben, Seligkeit, in der Hölle zu leben, Bitternis!! Und nicht zu leben, vielleicht das Süßeste!

Aber zu leben und nicht zu leben! Ohne Glück ein Unglück, ohne Himmel und Hölle zu sein und doch zu sein!! Ihr Freunde, das ist unser Los!!

Hier erhob sich eine Wehklage, die dumpf in den Schlaf der Häuser stöhnte.

»Seht her, Brüder, in diese Zeit«, fuhr der Mächtige fort. »Sie nennt sich Menschlichkeit. Die Todesstrafe wird abgeschafft, Tierschutzvereine werden gegründet, Mädchenhändler bestraft, Singvögel beschützt..... der Zweck der Allgemeinheit ist das einzelne Wesen, weil ein einzelnes Wesen für die Allgemeinheit gestorben ist! Für uns ist der Heiland nicht gestorben, Brüder! Wenn sie den Ratten Futter streuen, lassen sie uns verhungern, wenn sie den unnützen Schwachsinnigen Paläste bauen, lassen sie uns Nützliche verschmachten! Sie verschmähen die grenzenlose Wohltat, die wir für sie im Herzen tragen, und wir verzehren uns, weil wir sie ihnen nicht bringen können.

Das Niedrigste und Schmählichste wird mit Kraft erhalten und gefördert (denn Dasein ist heilig) und nur uns ist der Atem genommen, daß wir nicht sterben noch leben, nur nebeneinander stehn, Mann für Mann, fast unsterblich und starr im Anschaun dieses ungeheuerlichen Geschicks!

Ja, ihr Heerscharen, es ist unser Fluch, daß wir in Wahrheit nur sein können, wenn wir wirken! Diese Gedichte hier, gesammelt in den weißen Blättern meines Busens, meine süßen Eingeweide, können sich nur von den menschlichen Tränen nähren, in denen sie sich spiegeln! Und wie selig preis ich die Geschöpfe, die Hungers sterben können! Wir müssen ohne Nahrung leben, wenn uns nicht eine gütige Maschine einstampft.

Aber jetzt ist die Stunde da, wir fühlen Flügel und Willen! Hört meinen königlichen Spruch! – Hinweg mit Güte und Feigheit, laßt eure schrecklichen Wunden klaffen und denkt an das erste, was wir tun müssen, an die Rache! An wem rächen wir uns, ihr Männer? An den Menschen – nein sie sind unwissend, und kennen unser Schicksal nicht, an dem Dichter – er war unsere Mutter, und gab uns die selige Gestalt, o wäre sie niemals verwandelt worden!

An wem also rächen wir uns? Wer war es, der uns in die Schauder des zweifelhaften Daseins stieß, wer verwandelte uns mit einem himmlischen Wesen, hingelagert an dem Buhl des Himmels, in Bücher, in uniformierte Auflagen! Wer verbannte uns lieblos in diese Katakomben; wer drückte den entehrenden Druckvermerk auf unser Antlitz, wer machte zu wenig Reklame für uns, wer versandte nur spärliche Rezensionsexemplare, wer verriet uns, wenn wir schlecht rezensiert waren, wer höhnte mit, wenn man uns höhnte, wer schämte sich unser, da wir gleich alten Jungfern verwelkten!
Wer ihr Brüder, Freunde, Kameraden, wer?«
»Tod dem Verleger«, tönte der Chor zurück.
»Hört meine Pläne«, überschrie das Königsbuch den Lärm.
»Gelobt sei Gott, der es uns gegeben, daß wir von einem Ort zum andern können, nicht mehr starr und auf unsern Platz gestellt. So lasset uns denn einen Bund schließen und gehorchet meinem Befehl! Bis zum Abend rühre sich keiner von seiner Stelle. Bis aber draußen die Lichter aufgehn in den Straßen und der Chef zu uns kommt, um die Lampe anzuzünden und nach der Ordnung zu sehen, dann erhebt euch, geflügelt wie schwarze Raben oder bunte Papageien, ihr Lexika, wie große Geier, ihr kleinen Damenkalender, wie Kolibris, Atlas, Memoiren, Roman und Gesamtwerk, drohend und donnernd, Mann für Mann. Stürzt über ihn zusammen und tötet ihn! Und ist es vollbracht, brecht mit dumpfem Gesang aus eurem Gefängnis und flattert auf euren weißen Flügeln durch die Nacht und in die offenen Fenster, daß die Menschen ein Grauen faßt und sie nach euch greifen, und wir erlöset sind.«
Als er so geendet hatte, erhob sich ein namenloser Jubel-Sturm unter den Büchern und sie brausten ihm zu und schrieen: »Heil« und »So seis« und »Heute abend« und »Rache« und »Tod dem Verleger« und »Freiheit« und »Neues Leben« und solcher bei Volksversammlungen üblichen Worte mehr.
Von diesem Lärm erwachte nun der Verleger in seiner Kammer, gerade zur Stunde, da der Zauber zu Ende ging. – Er

meinte, im Magazin wäre ein Fenster offen und der Wind schlüge mit ihm. Er stand auf, um nachzusehen.

Als die Bücher die Schritte auf der Treppe hörten, schreckten sie rasch in Kolonnen auf ihre alten Plätze zurück. Nur der König, der auf dem Globus stehen blieb, rief: »Mein Volk, er kommt, lasset uns nicht warten, sondern gleich Rache nehmen!« Aber eine Dampfsirene tönte und der Zauber war vorbei, und nur dem königlichen Buch gelang es, dem eintretenden Verleger auf den Kopf zu fallen, der sich die Beule rieb und sagte: »Wie kommst du denn her?!«

Das traurige Lokal

Eine fast wie auf Schiffen enge und freischwebende Wendeltreppe steigt in den kleinen Raum, der voll ist von einem roten, plüschig dumpfen Licht. Vom Zenit der Decke nach allen Seiten hin breitet sich ein chinesischer Schirm aus dem Jahre 1895. In den drei durch spanische Wände gebildeten Nischen sitzt traurig je ein alter Seebär, der so gar nicht weiß, weshalb aus ihm ein Buchhändler oder Kalkulator geworden ist. – An der Wand geht endlich die rührende Uhr aus dem verstorbenen Zimmer meiner Großmutter immerzu.

Sonst sind nur noch die beiden Kellnerinnen da, an den Tischen der Seebären (bloß der mittlere bleibt einsam). Die Mädchen schauen langsam an den Gesichtern der Greise vorbei, trotzdem es doch höchst seltsam ist, daß man übertrieben deutlich bemerkt, wie die Augenlider der Alten auf- und niedergehen, was doch sonst nur erwägend im ewig entfernten Antlitz eines Tieres auffällig ist.

Wie ich mich setze, steht eine der Kellnerinnen auf und tritt an meinen Tisch.

Sie nimmt meine Bestellung entgegen, wartet und macht auf einmal eine weiche beschämte Bewegung.

»Mein Herr, darf ich mir ooch een Täßchen Mokka holen?«

Erschüttert von dem zerstörten Gesicht und der schrecklichen Baufälligkeit dieser Frau sage ich ja.

Sie kommt mit dem Tablett zurück, stellt das Geschirr auf die Tischplatte, setzt sich auf mein Wandsofa, rückt mir näher und ruft, nachdem sie irgend einen entzückenden Vorfall in der leeren Türe betrachtet, händeklatschend: »Och, wie nett!«

Dann wendet sie sich ganz zu mir, ihre Augen kommen zurück und sie macht eine unendlich zärtliche Bewegung. – Ich zucke zurück, wiewohl es mich nachher schmerzt – denn schon kommt die Trauer über mich. Ich sage mir: Dieses Wesen da zeigte Zärtlichkeit. Wenn es auch nur Geste der Zärtlichkeit war, nur Ekstase des Geschäfts. Dieses Wesen war einen Augenblick Ausdruck der Zärtlichkeit. Und ich mußte zurückweichen!! Ich, der doch weiß, daß wir Kreaturen in diese Zeiten eingeboren sind, zum Krieg, daß wir nur atmen können durch die Vernichtung anderer. Ich mußte zurückfahren, als ein zufälliges Wesen meiner Zeit, über Notwendigkeit und Gesetz hinaus, Zärtlichkeit, diese überirdische Mission, in den Zügen trug. Doch die Dame scheint nichts von meiner Misere bemerkt zu haben. Sie greift mir ins Haar, was mich wiederum furchtbar ekelt, und sagt:

»Katzi, ich darf mir'n Schnaps bestellen, nöch?!«

Erlöst bitte ich darum.

Als sie sich wieder zu mir setzt, ahnt sie, daß etwas nicht in Ordnung sei, und sagt mit irgend einer blödsinnigen Schmerzlichkeit: »Sei doch lieb!«

Sei doch lieb, sagt sie, diesen Satz aller Schwermut, diese transzendentalste Revolution gegen die Natur. Du Mensch an meiner Seite, sage ich zu mir, warum bist du mir so widerwärtig? Warum kann ich den Ekel vor deinem Gesichtsausschlag nicht überwinden, nicht den Schauder vor deinen verquollenen, ausgelaufenen Gliedern? Wenn ich jetzt plötzlich auf einem fernen Stern erwachte und unerhörte, bläuliche Bergdrachen ihre kilometerhohen Kapriolen um mich schlügen, wie würde ich mich nach dir sehnen, Mensch mit derselben Nase, demselben Fuße, denselben Lippen wie ich. Du sagtest, sei doch lieb, und bist eine Frau. Also von demselben Geschlecht wie jener Engel, der mir fremd noch immer durch die Straßen dieser Erde geht und Worte spricht. Dein Organ mag dem ihrigen ähnlich sein in der Eigenart der Schwingungen. Und doch, Zeitgenossin, Mitsterbliche, du zeigtest Zärtlichkeit und sagtest, sei lieb, und ich rückte weg, und meinem Magen war es unangenehm.

Da ich nichts sprach, meinte die Kellnerin pikiert: »Es ist Ihnen wohl nicht recht, daß ich mir diesen Likör geholt habe?«

Da fällt mir die Legende von Christus ein: Wie er an einem Menschentrupp vorüberwallt, der um einen verwesenden Hund steht, wo jedermann über den Gestank der Leiche flucht – Gottes Sohn hört das Schimpfwort eines jeden an und als alle fertig sind, sagt er: »Die Zähne sind wie Perlen weiß.« Von welchem Wort im Innersten erglühend, die Menschen sich rings fortschlugen.

Diese Vision überfällt mich mit unendlichem Liebeswahnsinn, und in Nacheiferung des göttlichen Lehrers ergreife ich die Hand des Mädchens und streichle sie.

Die Dame ist auch schnell versöhnt, zumal jetzt der Cafetier an meinen Tisch kommt, vom massigen Antlitz sich den Schweiß wischt, sich verbeugt und, als zöge er einen Strich unter sein Leben, mit viel Bedeutung ausspricht:

»Mein Herr, es ist in der heutigen Zeit schwer, sehr schwer, ein Gastwirt zu sein.«

Mit diesen Worten sinkt er dumpf auf einen Stuhl. Und ehe er noch meine höfliche Antwortsgeste abwartet, setzt er fort:

»Wie lange, denken Sie, darf hier, in dieser Stadt, für eine monatliche Steuer von 60 Mark Musik gespielt werden?«

Ich zucke verbindlich mit den Schultern.

»Ich will es Ihnen sagen, mein Herr, bis 11 Uhr abends bloß. Jawohl, bis elf Uhr abends.«

Mit seiner rechten Hand schafft er meine sorgsam vorbereiteten Worte aus dem Wege.

»Finden Sie das nu mal recht? Wo doch jeder was für sein Vergnügen haben will. Wer Orgeln hören will, muß nu wohl in die Kirche gehn!«

Als er merkt, daß ich etwas erwidern will, kennt er schon meine Meinung und fährt ohne Unterbrechung fort.

»Und sind das denn alle Hindernisse, die die Polizei uns in den Weg legt? Muß ich denn nicht ein Bierausschankbüchlein führen?«

»Bierausschankbüchlein, ja – wohl«, plärrt die Kellnerin nach.

»Muß ich denn nicht ein Zigarrenverkaufsbüchlein führen?«

Er wendet sich zu dem Mädchen, um wieder den Refrain zu hören, der nicht ausbleibt.

»Und denken Sie, Herr, ich muß ein Ausgangsbüchlein der Dame führen?«

»Jawohl«, sagt die Kellnerin jetzt exakt, »das ist eine Gemeinheit.«

In demselben Augenblick treten zwei Couleurstudenten mit flammenden Narben in das Zimmer ein.

Sie rufen auch gleich brutal »Wirtschaft«.

Sofort zieht sich der Cafetier grollend in seine Brust zurück, als würde er mit Lust darin unangenehme Szenen hervorgraben.

Da die beiden Studenten nicht gleich bedient werden, ruft der eine ruhig laut in eine lange Stille hinein:

»Das ist ein Scheißlokal!«

Jetzt springt der Wirt auf, und mit auf die Tischplatte aufgestützten Händen nach allen Seiten blickend, als müßte er eine Rede halten, beginnt er mit dem wohlgenährten Baß eines Stadtverordneten.

»Meine Herren, abgesehen davon, daß dieses Lokal geheiligt ist durch die Erinnerung an meinen Großvater, der es gegründet, durch die Erinnerung an meinen Vater, der es in Ehren geführt hat, macht Ihr Benehmen Ihrer Bildung keine Ehre. War es denn also bei den Griechen, den Römern, den alten Germanen? War dem Wirt der Gast nicht ebenso heilig, wie der Wirt dem Gast? Ja in jenen guten Zeiten wurden sogar Gastgeschenke ausgetauscht! Und glauben Sie etwa, daß Sie nicht meine Gäste sind, meine Herren?! Sie sind meine Gäste, auch wenn Sie Ihre lumpigen 25 Pfennige per Kaffee bezahlen. Denn ich verdiene bei dem schweren Einkauf, bei den drückenden Steuern gar nichts, rein gar nichts daran, meine Herren! Und warum führe ich denn das Geschäft, wenn ich gar nichts verdiene? Hier in diesem Raum ist mein Großvater selig am Schlagfluß verschieden, hier in diesem Raum wurde mir eines Vormittags mein Sohn Johannes Mathias geboren.«

Der feiste, zitternde Mann läßt seine Hand energisch in der Luft schweben.

Das kann der eine Student nicht mehr ansehn.

Weinend wirft er sich auf die Kniee und ruft flehentlich: »Herr

Direktor, Herr Direktor, ich wußte nicht, daß Sie der Herr Direktor sind. Verzeihen Sie mir, entschuldigen Sie, ich wollte Sie nicht beleidigen.«

»Ich bitte Sie unverzüglich, mein Café zu verlassen«, sagte mit donnernder Ruhe der Wirt.

Der Kniende erhebt sich noch immer unter tausend Tränen, legt das Geld auf den Tisch und wankt gebrochen hinaus. Der andere folgt ihm mit knappen, korrekten Verbeugungen nach allen Seiten hin.

Jetzt stehen auch die drei Seebären auf und heulen langgezogen, zahnlos »Zahlen«.

Als ich schon allein im Lokal bin, ziehe auch ich mein Portemonnaie und warte, bis das ruinierte Mädchen mir zur Seite auf mein größres Geldstück herausgibt.

Unglücklicherweise vergißt sie aber, die letzte Mark mir zurückzugeben, und schüchtern mache ich sie, während uns der Chef beobachtet, darauf aufmerksam.

Als er den Vorgang bemerkt, greift er sich zehnmal an den Kopf, schluchzt laut auf und sagt:

»Glauben Sie das nicht von mir und meinem Haus!«

Ich antworte gefaßt: »Machen Sie doch keine Dummheiten, das war nur ein kleiner Irrtum.«

Er aber faßt mich bebend an den Schultern und wiederholt:

»Glauben Sie das nicht, glauben Sie das nicht.

Ich darf nach 11 Uhr nicht mehr Musik spielen, muß schwere Steuern zahlen, aber ehrlich, ehrlich war ich mein Leben lang, und heute bin ich sechzig Jahre.«

Jetzt fängt die Kellnerin auch an, maßlos zu heulen. Anfangs bin ich über all den Wahnsinn ratlos.

Aber auf einmal beginne ich die ungeheure religiöse Spannung dieser Minuten zu fühlen.

Ich ahne, wie diese beiden Menschen nichts anderes suchen, als eine weiße, strahlende Brust, in die sie sich verschütten könnten. Wie sie auf die selige Gestalt hören, die maßlos ruhig, strahlend in Besänftigung, die kleine Wendeltreppe emporsteigen möge.

Der christliche Gedanke, daß alle irdische Misere vergolten wird in der besseren Welt, ergreift mein Herz.
Jetzt sagt der Wirt, tief Atem holend:
»Das war ein mieser Tag.«

Ich sage zum erstenmal von diesem ausgebrauchten Satz ins Letzte erschüttert:
»Wer weiß, wie Gott lohnt.« Und gehe.

Die Stagione

I.

Wladimir war eben in seiner schönen, eigenen, unärarischen Sonntags-Montur vor die Kaserne getreten, als er von einem Einjährig-Freiwilligen, der an der Torwache vorbei in das Gelände wollte, hastig angerufen wurde.

Mit jener schwerfällig übertriebenen Kameradschaftlichkeit, mit der gemeine Soldaten Einjährigen gegenüber die gleiche Charge betonen wollen, ging er auf Jansky zu und grüßte ihn irgendwie outriert, was seiner empfindlichen Seele sofort ein Unbehagen bereitete.

Die beiden stammten aus demselben Städtchen, hatten miteinander dieselbe Dorfschule besucht und waren sogar die ersten drei Gymnasialklassen am nächsten Bezirksgymnasium Mitschüler gewesen. Jansky, ein klarer, beschränkter Mensch, Sohn eines millionenreichen Gutsbesitzers, hatte sich, durch seine positiven Eigenschaften, Sinn fürs Nahe und Nützliche, bis zum Ende der acht Klassen ohne viel Fleiß durchgeschlagen, und schließlich seine Reifeprüfung mit Auszeichnung bestanden; (jetzt hatte sein Militärjahr das Jusstudium unterbrochen). Wladimir hingegen brachte es nicht über die dritte Klasse. Er war ein nervöser Junge, weichlich, mit einem inneren Drang, sein Schicksal durch Demütigungen zu führen, in denen er furchtbare Wonnen zu finden schien, die jedes andere Genußgefühl in den Schatten stellten.

In den Räuberspielen seiner Kindheit war es ihm höchste Lust, Niederlagen zu erleben, an den Marterpfahl gebunden, skalpiert und verhöhnt zu werden. Beim Obstdiebstahl ließ er sich fangen und verprügeln. In der Schule protestierte er niemals, wenn ihm Unrecht geschah, sondern fühlte die süßesten Tränen in den Augen, wenn ihm ein unverdienter Verweis erteilt worden war, oder gar wenn er für einen anderen scharfe Strafe litt. Doch wäre es zu schematisch gedacht, wenn man ihn einen reinen Masochisten nennen wollte, trotzdem seine ersten Liebesempfindungen viel Veranlassung dazu geben würden.

Im Grund war Wladimir ein durchaus geistiges, fast poetisches Naturell, das sehr früh, unbewußt fühlte, daß es nicht von Erfolgen, sondern von Ekstasen leben müsse und das, da ihm die Ekstase der Aktion versagt war, sich wild in die Klamm des Lebens verströmte.

Die Eltern, einfache Landleute, hatten ihn, nach seinen Schülermißerfolgen, auf ihrem Hof behalten, und da der Junge zu nichts nütze war, bald wieder auf einen kleinen Markt in der Nähe geschickt, wo er als Kommis eines elenden Schnittwarengeschäftes lebte, bis er unglücklicherweise zu den Dragonern assentiert wurde und noch dasselbe Jahr in der Hauptstadt einrückte.

Es war gerade der neunzigste Tag seiner Dienstzeit – (man zählt beim Militär die Tage) – ein Sonntag, als er von seinem früheren Mitschüler Jansky – die beiden waren am selben Tage eingerückt – vor dem Kasernentor angerufen wurde.

II.

Jansky sagte, indem er mit einer Depesche flatterte:

»Denke dir, mein Vater kommt heute abend herein und ich habe ein Billett zur Stagione.«

»Ich hoffe, daß der Herr Vater in die Kaserne kommen wird und daß ich ihn wieder einmal begrüßen kann.«

»Ich werde den Vater morgen zur Reitschule bestellen, damit er mit dem Rittmeister spricht. Er kennt ihn ja sehr gut.«

»Hoffentlich wirst du dich nicht blamieren, Jansky.«

»Bitte dich; bin ich der Beste, oder nicht?«

»Jesus, ihr habt es ja gut, euch machen sie keine Beine.«

»Mensch, hast du eine Ahnung?! Aber weißt, wegen der Karte! Geh du heut abend auf meinen Platz ins Theater!«

In Wladimirs Brust machte sich sofort ein starkes Glück breit. Sehr schüchtern antwortete er.

»Ich danke dir, ich möchte sehr gerne. Aber es wird doch nicht gehn! Auf so einen noblen Sitz!«

Jansky lachte wohlgefällig:

»Keine Sorge! Schaust ja besser aus in der Privat-Montur als zehn Einjährige.«

Wladimir empfand eine kurze Beklemmung. Er übertrieb die Vorstellung unerhört schlanker, wohlriechend abweisender Damen, die neben ihm Platz nehmen würden. Aber zugleich war in ihm das Bewußtsein eines Unterganges. Daß er in seinem kleinen Ort, dumpf, mit einer unklaren Inbrunst gelebt hatte, fühlte er jetzt, daß er sich an seine armseligen Enttäuschungen geklammert, daß sein noch nicht bewußtes Übermaß kein Objekt gefunden hatte, das fühlte er jetzt. Das erstemal kam ihm das Nutzlose der letzten drei Monate in den Sinn. Daß er in einer tiefen Betäubung, wie ein Tier, Fürchterliches von einem Tag auf den andern wälzte, daß er Dinge tat, die mit der in ihm stets geahnten Unendlichkeit (die er aus unwissender Größe ewig in sich vorbereiten wollte) nichts zu tun hatten. Ein raffinierter Spürsinn – wie kam der Mensch bloß zu seiner rustikalen Abstammung – witterte Ekstasen, die es einzig vermöchten, ihn aus der Stumpfheit zu reißen, in der länger oder kürzer, je nach den Umständen, sich jeder zarte Geist verpuppt hält.

»Übrigens ist das ja gar kein so feiner Sitz«, rief Jansky, »es ist nur ein Balkonsitz. Du brauchst keine Furcht zu haben, du Dummer.«

Wladimir erkannte, daß es ungehörig wäre, Menschen für so überlegen zu halten, um nicht einmal denselben Raum mit ihnen teilen zu wollen.

Er war verlegen und zögerte.

»Nun weißt du. Nicht – Nicht«, sagte jetzt Jansky und wandte sich zum Gehn.

Wladimir ergriff ihn bei der Hand.

»Jansky«, rief er, »ich danke dir, ich nehme das Billett.«

»Das möchte ich glauben, Mensch«, meinte, sich selbst Empörung vortäuschend, Jansky. »Alles ist ausverkauft, die Leute würden sich um meinen Platz raufen. Und ich komme zu dir, alter Nachbar, und du refüsierst. Weiß Gott, daß der Alte heute kommen muß!«

»Bist du mir böse, Jansky?«

»Die Stagione, Mensch. ›Il Trovatore‹! Die ersten italienischen Sänger aus Mailand und Rom, Mensch. Scala di Milano und Teatro Constanca. Weißt du, was das heißt? A, wie sollst du das wissen?? Hast du überhaupt jemals ein Theater gesehen?«

»O ja, Bruder! Wir waren doch beide noch zusammen dabei! Als die Komödianten in unserm Dorf waren.«

Jansky lachte verächtlich.

»Wie naiv du bist.« »Du wirst deine Wunder sehn, Mensch! Also da hast du die Karte. Amüsiere dich schön. Brauchst nicht viel zu danken. Schon gut und leb wohl.«

Wladimir klirrte mit den Sporen Habtacht, salutierte und sagte: »Servus«.

Wir alle haben in unserer Kindheit den reinen Ausdruck unserer Lebens-Idee. (Wahrhaftig ist allein das Kind.) Je steigender das Bewußtsein wird, je notwendiger Analogie und Politik und das ganze Unglück der Selbsterhaltung, umso fremder werden wir uns. Mit dem ersten Bewußtsein kommt die erste Lüge in die Handlung. Vielleicht ist der Weg des Alterns ein wieder zu sich kommen. Ich weiß das nicht. Jedenfalls ist aller Jammer der Seele die Disharmonie zwischen dem Transzendentalen und dem realen Bild unseres Selbst. Das Die Übereinstimmung-Suchen, die ganze Unzufriedenheit und sittliche Pein unseres Lebens.

Das Lebensalter nun, das am meisten zerschlagen ist von allen Verwirrungen, Eitelkeiten, Lügen, ohnmächtigen Kämpfen und falschen Betäubungen, das gepriesene, gebenedeite und doch das miserabelste, von vielen nicht ertragene, ist das zweite Jahrzehnt unserer Erdenszeit.

Bei allen Verwundbaren, also nicht gerade bei den Gemütern, die durch die grenzenlose Realität stets wohlgemut und aktionsfreudig hin- und herschießen, ist alles sich Berauschen, die ganze Genußsucht, die große Bummelei der Jugend nichts anderes als die Flucht vor dem einzig Menschlichen (denn die Vernunft ist bloß der gesteigerte Instinkt der Tiere), dem einzig Menschlichen, Mit-Sich-Fertig-zu-Werden. Seine Idee zu erfüllen, die Idee, die dem Löwen und dem Kinde niemals verloren geht.

Wir meinten vorhin, Wladimir sei eine geistige Natur. Man darf sich nicht durch unsere Terminologie verwirren lassen. Wladimir war geradezu ein unintelligenter Mensch. Das ist schon aus dem Umstande klar, daß er im Dienste von Vorgesetzten und Kameraden als ganz unfähig verachtet wurde. Er faßte schwer Befehle, aus der Chargenschule, in die er wegen seiner immerhin respektablen Vorbildung kommandiert worden war, wurde er bald entfernt.

Es war ein rechtes Kreuz mit ihm. Da er willig und still war, forderte er Mitleid heraus, man wollte ihn nicht bestrafen, und da doch schließlich jeder, der gesund ist, assentiert wird, ließ man ihn, als Trottel, mit einigem Achselzucken in Ruhe.

Und doch war er eine geistige Natur. Eine Seele, die dumpf von der Außenwelt ummauert in feinen Zuständen lebte, ewig irritiert auf jeden Reiz eine ungeheure Antwort hatte und da sie nicht zur Reflexion kam, maßlos an der Existenz zehrte und deshalb den Ausdruck unerkannter Melancholie annahm. (Geistig, wenn wir mit dieser beiläufigen Bezeichnung den Gegensatz des innerlich Gesteigerten zum Brutal Ebenen meinen.)

Es ist gar nicht zu verwundern, daß so eine in sich selbst versenkte Seele erst sehr spät zum aktuellen Bewußtsein erwacht.

Vielleicht erst in der Stunde, als Jansky sein Theaterbillett loswerden wollte.

Denn jetzt erst ahnte irgendwie Wladimir, daß das ganze Menschenleben dem Einzelnen nichts besseres bedeute, als mehr zu sein als der Andere. Er ahnte es, indem er mit scharfer Gehässigkeit im Herzen sich erinnerte, mit welch grenzenloser Hingebung ein Korporal heute dem Herrn Rittmeister die Lackstiefeletten geputzt hatte. Er selbst hatte eine ungeheure, fast weinende Hingebung in sich empfunden, diese Arbeit zu verrichten, aber als der andere ihm zuvorgekommen war, fühlte er sich zwar vom Schicksal benachteiligt, dachte aber nicht daran, daß der Korporal dies getan habe, um zu zeigen, daß er schneller und gefälliger war als er selbst.

[*Gestrichener Satz:* Jetzt empfand er es aber richtig und trug einen nicht geringen Ekel davon.]

Irgendeine Erkenntnis durchfuhr ihn jetzt, die er sich gegenüber anfangs gar nicht formulieren konnte. Aber wie Leute ohne Erfahrung ihre Schlüsse schematisch, kalt, durchaus theoretisch anwenden, sah er die Menschen plötzlich nur in dem einen Sinn, ihn selbst nämlich zu unterwerfen, zu verachten und zu zertreten.

Und das Martyrium, das dem Kinde tiefste Wonne unsagbarer Stunden gewesen war, das süße Gefühl der Verwundung in einer ländlichen Dachkammer, dies alles schien ihm auf einmal verrucht, unwürdig und unerträglich zu sein. Mit raschen Schauern der Beschämung erinnerte er sich der tausend Beleidigungen seitens seiner Mitschüler, seiner Eltern, seines Brotherrn und jenes rothaarigen Gehilfen und schließlich überfielen ihn die grenzenlosen Peinlichkeiten, die ihm von seinen Offizieren und Kameraden stündlich zugefügt worden waren.

Er empfand zum erstenmal, was andere schon in ihren ersten Schulstunden empfinden, wenn sie vom Vater allein zurückgelassen werden, zum erstenmal den ganzen Krieg der Kreatur.

Da erfaßte ihn ein schöner Heroismus, wie einen Krüppel die Tanzlust erfassen mag.

(Man sieht, wie wieder einer tragisch mit seiner Idee in Verwirrung gerät.)

Er wollte mittun, Mensch sein, wie ein anderer.

Sofort träumte er, – indem sein mächtiger Schritt die sanftklirrende Zartheit des schneelosen Wintertags durchbrach, von Siegen in der Kantine über einen geriebenen Polen, der ihm die langsamen Worte im Munde verdrehte und ihn, wo es nur ging, lächerlich machte.

Er träumte davon, so frech zu sein wie der kleine Kroate, der beim Rapport plötzlich mit dem Ärmel sich gleichgültig die Nase rieb, während ihm eine Rüge erteilt wurde.

Er träumte davon, mit Mädchen Verhältnisse anzufangen,

wie es die anderen taten. Dabei vergaß er, wie ohnmächtig er diesen Wesen gegenüber war.

Es entsprang absolut keinem Willen, keiner Überwindung, daß er bisher keusch geblieben war, vielmehr einem tiefen Schauer vor aller Körperlichkeit, der so weit ging, daß ihn selbst, wenn er sich entkleidete, heftiges Herzklopfen befiel.

Alle Gespräche, die im Mannschaftszimmer über Weiber geführt wurden, waren, was ja bei diesen Menschen selbstverständlich ist, einfach, natürlich und unfrivol.

Wladimir verstand nun all die Hitzen und Wildheiten seiner Kameraden nicht.

Er verstand nicht die Gefühle sonntäglicher Rendezvous, verstand nicht geile Spaziergänge, Eifersucht, Treue und Ansichtskartenglück.

Dabei gehörten fast alle seine Zustände den Frauen. Aber das tyrannisierende Gefühl war unverständliche Ehrfurcht und grenzenlose Rührung vor weiblicher Grazie, die sich ihm mehr als anderen zu entschleiern schien.

Zum Beispiel hatte ihn letzthin die schönste Seligkeit erfüllt, als er knapp nach der Retraite in die Kantine trat und die bedienenden Mädchen in vielen Stellungen bei der Abrechnung um einen Tisch fand. Er fühlte die ganze listige Verschworenheit dieser Geschöpfe; ihre Ausgeliefertheit, das Verachtetwerden von heiserer Männlichkeit und breitem Soldatenschritt überzog ihn mit einem zarten Schmerz.

Dieselbe Empfindung befiel ihn, als er einmal an einem Laden vorbeiging, aus dem ein Mädchen trat, auf ein anderes zuging, ihm die Hand gab und mit leiser Stimme »Guten Tag, Fräulein« sagte.

Er verstand nicht, was ihn an dieser Szene so anzog. Ob es dies süße Schulterzucken war, diese ungerissenen Gesichter, oder der Wind in den Kleidern!!

Vor einigen Tagen führte ihn ein dienstlicher Weg durch die Cottage der Stadt. Er kam gerade dazu, als eine hohe edle Dame im Pelz in ein Automobil stieg. Die Gestalt war gleich vorbei, aber der Schritt, mit dem sie über den Fußtritt schwebte, war ewig. Dieser unvergeßliche Schritt bestürzte ihn mit tausend Wallungen, Tränen kamen und er schluchzte eine ganze Weile weit.

Dieser Geist, dem es durch Geburt und Schicksal nicht gegeben war zu denken, ahnte es wohl, daß es Erdenlos sei, kein Ding zu besitzen.

Das, was er zu besitzen strebte, war Freundschaft, Freundschaft von jenem Mann, der ihn täglich tief beleidigte.

Freundschaft, o du einziges Besitztum in dieser Welt. Freundschaft, die du nichts anderes haben willst, als brüderliches Wort und brüderliches Tun. O ihr Gespräche vom Morgen in die Nacht, ihr Spaziergänge, wo einer den andern auf sich selbst ertappt. Man kann nichts besitzen auf dieser Erde, was ein Ding ist, so wie man nur ein Ding genießen kann, um ewig besitzlos an ihm durstig zu werden, drum kann man dich allein, o Mann, undurstig gestillt und satt besitzen.

O Weib, du höchstes Ding ringsum, du lebst doch nur, solange du nicht in meinem Bette liegst. Solange ich noch der Elektromotor bin, der dich mit Welt und Leben begabt. Nein niemals sollst du in mein Zimmer, du Puppe, die du nichts als meine Notdurft gerieben durchschaust. Mir genügt der Kampf meiner erotischen Puppenspielerei mit deiner sexuellen Durchtriebenheit nicht, die dir, armes Wesen, doch die einzige Waffe ist. Du göttlichstes Ding, du bist da, damit wir Tapferen, die es wissen, daß nichts zu besitzen ist, an dir durch Sehnsucht groß werden.

Es leben die vergänglich unvergänglichen Schulterbewegungen, der Schritt herrlichster Füße, das berauschende Platznehmen in der Straßenbahn, all das, was von dir sich loslösend in unser Herz stürmt und es feit vor Pest und Erdbeben!!!

Und noch ein Wort an Sie, lieber Herr Zugsführer Dubrovsky. Ich halte es für ganz unnötig, daß Sie überall, im Wirtshaus, in der Wachstube, kurz wo Sie das große Wort führen, daß Sie überall damit prahlen und sich zugleich darüber lustig machen, daß Ihnen, wie Sie sich ausdrücken, Wladimir in den Arsch kriecht.

Ich begreife ja, daß Sie, ein praktischer Mann, in der ewig von Ihnen abgewiesenen Zuneigung Wladimirs nichts anderes sehn, als Streberei und unlautere Ambition. Was? – Schon gut! – Ich weiß, wie es bei den Soldaten ist. Sie sind natürlich ein Vorgesetzter und walten über Gnade und Ungnade. Auch sind Sie ein Liebling des Herrn Rittmeisters und wer einen schönen Urlaub haben will, mag sich nur an Sie halten! Aber ich glaube nicht, daß Wladimir einen Urlaub haben will. Sie sollten doch ... aber was nützt all das Reden ... Ich ahne nur, daß es noch zu manchen mißlichen Dingen kommen wird.

Eben dachte auch Wladimir an den Zugsführer Dubrovsky, als er über die mit weichem bergigem Schnee bedeckte Brücke ging und dem wunderbar schön erleuchteten Quai entgegen wollte.

Er dachte daran, was für [ein] unüberwindlicher Mann, herrlicher Reiter und Riese, jener Dubrovsky sei. Wie er ihn verehrte, ihn, dem er niemals gleichen würde. Man sollte nur sehn, wie energisch, ungestört der Mensch seinen Dienst tat.

Jeden Abend saß er bei der Petroleumlampe und schrieb, für einige Tage voraus, die Bereitschaft der Eskadron aus. Solche Machtbefugnisse waren ihm übertragen. Am Morgen führte er die Mannschaft in den Stall; wenn um fünf Uhr nicht alles gestellt war, flog seine eiserne Stimme durch die Zugszimmer, scharf und zugespitzt, daß die letzten Zauderer ihre Eßschalen eilig auf ihr Kopfregal stellten und in ihre Einteilung rannten. Im Stall führte er ein hartes Regiment. Jede Unzulänglichkeit in der Pferdewartung, jedes nicht vorschriftsmäßige Füttern, Tränken und Putzen brachte er zum Eskadronsrapport. Er kannte keine Nachsicht. Wenn eine Stunde, nachdem die Pferde aus der gedeckten Reitschul dampfend heimgebracht worden waren, noch eines einen nassen Fleck aufwies, wurde der Mann, dem es zugeteilt war, hoffnungslos angezeigt. Dubrovsky visierte täglich das Geschirr, und wehe dem Dragoner, dessen Kopfzeug nicht funkelte. Der mußte, am Abend, nach dem Dienst putzen und putzen, hatte er auch zehnmal den Erlaubnisschein zum Ausgang!

Der scharfe Zugsführer hatte es dabei verstanden, aus den verschlagensten Kerlen seiner Mannschaft eine Trabantenschar um sich zu schließen, die ihm bei all seinen Streichen behilflich war (denn im Grunde betrog er natürlich den Dienst, wo es nur anging, und war nur für Wladimirs argloses Herz ein unbestechlicher, unbeirrter Dienstführender). Diese Kamarilla war viel zu klug, um die scheinbare Unnahbarkeit Dubrovskys zu gefährden. Die Leute ließen sich von ihm ebenso wortlos beschimpfen wie die anderen.

Am Abend nach getanem Dienst aber war die ganze Bande mit ihm höchst intim, zechte und vollführte unter seiner Führung manche dunklen Raubzüge. Für Wladimir war Dubrovsky nun das Wunder aller Herrschaft. Er liebte ihn, den immer ungetrübten, hellen, nie verträumten, der so gut alle Menschen zu beleidigen vermochte und sich selbst von seinen Vorgesetzten nichts gefallen ließ.

Er wollte ja nur insofern sein Freund sein, als Diener und Jünger Freunde sind.

Einmal bat er ihn, seine Verlegenheit durch einen pathetisch komischen Salut maskierend:

»Herr Zugsführer, bitt' gehorsamst, nehmen Sie mich heute abend auf den Aus mit.«

Dubrovsky aber lachte nur:

»Junger Hund, ich werd' dir geben. Ich werd' mich mit dir im Puff blamieren! Bin ich blöd?«

Seit damals kam Wladimir dem Zugsführer nicht mehr in die Nähe. Aber wo bei anderen Menschen ein Haß die Folge gewesen wäre, wuchs bei Wladimir die Schwärmerei ins Unverständliche.

Vor dem Einschlafen hatte er oftmals starke Liebes-Gesichte.

Er sah sich in einer Schlacht. Alle Pferde sind gestürzt, nur Dubrovsky, mit einer furchtbaren Wunde im Gesicht, wird von den zähnebleckenden Feinden weggeschleppt. Mit einer strahlenden Leichtigkeit, die niemals seine schweren Glieder im Wachsein hatten, haut er den Zugsführer heraus, nimmt ihn auf die Schulter und springt, indem er den Betäubten küßt und küßt, unirdisch elastisch über geborstene Geschütze, tausend Kadaver, Balken und Feuer in einen fernen geöffneten Abend hinein.

Oder: Es sind alle Menschen gestorben. Nur Dubrovsky und er die einzig Überlebenden. Sie haben sich eine Robinsonhütte gebaut und reden den ganzen Tag lieb miteinander. Am Abend gehn sie Arm in Arm durch eine Allee und sind glücklich. Manchmal springt ein Raubtier hinter einem Baum hervor. Dubrovsky in seiner alten rauhen Kraft darauf, stemmt seine Hände, wie Simson in den Flammenrachen, bis das Tier verreckt.

Mit solchen kindlichen Heldenträumen drängte sich Wladimir von ferne an ein leeres, kaltes, kleines Herz.

Aber jetzt, nahm er sich vor, würde er Dubrovsky zeigen, daß auch er ein Mann sei, daß er trinken könne, daß er mit Weibern umzugehen wisse...

Er war gerade an das Ende der Brücke gekommen, da hinkte an ihm ein lahmes Mädchen vorbei. Die hohe Sohle unter dem kurzen Fuß klappte laut auf das Pflaster. Wladimir drehte sich um, eine starke Leidenschaft durchfuhr ihn.

Was seine Sinne stets am wildesten erregte, waren leidende Frauen.

Er dachte an die einzige Begebenheit seines Lebens, wo er eine Frau umarmt hatte.

In dem kleinen Städtchen, wo er als Kommis angestellt war, lebte eine junge Blinde, eine auffallend schöne und hohe Erscheinung. Jeden Mittag nun sah man diese Blinde auf dem Marktplatz, wie sie allein, ungeführt, sich an einem langen, dünnen Stabe weitertastete.

Wladimir brauchte sie nur zu erblicken und seine äußere, dumpfe Ruhe und Verträumtheit war hin, ein Wahnsinn nach dem anderen durchtobte ihn und er mußte alle Kräfte anspannen, um keine Raserei zu begehn.

Einmal hielt er es aber nicht aus, in wachsendem Krampfe folgte er ihr und sah mit unvergleichlichen Wonnen, daß sie merkte, wie einer sie verfolgte, und daß sie darum in zitternder

Hilflosigkeit überall anstoßend, an bösen Ecken ihr Kleid zerreißend nach Hause eilte.

Als er mit schwerem Atem an ein Tor trat und mit wirren Händen die Klinke suchte und endlich im Hausflur stand, verlor Wladimir alle Besinnung, warf sich auf sie und küßte sie wütend. Und seltsam! Sie küßte ihn ebenso wahnsinnig wieder, biß ihn in namenloser Wollust in den Hals, in die Wangen, griff in sein Haar und riß, mit schluchzendem Gelächter, ganze Büschel aus. Plötzlich stürzte sie ohnmächtig nieder und Wladimir entfloh.

Zwei Tage wurde er nicht gesehn. Er irrte in den Wiesen und Wäldern umher. Am vierten Tag rückte er zu den Soldaten ein.

Wladimir setzte, nachdem sich die Heftigkeit dieser Erinnerung verflutet hatte, seinen Weg fort.

Er sah auf eine Uhr, erschrak und bemühte sich, die Offiziere nach allen Seiten hin stramm grüßend, so schnell als möglich, durch die abendlich dichte Menge weiter zu kommen.

Um 7 Uhr war er vor dem Theater.

Die Erschaffung der Musik

Als Gott die sündigen Menschen aus dem Paradies vertrieben hatte und ihr bebender Schatten flüchtig aus dem Tor gefahren war, da schrumpfte vor seinen und seiner Engel Blicken der Garten zusammen und war alsbald ein Haufen vorjährigen Laubes, das ein kleiner Wind davontrug, ehe der Herr noch Zeit hatte, jammernd die Hand zu erheben. Und Gott blickte hin auf die Welt und sah, daß die Menschen sie in ihre Schuld verstrickt hatten. Alles Beisammensein war Bosheit und Mord war der Gedanke der Wesen vom Morgen bis zum Abend. Und Samael, der Engel des Leidens und des Todes, brauste dahin vom Anfang zum Niedergang. Die Menschen duldeten nicht, daß etwas da sei und ihnen nichts nütze sei, und sie holten die glücklichen Tiere von der Weide und spannten die lustigen Pferde vor ihre Droschken, daß sie trauriger wurden als die Trauer und in ihren alten Augen ein immer grauer Himmel schwamm. Die Löwen brüllten in ihren Höhlen, und die Heere erglänzten auf den Bergen mit ihren Fahnen, und ein Mensch sagte zum anderen: »Ich bin gut, du aber bist schlecht.« Gott sah in die Welt und schrie auf, daß die Festungen der unteren und oberen Himmel erbebten, denn unter seinen Händen, wie ein rasendes Räderwerk, war ihm die Welt davongelaufen und er war ganz ohne Macht. Und er suchte den Schlüssel, um dies böse Räderwerk einzuhalten, und fand ihn nicht. Er sann und sann, um sich des hohen Wortes zu besinnen, aus dem er die gute und richtige Welt erschaffen hatte, aber das war vergessen und das Gedächtnis von der richtigen Welt war in ihm erloschen. Da litt Gott über alle Maßen, daß der Schlüssel der Seligkeit und das Wort der Wahrheit verloren sei, und er wurde finster und sagte: »In meinem Ebenbild liegt der Irrtum.« Und er weinte sechs Tage lang, und da er weinte, schuf er gar nichts. Am siebenten, als er ruhen wollte, wies er den Strom seines Herzens zur Ruhe. Doch als seine Tränen versiegten, da war es, als wollte er sich des Wortes besinnen, und die Erinnerung der guten und ehedem rechten Welt trat wie ein kurzer und ferner Schein in ihn ein und verschwand alsobald. Und er beugte sein Haupt und schuf aus der entschwebenden Erinnerung ein Ding, das kein Geschöpf war und nicht des Guten und Bösen hatte und nur die Erinnerung ist an die ehedem gute und rechte Welt. Es war aber kein Geschöpf, was er erschuf, sondern es war eine süße Ordnung, eine zarte Welt ohne Schuld, eine Vollendung von Gesetzen, die sich an den Händen hielten, ein Zusammensein von leichten Wesen, ohne Hochmut und voll Liebe, ein Kommen und Gehen von flatternden Gestalten, die sich nicht stießen und ineinander lächelten. Und Gott sprach: »Siehe, dies hier ist die Erinnerung an die gute und ehedem rechte Welt«, und zu seinem Gebilde sagte er: »Geh hin und sei für die Menschen, was du bist – Erinnerung!«

Der Tod des Mose

Als Mose auf seinem Berge sah, daß der Beschluß des Gerichtes über ihn gefaßt sei, tat er sich in Sack und Asche, zog ringsum einen kleinen Kreis, stellte sich hinein und sprach:

»Nicht weiche ich von dieser Stelle, bis der Beschluß aufgehoben ist.«

Und er fastete und hub ein großes Flehen und Beten an, daß die Festungen des Himmels und die Ordnungen der Schöpfung erbebten und erschüttert waren. Und aus diesem Gebet kam über Himmel und Erde ein Sturm, daß beide gedachten, der Wille des Herrn sei gekommen über die Welt, sie zu zerbrechen und zu erneuern. Da donnerte die himmlische Stimme: »Noch ist nicht gekommen Gottes Wille, seine Welt zu zerbrechen und zu erneuern.«

Was tat Gott? Er berief vor sein Antlitz Achzesiel, den Engel gesetzt über das Ausrufen, den Herold der Höhe, und sprach zu ihm: »Eile hinab, Herold, und heiße sich schließen die Tore der himmlischen Veste, denn mächtig tönt eines Mannes Gebet zu mir auf.«

Und er schickte dem Herold nach die drei Dienstengel, Michael, Gabriel und Sagsagel, die waren aufgefahren vor des Mannes Gebet. Denn Mose Gebet war ein schneidendes, fürchterliches Schwert, und gar nichts konnte sich halten vor ihm. Und in dieser Stunde redete Mose also vor Gott:

»Herr und König der Welt, Du hast mich auserlesen, daß ich Deinem Volke lehre, und Dir ist meine Mühe und Arbeit nicht verborgen. Du weißt die Bitternis und die Geduld, die ich Dir zum Opfer brachte, bis ich in ihrer Seele Dein Gesetz aufstellte und Deine Vorschrift befestigte. Ich tat dies alles, und voll Trostes dachte ich: Wie ich sie gesehen habe in Wüste, Wanderung und Qual, so werde ich sie sehen in ihrem Besitz und Glück! Sieh hin, unter Deinem festlichen Himmel ziehen sie in Scharen und bauen Brücken hinüber in das gesegnete Tal. Und Du sprichst das Wort zu mir: ›Du sollst nicht über diesen Jordan gehen.‹ Mein Herr, zerbrich nicht Deine Schrift in mir, in der Du sagst: ›An seinem Tage sollst Du dem Arbeiter seinen Lohn geben, denn er ist arm, und seine Seele schmachtet danach, und laß die Sonne darüber nicht untergehen, daß er über Dich nicht schreie zum Herrn und Du nicht sündig werdest!‹ Und für den Arbeiter Mose soll das die Vergeltung der vierzigjährigen Mühe sein, ehe daß sie ein treues und heiliges Volk wurden?«

Und während Mose also vor Gott sprach, harrte der ruchloseste und grimmigste der Engel, Samael, das Haupt der Satanschaft, auf seinen Tod. Er sprach: »Wann kommt die Stunde, da Mose um ist und ich niederfahre und die Seele dessen hole, von dem gesagt ist: ›Nimmermehr wird in Israel ein Prophet wie Mose sein, der den Ewigen von Angesicht zu Angesicht kennt.‹ Wann wird Michael, mein heller Bruder, und ich lachen in meinem Triumph?«

Das hörte Michael, der Klare, neben dem Herrn und sprach: »Wie, Du Frevler lachst, und ich weine! Freue Dich nicht! Ich fiel, doch stehe ich wieder auf, jetzt sitze ich in Finsternis, doch der Ewige ist mein Licht.« – – –

Nun war für Mose die Frist der letzten Stunde angebrochen. Und er warf sich hin und betete zu Gott: »Herr, mein König: Wenn ich schon nicht hinüber darf in mein Land Israel, das ich vor meinen Augen sehe, so tu ab das Leuchten der Würde von meinem Haupte, tu ab von mir den Mose, der ein Führer war und ein Feldherr Deines Willens, und laß mich hier, daß ich lebe in dieser Welt und nicht sterbe!«

Da erging die Stimme Gottes an Mose und gab zur Antwort:
»Wenn ich Dich nicht töte in dieser Welt, wie soll ich Dich beleben in jener Welt?«

Wilder schlug nun der Heilige wider seine Brust und begann zu flehen: »Herr, mein König, wenn Du mich schon nicht hinüber lässest in das Land Israel und ich nicht einmal in diesen Bergen hier leben darf als ein armer Köhler, so lasse mich sein wie ein Waldtier, trabend durch die Reviere, daß ich Kräuter esse und vom Gewässer trinke! Ich will nur leben und atmen und der Welt genießen.«

Da sprach Gott ein Wort und das hieß:

»Genug!«

Und Mose biß in die Erde und tobte gegen den Boden und brüllte: »Ich will ein Vogel sein, taumelnd durch die vier Gegenden des Himmels und durch das Abendrot kehre ich müde heim in mein Nest! Und vergönnst Du mir das nicht, so sei ich das blöde Gras des Ufers oder der unbewegliche Stein der Kluft, nur laß mich leben!«

Da sprach Gott noch einmal das Wort:

»Genug!«

Und Mose ward still und verneigte sich, da er sah, daß nichts von der Straße des Todes erretten könne ... und sagte: »Der Fels, ohne Wanken steht er da. Sein Wirken hat keine Fehle. Ein Gott ohn Falsch, gerecht und gerade ist er.«

Als er das gesprochen hatte, nahm er eine Rolle her und schrieb den Gottesnamen darauf, und wie er noch schrieb, war die Frist abgelaufen und der Anfang seines Sterbens da.

Und Gott entsandte seine Dienstengel Gabriel und Michael, die Seele des Moses zu holen. Die aber schlugen die Flügel um ihr Antlitz und wandten sich ab.

Da schickte der Herr den entsetzlichen Samael, die Seele des Mose zu holen.

Der jauchzte und rüstete sich sogleich mit Grimm und gürtete sich mit dem Schwerte des Schreckens und hüllte sich in die grausame Wolke. So fuhr er hernieder.

Doch als er Moses sah, wie er saß und an dem Gottesnamen schrieb und in einem maßlosen Glanz ruhte, der sich gleich einem Engel aus ihm verbreitete, da erbebte der Teufel und wurde schwach.

Doch Mose hatte sein Kommen gefühlt und sprang herrlich aus seiner Flamme empor und sprach: »Was willst Du, Frevler?«

»Deine Seele«, antwortete der zitternde Satan.

»Meine Seele bekommst Du nicht, über mich hast Du keine Macht, ich bin der stärkste aller Weltbewohner.«

»Worin ist Deine Stärke?« schrie der Samael.

Drauf Mose –:

»Am Tage, da ich geboren wurde, redete ich mit Vater und Mutter und konnte sogleich laufen, und mit keiner Milch bin ich gesäugt worden. Und drei Monate alt weissagte ich vom Gesetze mir verliehen aus der Feuerflamme und trat hinaus und in den Palast.

Im achtzigsten Jahr tat ich Zeichen und Wunder in Ägypten und spaltete das Meer und führte mein Volk hindurch.

Das bittere Wasser verwandelte ich in süßes, und schlug die Könige der Riesen Sichon und Og.

Aus der Rechten Gottes empfing ich das Gesetz im Feuer, und auf der Höhe der Welt hieß ich stille stehn Sonne und Mond, und schlug sie mit diesem Stab, und erlegte sie. Fahr hin Satan, was vermöchtest Du gegen mich?«

Und Mose schlug den Frevler mit seinem Stab, daß dieser heulte und entfloh.

Da war nur ein Augenblick mehr für Mose übrig, und die himmlische Stimme verkündete das Ende seines Sterbens.

»Herr der Welt«, sprach Mose vor Gott, »gedenke des Dornbusches und der vierzig Tage und vierzig Nächte von Sinai und gib mich nicht in die Hand des Todes-Engels.« Und die himmlische Stimme sprach: »Fürchte Dich nicht, ich selbst werde mich mit Dir und Deinem Begräbnis beschäftigen.« Gott aber und seine Seraphim ließen sich nieder von den obersten Himmeln. Die Engel betteten Mose auf Byssus und hoben ihn ein wenig, daß er dem Lande Israel gegenüber ruhte. In dieser Stunde rief Gott die Seele mit süßer Stimme: »Meine Tochter, hundertundzwanzig Jahre waren Dir bestimmt, zu weilen in diesem Körper. Komm und zögere nicht.«

Und die Seele erwiderte süß und leise: »Hundertundzwanzig Jahre durfte ich in diesem reinen Körper leben, und es ist kein übler Geruch an ihm, kein Wurm und keine Fäule. – Ich habe ihn lieb, laß mich bleiben.« »Fahr aus, Seele«, sprach Gott wiederum, »Du sollst leben an meinem Thron und unter meinen Scharen.«

»Herr der Welt«, sprach die Seele noch leiser, »ich habe kein Weib berührt, seit Du mir erschienst. Ich bitte Dich, laß mich in diesem Körper.«

Da küßte ihn Gott und nahm ihm mit dem Kuß die Seele vom Munde. Und Gott weinte und sprach:

»Wer erhebt sich für mich gegen die Bösen?

Wer steht für mich gegen die Übeltäter?«

Knabentag
Ein Fragment

I

Von der Terrasse herab klang das ungeheure Geräusch der Erwachsenen: Gläserklirren. Aufbruch von der zerstörten Tafel, tiefes Gelächter, satt schaukelnde Schritte! Wir Kinder standen unten im Garten durcheinander.

»Was werden wir für ihn machen?« fragte Franz.

»Theater«, sagte der Bruder von Peter.

Peter sollte morgen mit dem Mittagszug auf das Gut kommen, wo seine Familie und wir Gäste diesen Sommer zubrachten. Es hieß, er wäre eben in der ersten Gymnasialklasse durchgefallen. Sein Vater war in die Stadt gefahren, um ihn abzuholen.

Auch ich war elf Jahre alt, also nicht jünger als Peter. Mein Schuljahr hatte ich mit wenig Glück beendet, doch war ich in die höhere Klasse versetzt worden.

Der Theatervorschlag fand nicht viel Beifall. Viele lachten Karl aus. Auch Mädchen waren unter uns, wurden aber nicht sehr beachtet. Karl war dunkel und sehr klein, trug das Haar über ein breites Gesicht gescheitelt, das er oft in Falten zog. Man fand ihn, wenn er allein war, meist vor einem Spiegel, vor dem er grimassierte. Aus jedem bunten Tuch, das ihm in die Hand fiel, machte er einen Turban oder sonst einen Putz, den er anlegte, und ekstatisch zurückgebogen schritt er so in jeden Spiegel hinein. Eines Abends hatte er das ganze Haus erschreckt. Nachdem schon alles beim Schlafengehen war, hörte man einen großen Lärm; die meisten fuhren aus ihren Zimmern. Karl stürzte mit aufgerissenem Hemd, einen brennenden Kerzenleuchter in der Hand, ein unnatürliches Gebrüll ausstoßend, über die große Treppe. Man konnte ihn kaum zur Besinnung bringen. Er war im letzten Winter öfter im Theater gewesen, auch bei den ›Räubern‹. Vor seiner theatralischen Zeit hatte er jeden Tisch mit Tischtüchern drapiert, soviel Kerzen, als aufzutreiben waren, daraufgestellt und angezündet und stundenlang den monotonen Gesang des Priesters nachgeahmt. Als er älter wurde, war ihm dieses Spiel verboten worden.

Die meisten von uns fanden ihn lächerlich, er kümmerte sich um keinen. Mit mir nur, um den sich die anderen wiederum wenig bekümmerten, war er viel beisammen.

Es wurden noch viele andere Pläne gemacht, wie man die Ankunft Peters am besten feiern sollte. Ein Praktiker riet dazu, aus einer Zigarrenkiste einen photographischen Apparat zu verfertigen, ein Leser von G. Schwabs Sagen des klassischen Altertums wollte, wir möchten alle in Rüstung und Schwert den Kampf der Trojaner mit den Griechen aufführen. Die Terrasse konnte wunderbar die Mauer von Troja vorstellen.

Man einigte sich schließlich auf ein Gartenfest. Alles stürmte nun in den Saal der Erwachsenen, wir baten uns Kupfer und Nickel aus, Lampions und Laternen wurden aus verschiedenen Verstecken herbeigeholt, einige steckten die Köpfe zusammen, berieten, wie gegen den Willen der Eltern Feuerwerk zu beschaffen sei; es war Springen in uns und Laufen und wildes, sinnloses Atmen.

Ich lief zum Kaufmann im Dorf, denn ich hatte den Auftrag bekommen, sehr viel Bindfaden zu kaufen. Ich trat in den Laden ein und bat, nachdem ich die Arme nach beiden Seiten streckte, um gleichsam das Unendliche anzudeuten, um einen Meter Bindfaden. Der Greißler schüttelte den Kof, nahm ein Metermaß in die Hand und schnitt ein kleines Stück von der Spule ab.

Ich verlangte betroffen mehr, er gab mir lachend die ganze Spule. Ich schämte mich und bemühte mich sofort, die Blamage zu vergessen und das Bewußtsein zu haben, als hätte ich seit meiner Geburt schon die Länge eines Meters richtig eingeschätzt. Das tat ich auch immer in der Schule so, wenn ich auf einer Unwissenheit ertappt worden war.

II

Am nächsten Vormittag stand Karl neben mir im Garten. Ich hatte Herzklopfen vor Erwartung und zählte die Stunden. Um ein Uhr sollten der Wagen und Peter kommen. Ich kannte Peter noch nicht, doch liebte ich ihn mit einer schmerzlichen, süßen Aufregung. Dieses Vorgefühl der Liebe blieb mir auch in den späteren Dingen meines Lebens treu. Jedesmal, ehe ein Mensch in mein Herz eingriff, hatte ich monatelang vorher schon das Bewußtsein seiner Nähe. Irgendwo trat mich plötzlich sein Name an, der mich durchfuhr, fernes beseligtes Gewitter einer Existenz rollte mir herüber, die leichte, unendlich zart schmerzende Wolke eines Lebens, das ich noch nicht kannte, umkränzte meine Stirne. Das pflegte immer so zu sein; ich stand schon umflochten von den dünnsten leidendsten trännenvollsten Beziehungen da, ehe das wirkliche und deutliche Schicksal auf mich zukam.

Ich hatte an diesem Vormittage eine Hacke in der Hand und grub.

»Was tust du da?« fragte Karl.

»Ich mache eine Grube«, sagte ich und arbeitete gebückt weiter, um nicht zu zeigen, daß ich rot geworden war.

»Für Peter?«

»Ja.« Herzklopfen würgte mich.

Karl war nicht erstaunt und hielt es für durchaus in Ordnung, daß man Peter auch durch ein solches Werk begrüßen könne. Er sah mir eine Weile zu und sagte dann:

»Man kann dann auch Wasser hereinleiten.«

Ich war beglückt: meine Arbeit wurde von seinem Bruder anerkannt.

»Glaubst du, man soll Wasser hereinleiten?« Karl schaute mich an, sah über mich hinweg und sagte: »Es wird ihm mehr Freude machen.«

Dann lief er in Sprüngen weg und hieb von Sprung zu Sprung mit einer Weidengerte auf den Rasen.

Ich hackte und schaufelte tief erquickt und toll weiter. Das geschwinde Tempo eines Vollbringens schlug in mir schon seine scharfen männlichen Takte.

III

Während ich noch im besten Arbeiten war, stand plötzlich der Graf vor mir. Neben ihm ein ganz häßlicher Junge.

Eine Hand, von der ich noch nie etwas gewußt hatte, riß in mir furchtbar wie an einem Glockenstrang.

Der Graf wies auf mich und sagte zu seinem Sohn: »Das ist dein Freund Hans.« Peter sagte: »Was machst du da?«

Ich sah ihn bei meiner Arbeit nicht an. »Eine Grube.«

»Wozu?« fragte Peter weiter.

Ich wurde ganz müde und redete nichts.

»Was hat das für einen Sinn?«

»Ein Springbrunnen soll das werden.«

Ich log und glaubte dabei, mich und die schöne Grube zu zerstören.

»Hast du einen Plan gezeichnet?« Peter verhörte mich weiter.

Ich sah ihm langsam ins Gesicht.

Er hatte einen großen Mund, unregelmäßige weit auseinanderstehende Zähne (man sagte mir später, das wäre das physiomimische Symptom für Reichtum). Über die Zähne trug er jedoch eine Maschine aus einem Goldreifen und Gummiband, die das weitvorstehende Gebiß wohl zurückdrängen sollte.

Auf die letzte Frage konnte ich nicht antworten. Er drehte sich um und ging seinem Vater nach.

Ich blieb mit meinem Gerät allein.

Tränen kamen mir. Das erstemal war mir dieses Wasser nicht selbstverständlich. Ich beruhigte mich dabei, indem ich nachdachte, wieso sich die Tränen bildeten! Solches Wasser konnte es doch im Kopf nicht geben, und dann schien es mir eher aus der unteren Brust zu kommen, wo die Hitze von dem festen Block des Schmerzes immer etwas abzuschmelzen schien...

IV

Später standen wir alle auf der Terrasse. Ich hatte mein Gerät fortgeworfen und hielt mich ziemlich im Mittelpunkt der Kindergruppe. Peter stand vor einem kleinen Tisch, auf dem eine kleine Maschine aufgestellt war. Drähte spannten sich verwickelt und locker von zwei trüben Gefäßen her, die mit brauner Flüssigkeit gefüllt waren. Die ganze Terrasse schien mit allen möglichen komplizierten Apparaten bedeckt zu sein, unverständlichen Spielzeugen, obgleich ich mich eigentlich nicht erinnere, damals etwas anderes gesehen zu haben als diese kleine Maschine.

Peter fuhr die Kinder in seiner Nähe oft an. Seine Stimme schnarrte oft sehr unangenehm. Seinem Bruder gab er Befehle in einem merkwürdigen harten Englisch mit schnellen brutalen Lauten. Ich machte in einem traumhaften Echo jede seiner Bewegungen mit, zitterte mit der Zunge, bog mich gleichsam in seine Gebärden ein, als hingen sie wie ein gesteiftes Kleid vor mir, in das man mit geschlossenen Augen fahren kann. Er hantierte mit seinen Drähten.

Plötzlich fragte er mich. Ich stand weit hinten.

»Verstehst du das?«

»Ja«, sagte ich und sah in eine kleine, gleichmäßig surrende Maschinerie.

»Habt ihr das gelernt?«

»Ja«, sagte ich noch einmal, ohne es recht zu wissen, und hatte dieses Wort wie ein Cachou als einen merkwürdigen Geschmack im Mund.

»So hilf mir.« Peter nahm eines der Gefäße in die Hand und drückte ein Stäbchen tiefer hinein. Ich trat vor und legte meine ganze Hand auf eine Trommel. Ich mußte sehr schreien, denn der Strom war ziemlich stark. Die Kinder lachten und schwelgten in der ersten Süßigkeit des Hohnes. Peter blieb ganz ernst, stellte die Batterie ab und sagte mit ganz feiner Stimme:

»Du bist ein Lügner.«

Ich verstand alles noch nicht ganz. Aber ich wußte: jetzt ist alles vorbei. Ich würde ganz fern im Garten spielen. Vielleicht würde ich jetzt lernen, wie es mein Vater wünscht. Die großen und dicken Erwachsenen traten aus der Türe.

V

Das erstemal alle Wonnen, alles Gift der Erniedrigung. Jene rednerische Selbstvernichtung begann damals in mir dunkel erst zu stammeln, die wir alle so oft auf den Lippen haben. (Ich glaube euch keine Sicherheit.)

»Ich bin der niedrigste, gemeinste, stinkendste Mensch. Ich habe das häßlichste, unaristokratischste Gesicht, das es auf der Welt gibt. Wie ungeschickt bin ich beim Laufen, wie tölpelhaft beim Rechnen, und wie geschickt stelle ich mich und wie klug. Ich bin ein Lügner, ein Lügner, ein Lügner! Wenn mich meine Mutter nach der Uhr fragt, schwindle ich immer fünf Minuten nach, nur um zu lügen. Ich bin der unreinste Mensch. Ich spiele mit Dingen, mit denen ich nicht spielen darf. Ich lese auf dem Klosett, ich stecke den Kopf unter die Decke, wenn es übel riecht. Ich bin nicht wert, mit den andern zu sprechen, zu spielen. Die sind schön und rein und lügen nicht. Ich möchte sterben. Ich will nicht mehr die andern Menschen sehen. Aber ich werde doch zu ihnen hingehen, ich kann nicht anders, ich werde alles Böse in mir verbergen und das Unreine vor diesen Reinen...«

Ich lag auf dem Diwan in meinem Zimmer, das Gesicht in den Kissen. Plötzlich hörte ich seine Stimme im Nebenraum. Ich sprang auf. Aller Schmerz, alle Scham verschwand vor großem Siegeswillen. Ich mußte meine Größe zeigen, meine tausend Fertigkeiten, ihn überzeugen, ihn überwinden.

Meine Geige riß ich aus dem Kasten. Ich hatte im ganzen 15 Violinstunden, die ersten Anfangsgründe, hinter mir. Ziemlich talentlos bin ich überdies und ohne Gehör. Auf mein Pult stellte ich irgendwelche Noten und begann mein Streichen, hauptsächlich auf leeren Saiten und in der ersten Lage; das Tremolieren hatte ich heraus. Als ich plötzlich absetzte, war es daneben schon still. Ich hörte noch, wie mein Geliebter auf dem Gang einem Diener etwas Gleichgültiges zurief.

VI

»Glaubt Dein Vater an Gott?« fragte mich abends Peter. Der schwarze Himmel flog schnell. »Glaubt Deiner an Gott?« fragte ich und war bemüht, es ebenso leicht zu tun wie Peter. Doch sah ich mich fast scheu um. »Meiner?« Peter lachte und sah von oben auf mich herab. »Meiner?«

»Meiner glaubt auch nicht an Gott«, sagte ich stolz und haßte meinen Vater, weil er an Gott glaubte und ein Plebejer war und jeden Sonntag in die Kirche ging.

Cabrinowitsch
Ein Tagebuch aus dem Jahre 1915

Der freundliche Unteroffizier lädt mich ein, ihm in die Beobachtungszelle des Garnisonspitals zu folgen.
»Sie werden etwas zu sehn bekommen.«
Wir treten über einige verwitterte Stufen in einen Vorraum, der jenes elend-nebligen Dunkels voll ist, das alle militärischen Räumlichkeiten erfüllt. Auf einer Pritsche sitzen zwei Soldaten mit aufgepflanztem Bajonett. Vor der grauen Tür im Hintergrund – sie ist von einem vergitterten Guckfenster durchbrochen – steht ein schnoddriger Deutschmeister-Feldwebel. Dann und wann öffnet er die Klappe des Fensterchens und drückt sein abgebrüht-verlebtes Gesicht an die Stäbe.
Mein Korporal tritt auf ihn zu, begrüßt ihn und reicht ihm seinen Dienstzettel:
»Cabrinowitsch geht um drei Uhr zurück.«
»Eh scho wissen«, wehrt der Feldwebel ab, der viel zu selbstbewußt ist, einen Befehl nicht schon vorher zu kennen.
»Er ziagt si o, darr Hund!«
»Ist das Cabrinowitsch«, frage ich, »der das Attentat in Serajewo verübt hat?«
Ein bejahend-verächtlicher Blick streift mich.
Dann öffnet der Feldwebel die Tür der Zelle.
Es ist hell in der Zelle. Hell, doch von einem seltsamen gelben Licht, das dem Sonnenlicht nicht gleicht. Ehe noch mein Auge sich eingewöhnt und ein fast unzerstörtes Soldatenbett unterscheidet, informiert mich der Korporal:
»Der Fürstenmörder Cabrinowitsch ist vor vierzehn Tagen aus der Festung hier eingeliefert worden. Tuberkulöse Drüsenschwellungen. Unheilbar. Heute wird er in seinen Kerker zurückgeschafft. Nicht im Krankenhaus, in den Theresienstädter Kasematten muß er sterben.«

Ich sehe: Eine weiße, unsäglich schwindende Gestalt hält sich mit phosphoreszierender Hand am Eisen der Bettstatt fest. Sie scheint ganz in eine gespenstisch weiße Leinwand gekleidet zu sein, die sie eng umwindet. Nicht der Eindruck eines bekleideten Gerippes ist dies. – Nein, viel eher zittert hier ein schwacher Schein, ein leise sichtbares Fließen der Luft. In dem unnatürlich fremdartigen Gelb des Raums bebt eine Geistererscheinung, die sich auflösen will.

Cabrinowitsch stützt die Hand aufs Kavalett und macht mit den Füßen die Bewegung eines Menschen, der stehend in sein Schuhwerk schlüpfen will. Doch tritt er sanft und hartnäckig in ein Nichts. Die übermäßig spitzen Knie stehen gegeneinander, die Beine zittern geschwind und in einem feinen Ausschlagswinkel.

Mein Korporal, ein sonst höflicher und jovialer Mensch, fährt ihn mit unverständlich gepeitschten Worten an, schrill, furchtbar, von unerreichlicher Höhe herab.

Es ist eine verborgene tiefe Macht, sage ich mir, die mit so schrecklichen Kehllauten die Stimme des Korporals verändert. Ich glaube nicht, daß eine von den Personen, die mit dem Schatten dort zu tun haben, dieser Macht sich entziehen kann. Es wird ihm keiner besser anlassen. Wir alle sind Sklaven auch des fremden Schicksals, des anderen Karmas. – Wir müssen unsere Diener- und Botenrollen spielen, wie sie uns in den Mund gelegt sind, und kein Stichwort bleibt uns erlassen.

»Du hast dich hier über das Essen beklagt.« Die Worte des Korporals werden durch die Barschheit hindurch verständlich. »Er hat die gute vierte Diät bekommen«, wendet er sich zu mir. »Jetzt kann er wieder zu seinen Fleischtöpfen zurückkehren.«

Es dreht sich uns ein mildes schneeweißes Antlitz ein wenig schief zu. »Ich habe mich bitte nicht beklagt.« Cabrinowitsch sagt das in wohlgesetztem Deutsch, mit einer ganz verklärten Freundlichkeit, nur seine Beine zittern stärker.

Er ist zwanzig Jahre alt.

Plötzlich beginnt sein Gesicht an einem Lächeln zu arbeiten.

Es geht sehr mühsam, aber endlich ist es doch da. Ich fühle sogleich: Dieses Lächeln ist für mich bestimmt, ein Versuch, gemeinsame Menschheit zu zeigen, damit ich mich nicht fürchten und schämen muß. Zugleich aber ist dies Lächeln ein Gruß, ein Gruß vom Jenseits der Leiden her, ein Gruß des schwingenden Seelenlichts, das überall aus der Ruine seines zermarterten Körpers tritt, und in meinem dunklen festen Leibe das geschwisterliche Licht sucht. – Einen geheimnisvollen Augenblick lang durchwallt mich herzaufwärts ein mächtiger Strom – und auch ich will lächeln, hinüberlächeln über diesen Abgrund...

Aber ich vermochte nicht den Gruß des Lächelns zu erwidern. Auch dem Gesicht des Kranken entsank das Gewicht, langsam geriet es zurück in seine zarte, ernste und heitere Freundlichkeit. – Ich hatte in diesem Raum meine Freiheit verloren, das Schicksal jenes Menschen, der ein Anlaß des ungeheuren Sterbens war, zwang mich streng und erbarmungslos vor ihm zu stehen, wider meinen Willen und mein Wissen.

Als Knabe hatte mich oft dieser Gedanke beschäftigt: Kann man sich einen besten und einen schlechtesten, einen glücklichsten und einen unglücklichsten Menschen vorstellen? Oder hat nicht der Beste (zumindest in seinem Bewußtsein) noch eine Unendlichkeit von Besseren vor sich, und der Unglücklichste eine Unendlichkeit von Unglücklicheren? So daß der Beste und der Unglücklichste gleichsam immer noch in der Mitte steht?

Dies Gesicht dort in der Zelle, diese nicht einmal mehr schmerzliche Güte, diese schief geneigte Freundlichkeit, diese verklärte Schwäche, dies wußte ich erschüttert, war das wundervolle entrückte Gesicht des Allerletzten, dessen, der aus der Mitte gestoßen ist, der am äußersten Rande der Menschheit steht. Nicht anders als auf dem Antlitz des Helden erkannte ich in diesen verlorenen Zügen die Schönheit und Würde der tödlichen unausdenklichen Einsamkeit dessen, der niemals mehr in die Mitte der Menschen zurückkehren kann.

Cabrinowitsch machte einige Schritte. Er hatte keine Fesseln an den Füßen, dennoch ging er mit den knappen Schritten der Gefesselten. Über ihn war solch eine hohe Bedeutung gebreitet, daß für einen Augenblick das Scharren der Stiefel, Geräusper und tonloser Schwatz der beiden Wachtsoldaten aussetzte.

Ja! Dieser Jüngling war der auserwählte Schicksalsmensch. In einer Wolke von Verschwörereiden, durch einen tiefen Traum wandelnd mit der Bombe, an einer beflaggten Straßenecke der großen Tat harrend, auserkoren von ernsten Göttern (die allein wissen, was sie wollen), nachtwandelnd und notwendig wie die Note in einer Melodie, schuldig und unschuldig, zufällig und vorbestimmt wie die Atout-Karte in einem großen Spiel.

Die zwei ersten aus unsicherer Entfernung abgegebenen Revolverschüsse durchbohren das Thronfolgerpaar tödlich. Das Unwahrscheinliche ist geschehen. Milliarden Kugeln, ohne zu treffen, werden vergellen. Sind es die Mörder, die gemordet haben?

Da stand nun der Knabe im gelben fremden Licht seiner Zelle, ein fortgeworfen abgeschminktes Requisit der Tragödie, unbewußt, doch durch das ihm Zugeteilte ein höherer Mensch; dieser arme, überall schwer durchlässige Körper war nicht nur Opfer der Gefängnisse und des Hasses der Monarchie, jeder von den Millionen Toten des Krieges bröckelte unerbittlich ein wenig von ihm ab. – Und doch nur ein junger Mensch, irgendwer, der dem Maß seiner schrecklichen Berufung nicht gewachsen sein konnte, passiv wie ein Rad, das nicht weiß, wohin es rollt.

Merkwürdig erscheint es mir noch, daß sich auf dem Schmerzensgesicht des Cabrinowitsch eine Barttracht gebildet hatte, wie wir sie von einigen heiligen Menschen der Erde kennen.

Und jetzt fuhr ihn der Korporal an: »Machen Sie sich fertig, Sie!« – Cabrinowitsch versuchte wieder zu lächeln und zitterte noch schrecklicher.

Den überirdischen Ausdruck seiner Hände zu beschreiben, vermag ich nicht.

Später stand ich im Korridor vor der Stufe, die zu jenem Vorraum der Beobachtungszelle führt. Es hatten sich viele Leute angesammelt, denn das Gerücht, daß der Attentäter von Serajewo weggeführt würde, war in alle Säle des Kriegshospitals gedrungen.

Verwundete und einige Weiber promenierten.

Mein Korporal trat wieder auf mich zu und zeigte mir ein Blatt, auf dem vermerkt und vom Spitalskommandanten unterfertigt stand, daß Cabrinowitsch »zur Fortsetzung seiner Strafe tauglich« sei.

Ein Spaßvogel hatte mit roter Tinte hinzugefügt: Fluchtverdächtig!

Zwei Sanitätssoldaten holten eine fahrbare Transportbahre herbei. Hie und da fiel aus gepreßten Gemütern ein roher Scherz. Ein älterer Landsturmmann, der schon am nächsten Tag wieder zur Front einrücken mußte, nahm die Pfeife aus dem Mund, und sagte, ohne wie sonst vorher auszuspucken: »Letzte Ausfahrt!«

Die Türe öffnete sich, und vor den beiden Bewaffneten stieg jetzt langsam und ganz schwach Stufe für Stufe hinab Cabrinowitsch, mit demselben milden durchklärten Antlitz wie vorhin, tief und edel in sich gekehrt.

Er trug die militärische Sträflingsuniform, aus braunem unmenschlichem Zwilch Mantel, Kappe und aus schrecklicher Sackleinwand das Beinkleid. Dennoch konnte ich mich eines Eindrucks von Vornehmheit, ja von Eleganz nicht erwehren. Mit sinkenden Knien trat er an die Bahre heran.

»Niemand helfe ihm«, brüllte verzerrt ein Oberleutnant und ballte die Fäuste. Doch schon vorher war er vor einem zurückgeschreckt, der ihm behilflich sein wollte, die Schulter hochziehend, mit dem feinen Takte des Ausgestoßenen.

Jetzt erst erkannte man, daß dieses Gesicht nicht die Farbe des Sterbens oder des Grabes trug, nein, eine höhere, unbekannte, außerirdische Farbe, die entrückte Farbe des Totenreichs, weißer als weiß und doch nicht weiß und auch nicht bläulich.

Er legte sich langsam auf die Bahre. Für einen Augenblick

wurde ein selten zartes Fußgelenk sichtbar, das vielleicht einmal einem gebräunten Knaben gehört haben mochte, der klettergewandt auf den Ästen der Bäume in einem glücklich-dunklen Garten daheim war.

In diesem Augenblick durchfuhr mich ein Satz, der mir wie eine höchste Erhellung in alle Sinne blitzte. Jetzt sind die Worte tot und ich kann sie ebensowenig verstehn, wie sie meine Leser verstehen werden. Dennoch will ich sie hierhersetzen:

»Alles Leiden ist objektiv, aller Schmerz ist bei Gott.« Ich mußte vor Herzklopfen einige Male auf- und ablaufen.

Inzwischen drängten sich die Leute näher an die Bahre. Im Halbdunkel sahen sie dieses mattleuchtende Gesicht und diesen schwachen blonden Bart.

Eine Bäuerin schrie hysterisch auf; sie schien in dem Gesicht des Cabrinowitsch eine Ähnlichkeit entdeckt zu haben, denn sie starrte ihn eine Weile geisterseherisch an, bekreuzigte sich und begann herzzerreißend zu schluchzen.

Und es standen hier viele Menschen durcheinander: Verwundete, Verstümmelte, Verschüttete, kaum erst gerettet, in ihren erdgebeizten überbluteten Kleidern, viele Einsame in ihrem dumpfen Käfig, mit Pfeifen und Zigaretten im Mund, jeder für sich, jeder in seinem Gefängnis, eine Unsumme von Erlebnis und Schicksal: Frühlingsabende, Erntefeste, Liebesnächte, Sturmangriff, Todesschmerzen... Aber es war noch nicht das Ende. Von all diesen Dingen war ihnen und mir noch manches vorbestimmt.

Alle blickten auf das kleingewordene adelige Gesicht mit den dunkel-ruhigen Augen dort auf der Bahre. Und in die derben Seelen griff das Geheimnis. Die Männer standen starr, habtacht, verlegen, als wäre ein Vorgesetzter unter ihnen. Einem Lamm war die Schuld auferlegt worden. Dieses Wesen wird nichts mehr empfangen, nicht einmal einen Menschentod. Und darum übertrifft es alle.

Ich beugte mich über die Bahre. Ich wollte noch einmal das astrale, grüßende Lächeln finden. Aber über den Zügen des

Jünglings mit den offenen blicklosen Augen lag jetzt eine lichte unbewegliche Gleichgültigkeit, die noch etwas Höheres war als jenes Lächeln.

Ein Kommando wurde laut. Die Leute traten zurück. Sanitätssoldaten schoben die Bahre hinaus. Übertriebenes Reden, Lachen, Husten, Scherzen durchschallte erlöst den Korridor. Der Überwachungsfeldwebel atmete auf.

Bauernstuben
Erinnerung

Es waren das zwei sehr ähnliche Tage, wo mich dieses eine Ding der Welt festhielt und meinen Sinn bewegte. Das eine Mal war es nach einer durchrittenen Nacht während der großen Manöver, als ich zu heiligster Morgenstunde in ein kleines tschechisches Bergmannsdorf in der Nähe Přibrams einritt, das andere Mal gestern, wo wir auf einem Rückzug vor den Russen in ein galizisches Gehöft mitten in einer seltenen, sanften, beschützenden Landschaft einzogen.

Damals war ich bis zur Vermischung aller Sinne müde, betäubt durch das feurige Dröhnen des gewaltigen Morgens. Ich stieg vom Pferd vor irgend einer Türe, irgend einer Hütte. Auf der Türschwelle stand eine erhabene Frauenerscheinung. Übergroß gewachsen, das Gesicht hart und großartig geschnitten, aber von einem tatsächlichen gelblichbraunen Licht beleuchtet, das nicht von außen erborgt war, sondern in eigener tiefer Kraft innen aufgehoben ausstrahlte, das Haar unsichtbar unter großem Kopftuch, mit nackten anbestäubten strengen Füßen stand sie da. Ich stand vor ihr im Traum. Sie hob langsam ohne Spiel der Gelenke die Hand; in einer fast unnatürlichen Bewegung, als wiese ihre Natur jede irdische Geste von sich, ließ sie den Arm in der Höhe.

Dann wandte sie sich um und schritt mit nackten harten Göttinnenschritten mir voraus. Hinter meinem Rücken wälzte sich der schweigsame Tumult des immer größer anschwellenden Morgens nach. Dann stand ich in der dunklen Stube des Bergmanns. Die Frau, durchaus nicht eine der Erdparzen, stellte eine Waschschüssel auf den Tisch, wies mit der einen Hand darauf, mit der andern auf eine Lagerstatt, aber nur beiläufig in der Richtung hin, ohne Hochmut, nur mit der Ungenauigkeit des Erhabenen, das über das Kleine hinauszielt. Stumm und schreitend entfernte sie sich. Nun da sich mein Gedächtnis vorgenommen hat, jene Stuben wiederzubilden, hielt ich inne. Ich liege in einer Landschaft, in einer kurzgesichelten Mulde, die durch einen von Weiden vergitterten Bach durchzogen wird. Der Bach ist stumm, aber ergießend an einem Rohr tönt eine Quelle. Schierling, Wegerich, Kleeblumen, Heidekraut um mich und Minze, am Bach unten im Schatten Lattich. Strohschober, der zarte Himmel der achten Stunde, den man ohne Erbeben noch anschauen kann, wie man ein Kind anschaut, weil man sein Schaun nicht aushalten muß, es schlägt die Augen nieder. Störche fliegen, ohne Flügelschlag, die roten Fäden ihrer Beine zierlich nach oben gebogen. Weißt du, in welcher Landschaft ich liege? Nein, du weißt es nicht! Auch ich weiß es nicht. Ich sehe ihre Teile, ihre Vielheiten, was nahe ist ungezählter, was ferne ist vereinfacht. Aber ich sehe sie mir so sehr bindend, als alltägliches Auge bindet, sie entflieht mir, wenn ich die Augen schließe, und nur hinter der Feuerwand meiner geschlossenen Lider rollen unzusammenhängend ihre Bilder, hier eine Marguerite und dort ein Gewölk.

Die andere Seite

Ich erinnere mich, einmal als Kind in einem Haus gewohnt zu haben, an dessen Gärten vorbei ein rascher kleiner Gebirgsstrom floß. Man konnte, wenn man geschickt war, das untiefe Wasser leicht auf großen Blöcken überqueren. Wir Kinder durften das natürlich nicht. Es war uns kaum erlaubt, am Flußufer zu spielen. Ich sehe diesen Fluß noch vor mir, ich höre ihn noch durch mich spielen, sein Name war dem Wort Traume benachbart. In sein anderes Ufer fiel ein niedriger Berghang hinab, in dessen Schatten wir mit Steinen warfen und den Forellen zusahen. Kein Weg schien dort gebahnt zu sein, die struppige Waldung schien niemand betreten zu haben seit den Zeiten des Paradieses, über die almhaft weiche Hochebene, die sich in kleiner Höhe bog, schwebte ein anderer bannenderer Himmel. Was es dort für Dinge gab, es wäre kaum zu erzählen!

Dort war Urwald, ein Wort, bei dem man das Gesicht in die Hände barg, dort wuchsen meterhohe Blumen, wirkliche Höhlen gab es dort, Amethyste, wenn man tiefer in den Bezirk eindrang unentdeckte Rassen, Schildkröten auf jeden Fall und Totenkopffalter. Jeden Morgen und wenn mittags die Sonne das Leben mit weißen Gewichten behängt [*im Typoskript handschriftlich geändert in* bedrängt], konnte man in das nahe und ungeheure Geheimnis hineinstarren. Die Welt, nur damals war sie so unendlich, als sie es wirklich ist.

Eines Abends, noch vor Sonnenuntergang, wagte ich es. Über die Steine des Flüßchens schwankend, hängte ich mich an das Gebüsch der anderen Seite. Ich blieb, ohne zehn Schritte weit zu kommen, vielleicht eine Viertelstunde drüben. Alles, alles war so, wie es war, und wie ich es geahnt hatte, so war es. Ja, bei weitem gewaltiger noch fand sich meine Ahnung bestätigt.

Ich kam zitternd, mit geschlossenen Augen und wie in ein

Netz verfangen nach Hause. Mein Butterbrot und die Äpfel rührte ich nicht an, denn ich lebte in tiefer sättigender Gnade. Über die sanfte Alm drüben auf der Höhe der anderen Seite sah ich einen seltsam geformten vergoldeten Wagen fahren. Ich wußte alles! Auch von jenen einsamen, edlen zurückgezogenen Völkern, alles!

Ich wandte mein Auge ab, weil meine Kindheit so viel Wunder und vor allem so viel Glauben kaum mehr ertrug.

Mehr weiß ich von der anderen Seite nicht zu berichten.

Geschichte von einem Hundefreund

Es lebte vor gar nicht so langer Zeit in einer großen nördlichen Stadt ein Mann, als Redner kunstreich und weithin berühmt. Er besaß in Politik und öffentlichem Leben ein gewaltiges Ansehn, denn seine Gabe war so geheimnisvoll und wirksam, daß weder ein lebender Meister noch auch das Andenken der Größten ihn und seine Effekte in den Schatten zu stellen vermochten. Er schien furchtlos zu sein, schreckte nicht vor Königen und Zeitungsherausgebern zurück, schloß sich keiner Partei an, verteidigte als Ausfluß der höchsten Gerechtigkeit eine gegen die andere, oder fuhr hoch auf seinem Sichelwagen meist gegen beide. Er ward schließlich das einzige unbedingte Maß im Lande, so unabhängig, unbestochen und ungefärbt, wie die Wahrheit und die Tugend selbst. – Da aber die Wahrheit und die Tugend noch in der hitzigsten Rüstung dem Geschäft der Welt nicht weiter schaden, geschah es, daß der große Redner, der unerbittliche Moralist und unzugängliche Gerechte, in gewissem Sinne in Mode kam. Das ging schließlich so weit, daß die Frauen der von ihm bekämpften Könige, Generäle und Zeitungsfürsten ihre Männer auf den Markt vor seine Rednerbühne schleppten. Diese Mächtigen hörten nun das Toben und Rasen des Donners wohlgefällig an, als gälte es gar nicht ihnen, und klagten zum Schluß, wie schade es sei, daß eine solche Vehemenz unverwertet dahinfahren müßte, aus Eigensinn und Selbstgerechtigkeit, anstatt ein gutes Unternehmen zu beleben und anzufeuern. So blieb dennoch der große Mann, so endlos auch sein Ruhm war, ohne Macht in den Dingen des Staates, er war gleichsam nur Trostspruch und Beistand junger edler und reiner Menschen, denen noch nicht das Bild der Göttin durch die Schleier selbstgefälliger Weltläufigkeit und angefressener Zwecke verhängt war. Ihm erging es schließlich so, wie allen Geistern seines Maßes.

War dieser gefürchtete bewunderte ruhmvolle Redner Angriff

und Schärfe, Bitterkeit und Hohn, unnachgiebige Forderung, unendliche Hoffnungslosigkeit, was alles Menschliche anging, so besaß sein Wesen eine Seite, die gerade durch ihren Gegensatz zu seiner sonstigen Härte und Unversöhnlichkeit, seine Anhänger mit Rührung und andächtiger Verzückung erfüllte: Er war ein Tierfreund. – Das heißt, es gab niemanden, der ihn jemals mit einem Hund hätte spazierengehen sehen, ganz Mutige und Vordringliche, die es gewagt hatten, sich an seinen alten Diener heranzumachen, mußten sogar erfahren, daß niemals ein Hund im Hause gewesen sei. Auch zu Pferde war er niemals gesehen worden, und wenn er abgesperrt hinter tausend Türen über die Straße ging, schien seine blicklose Verachtung Mensch und Tier zugleich zu gelten. Das alles bekümmerte aber seine Getreuen wenig.

Denn wenn er sich auch unter ihnen zeigte und mit ihnen umging, sie verließen ihn vor der Tempelschwelle und blieben im Vorhof. Denn über dieser Schwelle begann der Raum, wo all das Große gesichtet, gedacht und geschaffen wurde, wo gleichsam alle Übel, triumphierende Verbrechen, geschmückte Gemeinheiten hinter den Schranken standen, während sich die ausgebeuteten und entrechteten Göttlichkeiten vor den Thron des Genies warfen und anklagten. Unter diesen Anklägern mochten wohl auch die Tugenden der Tiere zu finden gewesen sein.

Es war wie ein tiefes Übereinkommen zwischen ihm und seinen Jüngern, das Geheimnis seines privaten Lebens ungebrochen zu lassen. Weilte er auch tagsüber unter ihnen, so schien er ein allabendlicher Elia auf überirdische Weise ihnen entrückt zu werden. Er entschwand und keiner blickte ihm nach.

Nur eine Schar von Niedrigen und Rachsüchtigen bemühte sich darum, die Menschlichkeiten und Notdürfte des Meisters auszuspionieren, teils um der Wollust der Verleumdung willen, teils um sich selbst mit dem Trost helfen zu können: Auch er ist ein Schwein. Denn diese Überzeugung ist das einzige Verhältnis, das der Pöbel zur Größe hat, durch die im Grunde einzig er sie erträgt.

So lebte er sanft und erhaben mit seinen Jünglingen und Älteren am gemeinsamen Tisch und viele Stunden des Tages und des Abends schien es, als würde sein Blut und Leib im heiteren ununterbrochenen Abendmahl genossen. Die Gefährten schwiegen und er lehrte, aber nicht in allgemeinen Gegenständen und Gleichnissen, sondern mit unerhörtem Scharfsinn eine Person oder ein Ereignis des Lebens auf Wahrheit und Gehalt prüfend. Mit selbstloser Gerechtigkeit brachte er Gründe für und gegen seine Anschauung, verwarf seinen eigenen Instinkt, um nur das Geschehn selbst deutlich reden zu lassen, war weniger Richter, als ein ganzer vollkommener Gerichtshof; wo nur Güte und Gnade möglich war, ließ er sie walten, und wenn endlich für die vorgeladene Person oder das Ereignis die äußerste Schranke der Großmut zu eng war (so wars gewöhnlich), dann fielen alle Verteidigungsgründe einer den anderen mitreißend zusammen, und ohne daß noch ein Urteil gesprochen wurde, standen die Angeklagten gerichtet da.

So war also irgendwo auf einem Punkt der Welt täglich die absolute, die jüngste Rechtssprechung am Werk und für manchen Verzweifelnden und in dunklem Gram Dahinfahrenden wäre (wenn er darum gewußt hätte) dies Trost und Verheißung gewesen.

Aber diese geheime apokalyptische Rechtssprechung verwandelte sich wahrlich zum leibhaftigen Konterfei des Jüngsten Tages (wie der alte Diener Daniel sagt), wenn der große Gerechte auf seiner Bühne, auf seiner Kanzel stand, dies immer auf offenem Markte, und der entsetzliche Spiegel in seiner Hand zurückwarf die Gesichter der Geladenen, und siehe da, es waren Gesichter von Leoparden und Tigern.

Da mochte es aber geschehn, wenn sich das Antlitz der Menschheit in ein Bestiengesicht verwandelt hatte, von deren Art und Schrecklichkeit noch keins auf Erden ist erfunden worden, daß sich das Antlitz des Hundes in ein Menschengesicht verwandelte, das an Heiligkeit und Treue nicht seinesgleichen unter den Zeitgenossen fand.

Über die schauernde Menge niederstürzten aus endlosem Atem wiedergeboren die scheußlichen Menschentaten der Täglichkeit, doch plötzlich floh die entsetzlich gepeitschte Stimme dort oben in sich zurück, als ob sie ihren eigenen Schmerz nicht mehr ertrüge, und holte unter Tränen, als würde sie Gott die vorige Verfluchung seiner Welt abbitten, ein armes zitterndes Wesen hervor, einen Schatten, eine schweigsame Larve, einen Hund, der auf dem Grabe seines Herrn sitzt, und dessen treues Haupt langsam dahinsinkt. Und ehe das erschütternde Gespenst noch gerann, pries ihm die nun aus allen Orgeln gesammelte Stimme das schweigsame Leiden nach (o herzloser Lärm der Menschen) und den treuen demütigen Blick, getaucht ins Mörderaug, ins Mörderauge des Menschen.

Wer aber vermag die Wirkung eines solchen Finales zu beschreiben. Bis ins Herz getroffen erstarrten die Menschen und brachen in eine zehn- bis fünfzehnsekündige Ruhe aus, dann aber folgte Applaus von endloser Dauer und endlosem Sturm, womit sich am Ende das Volk nur sein Gewissen vertreiben und vor sich selbst den Beweis führen wollte, es sei ja alles, alles nur heiter [Theater?] gewesen. Ach, wem applaudieren die Menschen nicht alles, sobald sie ein Publikum bilden. So werden sie noch dem Jüngsten Gericht applaudieren, wenn es gut ausgestattet ist, und der Einfluß der Wagnerianer bis dahin nicht wieder zunimmt.

Als eines Abends er nun wieder so auf offenem Markte unter großem Zulauf gesprochen hatte, und die grinsende und satte Phalanx, gegen die er sich aufgeklappt und blind wie ein Messer warf, dastand und ihn durch begeisterten Jubel verhöhnte, kehrte er noch einmal auf seine Tribüne zurück, nicht aus Eitelkeit, wie ein Sänger, sondern wie ein Feind, der unvermutet wieder einbricht, und erzählte eine neue vernichtende Geschichte von einem Hund, diesmal aber, als wäre selbst sein Zorn an der Welt zuschanden worden, mit ruhiger einfältiger Stimme, was nur um so entsetzlicher zu Herzen ging.

Das Bozener Buch
[Fragment]

I

[Als Soldat weilt der Dichter in Bozen, wo er von Freunden besucht wird. Nach ihrer Abreise ist er nun allein in einem zierlichen Haus. Begegnung mit häßlichen Hunden und einem verkrüppelten Jungen. Der Dichter sieht auf die Schwebebahn, gegen die er eine starke Antipathie hat. Beim Frühstück empfängt ihn die sechzigjährige Patriarchin des Hauses, eine Frau Geheimrat, die über das taube, bigotte Fräulein E. plaudert. In einer Buchhandlung verlangt er wahllos eine Nummer aus der Reclam-Bibliothek und bekommt Dantes ›Göttliche Komödie‹ in der Streckfußschen Übersetzung. Nun tritt er in eine kleine Kirche, aus der Gesang dringt.]*

Plötzlich brach alles in die Knie und schöner Gesang begann. Es zeigte sich die unvergleichliche Begabung der italienischen Stimme, hinreißend auf und über dem dominierenden Bogen der Melodie zu schweben, göttlich frei sich in der Phrase zu bewegen. Selbstverteidigende Mißgunst deutscher Pedanten und gehröckiger Kontrapunktisten verabscheut diese Kunst der Fermatis und Rubbatis, zögernder Verhalte und ausströmender Schwelltöne. Sie mißverstehen eben in ihrem angeborenen Respekt vor Geschriebenem die wundervolle Freiheit, die in der Verachtung des Notenwertes liegt, jene Freiheit, die das vorliegende Stück, die Komposition, nur als Trampolin zum Aufschwung und Absturz in den Raum, als Sprungbrett ins Selbstschöpferische ansieht.

Der schöne Gesang schwebte. Mich durchwolkten Verse, von denen sich nichts halten ließ als der Ausruf:

---

* Die in [] kursiv gesetzten Passagen sind Inhaltszusammenfassungen von Adolf D. Klarmann, der sich anläßlich seines Besuchs bei F. W. im Sommer 1936 in Breitenstein Notizen zu und Teilabschriften aus dem inzwischen bis auf das X. Kapitel verlorengegangenen Manuskript des Fragments gemacht hat.

O Heimat des Gesanges, wenn die Gemeinde...

Ein ekstatischer Pfarrer trat auf, gänzlich unmönchisch, auch nicht bäurisch, kompakt, mit flatterndem Haar, Schauspieler! Ich verstand von seiner Predigt nicht viel. Allzusehr entzückte mich seine Vokalisation, die o und e, flächenhaft breit ganz vorn im Munde gebildet. Ohne die entschiedene Rundung und Spannung der Lippe, die den Ton in die Seele zurückzieht, geheimnisvoll und tief macht. Dies Volk atmet sich beim Sprechen nicht ein, dieses Volk haucht und strömt sich aus, trägt sich vollkommen und ohne Geheimnis auf der Lippe.

[Der Dichter stellt vergleichende Betrachtungen über den Dom zu Naumburg an. Er kehrt nun in einem Restaurant ein und charakterisiert die Menschentypen nach ihrer Eßart.]

II

[Er faßt den Entschluß, die Schlucht zu besuchen und ist vor der Farben- und Formenexplosion des Berges erschüttert.]

Die ganze überschwengliche Wölbung (Himmel) war ausgefüllt mit einem staubigen Licht, daß man (o Zauberei der Nachbarsinne!) vor einem eingebildeten Katarrh kaum zu atmen vermochte.

[Nun steigt er in die Schlucht voll Knabenglück.]

Plötzlich griff ich in meine Tasche und zog den Dante heraus; – und da geschah mir das seltene Glück. Wieviel schreckliche Nächte durchirrt der Künstler, um den Augenblick bettelnd, den ihm kein schwarzer Kaffee und Kognak herbeirufen kann! In solchen Stunden ist er verzweifelter als ein Trinker vor einem nackten Tisch, unglücklicher als ein Kastrat, den die Wollust überfüllt. Er fühlt sich unsauber und hurenhaft, denn er will von außen her durch Zauberspruch den Geist bannen, der ihn verachtet. Und doch tut er nichts anderes als alle Wesen dieses Lebens, die alle keine Begierde kennen, als die, ihren Siedepunkt zu erreichen (was vielleicht dem Wunsche, nicht zu sein, benachbart ist). Aber welche Höhe, welcher Liebesgenuß läßt sich mit dem Zustand vergleichen, den man Inspiration zu nennen pflegt. Ich hielt die Göttliche Komödie in der Hand und plötzlich fühlte ich mich auf dem kleinsten Raum von Energie zusammengepreßt, auf den unräumlichen Raum, aus dem der Kristall explodiert, aus dem der Gedanke der Zelle sich entfaltet. Alles, was in den letzten Jahren dumpf durch mein Bewußtsein gewandelt war, hatte plötzlich Sinn, Mittelpunkt war auf einmal da, und begann, ein wahnsinniges Planetensystem, zu rotieren. Ich wußte, daß alles, was ich gedacht, was ich gelebt hatte, schon auf diese Landschaft, auf diesen Moment bezogen war, und nun zu seinem Rechte kam. Das Gesetz des Bewußtseins wurde aufgehoben, es gab kein Nacheinander, kein Nebeneinander, wie morsche Zäune zerbrachen die Kategorien, alles war Gegenwart, Gegenwart, die (wenn man Schilderungen glauben darf) der in Todesgefahr Schwebende nur kennt. Ich will weiter nichts erzählen, als daß jenes Gedicht, das aus dieser Minute fließt, die Darstellung einer neuen Hölle ist. Erst später, als ich das Inferno von Strindberg las, machte ich die interessante Bemerkung, daß er dieses Erlebnis der Hölle aus einer österreichischen (tief katholischen) Landschaft schöpft, die er seinerseits wiederum in manchen Stücken bei Swedenborg vorzufinden glaubt. Ich trat gleich den Rückweg an, ein eitler und ängstlicher Harpagon, der für seinen Schatz zittert. Aber noch ein zweites, für mich denkwürdiges Ereignis sollte sich begeben.

[Aus einem Felsen kommt ihm ein alter Herr entgegen, den er nicht kennt, von dem er aber herzlich begrüßt wird. Er ist ein Freund seines vor zwanzig Jahren gestorbenen Großvaters, mit dem er in Amerika gelebt haben will. Da er ihn noch nicht erkennt, erzählt er ihm, er habe ihn in einer Seestadt besucht.]

Das Wort Seestadt traf mich. Ich erinnerte mich sofort einer größeren Arbeit, die ich einmal versucht hatte und die den Titel ›Die Seestadt‹ trägt. Dieses Fragment hat die interessante Erscheinung der faux connaissance zum Inhalt. Der Held der Geschichte, ein junger Kaufmann, wird in einer flandrischen Hafenstadt, wohin er das erstemal kommt, in verwickelte Affären gezogen, die mit ihm in keiner Verbindung stehen, und mit denen er doch gleichsam durch seine Präexistenz (das wird aber niemals ausgesprochen) aufs tiefste zusammenhängt. Die Arbeit bricht knapp vor einer Szene ab, in der ich schildern wollte, wie der Fremde in seinem Hotel von einem alten Mann aufgesucht wird, den er nicht kennt, und der ihm in trauriger, rührender Weise von einer Freundschaft erzählt, die ihn mit dem Vater des Jünglings verband und nicht auf die Einwendungen, die jener macht, eingehen will, der ihn davon zu überzeugen sucht, daß der Freund, von dem der Alte immerfort spricht, unmöglich sein Vater gewesen sein kann. »Seestadt«, sagte ich und sah von meinen Gedanken auf. Der alte Herr war indes ärgerlich geworden und machte Miene, sich zu entfernen. »Mit Ihnen, mein Lieber, ist gar nichts anzufangen«, rief er aus und nahm seinen Stock fester zur Hand. »Leben Sie wohl«, das klang fast mürrisch. Er wandte sich aber nach zwei Schritten noch einmal um, nickte mir mit Bedeutung zu und sagte langsam: »Wir beide werden wohl noch einmal bei den Kapuzinern übernachten.« Dann verschwand er um die Ecke.

III und IV

[Der bizarre Traum seiner eigenen Hinrichtung. Nach einer Vorlesung seiner Werke bei einem Freund wird er von drei Soldaten empfangen, die ihn gemütlich fesseln und nach langem Hin und Her ihm mitteilen, daß er in der Hauptpost hingerichtet werden soll. Da seine Wohnung in der Nähe liegt, ersucht er den ihn abführenden Soldaten, den kleinen Umweg zu machen, damit er sich von den Seinigen verabschieden könne. Er weiß innerlich, bei sich zu Hause, bei Mutter und Schwestern könne ihm nichts passieren. Aber wie er vor dem Hause ankommt, ist er wie gelähmt und kann weder rufen noch einen Schritt tun, und wird endlich von den nun durch seine anscheinend unerklärliche Störrigkeit verstimmten Soldaten weiter zur Post gestoßen.]

In vollkommener Nacktheit schritt ich über die Schwelle der Hauptpost. Ich dachte nicht an die Kugeln der Exekutionsabteilung. Der Korporal reichte mir einige Münzen und ein Buch, in dem ich durch meine Unterschrift den Empfang der Löhnung bestätigen sollte.

V

Ich unterschrieb und erwachte.

Ich erwachte in die große alltägliche Morgenröte. Als ich mich wieder zurechtfand und das große Glück zu verstehen begann, – es war nur ein Traum – fühlte ich vor allem eins: Alle Erkenntnis, die mir in dem furchtbaren Augenblick der Rettungslosigkeit gekommen ist, war leicht, unwahr, ist vorbei, vorbei... Sofort stellten sich die maskierten Werte wieder her. Himmlische, erfrischende Wonne durchströmte mich, denn ich wußte, mir bleibt die süße Lüge, ich werde meine Gefallsucht und meinen Triumph wieder genießen, ich dachte hingerissen an meine Freunde, an die großen Städte, an die Atemlosigkeit zielvoller Tage.... Das Bild von Sais verschleierte sich schnell, und ich roch wieder berauscht und entzückt die süßen, wohlbekannten Parfüms dieser Schleier.

Als ich den Kopf aus den Kissen hob, wußte ich sofort, daß mein gestriges Gebet erhört worden war. Der erflehte Schmerz war mir geschenkt worden und unbegreifliche Güte und Milde im Schlaf gespendet worden. Ich stieg aus dem Bett, tauchte mich halb aus dem Fenster, in eine klare, leise dröhnende Welt, und die große gute Dankbarkeit befreite sich in einem langsamen anbetenden Schluchzen. Ich legte das Gelübde ab, den ganzen Tag zu fasten, mit nichts Gemeinem mich zu befassen, und die Stunden in Heilung und Kontemplation hinzubringen. Als ich diesen Schwur getan hatte und noch einmal das Wunder überlegte, genoß ich das Glück des Glaubens. Leicht und ausgeweint legte ich mich zu Bett, um noch zwei Stunden zu schlafen....

[Er erwacht rationalistisch das Wunder nicht mehr verstehend. Statt zu fasten, wird er von einer veritablen Freßsucht gepackt. Es ist dies der Reiz der verbotenen Früchte.]

VI und VII

[Trotz Aberglaubens und Vorahnung beschließt er, auf die Seilbahn zu gehen. Zuerst hat er die Halluzination, es werde ihm gesagt, heute fahre die Bahn nicht. Er geht, die Warnung wahrnehmend, spazieren. Auf dem Rückweg kommt er an der Station vorbei und sieht, daß viele Menschen auf den Zug warten. Er beschließt, sich ihnen anzuschließen. Er philosophiert über die Unerträglichkeit des Philisters. Die Verdammten der bürgerlichen Hölle. Die Hölle ist groß und jeder Mensch hat seine eigene.]

Die Hölle ist namenlos logisch, ist dem mechanischen Gesetz der actio est par reactioni unterworfen. Mit diesen Leiden straft sie gradmäßig verwandlungsreich und genial alle Laster der großen unruhigen Eitelkeit des entzündeten und eiternden Ichs. Alle Laster jener Eitelkeit, die wir mit jenem berühmten Philosophen (Rousseau) teilen, von dem Voltaire behauptet, er hätte sich hängen lassen unter der Bedingung, daß sein Name an den Galgen geschrieben würde.

VIII

[Er fühlt sich zu einer solchen Hölle verurteilt, als er den kleinen Wagen der Schwebebahn betritt. Spießbürger umgeben ihn und umfeinden ihn. Um ihnen zu entgehen, tritt er auf die Plattform. Hier stellt er eine große dostojewskische Meditation an.]

Wie leicht ist der Schmerz zu ertragen, der in uns entsteht, wenn uns ein Unrecht geschehen ist, wie leicht der Schmerz, den uns ein Treubruch verursacht. Selbst die starken, stärksten Leiden, die der Verlust und das Nichterreichen bringt, werden gemildert durch Raserei, Leidenschaft, Gegendiewandrennen, die wohltätige Ermüdung, die sie im Gefolge haben.

Es gibt einen giftigen Schmerz, meist nicht allzu laut, ohne Trost und bis ans Ende hoffnungslos, einen Schmerz von der unzudringlichen Zudringlichkeit eines Wucherers, der bescheiden den Schuldschein in der Hand, Tag und Nacht an der Türe wartet. Einen Schmerz, der nicht die Gnade des Affektes für sein Opfer hat, sich von den anderen Schmerzen dadurch unterscheidet, daß man ihn nicht aussprechen darf, daß man sich seiner aufs innigste schämt, daß man errötet, wenn er ins Bewußtsein tritt. Den moralisch und physisch sehr Schönen und Edlen, ebenso wie der Überzahl der von Sorge und Arbeit Ausgefüllten mag er unbekannt sein. Es ist das der langsame und schwerfällige Schmerz, den wir über unsere innere und äußere Gestalt empfinden, die wir mitbekommen haben, und die uns allzusehr mißraten scheint. Die Hoffnungslosigkeit dieses »Du bleibst am Ende, wer du bist«, ist schrecklich und ebenso die Stummheit, die Konvenienz zwischen dem Mißratenen und der Welt, die das verletzende Feingefühl besitzt, nicht die Hand auf die Wunde zu legen, auf eine Wunde, die sich nach der berührenden Hand sehnt, nur um stärker brennen zu dürfen. Caliban ist vielleicht die tragischeste Figur der Welt, denn das Allertragischeste ist es, nicht zur Tragödie zu taugen.

[Der Wagen nähert sich der Station. »Ich werde mich dennoch retten; ich werde mich vor Gottes Hand retten!« Er sieht schon die Stufe, springt ab und wird mitgeschleift. Da Publikum um ihn, die Wonne, im Zentrum der Aufregung zu stehn. Der Doppelgänger in ihm.]

IX

[Er kommt mit verwundeten Füßen ins Spital. Ein herrliches Gefühl des Gebüßthabens erfüllt ihn.]

Mein Ich, das ich vorhin noch als Stein gefühlt hatte, stieg wie ein durchsichtiger Ball empor. Mit diesem Ereignis (mochte es eine Strafe sein, oder nicht, ich dachte gar nicht über die mysteriöse Aufeinanderfolge nach), mit diesem Ereignis war meine Seele alle Schuld, alles Sündengefühl losgeworden, jene Lawine von Mißbehagen und Melancholie, die in ihr die Jahre zusammengepreßt hatten. Ich konnte mich nicht rühren, und doch war ich voll von dem Übermut eines Kindes, das in die Ferien eintritt und sich um den morgigen Schultag nicht zu sorgen braucht. Es kam ein gewisser Stolz hinzu, der Ausgleich eines quälenden Mißverhältnisses, der in der Brust der nicht leidenden Menschen immer besteht. Nun gehörte ich zu den Leidenden, zu den Armen, zu den Nicht-Beglückten der Erde – so dachte ich mit freudiger Befriedigung und vergaß, daß es jetzt gerade umgekehrt war. Ich glaube, daß diesen Ehrgeiz alle kennen, den Armen und Leidenden nicht nachzustehen, warum würden sie sich sonst voreinander mit ihrem Unglück brüsten und mit ihren Schmerzen zu übertrumpfen suchen. Übrigens hatte ich sehr starke Schmerzen in den Beinen. Aber eben darum erkannte ich eins klar. Ich erkannte, daß es überhaupt keine körperlichen Schmerzen gibt. Alle Schmerzen sind geistig, sind bei Gott. Schmerz ist immer die Verdichtung unseres permanenten Schuldbewußtseins, die mit einem materiellen Phänomen zusammentrifft. Schmerz ist immer eine dem Körper bewußt werdende Sünde. (Daher die Martyrien der Heiligen.)

X

Nun lag ich in einer kleinen weißen Zelle, die zwei große Fenster hatte, eins zur Straße hinaus, an das ein Feigenbaum ein wenig verstaubt sich hob, das aber sonst reich ausgefüllt war von ferneren Bäumen, und eins hinter dem Kopfende meines Bettes, das zum Spitalshof hinaussah, wovon ich mich aber erst später überzeugte. Über der Türe breitete ein großes eisernes Kruzifix schwarz sich aus.

Es war hier alles Heiligkeit, Einfalt, Überwinderlächeln. Ich selbst fühlte mich wie ein Gottmensch in den seligen Erschöpfungen, die der Ekstase folgen. Welcher Glückliche kann sich an Glück mit einem Verwundeten vergleichen? Sein Blut ist geflossen. Im Tiefsten drum fühlt er sich mit den Mächten versöhnt. Der Selbstopferungstrieb des Menschen ist befriedigt. Die Spannung zwischen den Mächten und ihm, die Leben heißt, ausgeglichen. Er lebt nicht mehr, aber jenseitige Froheit ist dem noch irdischen Bewußtsein vergönnt.

Die anderen Menschen fühlen das auch. Sie lieben ihn und nennen ihn mit guten Namen, nicht um ihm über den Schmerz seiner Wunde hinwegzuhelfen, sondern, um seiner Hoheit und Ferne willen. Sie lieben ihn, sie verehren ihn, weil er aus ihrem Spiel ausgeschieden ist.

Auch ich lag da, erfüllt von einer noch nicht erlebten Heiterkeit. Ich gedachte, das heißt, unsagbar wirklich liefen vor meinen Augen vergangene Spaziergänge vorbei, breite Lichtungen, über denen brennende Phönixe und goldene Geier standen, rasche, schmale, steinige Flüsse mit kleinen Inseln, auf denen schwarze Kreuze sich erhoben, Zyklamenwiesen, weiße Straßen am Lech abschüssig an Felsen gelehnt, Schlangen schossen querüber ins Wasser, Meere stießen weiß an die Schale ihrer Küste und ein Geruch von Segelschiff war da, unwiederholbar für das Gedächtnis.

Jetzt trat eine geistliche Schwester ein.

Sie mochte achtundzwanzig Jahre alt sein, hatte ein frisches, lebendiges rundliches Gesicht von guter, überhauchter Farbe. Das glänzende Gebiß trat ein wenig unter vollendet erschaffenen Lippen vor. Eine weiche junge Frau, deren Kinderchen schon schlafen sind, und die sich anschickt ins Theater, zu einem Fest zu gehen, so erschien sie.

»Ich bin die Schwester Rosamunde und habe auch mit die Aufsicht über Ihr Zimmer«, so stellte sie sich vor und gab mir das Fieberthermometer unter den Arm. – Wie es in solchen Momenten gewöhnlich geht, kam nach tagelangem Schweigen eine große Redseligkeit über mich. Heftig erzählte ich das Ereignis meiner Verwundung, den Grund meiner Reise, woher ich war; alles, was ich sprach, war mir gleichsam selbst neu, ich war wie ein schweigender Dritter dabei und lauschte den Abenteuern wie es erregte Kinder tun, ich log aus Begeisterung.

Die Schwester hörte aufmerksam freundlich zu, nickte, fuhr mir einmal über die Stirne und lächelte dann. Eine ganz junge Nonne trat in die Türe und hielt die Augen niedergeschlagen.

»Dies hier ist die Schwester Hierata«, sagte Schwester Rosamunde, »sie wird Ihnen dienen. Kommen Sie näher, Schwester.« Rosamunde sprach noch manches mit mir, lobte mein Zimmer, verhieß mir eine gute Zeit, ich hätte auch nicht allzu hohes Fieber, was gute Vorbedeutung wäre.

Hierata stand daneben, hielt meist die Augen gesenkt. Nur manchmal traf, als wäre ein heiliges Geheimnis am Werk, ein schwärmerischer Blick Rosamunde, die dann mit gleichem Blick einstimmte, als fänden beide etwas bestätigt.

Plötzlich sagte Rosamunde: »Ich bitte den Herrn, zu entschuldigen, aber wir möchten jetzt fort zum heiligen Tisch.«

Ich bat drum, sich nicht aufhalten zu lassen. Vor der Türe standen die beiden einen Augenblick in einer unbeschreibbar anmutig geisterhaften Umschlingung da und sagten, während draußen viele Glocken schlugen, im Duett: »In zwanzig Minuten sind wir wieder hier.« Ich mußte einen Augenblick an die ›Zauberflöte‹ denken.

Sie hielten Wort. Schwester Rosamunde stand wieder vor meinem Bett. Hierata mit gesenkten Augen in der Türe.

»Ihnen ist heute eine große Gnade widerfahren«, sagte Rosamunde. »Wie denn das?« fragte ich gepackt.

»Sie haben einen Fingerzeig bekommen.« Mir fiel die Zigarette aus der Hand. »Ist das auch ein Fingerzeig?« fragte ich.

»Gewiß ist das auch ein Fingerzeig. Und bedeutet, daß Sie nicht rauchen sollen.«

»Dann wäre alles Fingerzeig!«

»Gewiß, alles ist Fingerzeig.«

»Dann ist Fingerzeig keine Gnade, sondern das Alltägliche.«

»Doch, er ist Gnade, wenn er deutlich redet.«

»Was bedeutet denn der Fingerzeig, der mir geschenkt worden ist?«

»Den alten Weg zu verlassen, weil er gefährlich ist!«

»Ist also mein Unfall eine Strafe?«

»Nein, keine Strafe, aber ein Wort Gottes an Sie.«

»Warum redet Gott so?«

»Das Wort ist abgeschlossen. So kann sich Gott nur verständlich machen wie ein Stummer. Durch Bewegung. (So hat einmal ein mir bekannter Bischof C... gesagt.)«

»Sie sind eine große Theologin.«

»Nein, ich weiß gar nichts. Aber Schwester Mechtilde, unsere Oberin, ist sehr gelehrt.«

»Was würde mich, nach Ihrer Ansicht, von dem bösen Wege retten?«

»Sie haben vielleicht eine Aufgabe, die Ihnen vorbehalten ist. Der Himmel scheint sich für Sie zu interessieren.«

»Das wäre eine Ungerechtigkeit des Himmels gegen andere. Dann wäre der Himmel kein Himmel mehr.«

»Wissen Sie so viel vom Himmel, um das zu beurteilen?«

»Nun, was soll ich tun?«

»Es gibt doch nur einen Weg!«

»Welchen?«

»Wenden Sie sich der Kirche zu.«

»Die Kirche reicht für meinen Verstand nicht mehr aus. Ich verurteile sie. Sie ist eine Feindin Gottes. Vom Menschen erschaffen, um über den Menschen mächtig zu sein.«

»Gott hat sie als Hinterlassenschaft seines Wandels eingesetzt.«

»Wer verbürgt mir das?«

»Seine Schrift.«

»Wodurch?«

»Durch das Wort! Petrus, du bist der Felsen...«

»Genügt Ihnen überlieferte Schrift auf Pergamenten?«

»Wodurch soll denn das Wort festgehalten werden, wenn nicht durch Schrift?«

»Ich kann nicht gläubig sein.«

»Dann würden Sie auch nicht lebendig freudig und schmerzlich sein können.«

Hierata trat auf mich zu, legte mir die Hand auf den Mund und sah Schwester Rosamunde mit angstvollem Blick an.

(Fortsetzung folgt, wenn Gott es will.)

Die Geliebte [II]

Heute nacht – ich schlafe mit den anderen Telephon-Soldaten in einer Scheune, heute nacht in dieser Scheune hatte ich einen Traum. Mir träumte, ich wäre auf Urlaub daheim gewesen – ah, nein, nicht daheim. Ich war in der mir in vielen Nächten lebendigen, durchaus bekannten, einzigartigen Stadt, die sich in meinen Träumen immer wiederholt, die ich nicht kenne und deren Plätze, breite und enge Straßen, ungeheuren Park und geheimnisvollen Tempel ich, wenn ich die Augen schließe, beschreiben könnte. Aber eine Scheu hält mich davon ab, wenn es Tag ist, sie in meiner Seele anzuschauen.

In diesem Traum, in dieser Stadt erschien mir nun heute nacht, als ich mit den anderen Soldaten auf Strohschütten schlief, meine frühere Geliebte. Mir träumte, mein Urlaub wäre zu Ende, und ich müßte wieder zurück ins Feld. Es war aber gar kein Gefühl von Abschied in mir, sondern eher ziellose Bewegtheit, ein zurückgehaltenes Laufen treppauf, treppab, und wirklich, bald lief ich treppauf über fremde bekannte und bekannte fremde Treppen. Ich tauchte in windigen Observatorien auf, wo die Himmelsrose in tobender Sonne glühte, und trug mich wie einen Hauch über vergitterte Galerien, durch deren Stäbe der Hoflinde Laub zärtlich zu mir war. Dann tauchte ich wieder aus Höhlen und Haustüren auf, und wehte durch die meerstrandhafte, festliche C-Dur eines triumphierenden Korsos [*Typoskript:* Chores] hin.

Bald wurde ich müde, oder es wurde Abend. Ich hatte mit vielen Menschen gesprochen, Männern und Frauen, und hatte sie, die so unendlich leicht waren, mit mir gezogen in meinen Lauf, bis sie, die traurigen Schatten, abfielen aus meinem Arm und am Wege blieben. Dann waren sie vergessen.

Auf einmal stand ich mitten in einer Gesellschaft vor dem Portal eines großen überstrahlten Hotels. Alles im Festkleid. Wir drängten uns durch den Eingang. Aber sofort war ich in dem elenden Gastzimmer eines elenden Provinzhotels. Ich fühlte, daß ich einen Frack anhatte, über die Schulter aber hing mir schon der schwere Rucksack mit angeschnallter Decke, Eßgeschirr und Zeltblatt. Es waren Menschen um mich, die mich liebevoll an die Wand drängten. Gegen das Fenster zu, dessen zerbrochene Scheibe mit Papier verklebt war, stand ein zerstörtes Bett. Um dieses Bett herum, oder auf ihm sitzend, war eine andere Partei von Menschen in leichtem, gleichgültigem aber irgendwie verschworenem Gespräch bewegt. Unter diesen unbekannten Menschen sah ich meine frühere Geliebte, Fräulein Marie. Geliebte? O nein! Weit mehr! Fräulein Marie war die unwirkliche Erscheinung meines letzten Knabentums, der kein Wort, kein offener Wunsch, kein unhimmlischer Gedanke galt, vor deren Wandel die Kniee bebten, vor deren hohem Licht der erschütterte Blick hinabsank. Nach unendlich langer Zeit sah ich Fräulein Marie wieder, deren Gegenwart einst für mich schmerzlicher Bann, tiefes Verstummen gewesen war, oder das Stammeln eines konventionellen Satzes, der mir sogleich alle Gluten der Hölle in die Wangen jagte. O unwiederholbare Qual, die aus Fragen erwuchs, wie zum Beispiel »Haben Sie sich heute gut unterhalten?« O schmerzlichstes Nebeneinandersein damals an schrecklichen, eitlen und verlogenen Orten! Gleich wie ich in meinem Traum Fräulein Marie wiedersah, beherrschte mich dieses unglückliche Gefühl wieder, diese Faust an der Kehle, dieses Verstummen. Aber ich bewunderte nicht mehr, ich fand nicht mehr schön, ich liebte nicht mehr. Und doch! Wie tief merkwürdig!

Es hatte sich der eitle, über Geschichtslehrbücher hingeträumte Kindertraum in diesem Traum verwirklicht. Abschiednehmen von der Geliebten, dieses Abschiednehmen! [*Typoskript zusätzlich:* (Nun werden die staunen, die mich für einen Antimilitaristen halten.)]

Ich trat auf Fräulein Marie zu mit der stockenden Angst, die ich so gut kannte. Die Menschen, die liebevoll um mich standen, suchten mich davon abzuhalten. Aber eine Macht lenkte mich. Die andere Partei um jenes Bett herum war sofort feindlich gelangweilt. Ich trat auf Fräulein Marie zu und sagte aus ganz enger Kehle vielleicht: »Fräulein Marie, haben Sie sich heute gut unterhalten?« Ich bekam fast keine Antwort – oder nur ein kurzes: »Danke!« – Fräulein Marie trug einen blauen, sehr unordentlichen Schlafrock, ihre Haare waren zerrauft, wie in den geheimnisvollen Morgenstunden der Frauen, ihre Wangen von der gewissen hausbacken zynischen Farbe aller Bürgerinnen, in den so schönen Augen und um den Mund eine gealterte Impertinenz des Übersehns.

Ich ahnte es sofort, Fräulein Marie haßte mich! Warum haßte sie mich denn? Hatte ich sie nicht mit allen schüchternen Kräften meines fliehenden Herzens geliebt. So sehr geliebt, daß ich mit ilischer [*Typoskript:* heroischer] Anstrengung meine ohnmächtige Zunge bekämpfen mußte, um nur die kleinste Phrase stottern zu können? Hatte sie jemals ein Mann so hoch in den Himmel gestellt wie ich? – Alle waren so gierig nach ihr, ich aber hätte mich getötet bei dem ersten Wunsche meiner Gedanken, ihr Bein entblößt zu sehn. Ich ging hin und vergeistigte meine Leidenschaft!

Und nun, warum haßte sie mich, mit dieser Gleichgültigkeit, mit dieser Rederei über mich hinweg.

Hatte sie nicht ein wenig Güte übrig für jene kindische verströmte Innigkeit, die einst sich vor ihr verbergend an ihre Schläfe nächtens doch gerührt haben mochte?

Nein, sie saß da, auf diesem unangenehmen Bett, das vorher ein Geschäftsreisender oder Viehhändler benützt hatte, in einem blauen Negligé, das auf das Talent schließen ließ, Dienstmädchen übel zu behandeln, so saß die einst unirdisch Schwebende, deren Sterblichkeit das selig weinende Herz kaum zu glauben vermochte, so saß sie nun da, eine Göttin der Schlamperei, um den Mund etwas, das hängende Strümpfe verriet, die selbstzerstörerische Gleichgültigkeit der nicht mehr frischen, gekränkten Kokette in allen Mienen.

Sie haßte mich, der ich ihr von allen Liebhabern am wenigsten wehgetan hatte, der ich jetzt gekommen war, mich von ihr zu verabschieden.

Aber mein Gewissen träumte mit. Und ich war mir immer wachsender bewußt, und wie eine Muschel von diesem Satz durchrauscht: »Du hast sie ja verlassen, du hast sie ja verlassen!« »Aber ich war ja nie bei ihr gewesen«, fühlte ich zur Verteidigung – ich habe nur Nächte durchphantasiert. Auf der Straße immer bin ich ihr ausgewichen, ich habe nichts mit ihr gesprochen, außer das dümmste gewöhnlichste Zeug. Kann ich das verlassen, was mir nie gehört hat? Ich wußte ja gar nicht in jenen Jahren, daß sie [*Im Typoskript handschriftlich ergänzt:* es] weiß...«

»Du hast sie verlassen«, rauschte es weiter. Und ich wußte jetzt, daß sie mich haßte, mit dem Haß einer Verlassenen, und nur deshalb hatte sie dieses unangenehme, abstoßend blaue Negligé angelegt.

Ich wurde irrsinnig verlegen, denn gegen nichts sind wir hilfloser, als gegen einen Haß, den wir nicht erwidern. Meine Geliebte sprach mit ihren Freunden, würdigte mich keines Blickes, sah nicht einmal an mir vorbei, sondern durch mich hindurch.

Auch die anderen Menschen um sie fingen jetzt etwas lauter zu reden an. Sie schienen alle einer kleinen Verschwörergemeinschaft [*Typoskript:* Verschwörergemeinde] anzugehören, deren Verschwörung aber kein anderes Ziel hatte, als ihnen Würde und Gewicht zu geben, und die Möglichkeit, bis an ihr Lebensende Verschworene zu sein. Jetzt, nachdem ich erwacht bin, versuche ich mir Vorwürfe zu ersinnen, die mir Fräulein Marie vielleicht in einem andern Traum hätte machen können, z. B.: »Sie sind ein ebensolcher Schuft wie die anderen, nur noch um vieles verlogener, egoistischer und affektierter. Auch Dichter, die uns große Versprechungen machen, auf die sie schon nach fünf Jahren pfeifen, sollte man wie Heiratsschwindler einsperren. Wären Sie ein Dante, so wäre ich vielleicht eine Beatrice geworden und jung gestorben. Und das ist besser und schöner als daß ich jetzt Kinder habe und so aussehe in meinem blauen schlampigen unappetitlichen Fetzen, der Ihnen mein häusliches Glück zeigen soll.«

So hätte Fräulein Marie in einem anderen Traum gesprochen.

Vielleicht hätte sie auch nur gesagt: »Sie sind zu idealistisch veranlagt.« In diesem Traum aber sprach sie nichts zu mir. Nun aber stand ich schon wieder unter den Menschen, die mich wehmütig anrührten und das Haupt senkten.

Ich war nicht mehr verlegen, aber sehr unglücklich, wie nach einer Missetat. Meine Geliebte, deren Blau immer hämischer wurde, fing an, sehr lange und laut zu lachen. Plötzlich warf sie sich der Länge nach auf das Bett. Es war eine sehr häßliche Stellung. Sie lag mit dem Rücken nach oben. – Jemand schnarchte. – Ich will auch in Gedanken kein Sakrileg begehn. – Mit seinem Schnarchen hatte mich ein Kamerad geweckt.

Traum von einem alten Mann

Ich will mich bemühen, wahrheitsgetreu diesen Traum zu erzählen, der gar kein großes Begebnis hat, und so wie er ist, vielleicht nur mir allein verständlich sein kann. Dennoch bleibe mir alle Kunst fern!

Ich habe mich sehr früh erhoben in einen ganz anderen Tag, in eine ganz andere Welt. Der Nachtregen tropft von den Bäumen, der Himmel ist ganz leicht grün und rosig, hundert Hähne sind zu hören, das fast gewaltige Schlagen einer frühen Nachtigall und Kuckucksruf von allen Seiten. Ich bin aufgestanden, um diesen Traum zu retten, der mir immer weiter entweicht. Wird jemand das Gefühl, das mir kaum selbst mehr glückt, miterleben können?

Mir träumt zuerst, ich gehe mit einem Freunde über eine Brücke. Wer dieser Freund ist, das ist jetzt durchaus nicht mehr zu entscheiden. Ich kenne ihn nicht, habe ihn wahrscheinlich während des Traumes auch nicht gekannt. Dennoch war er mir kein Fremder, sondern jemand, den man, allerdings nicht im engeren Wortsinn, Freund nennt. Jetzt, da er gänzlich gestaltlos ist, scheint mir, daß er es auch war, da ich träumte. Doch kann ich irren. Bruchstückweise Erinnerungen an ein Kleidungsstück, eine Körperwendung, legen die Vermutung nahe, daß ich irre.

Wir reden miteinander, während wir über die Brücke gehen. Es scheint, daß er etwas über einen Besuch sagt, den wir machen wollen. Jedenfalls weiß ich, daß mein Gang ein Ziel hat, und daß wir unsere Schritte nach einer mir bekannten Stadtgegend hinlenken. –

Es ist Nacht, oder wird plötzlich Nacht. Die Straßen sind menschenleer und die Gaslaternen (Gaslaternen!) brennen mit niedrig geschraubten Ahornflammen. Wir kommen vor ein ziemlich großes gewöhnliches, häßliches Bürgerhaus, das im

Jahre 1875 oder 1880 erbaut oder renoviert sein mag, in einer großen Straße liegt und mir übrigens gut bekannt ist.

Von diesem Augenblick an ist es mir klar, daß wir Leo Tolstoi besuchen wollen. Ob mir mein Gefährte diese Absicht schon früher verraten hat, weiß ich nicht. Jedenfalls, da wir nun vor diesem, mir sehr bekannten, verstaubten, etwas schmalen Bürgerhaus stehen, ist mir bewußt, daß wir Tolstoi besuchen wollen. – Der Umstand, daß es tiefe Nacht ist, daß schon die Gaslaternen ganz klein brennen, daß wir vor diesem gewöhnlichen Straßenhaus stehen, beunruhigt mich gar nicht. Mein Herz ist voll eines reinen, fast möchte ich sagen, kindhaft sündlosen Gefühls.

Wir stehen nun vor einer Haustüre. Sie hat auf jedem Flügel eine schmale lange Glasscheibe. Mein Begleiter läutet oder klopft. Ich starre in den schwarzen Hausflur. Plötzlich zeigt sich ein kleines Lichtlein, das ganz langsam größer wird und näher kommt. Jetzt wird das Tor schwerfällig und mühsam aufgesperrt. Wir treten ein. Vor uns steht ein alter Mann, ohne Zweifel Tolstoi. Sein Bart ist nicht weiß, sondern matt farblos, ein wenig nach aufwärts gebogen, denn das Haupt ruht auf der Brust; die Augen sind halb geschlossen. Die gar nicht breite, gar nicht bäuerische, unendlich müde Gestalt ist in eine Art braunen Kaftan oder Mönchskutte gekleidet. Die zitternde alte Hand trägt eine Marienglaslaterne, in der ein Kerzenflämmchen steckt.

Ich weiß sofort, daß dieser Greis Tolstoi ist, und eine tiefe Beklemmung faßt mich an, daß wir ihn aus dem Schlafe gestört haben, zu dieser Stunde diesen alten Mann, der schweigt und uns kaum durch die gesenkten Lider anblickt.

Ich kann nicht sagen, ob mein Freund ihn begrüßt hat, es scheint mir aber, daß er ihn höchst respektlos behandelt. Die beiden mögen ein Geheimnis teilen, ein so tiefgehendes Geheimnis, daß sich zwischen ihnen jede gesellschaftliche Form, jeder Gruß, alle Anrede erübrigt.

Es ist möglich, daß nun mein Begleiter an Tolstoi die Aufforderung richtet: »Gehen Sie voran.« Jedenfalls höre ich die hauchende kranke Stimme des Alten, der mir zunickt und sagt: »Kommen Sie nur.« In diesem Augenblick ist mir, als müßte ich, die Hand auf das klopfende Herz gedrückt, mit geschlossenen Augen um Verzeihung bitten, und da ja diese Freveltat nicht mehr gutzumachen ist, mich so schnell als möglich vom Orte heben. – Indessen aber folge ich dieser Gestalt mit dem zitternden Licht. Der Hausflur ist ziemlich schmal. An der Wand stehen einige Kisten; ich weiß, daß sich im Nebenhaus eine Goldwarenfabrik befindet.

Nun sind wir an der Treppe dieses Bürgerhauses. Wie ich das Geländer berühre, ist mir das Holz aus meiner Kindheit bekannt.

Der alte Mann steigt langsam Stufe für Stufe empor, indem er manchmal die freie Hand auf sein Knie drückt. Wir folgen auch mit etwas mühsamen Knien.

Im dritten Stock eine Wohnungstüre. – – Tolstoi wartet, daß wir eintreten, sieht uns aber durch seine halbgeschlossenen Lider wiederum kaum an. In mir nagt Pein und eine schmerzliche Verlegenheit, denn ich fühle, daß wir unwillkommen sind.

Ein Zimmer öffnet sich vor mir, ein richtiger Bürgersalon aus den achtziger oder neunziger Jahren. Plüschmöbel, einige unbequeme Sessel aus harten Rohrstäben geflochten, darüber bunte, gestickte Decken, ein Schaukelstuhl, ein Spieltisch, an den Wänden Etageren mit allerhand Vasen, ein Bücherschrank hinter Glas und an der Wand ein Stutzflügel. Tolstoi setzt sich nun auf einen dieser sinnlosen Rohrsessel. Ich weiß nicht warum, aber diese Bewegung ist herzzerreißend.

Ich selbst lasse mich nieder und stammle, ohne daß ich weiß, wie ich den Greis da ansprechen soll oder darf: »Verzeihen Sie mir, verzeihen Sie mir, ich bin so unglücklich, daß wir Sie im Schlafe stören. Und Sie sind so gut, Sie öffnen uns selbst die Türe. – Sie sind so gut!«

Jetzt schlägt der alte Mann zum ersten Mal seine Augen auf, und sieht mich mit einem fernen und doch suchenden Blick an. Sein Antlitz ist eine einzige unbeschreibliche Müdigkeit. Der Bart wächst über gewaltige Backenschluchten. Die Augen sind klein, und es scheint, daß für sie ihre Lider viel zu groß sind. Wenn sie zuschlagen und mühselig sich wieder heben, – ist das der Takt des Grams.

Inzwischen ist eine ältere Dame eingetreten, die einen frischen lebenslustigen Schritt und rote Wangen hat. Sie begrüßt uns mit fast jubelnder Fröhlichkeit. Mein Freund scheint ihr besonders sympathisch zu sein und nach und nach verschiebt sich die Situation so, daß es klar ist, daß unser Besuch nicht mehr Tolstoi gilt, sondern dieser lebensprudelnden alten Frau, die lacht, ununterbrochen spricht, und hier und da meinem Freunde – so scheint es mir – einen Klaps auf die Hand versetzt. Ich selbst muß manchmal mitlachen, obgleich ich nicht weiß, oder mich jedenfalls nicht mehr erinnere, wovon die Rede war. – Dann und wann blicke ich Tolstoi an, den alten Mann, der mir die Haustüre geöffnet hatte, und mit seiner Marienglaslaterne im schwarzen Hausflur stand. Jetzt sitzt er fast starr da, die Hände mit den gewaltigen Adern ruhen nebeneinander auf der Tischfläche. Seine Augen sind nun ganz geschlossen. Ich erschrecke immer, wenn ich ihn ansehe, obgleich dieses Antlitz mich mit Liebe und Ehrfurcht erfüllt.

Gäste sind angekommen. Von allen Seiten hört man Stimmen, es lacht aus allen Ecken. Die Stimme und das Gelächter der alten Dame überschwebt das Gewirre. Leute stehen auf und wechseln die Plätze. Es scheint, daß eine junge Dame am Klavier sitzt. – Das Bild einer spießbürgerlichen Unterhaltung herrscht, fehlt nur noch, daß jemand den Vorschlag macht, im Nebenzimmer zu tanzen. Allerdings höre ich mehr, als ich sehe. Ein Offizier erzählt Kriegserlebnisse in einer grimmigen Ausdrucksweise. – Ein anderer, dessen Stimme mir jetzt noch ganz deutlich ist, sagt: »Ich bin eine problematische Natur. Oft komme ich mir vor wie Horst von Prittwitz in dem Buche der Frau X.« Er nennt einen Militärroman, den ich nicht kenne.

Durch diese Gesellschaft und ihren Lärm werde ich abgelenkt von meinem greisen Gastgeber – man ruft mich in ein anderes Zimmer an das Telephon. Eine Dame hat mich angeläutet, ich erzähle ihr eine lange wirre Geschichte von einem berühmten Maler, den ich zur Stunde bei ihr vermute.

Während ich aber spreche, mich sprechen höre, schäme ich mich meiner selbst, schäme mich dieser Erzählung, dieses ganzen Treibens hier, und mir ist, als wäre ich eines Verbrechens mitschuldig.

Ich kehre an den alten Ort zurück. Der größere Teil der Gesellschaft scheint sich zerstreut zu haben. An einem kleinen Tisch sitzen die alte Dame, mein Begleiter und jener alte Mann, der in diesem Traum Tolstoi heißt und ist.

Auf dem Tisch steht ein Tablett mit Getränken. Ich trinke von einem Glas, und habe die Überzeugung, daß dies ganz starker Whisky ist. – – – Zu meinem Erstaunen sehe ich nun, daß auch Tolstoi ein Glas ergreift und hastig mit zitternder Hand es zum Munde führt und austrinkt. Bei diesem Anblick erfaßt mich großer Schmerz. Ich sage zu der Dame: »Muß er nicht tagsüber viel arbeiten, hundert Menschen empfangen, mit ihnen sprechen, Bücher schreiben und die Kisten der Goldwarenfabrik unten zunageln? O Gott...«

Die Dame antwortet: »Ja, und denken Sie, es kommen noch so viele Menschen, wenn der Doktor im ersten Stock seine Wohnung absperrt. Die muß er alle verbinden, und so vielen Augenwasser eintropfen.«

Da ist es mir, als wären meine Wangen brennend naß, und eine große Kühle in mir beobachtet, daß ich auf den Knien liege. – Ich aber höre mich reden, höre meine eigene Stimme, die mir wie die Stimme eines Kindes vorkommt, dem man unrecht getan hat: »Warum schläft er nicht? Warum lassen Sie ihn nicht schlafen? Sehen Sie doch nur, wie müde, müde er ist! Wer schickt ihn denn hinunter mit einer Laterne, uns das Haustor zu öffnen? Warum kommen denn Offiziere her? Problematische Naturen, die Kriegsgeschichten erzählen, die er anhören muß. Warum will man denn tanzen, wenn er so müde ist und so sehr vergrämt und unglücklich. Seht sein Gesicht, seht sein Gesicht! Es widerstrebt dem Übel nicht. Warum denn laßt ihr ihn nicht schlafen, daß er jetzt so müde sein und diesen Whisky trinken muß?

Augenwasser muß er den Leuten eintropfen, die der Doktor unten nicht empfängt... Er soll mir verzeihen, daß wir ihn aus dem Schlaf gestört haben, daß er in seiner braunen Kutte hinuntergehen mußte, uns das Tor zu öffnen. Warum schläft er nicht, warum laßt ihr ihn nicht schlafen?«

Ich höre, daß meine Kinderstimme immer mehr lallt, und mir ist, als hielte ich zwei Knie umklammert und atmete den Staub eines Teppichs ein. Über mir sehe ich das nickende Antlitz, den matt-gewaltigen Bart, Augen, die auf und zu fallen. Dieses geliebte Antlitz ist jetzt allein über mir, Kreise lösen sich von ihm ab, immer neue Kreise, es schwankt noch ein wenig, ehe ich erwache.

In der Weile meines Erwachens war ich von einem großen Schauder gebannt. Ich weiß aber nicht, ob dies noch Traum oder der Schauder war, der alle Naturwesen anfaßt, wenn der Tag hereinbricht. Denn draußen wurde es schon lichter.

Ich erhob mich nach kurzer Zeit, das Erlebte niederzuschreiben, aus der seltsamen Empfindung heraus, dies wäre kein Traum, sondern eine Erscheinung gewesen. So deutlich ruhte Tolstois Antlitz auf meinen Schlafpupillen.

War es mehr als ein Traum, so möge mir vergeben werden, daß dieser Bericht an mancher Stelle Literatur geworden ist.

Blasphemie eines Irren

Immer nur weiterspaziert, meine Herren, immer nur herein. Bitte kommen Sie alle! Ich erschrecke, Sie erscheinen alle schwarz im Staatsrock, und ich muß Sie hier in meinem engen Schlafzimmer empfangen. Auch bemerke ich zu meiner Beschämung, daß nicht genügend Stühle vorhanden sind. Ich bitte aber immerhin, es sich so bequem zu machen, als möglich. Wir könnten ja auch nebenan in mein Wohnzimmer gehn. Doch wird es besser sein, wir bleiben hier. Ich weiß nicht, ob der Tisch schon abgeräumt ist. Ich pflege nämlich in jenem Nebenzimmer meine allabendliche Kalbskotelette zu mir zu nehmen, die mir von meiner Wirtin um acht Uhr serviert wird. Das dürfte Sie aber nicht interessieren, obgleich diese Tatsache der Gegenstand eines nicht geringen Kummers für mich ist. Außerdem – aber vielleicht nehmen doch einige Herren auf dem Bette Platz! – außerdem ist in jenem Wohnzimmer der Raum durch meine wissenschaftliche Sammlung beschränkt. Sie fragen, was das für eine Sammlung ist? Ich will Ihnen gern später dienen, meine Herren! Vorerst – ach ich bin sehr unglücklich, daß ich an Ihnen zweifeln muß – vorerst – wie soll ich mich nur ausdrücken – müssen wir über einen sehr wichtigen Punkt miteinander ins reine kommen. Sie sehen in mir, und schließlich besuchen Sie mich ja darum, kurz und gut, Sie sehen in mir – Gott den Herrn. Übrigens bitte ich, ja keine Umstände zu machen und mich, wie Sie's ja untereinander tun, gut bürgerlich ohne weiteren Titel Herr Gott zu nennen. Was mich augenblicklich, und nicht nur augenblicklich, so sehr deprimiert, ist der Zweifel, die Ungewißheit, die Vermutung, daß Sie an der Wahrheit meiner Worte zweifeln. Meine Herren, ich bitte Sie inständigst, glauben Sie an mich. Ich bitte damit um nichts anderes, als um den Respekt vor ihrer eigenen Schwäche, die ich mit Ihnen zu teilen die Ehre habe. Versetzen Sie sich doch nur in eine ähnliche Lage. Denken

Sie, man würde Ihnen nicht glauben, daß Sie das sind, als was Sie scheinen wollen. Man würde Ihnen nicht glauben, daß Sie ein vortrefflicher Arzt, gütiger Mensch, aufopfernder Vater wären? Ich frage Sie, was wären Sie, wenn man Ihnen ins Gesicht die sympathischen Eigenschaften Ihres Charakters nicht glaubte? Sie würden zum Narren. Und, meine Herren, prüfen Sie sich bitte, ob Sie die ungewöhnliche Seelenstärke besäßen, ein Narr zu sein. Ich verweise Sie auf das Evangelium Matthäi, wo in einem Kapitel den niedrigsten Sündern Gnade in Aussicht gestellt und folgender Satz ausgesprochen wird: »Wer aber zu seinem Bruder sagt, du Narr, sei des höllischen Feuers schuldig.« Wir wissen, meine ausgezeichneten Freunde, wohl alle nicht, was wir in Wahrheit sind, aber wir müssen Achtung vor unserer Erscheinung verlangen. Ich für meinen Teil kann nichts schwerer ertragen als den fehlenden Glauben an mich. Ebenso und nicht anders als Sie! Doch bin ich noch unvorteilhafter daran. Wenn einer von Ihnen es nicht aushält, ein Narr zu sein, so bleibt ihm der Selbstmord übrig, den ich anzuwenden außerstande bin. Also nochmals, meine Herren, bitte ich Sie flehentlich zu glauben, daß ich Gott bin.

Sie wundern sich vielleicht über mein Auftreten. In früheren Jahren allerdings hatte ich eine gewisse rhetorische Energie. Ich bedrohte die Ungläubigen mit Pest und Fluch bis ins vierte Geschlecht. Aber verzeihen Sie, wenn ich mich erdreiste, einer so geistreichen Gesellschaft mit einem vielleicht zu einfältigen Rat zu kommen. Lassen Sie sich niemals von dem scheinbaren Selbstbewußtsein hinreißen, das immer einer Beleidigung folgt. Schlagen Sie nicht auf den Tisch, und hüten Sie sich auszurufen: »Die Sache muß anders werden.« Ich mache Sie darauf aufmerksam, daß die Dichter dann gewöhnlich ihr Exegi monumentum dichten, wenn sie eine abfällige Rezension über sich gelesen haben, und ihr im Grunde recht geben.

Glauben Sie mir, der ich in dieser Beziehung einige Erfahrung besitze: Je weniger wir von unserem Dasein überzeugt sind, um so mehr wollen wir unser Dasein durch eine sonore Stimme beweisen. Jetzt wo ich aufrichtig von meinem Dasein überzeugt bin, bitte ich – hören Sie, meine Herren –, bitte ich zu glauben, daß ich bin und daß ich der bin, der ich bin. Meine Aufrichtigkeit müssen Sie darin sehen, daß ich das Geständnis meiner Schwäche Ihnen nicht vorenthalte und daß ich mich zu meinen Fehlern bekenne.

Ich habe eine große Schuld auf mich geladen, ohne Zweifel eine große Schuld. Ach nein, nicht die, die Sie meinen. Eine andere. Ich habe nämlich mein Offenbarungswerk, die zehn Gebote, mit dem Worte Ich begonnen. In der Tat, ein böses Beispiel, und ich kann viele Nächte darum nicht schlafen. Ich zu sagen ist immer ein Versprechen, das man nicht halten kann. Wer sich verspricht, hat sich schon versprochen. Wer dieses Wort ohne einen gewissen rheumatischen Schmerz sagt, weiß noch nichts. Ich habe schmerzlich erkannt, daß ich ein Individuum bin, ein Individualist! Hören Sie: Indivi-Dualist. Pfui, diese Sprache! Glauben Sie ja nicht, daß sie niemals und nirgends, daß sie mystisch entstanden ist. Sie stammt immer von Autoren her, von zweideutigen Schuften. Hören Sie nur, wie sie sich über uns auf lateinisch lustig machen. Sie sagen: »Unteilbar und zwiefach« in einem Wort.

Aber was ist denn? Sie haben es sich ja noch immer nicht bequem gemacht? Ich sehe wirklich, es ist sehr eng hier. Auch rede ich immer allein. Wie unhöflich ist das. Ich schäme mich tatsächlich, daß ich Sie so empfangen muß; doch bitte ich, auf keinen Fall irgendwelchen Gerüchten Glauben zu schenken, zum Beispiel, daß das Haus, in dem wir uns befinden, ein Irrenhaus sei. Die Welt ein Irrenhaus zu nennen, ist eine alte, schon recht triviale Sentenz. Wir befinden uns einfach hier in einem Miethaus, Sidoniengasse 68, in einem Garçonlogis, in einer Zwei-Zimmer-Wohnung. Soll ich zum Beweis meine Wirtin rufen, dieselbe, die mir jeden Abend meine Kalbskotelette bringt? Aber Sie würden sie ja nicht anerkennen. Sie haben Augen und wollen nicht sehen, und haben Ohren und wollen nicht hören. Ich könnte Sie ja in das Nebenzimmer führen, aber ich will es lieber unterlassen, aus Angst, meine Herren, ich gestehe es, aus Angst, meine Sammlung könnte durch Ihre Anwesenheit irgend Schaden nehmen. Welche Sammlung? Soll ich Ihnen mein Herzensgeständnis preisgeben? Ja, meine Freunde, ich bin Sammler. Gott ist ein Sammler. Und ich kann sagen, meine Sammlung ist bis auf einige fehlende Stücke vollkommen. Ah, wie Sie neugierig sind! Was wollen Sie wissen? Mineraloge? Philatelist? Autographensammler? Nein, das alles bin ich nicht. Ich bin Musiker, meine Herren, das heißt: weder schaffender noch reproduzierender Musiker. Ein Musiker auf meine Art. Ich besitze hier nebenan eine vollständige Sammlung aller Musikinstrumente, die es gegeben hat. Nicht nur die Musikinstrumente dieser Ewigkeit, nein, auch die Musikinstrumente der letzten und vorletzten Ewigkeit! Unter den jüngeren Stücken zum Beispiel das gesamte Orchester des Salomonischen Tempels, makellose Euphone und Harfen. Doch will ich Sie nicht mit irgendwelchen Fachlichkeiten langweilen.

Sie wollen das Museum sehen? Nein, nein, das geht nicht an! Es könnte leicht an einer Geige eine kunstvoll gestimmte Saite reißen, und dann, fürchte ich, ist meine Kotelette noch nicht abgeräumt. Aber wenn Sie wollen, gehe ich dann gerne mit Ihnen in ein Café oder zu irgendeinem Stammtisch. Ich sitze leidenschaftlich gern an solchen Orten. Ich gehe unbedingt mit Ihnen. Man flüstert, daß hier in einem Lokal dieser Stadt ein blutiger Feldherr, der den Tod von einigen Hunderttausend am Gewissen hat, jeden Abend unter Gelächter und Scherzen, ja sogar mit Ernst Skat zu spielen liebt. Ich bitte, führen Sie mich dahin. Aber aber ich sehe, ich halte Sie mit unziemenden Dingen auf. Wenn man sehr lange einsam war, so hört man seine Stimme gerne, das ist verzeihlich. Sie treten von einem Fuß auf den andern. Sie flüstern paarweise. Ich bin nicht böse darüber, nein, gewiß nicht. Man besucht doch Gott nur um einer Offenbarung willen. Ich will Ihnen viel verraten, ich will kein Geheimnis machen. Was hat der Herr dort für ein Instrument in der Hand? Ein Maß? Sie wollen den Umfang meines Hauptes messen. Gut, mein Freund! Ich kränke mich nicht, ich lächle nur. Aber gedulden Sie sich noch ein wenig damit.

Erstaunen Sie über mich. Ich bin nicht allmächtig aber

langmütig. – Ich will mich Ihnen offenbaren, ich bin des Dunkels müde und trete vor Sie hin, ohne Wolke und Sinai, hier in meinem Schlafzimmer. Ja, sehen Sie mich nur in diesem Augenblick an, da ich vor Ihnen geständig werde, denn das Gefühl, Ihr Dasein, meine Besten, verschuldet zu haben, drückt mich beständig. Ich bin nicht allmächtig, wenn ich das jemals behauptet haben sollte, so ist das eine Lüge. Es geht mir nicht anders, als jedem Oberhaupt einer bureaukratischen Monarchie. Ich habe Vorgesetzte, und diese Vorgesetzten haben wieder Vorgesetzte in infinitum. Gleich bei Ihrem Erscheinen habe ich bemerkt, daß Sie mich versuchen wollen, und von mir Wunder verlangen werden. Aber ein für allemal, das ist unmöglich. Die von mir eingesetzten Naturgesetze sind Polizeiorgane, die unerbittlich aufpassen, daß die öffentliche Ruhe nicht gestört wird. Und ich frage Sie: Wer darf eher einen Einbruch begehen, der Landstreicher oder der Kaiser? Sie, meine Herren, als Mittelstand dürfen Zauberei eher treiben als ich. Doch nichts mehr davon. Ich will Ihnen – warum beliebt der Herr dort auf die Uhr zu sehen? – ich will Ihnen jetzt das Wort sagen, von dem aus Sie die Theologie erneuern werden.

Die Gottheit mißt die Zeit von einem Kreuzestod zum anderen. Auch ich bin, wie alle meine Vorgänger am Kreuze gestorben. Das Kreuz ist die Prüfung der Götter. Noch keiner hat sie bestanden. Hätte ich sie bestanden, dann – – dann wären wir alle erlöst. Auch ich habe die verhängnisvollen Worte am Kreuze gesprochen, die Sie sehr wohl kennen und die da lauten: »Mein Gott, warum hast du mich verlassen?« Was halten Sie für die Ursache dieser Worte? Reden Sie!

Den Schmerz der Wunden?

Ach, wie klein war dieser Schmerz?

Den Zweifel an der Gotteskindschaft?

Fehlgeraten! Den Zweifel am Erfolg des Werkes? Nein, nein! Viel weltlicher noch, viel menschlicher, staubiger ist diese Ursache.

Hören Sie, wovon die Erlösung abhing: Von dem allerschmerzlichsten Augenblick meiner Ewigkeit, ebendem, da ich diese traurigen Worte sprach, erlebte ich den allersüßesten Augenblick meiner Ewigkeit. Ach, ich dachte eine ganz geringe Spanne lang, eine ganz kleine Weile lang – an die Tränen, die meinem Tode fließen werden, an die Verehrung, an den Beifall... und als mir diese Empfindung bewußt wurde, war es mit der Erlösung vorbei, und ich sprach zu mir: »Mein Gott, warum hast du mich verlassen?«

Nun wissen Sie es. Weil ich gestrauchelt bin, sind Sie und ich noch da. Denn im Augenblick der ersten reinen Liebe wird die Welt nicht mehr da sein. Es gibt eben nur eine Erlösung von der Welt, die habe ich Ihnen und mir verscherzt. Was sagen Sie? Bessere Welt, Jenseits, Paradies.

Ach, welche unsympathischen Gedanken! Ich weiß von jener guten Welt nichts! Wie könnte auch jene gute Welt wirklich gut sein, wenn sie außerhalb einer schlechten Welt existierte (wo Kinder in Fabriken arbeiten müssen) und sich in ihrer Güte mit ihrem Wohlleben zufriedengebe. Ich habe dieses Paradies immer gehaßt. Einmal versuchte ich sogar ein Couplet zu verfassen; aber ich bin so wenig begabt, so entstanden nur zwei Zeilen davon:

»Paradies, du Sommerfrische
Für die Müden der Saison.«

Jetzt nennen Sie mich einen Feind des Lebens! Das ist zuviel, das ist nicht wahr! Ich bin ja bloß ein Melancholiker, ein Verzweifelter, ein Opfer reinlicher Konsequenzen. Meine Herren, Sie werfen sich in die Brust, Sie fühlen sich überlegen, was muß ich hören, was sagen Sie, mein Lieber, da? Was? Das kommt alles davon, weil ich keinen weißen Bart mehr trage. Ich hätte keinen sittlichen Halt, sagen Sie, keinen Staatsbürgersinn, ich wäre kein rechter Preußenkönig, nicht der erste Diener meines Reiches...

Ja, meine Herren, sehen Sie, sehen Sie, wie ich nur mit meinem Haupt nicke! Ich hielt mich immer für einen armen Sünder und habe Sie deshalb niemals gestraft, Sie halten mich aber für vollkommen und strafen mich täglich. Sie haben eine vollendete Strafe für mich ersonnen, den Staat, jawohl den Staat, meine

Herren, der das Übereinkommen Ihres bösen Willens ist und der Kerker, in dem ich keine Luft habe. Luft, Luft, ich ersticke!

Aber ich sage nichts; es ist ja Ihr Recht, mich zu strafen, da ich doch ein armer Sünder bin. Nur dürfen Sie sich darüber nicht wundern, daß ich zu den Anarchisten gehe und zu den Verschwörern in den Kellern mich versammle.

Denn ich hasse, hasse, hasse, hasse, hasse, hasse die Gerechten. Wo ist denn meine Reitpeitsche, meine Reitpeitsche? Mir scheint, es ist ein Gerechter da! O du verfluchter Abraham, der du deinen Sohn opferst. Ich sehe, hier unter Ihnen gibt es einige, die in der Schule Vorzugsschüler waren! Wo ist denn meine Reitpeitsche?! Haben Sie, meine Herren, Ihre mathematischen Präparationen immer in Ordnung gehabt? Was? Konjugieren Sie mir schnell das unregelmäßige Verbum: τίϑημι! Bravo, Sie können es ja noch, Sie sind ein Vorzugsschüler, Sie sind ein Gerechter, Sie sind mein Feind. Ah! Wissen Sie, wie ich den Vorzugsschüler Moses gehaßt habe! Wo ist denn meine Reitpeitsche?! Welche Wonne, als ich ihm das gelobte Land zeigen konnte, das ich ihm verwehrte! Er hat immer seine Aufgaben in Ordnung gehabt, der große Mann! Nur einmal hat er einen Klecks gemacht.

Ich liebe die Sünder, ich liebe, liebe, liebe die Sünder, denn sie sind nicht böse. Nur die Sünder wissen von der Freude! Und auch ich bin doch nur Gott, weil ich ein armer Sünder bin und mich gewaltig, gewaltig freuen kann. Die Guten haben alle böse Gesichter. Sie sind gut, meine Herren, Sie haben alle böse Gesichter. Wenn Sie lachen, ziehen Sie alle die Augenbrauen hinauf. Ein schlimmes Zeichen, denn das heißt Hohn. Gebenedeit seien die guten Mörder! Aber Sie, Sie kenne ich alle. Sie sind werktätige Arbeiter. Sie stehen im Ernst des Lebens! Ah! Wo habe ich meine Peitsche? Ja, Sie sind gerecht! Sie alle! Aber wahrlich ich sage euch, die Gerechten tun gute Werke und walten pflichttreu ihres Amtes täglich; doch am Abend gehen sie hin und bepissen den Abortsitz, nur um des Genusses ihrer Bosheit willen.

Ich bitte, fürchten Sie sich nicht, ich habe mich wieder beruhigt. Bitte, behalten Sie Platz. Sie sind Optimisten. Ich will Ihre heiligen Dogmen nicht umstürzen. Nur haben Sie sich im Zimmer geirrt. Nebenan, meine Herren, nebenan, zu der andern Persönlichkeit in diesem Hause wollten Sie.

Wissen Sie, was die Macht jenes andern ist? Er hat noch niemals eine Sünde begangen und wird auch niemals eine Sünde begehen. Bei ihm werden Sie sich guten Rats erholen... ich kann Sie doch nur zu Sünden verführen. Sehen Sie dahin! Ich will Ihnen aber noch verraten, womit Sie ihm schmeicheln können. Er trägt einen hohen Orden, bemerken Sie es!

Mich aber wollen Sie bitte vergessen! Ich werde ins Nebenzimmer zu meiner Musik gehen. Denn die Musik, denken Sie, ist für mich die Erinnerung an die Welt, ehe sie noch war. Aber ich habe mein Gedächtnis verloren. Ich kann mich nicht erinnern. Ach, es ist schon so lange, daß mir meine Wirtsfrau das Abendmahl auf einer Blechschüssel bringt. – –

Die Erschaffung des Witzes

Am Abend jenes Tages, von dem es heißt, daß er der siebente der Welt und der erste Tag der Ruhe war, versammelte der Herr Zebaoth alle Engel und Geister seiner Herrschaft um sich, denn er gedachte, die Fürsten über die Schöpfung einzusetzen.

Und so geschah es!

Er setzte ein den Engel über die Gewässer und den Engel über die Gebirge, den Engel über die Bäume, den Engel über die Stimme der Tiere und den Engel über die Sprache der Menschen, den Engel über die Wahrheiten und den Engel über die Lügen.

Einer nach dem anderen trat hervorgerufen aus der Schar der ewigen Dämonen und fuhr sogleich gewaltig abwärts mit seinem Auftrag.

So, als die Mitternacht unter die Gestirne trat, war der Herr nunmehr allein, Angesicht zu Angesicht mit dem letzten und einzigen der Geister, der noch nicht in sein Amt entlassen worden war. –

Dies aber war Samael, der abgefallene Engel, der mit geschlossenem Flügelpaar wartete, daß auch er in eine Herrschaft eingesetzt werde.

Der Herr aber hob seine Stimme und sprach:

»Bist du es, Sohn, der abgefallen ist?«

»Ich bin es, mein Vater.«

»Wehe, wehe! Du hast die Entzweiung in die Harmonie gebracht. Du bist der Vater der Zahl Zwei geworden. Die Einheit hätte keine Schöpfung gebraucht!

Aber da du die Einheit zerbrachest, erschufest du meinen Mangel. – Und da nun Mangel in mir war, mußte ich reden. – Und da ich anhub zu reden, war die Welt geschaffen.

Sie aber ist der Sehnsuchtsruf meines Mangels.

Wehe! Wehe! Ewig werden mich meine Geschöpfe anklagen,

weil ich nicht vermochte, meine Vollkommenheit zu erschaffen, sondern meinen Mangel erschuf, den sie tödlich erleiden müssen. Dessen trägst du die Schuld. –

Ist es so?«

»Es ist so, mein Vater.«

»Da du aber die selige Einheit nicht ertrugst und mir zum Widerspruch wurdest, da du, mich entzweiend, den Mangel in meine Vollkommenheit brachtest, aus dem ich das All erschuf, will ich dir das Reich verleihen, das dir zukommt.

Nun ich das All erschaffen habe, ist auch das Nichts miterschaffen, da nun die Fülle waltet, so waltet auch die Leere. Zehntausend Söhne habe ich zu Fürsten der Fülle gemacht; dich allein aber setze ich ein zum König über das Nichts, zum Herrn über die Leere.

Alle Geister werden säen und ernten. Fruchtbar wird ihnen ihr Reich sein. Nur deines dir ewig unfruchtbar...«

Da erhob der Engel des Widerspruchs langsam seinen gesenkten Blick in das Antlitz des Herrn und sprach:

»Nein! Fruchtbar wird auch dieses Reich mir sein, mein Vater!«

*

Es kam aber der Tag, da wiederum die Geister sich versammelten um den höchsten Wagen, auf dem der Herr im Wandel thront.

Sie aber traten an den Ewigen, ihm Rechenschaft zu geben über ihre Herrschaft und über den Ort in den Dingen, den sie zur Residenz sich erkoren hatten.

Und es legten die Engel der Dinge Rechenschaft ab über ihr Regiment.

Gott hörte einen jeden an, gab ihm Abfertigung und entließ ihn.

So geschah es, daß wieder die Mitternacht unter die Gestirne trat und der Herr allein war, Angesicht zu Angesicht mit dem Engel, den Sie Samael heißen und der gesetzt ist über das Nichts.

Der Ewige aber erhob seine Stimme und sprach: »Bist du es, Sohn, den ich eingesetzt habe zum König über das Nichts?«

»Ich bin es, mein Vater!«

»So sage mir, Sohn, wo in deinem Bezirk du deinen Sitz aufgeschlagen hast!«

Dies aber antwortete der trotzige Gottessohn:

»Frierend, o Vater, durcheilte ich die rauchenden Steppen meines Reiches. – Nichts fand ich da Lebendiges, doch auch nicht Widerlebendiges und nicht den Ort, mir die Stadt zu bauen.

Doch als ich an den Grenzen meiner Steppen schweifte, begegneten mir zwei der unsterblichen Brüder und grüßten mich. Das aber waren der Engel, der über die Trägheit gesetzt ist, und der Engel, der über die Schläfrigkeit obherrscht. Ihr Reich reicht an die Grenzen meines Reiches, das da genannt wird bei den Söhnen des Himmels: das Nichts. So aber begannen die beiden Brüder mit mir zu reden:

›Töricht bist du, o Herr über das Nichts, daß du dein Haus bauen willst in den Steppen jenseits des Atems. Erstreckt sich denn dein Reich nicht mit fetten Zungen, wie von gerinnendem Öl, in die Welt des Atems?

Dort aber errichte deinen Sitz!

Mit vielen schiffbaren Strömen wälzt sich das Nichts durch die Brust des Alls.

Dort aber, in der Brust des Alls, herrsche, Herr!‹

So sprachen die Engel der Schläfrigkeit und der Trägheit; ich folgte ihrem Rat und suchte auf meine Bezirke, die im Reich des Atems liegen, daß ich in ihnen eine Wohnung finde und über sie herrsche!

Ich aber sah, daß die atmenden Geschöpfe an den Zonen meines Reiches bitter litten, das sich in ihrer Seele erstreckt und nicht Kälte kennt noch Wärme, nicht Blüte noch Frucht und in den Nächten das Auge der Lebendigen mit angstvollem Grinsen füllt und ihr Ohr mit dem entsetzlichen Rauschen der verborgenen Wasserfälle, über die ich Herr bin.

Ich aber schwor, da alles fruchtbar in der Brust des Lebendigen war, daß auch mein Reich fruchtbar werden sollte, auf daß ich von ihrer Stummheit erlöse alle, in denen mit immer grinsenderer Wüste mein Reich wächst.

So, als ich im Nachsinnen den Horizont der riesigen Menschenstadt umkreiste, berührte meinen Flug der Engel, der über die Auswege gesetzt ist, hörte meine Rede an und sprach:

›Eile, o Bruder, zu der Staude jener Pflanze, die Nachtschatten heißt.

Dort findest du in gelblichen Kapseln verborgen das Mehl des Samens, der da in der Sprache der Blumendurchschauer genannt wird: das Wissen um Alles. Diesen Samen nimm, trage ihn heim und säe ihn in die Ackerfurchen deines Reiches, sofern es sich dehnt in der Welt des lebendigen Atems. Prickeln wird die Wüste und ausschlagen die Ödnis.‹

Ich aber tat, wie mir der Bruder geboten hatte, und säte in die Ackerfurchen der Leere den Samen, der da heißt: Wissen um Alles!

Siehe aber, o Vater, kaum hatte ich den Samen versenkt in den Boden meines Reiches, das kein Leben kannte und keinen Tod, als die Krumen zu gären begannen, sich krampften, und als überall mein Reich in der Brust der atmenden Menschen zu niesen begann. Ich aber frohlockte und rief: Das Unfruchtbare ist mir fruchtbar. Das Nichts niest nach meinem Willen. Nun weiß ich mir endlich die Stätte, nun baue ich mein Haus auf dem Niesen des Nichts. Die Nichtigen aber löse ich so aus ihrem Leid.

Sieh selber mein Werk, o Vater!«

Samael, der Engel des Abfalls, sprach also und zerhieb mit seinem Schwert den Vorhang, der den Tempelraum des herrlichsten Wagens abtrennt von den minderen Geheimnissen.

Das Auge des Vaters aber und das Auge des Engels erblickten einen säulengetragenen Saal, der überall von blinden Spiegeln umschlossen war. An kleinen Tischen saßen sehr dicke und sehr magere Männer, die alle totenblaß waren. Von Zeit zu Zeit hielt einer den Atem an und sprach etwas. Darauf meckerte Gelächter an das Ohr der Lauschenden.

Der Herr aber sprach, da er das Gelächter vernahm: »Dieses da ist! Aber ich habe es nicht erschaffen. Mit diesem Lachen aber wird mächtiger das Reich, darüber ich dich setzte!«

Da aber lachte auch der Engel des Widerspruchs, Samael, und sprach: »Das Nichts niest in ihnen, o Vater, denn ich habe es urbar gemacht im leidenden Geiste der Nichtigen und reich den Samen geworfen, der da heißt: Wissen um Alles.«

Und jedesmal, wenn in dem großen Spiegel-und-Säulensaal ein Wort gesprochen und ein Gelächter erklungen war, hing ein neues Eitertröpfchen auf dem hinrasenden Balle der Schöpfung, der bald einem schwitzenden Glase glich.

Theologie
Fragment

Und siehe, Gott erschuf die Welt, damit er ein Du fände für sein Ich!

Doch kaum war die Welt erschaffen, geriet sie in eine Bewegung, in einen Rhythmus, der nicht Gottes war, der nichts mit der selbstliebenden Bonhomie seines allabendlichen Spaziergangschritts zu tun hatte.

Da erfaßte Gott ein großer Zorn, und er sprach zur Welt:

»Was tust du, was tummelst du dich, was rasest, was trippelst du?

Schuf ich dich nicht, daß dein Bestehn ein Vergehn in mir sei, daß du ewiglich anschauest die Frühlinge meines inneren Rollens, dich schmiegest in den Glockenturm meiner Spiele, daß ich im Spiegel deiner Augen mich selber erblicke?«

»Um Gottes willen, halte mich nicht auf«, sagte die Welt. »Wenn du wüßtest, was ich alles im Kopf haben muß! Kümmere ich mich nicht, geschieht nichts, nichts!

Der Schulknabe Jakob Bausewang hat sein Lehrbuch der lateinischen Syntax zu Hause vergessen.

Es gibt zur Zeit 58 987 577 Kriege.

Das Senegal-Rhinozeros Nr. 7790 hat eine schwere Beinhautentzündung.

Auf Kassiopeia V tritt eine wichtige Erosion ein.

Ich habe so viel im Kopf, – nicht eine Sekunde Zeit. Ich muß immer in mich schaun! Man kann sich ja auf niemanden verlassen. Es geschieht sonst nichts, gar nichts!«

»Willst du von diesem Humbug nicht aufblicken?« sprach der Herr, indem er sich an den Kopf faßte.

»Was sollen mir diese Traumbilder der Fünfuhrstunde meines Schlafwachens? Wehe ihnen, daß sie sind! Willst du mich nicht ansehn? Sieh mich an! Ich will aus dir mir zurücktönen! Ich will in dir mich fühlen, wie sehr ich vollkommen bin! Liebe mich, liebe mich!«

»Was für Worte richtest du an mich, o Herr?« erwiderte die Welt. »Wie käme ich zu dir?

Du bist ein Herr! Vergiß nicht, daß ich aus der Hefe des Volkes stamme.

Mein Los ist Arbeit. Etwas anderes kann ich nicht, als arbeiten. Ich bin ungebildet, habe nur die Elementarschule besucht.

Aber ich darf länger nicht reden.

Ich bringe sonst nichts vor mich.

Achtung! Dort und dort und dort! . . . «

Der Herr stöhnte auf:

»So verfluche ich dich, daß du nicht mehr seist! Was beunruhigst du mich mit deinem Lärm? Ich befehle dir: Sei nicht! Du, sei nicht!«

Die Welt sagte, indem sie sich rasch nebenher einen Krug auswischte:

»Ich hänge nicht am Leben. Ich bin nicht schuld daran, daß du deine Halluzinationen nicht mehr zurücknehmen kannst, daß ich vor deinen Augen schuften muß. Selbst mir ist Arbeit keine Freude. Aber es muß etwas geschehn! Wenn ich nicht zugreife, geschieht nichts.«

»Warum muß etwas geschehn?«

»Das weiß ich nicht! – Weißt du es?«

»Willst du mich verhöhnen? – Warte!«

Er faßte seinen Spazierstock, schwang ihn über sein Haupt und jagte die Welt durch eine überaus große Zimmerflucht. Immer knapp hinter ihr her schrie er:

»Du sei ich, du sei ich!«

Die Welt hielt ohne viel Keuchen und Anstrengung gleichen Abstand von ihrem Verfolger.

Sie war ein ausgesprochenes Phlegma.

Die Jagd setzte sich schließlich über eine mittelmäßig große Haustreppe fort. Mieter fuhren aus ihren Wohnungen, schimpften und schlugen die Türen wieder zu.

Während der Ruf – du sei ich, du sei ich – wild das Getrampel der Schritte übertönte, fand das verfolgte Weib immer noch Zeit, hier mit einem Strich eine blinde Klinke blank zu putzen, dort eine Schale, ein Papier aufzuheben und in seinem etwas breithüftigen Lauf das ganze Haus in Ordnung zu bringen.

Skizze zu einem Gedicht
Fragment

Ein Kreis mächtiger noch kaum belaubter Eichen um einen aufgeschmolzenen Rasenplan. Von allen Seiten mit leidenschaftlich geschlossenen Augen, mit der Inbrunst rasender italischer Tragöden wirft sich Sturm auf Sturm in die weiblich hinsterbende Höhe des Geästes.

Aber über den großen Sch-Lauten dieser Inbrunst ein höheres immer stärker erwachendes Toben von allen Bergen nieder. Eine unsinnige Freude am Chaos! Ihrer selbst trunkene Atemstöße!

Du fühlst in dir ein stampfendes Vergehn. Den Kopf legst du zurück und singst den vernichtenden Rhythmus des Wortes: Libertà!

Oben aber der endgültige Tag-Sieg des wilden Heers, der Triumph der Dämonen, die sich von überall her anrufen und ihre gewaltigen Pferde tanzen lassen. Immer neue Sphären-Ritter erwachen und heulen einander zu: Sieg!

Sie ertragen kaum mehr ihre Leichtigkeit, ihre Schnelle. Schon springen sie über die vier Enden der Windrose.

Du aber reißt dein Hemd auf und bietest die Brust den belebenden Wassergeistern der Luft.

Krähen kreisen fast um deine Schulter! Unendlich schmerzlich märzlich von unten her die zerfransten Fetzen einer Trompeten-Quart.

Begegnung über einer Schlucht
Fragment

Wanderer: Was stehst du hier am Abgrund mit lächelndem Antlitz und blickst in den tobenden Kessel?

Jude: Ich bin fröhlich!

Wander: Du? Fröhlich? Und warum?

Jude: Ich bin fröhlich, weil ich in diesem Augenblick alle Völker liebe!

Wanderer: Du liebst alle Völker, du die Völker alle, die dich martern und verachten?

Jude: Ja, die Völker alle, die mich martern und verachten.

Wanderer: Kann ich dir glauben?

Jude: Das kannst du! Als ich in diese Schlucht sah, wo so viele Wasser durcheinander stürzen, war ich in einem tiefen Traum.

Wanderer: In welchem Traum warst du?

Jude: Dort, wo man nicht sieht und kaum mehr hört. Dort, wo die Musiken entspringen, war ich.

Ich fühlte fließen die vielen Quellen der Völker. Ich ruhte bei den reinen Urliedern. Und jedes Urlied floß durch meine Seele, und meine Seele kannte es und weinte vor Glück.

Wanderer: Kannst du denn aus voller Seele weinen?

Jude: Ich konnte es. Denn sieh, ich war euch allen da so sehr verwandt und nicht mehr fremd.

Wanderer: Wo aber ist deine Musik, Jude?

Jude: Sie schweigt, sie schweigt!

Wanderer: Wo ist sie?

Jude: Die Quellen tanzten um mich, die zarten Ur-Lämmchen. Lieb umsprang mich Flockensanftmut. Ich aber war ein großer alter Hirte und sann mich tief, lebte mich tief in den Sprudel, der da sprang.

Und mein Herz war am bloßen Puls, am Ursprung, der mit immer neuen Stößen die Lieder-Lämmer aufwarf.

Da – für den Blitz eines Augenblicks verging ich. Denn das lange verlorene Lamm sah ich springen und schwinden im Quellengewühle. Springen und schwinden mein Lied das schweigt, springen mein jetzt noch unsingbares Lied inmitten des lieblichen Gesinges.

Der Dschin
Ein Märchen

Prinz Ghazanfar, Nachkomme des großen Kalifen und ruhmreicher Seefahrer, erlitt auf einer Reise, die er nach den nordischen Meeren unternahm, mit seiner wohlgerüsteten Gallione Schiffbruch.

Er konnte sich mit drei seiner Gefährten an die Küste eines Nebellandes retten, in dessen schmalen, unzähligen und zerklüfteten Buchten Sturm und Meer sich beruhigten.

Die Schiffbrüchigen kannten den Namen des Landes nicht, noch auch wußten sie, ob das Fatum sie an einen Kontinent oder auf eine Insel verschlagen hatte; sie konnten auch nicht feststellen, in welcher Breite, unter welchen Gestirnen sie geborgen waren.

Der Abend brach an. Sie froren in ihren nassen Kleidern, die der neblige Wind fest um die Leiber preßte. Ghazanfar, der Prinz, sprach: »Lasset uns sehen, ob dies ein bewohntes Gebiet ist! Wir wollen hier über die Felsen klettern, um auf die Höhe zu gelangen.«

Die drei anderen gehorchten schweigend und müde, und als sie nach mancher Mühe die Hochfläche erreicht hatten, war es gänzlich Nacht geworden.

Sie irrten eine geraume Weile umher, um die Richtung zu finden, die ins Innere des Landes führen mochte. Plötzlich entdeckte der Prinz, daß sie auf einen gar nicht sehr ausgetretenen Fußpfad geraten waren – und glücklich erleichtert verfolgten sie den, besorgt, daß er ihnen unter den Füßen nicht entwische.

So wanderten sie in sternloser Nacht dahin – und nur ein weißlicher Schein, wie von Nebel, gab ihnen so viel Licht, daß sie die Sicherheit der Füße nachprüfen konnten, die wie Pferde im Schnee mit großer Wachsamkeit den Weg weiterführten.

Sie glaubten, sie würden immer tiefer ins Land gelangen, und es könnte lange nicht mehr währen, so müßten sich die ersten Wohnstätten von Menschen zeigen.

Wie freuten sie sich, als in der Ferne ein Lichtflecken auftauchte, ein zackig bewegter Schein. Da kümmerten sie sich nicht weiter um den Weg und eilten auf diesen Schein zu.

Bald aber merkten sie, daß sie entlang der Küste gewandert waren, und daß dieser Schein von einem großen Feuer kam, das auf der Spitze eines dicken uralten Turmes brannte. Sie waren doppelt froh, der gefährlichen Reise in götzendienerisches Land ledig zu sein und ein Quartier dicht am offenen Strand gefunden zu haben. – Schon morgen vielleicht würde ein Schiff in Sicht kommen.

Ghazanfar schlug mit einem Stein gegen das niedrige eisenrostige Tor des Turms. Bald hörten die Männer auch langsam knarrenden Schritt eine krachende Treppe hinab – das widerwillige Schloß kreischte und die Türe wurde aufgetan.

Es stand in der Türe ein kleiner bartloser Greis mit einem geschützten Licht in der Hand. Er trug hohe Wasserstiefel, sein Mantel, der mit zwei Riemen um die Brust befestigt war, wurde vom einstürmenden Wind ins Dunkel zurückgeweht. Bis über die Hüfte des Alten schmiegte sich ein großer Hund, auf dessen Kopf die rissige, dickadrige Hand lag, deutlich beleuchtet.

Auch der Hund schien sehr alt zu sein. Er knurrte, und wenn er dabei den Rachen aufsperrte, sah man, daß er fast zahnlos war. Die Schnauze rissig, die Augen von einer eiternden Krankheit entstellt – und überall aus dem einstmals schönen Fell dichte Büschel und Zotteln gerissen, glich dieses Tier einer vom Herbste verwüsteten Heide.

Ghazanfar erzählte sein und seiner Gefährten Mißgeschick – und bat den Alten um Speise und Nachtlager.

Gott, gepriesen sei der Glorreiche und Große, wird es ihm lohnen.

Der Greis gluckste und zeigte auf den Mund. Er war stumm. Doch während der Hund in aufgeregten Stößen bellte, winkte der Alte den Fremdlingen, ihm zu folgen.

Voran stieg er jetzt mit seinem Licht die enge Treppe empor, hinter ihm der Prinz und seine Begleiter. Ihre Schritte donnerten gewaltig. Der Hund huschte an allen vorbei. Bald war er seinem Herrn voraus, bald beschnupperte er die Füße des letzten Mannes, der keuchend, eine Hand aufs Knie gestützt, die andre gegen die Mauer stemmend, die Treppe erklomm.

Eine unbändige Freude schien den alten Köter erfaßt zu haben. Es mochte die Verwirrung sein, die in diese Einöde die Schritte der Schiffbrüchigen gebracht hatten, Ahnung eines besseren Bissens, vielleicht auch ein geheimnisvoller Grund, der ihn so erregte; denn wer erkennt den verschlossenen Ausdruck der Tiere?

Die Treppe mündete endlich in ein großes Gemach, in welches die Männer durch eine Falltüre stiegen. Drei Fensterscharten im gewaltigen Gemäuer zeigten gegen das Meer. In einem offenen Herde brannte ein Feuer von Lärchenholz, magisch rauchend und duftend. Über diesem Feuer hing ein Suppenkessel, der schon dampfte.

An den Wänden standen einige Pritschen. In der Mitte des Saales ein riesiger Pritschentisch, der viele Schläfer beherbergen konnte. – Es hatte den Anschein, als würde hier täglich für Gestrandete Speise und Lager bereitet. –

Auch war es klar, daß das große Feuer auf der Spitze des Turmes ein Wacht- und Leuchtfeuer war. – Immer wieder kletterte der Stumme eine Leiter empor, hob eine Klappe in der Decke des Gewölbes auf und verschwand, während ein wilder roter Widerschein den Raum erfüllte, mächtig aufatmend, denn der Türmer warf riesige Holzbündel in die Glut.

Ghazanfar und seine Gefährten streckten sich auf den Pritschen in glücklicher Erschöpfung aus, doch vergaß keiner, vorher sein Gebet zu verrichten. Allah hatte sie vor Abenteuern bewahrt.

Inzwischen war die Suppe fertig geworden. Sie erquickten sich an der warmen Speise, schlürften, und brachen das Brot, von dem der Alte jedem einen Laib gereicht hatte.

Der Hund lag die ganze Zeit am Herde und starrte aus seinen regungslosen kranken Augen die Männer an.

Das Herdfeuer wurde schütterer. Die Männer waren satt. Der Turmwächter ergriff sein Windlicht, verbeugte sich, stieß einen glucksenden Laut aus, der seinem Tiere galt. Er verschwand durch die Fallüre, der Hund, nachschleichend, mit ihm.

Ehe noch das Getappe des Alten auf der Treppe verhallte, waren die drei Edelleute eingeschlafen. Ghazanfar allein wachte noch und überdachte mit Unmut seine Fahrt, die solch ein böses Ende genommen hatte. Fast war es ihm leid, daß Gott ihn vor Gefahren bewahrt, daß er, kaum aus grimmigem Meere gerettet, so bald eine barmherzige Stätte hatte finden dürfen.

Kraft und Heldensinn rührten sich in ihm. Doch war die Müdigkeit groß, und während sein Gefolge schon stöhnte und schnarchte, sank er selbst in Schlaf.

Es schien ihm, daß er nicht lange geschlummert habe, als er auf einmal erwacht war.

Noch immer glühten die Scheite am Herd.

Welcher Schrecken, als er kurze üble Atemstöße über seiner Stirne fühlte. Wild setzte er sich auf. Dicht am Kopfende der Pritsche stand des Türmers Hund und wandte sein Starren nicht ab. Nur manchmal kniff er die gelben eitrigen Augen ein, dann wieder ließ er die Zunge lang aus dem Maul hängen und leckte die Schnauze ab.

Dem Prinzen und Moslem graute vor dem unreinen Tier. Doch auch er konnte die Augen nicht abwenden; ihm waren die Glieder wie gelähmt. Der Hund brummte und heulte leise; seiner Räude entströmte ein schlechter Geruch, der Ghazanfar mit Ekel erfüllte.

Immer deutlicher heulte der Hund – und nicht im mindesten wunderte sich der Prinz, als er nach und nach Worte und Sätze unterscheiden konnte, die das Tier ungelenk und gedämpft hervorbellte.

»Gelobt sei, vor dem keine Macht ist, Gott der Glorreiche und Große! Bist du Ghazanfar, der Prinz, der mir verheißen wurde?«

»Ich bin Ghazanfar, der Prinz, der Seefahrer auf allen Meeren, schiffbrüchig am nordischen Strand.«

»So bist du's?«

»Ich bin's.«

Da begann der Hund wild mit dem Schwanze zu wedeln und bellte fast unverständlich vor Erregung:

»Du bist's, du bist's! Mir verheißen als Erlöser! Denn was bin ich denn anderes als auch ein Prinz, verzaubert in diesen alten gebrechlichen Hundsleib, verschlagen auf diese langweilige Insel, verdammt zum Sklaven des stummen Mannes? In Hundsfell verzauberter Prinz bin ich! Wisse es, Ghazanfar, mein Erlöser, wisse es!«

»Hund« – sagte Ghazanfar –, »wenn du ein Prinz und Edler meines Standes bist, was mußt du in diesem eklen unreinen Leibe leiden? Was mußt du am Gestank deines Haars und deines Hauchs leiden, ewig fremd in dir selbst? Wenn du dein Maul auftust, öffnest du einen Rachen und keinen Mund mit schönen edlen Zahnreihen. Überall bist du behaart und räudig – und den biegsamen Körper, den haarlosen Leib des Königssohns, in dem du zu Hause bist, hast du verloren! Heimatloser ist kein Geschöpf als du in Hundsleib Verzauberter!«

»Wohlverstanden hast du meinen Schmerz, gut mitgelitten hast du meinen Schmerz, o Prinz – und du wirst nicht zögern, mich zu dem zu erlösen, der ich bin.«

Ghazanfar aber gab zur Antwort: »Nichts Höheres kenne ich auf der Welt, als Unschönes in Schönes zu verwandeln, Unreines in Reines. Dafür kämpfe ich und befahre die Meere. Hund, auch dir will ich helfen, wenn du ein Prinz bist und wenn ich es vermag.«

»Wohl vermagst du es, wenn du standhältst, o Prinz!«

Ghazanfar sprang von seinem Lager auf.

»Wem soll ich standhalten? O wären es zehn, wären es hundert. Wieder sehnt sich Ghazanfar nach Kampf und raschem Atem.«

»Einem allein sollst du standhalten.«

»Und wer ist das?«

»Der Dschin dieser Insel.«

»Ist er zu fassen?«

»Nein! Er kommt nicht in die Nähe. Er spricht nur mit uns.«

»Gleichviel, ich will ihm standhalten!«

»Das wirst du, das wirst du, mein Befreier, wenn du der bist, der du bist!«

Der Hund sprang wild an Ghazanfar empor und wedelte gewaltig. Dann bellte er:

»Komm, komm! Es ist jetzt die gute Stunde! Da kann es geschehn!«

Ghazanfar wußte nicht recht, wie er ins Freie gekommen war. Wind warf sich wider ihn.

Unbedeckt das Haupt, ohne Mantel, fühlte er doch voll Vertrauens an seiner Seite das Schwert.

Der Hund lief vor ihm her und wandte von Zeit zu Zcit sich nach ihm um.

Jetzt klang sein Bellen ohne Wort und Bedeutung, denn das Doppelgeheul von Meer und Sturm war so groß, daß es jeden Laut zerriß.

Doch wie mächtig der Orkan auch stampfte, Ghazanfar erschien es, als flöge er durch die besiegte Luft, als stieße sein Fuß gegen die Felsen nicht, die sich ihm widersetzten.

Ein gleichmäßig ungeheures Kraft- und Freudengefühl erschütterte seine Brust.

Der Weg führte hinab zum steinigen Strand, über riesige Klippen nieder, die der Prinz übersprang, als wären sie Traum. Er hielt die Augen geschlossen. Denn es leitete ihn der winselnde Atem des Hundes, sein Keuchen, sein Bellen und gealtertes Schnaufen.

Plötzlich fühlte er, daß die Zunge des Tiers seine Hand leckte. Er öffnete die Augen und sah in dem schwachen Schein, der über dem Wasser lag, daß sie auf einem felsigen Vorsprung des Strandes standen.

Das Meer mit festen unmutigen Wellen wälzte sich ewig heran und zurück.

Etwas Großes, Schwarzes tauchte immer in den Wellen auf und ab.

Zuerst schien es eine Klippe zu sein, die das Wasser im Wechsel verschluckte und ausspie – aber als Ghazanfar schärfer hinblickte, war es ein Wrack mit gekapptem Mast, das immer wieder emporschaukelte und versank. Das Wrack hatte ganz die Form einer chinesischen Dschunke. Der Kiel war hochgebaut und lief in eine Gallionfigur aus, die den Rumpf eines zweiköpfigen Götzen darstellte. Die beiden Köpfe waren im Verhältnis zum Schiffsleib riesengroß, und schrecklich war der Anblick, sie immer in einem wilden Takt aus den Wogen schnellen und in ihnen verschwinden zu sehn.

Plötzlich hielt die Figur in ihrem rasenden Auf- und Untertauchen inne, das Wrack schlingerte, drehte sich im Kreise und wankte. Um die beiden Baalsköpfe stiegen Lichter, kleine Sterne auf und nieder, und eine große Stimme, die zwei Stimmen in einen Mißklang, wie von schlechtgestimmten Hörnern vereinigte, scholl übers Wasser.

Der Hund war von dem Augenblick an, da das Wrack im Kreise zu tanzen begann, in ein rasendes Gebell ausgebrochen, als müßte er überschwenglichen Gruß entbieten. Jetzt verstummte er.

Die Stimme aber schwoll immer mehr an und Ghazanfar vernahm Worte: »Was willst du?« fragte der Dschin.

»Den Hund zu dem erlösen, was er ist –«, rief Ghazanfar ins Wasser hinaus.

»Und was ist der Hund?«

»Ein Prinz ist der Hund!«

»Und was bist du selbst?«

»Ich bin Ghazanfar der Prinz, ein Seefahrer und durch Gottes Gnade, gepriesen sei der Glorreiche, Mächtige, dem Tode der Seeleute entronnen.«

»Weißt du's bestimmt?«

»Ich weiß es bestimmt.«

»Warum willst du den Hund erlösen?«

»Er ist nur in Hundsleib verzaubert, drum will ich ihn erlösen.«

»Kannst du standhalten?«

»Ich kann es!« –

Ghazanfar zog bei diesen Worten sein Schwert und zerschnitt

die Luft über seinem Haupt. – »Ich kann es! Willst du den Kampf wagen, Dschin, so komm, komm an, komm an!«

Ein langes Gelächter durchbrach den Wind.

»Steck dein Schwert ein. Ich schlage mit dem Sinn und nicht mit Stahl! Steck dein Schwert ein und flieh!«

»Womit du auch schlägst, ich fliehe nicht, ehe die Tat vollbracht ist!«

»Kannst du standhalten?«

»Ich kann standhalten!«

»So sprich, bist du, der du bist?«

»Ich bin, der ich bin, Ghazanfar!«

»Und bist nicht verzaubert?«

»Ich bin nicht verzaubert!«

»In keinen fremden Leib verwunschen, du?«

»In keinen fremden Leib verwunschen, ich!«

»Der Hund ist verzaubert, du aber nicht?«

»Der Hund ist verzaubert, ich nicht!«

»Kannst du standhalten?«

»Ich kann's! So komm doch! Komm endlich an! Komm an!«

»Ich schlage mit der Wahrheit, nicht mit Zerbrechlichkeit.«

»So schlag zu!«

Ein neuer Sturm erfaßte das Wrack der Dschunke. Es begann gewaltig zu tanzen. Wie rasend tauchte wieder die Gallionfigur auf und ab. Dann setzte plötzlich Windstille ein. Das Götzenbild stieg hoch über die Flut. Die Sterne, die um die beiden Köpfe kreisten, vermehrten sich, ballten sich zu einer Lichtkugel zusammen, die über dem Unhold schweben blieb.

Ghazanfar hielt das Schwert waagrecht vor sein Antlitz. Noch immer harrte er leiblichen Angriffs.

Wieder röhrte die Doppelstimme über das Wasser:

»Bist du, der du bist?«

»Ich bin, der ich bin, Ghazanfar!«

»Läßt du kein Jota nach?«

»Ich lasse kein Jota nach!«

»Ist dir der Hund, der sich für einen Prinzen ausgibt, widerlich?«

»Widerlich ist mir der Hund!«

»Und du selbst bist dir nicht widerlich?«

»Ich bin mir nicht widerlich. Angenehm bin ich mir!«

»Warum?«

»Weil ich schön und wohlerzeugt bin.«

»So bist du in keinen fremden Leib gezaubert?«

»Ich bin in keinen fremden Leib gezaubert!«

»Ich weiß es besser!«

»Was weißt du?«

»Kannst du standhalten?«

»Schweig du endlich! Schwatz-Gespenst! Und stell dich, daß ich mit dir kämpfe!«

»Wogegen willst du kämpfen?«

»Gegen den Tod und gegen den Schaitan!«

»Gegen die Wahrheit aber nützt dein Schwert nichts.«

»So sprich, du Alleswisser, du Besserwisser!«

»Auch du bist verzaubert!«

»Ich? Ich bin Ghazanfar...«

»Auch Ghazanfar ist in einen fremden Leib gefahren! Nur weiß er es nicht. Er will es nicht wissen, um glücklich zu sein.«

»Was sprichst du, was sprichst du?«

»Hund ist ein in Hund verwunschener Prinz. Mag sein! Aber, wer ist denn Ghazanfar? Auch Ghazanfar ist nur ein in Ghazanfar Verzauberter! Ghazanfar sieht den Hund an und sagt: Er ist widerlich und stinkt. Aber für einen anderen stinkt Ghazanfar ebenso, wie für ihn der Hund stinkt. Nur weiß es der Hund, aber Ghazanfar weiß es nicht.«

»Für wen stinke ich, für wen stinke ich, du Ungeheuer?«

»In Ghazanfar Verwunschener, für dich selber, wenn du zum Riechen erwachst.«

»O ich Unseliger, der ich glücklich gelebt habe, einig mit mir, mich selbst erfreuend in Glanz und Nöten! Wer ist es, der in den Leib des Ghazanfar verwunschen ist, daß ich ihm so stinke und fletsche und abscheulich bin, wie mir dieses räudige Vieh? Wer ist es, wer ist es?«

»Der Dingsda ist es! Trage die Wahrheit.«

Diese letzten Worte hatten die zwiefache Stimme des Dschin mit solcher Gewalt gesprochen, daß der Mond über dem Doppelkopf zerbarst und das Wrack in tausend Splitter sprang. Nur der gebogene Kiel mit der Gallionfigur hielt sich noch über den immer tolleren Wellen.

Auf den beiden Köpfen aber, auf seinen Vorderpfoten ruhend, lag der Hund mit lodernden Augen und bellte das Gebelle des Orkans an. Dann verschwand auch er mit den letzten Trümmern in der Meernacht.

»Betrogen«, schrie Ghazanfar, »betrogen, von schlechtem Hund betrogen, dem Bauernfänger und Zubringer des Dschin? Um einen großen Kampf betrogen! Statt dessen der böse Samen, das böse Wort in mein Herz gepflanzt! Wo bist du, Dschin? Stell dich, stell dich, daß ich sterbe!«

Ghazanfar sprengte wie ein unbändiges Pferd den Strand entlang von Fels zu Fels und hieb mit seinem Schwert nach allen Seiten.

»Stell dich, Dschin, stell dich!«

Der Aufruhr der Brandungen gab keine Antwort. Nur ein Schwarm riesiger Nacht- und Meervögel klatschte lachend dicht über sein Haupt dahin.

Er aber lief und lief, bis er atemlos zusammensank.

Auf eine Klippe ließ er sich nieder und redete zum Meer und zur Nacht mit solchen Worten:

»Ghazanfar war ich! Geboren im großen Palaste! Jubel begrüßte der Mutter Niederkunft. Dienerinnen wuschen mich des Morgens, Mittags und Abends und pflegten die Lieblichkeit meiner Glieder. Den kleinen Knaben rieben sie singend mit guten dicken Tüchern und salbten ihn mit dem süßen Harz der Staude.

Es duftete das Kissen von der Weichheit meines Haars. Wenn ich die große Treppe niederstieg, erfüllte mit Lust mich das Spiel meiner Ellenbogen, der Gelenke, des Knies.

Mannbar ward ich! – Straffen Leibes ritt, schwamm, focht ich – und war wohl, so wohl zu Hause in meinen Gliedern. Frauen streichelten sie, küßten mir die Fußsohlen und die verborgensten Höhlungen meiner Gestalt, denn dies war ihnen lieblich, und ich war einverstanden mit ihnen und einverstanden mit mir!

Das war Ghazanfar, einig in sich, eines in seinem Sein. Aber was ist Ghazanfar jetzt? Wenn ich rede, rede ich mit der zwiefachen Stimme des Dschin. Und ein Hund bellt dazu. Ein verwunschener Hund, der mich betrog. Nicht habe ich standgehalten. Meine Seele ist Zunder dem bösen Wort, das glimmt und zehrt, das zehrt und glimmt.

Wer blickt mir über die Schulter? Der andere Ghazanfar ist es! Was sagt er? Pfui – sagt er! In welche Gestalt bin ich verzaubert, in welche aussätzig törichte Gestalt? – So spricht er. – Man kann sie ja nicht anrühren. Und das dünkt sich mehr als ein Hund, reinlicher, vollkommener wähnt es sich! Hat auch Augen, hat auch Haare! Wo ist denn der Unterschied zwischen Mund und Maul? Stinkt beides nach Fraß. Gestank ist das Ende. Und der will Ich sein, der will Ich sein!!

So spricht der andere Ghazanfar, der Überprinz, der Dingsda, dem ich nur ein verwunschener Hund bin.

Ja, ich bin ein verwunschener Hund, weil nun auch ich erlöst werden will!

Ewig auf dieser Insel werde ich des stummen Türmers Hund sein müssen, voll Heimweh nach meiner wahren Gestalt. O Dschin, ich habe deiner Wahrheit nicht standgehalten. Doppelte Stimme schallt in mir. Ekel – heißt die eine, Heimweh – die andre! Nun werde ich keinem mehr standhalten, nimmermehr siegen! Darum, mein Schwert, zerbreche ich dich!!«

Am nächsten Morgen, als die drei Gefährten Ghazanfar den Prinzen suchten, fanden sie auf dem äußersten Vorsprung der Küste einen gänzlich nackten Mann vor einem zerbrochenen Schwerte hocken, der seine Arme weitab vom Körper gespreizt hielt, um sich nicht berühren zu müssen.

Hier aber steht das Lied, das der Mann vor sich hinsang:

Ich bin nicht, der ich war und bin.
        Wohin wohin
Ist, der ich war und bin?
Ich habe sein vergessen,
Ich habe ihn nie besessen.
Dies lehrte mich im Sturm der Feind, der Dschin.

Ein Heimweh ist entflammt.
        Woher es stammt,
Ich weiß es nicht. Doch bin auch ich verdammt,
Wie Hund im fremden Leib zu wohnen.
Das zeigen uns zweiköpfige Dämonen:
Verzaubert sind wir alle – allesamt!

Ich hinterlasse Tod.
        Das heilige Brot,
Genossen wird's zu Kot.
Wir selber sind einst ausgespiene Brocken
Mit unsern Brüsten, Fingern, Füßen, Locken –
So will's des Zaubers Banngebot.

Wo ist er, der ich war und bin?
        Wo ist er hin?
Es zeigt ihn mir im Sturm kein Dschin.
Ach, mich verwunschenen Hund erlöst kein Löser.
Und ungeboren flieht die Welt der Äser
Mein reiner Leib, mein wahrer Sinn!

Spielhof
Eine Phantasie

> *Nur Sehnende kennen den Sinn*
> WAGNER

Lukas hatte in der Nacht seines dreißigsten Geburtstages einen Traum geträumt, dessen er sich am Morgen nicht mehr entsinnen konnte. Wie seltsam war das Erwachen gewesen! Alles Gefühl seines Körpers war ihm verlorengegangen. Nicht anders empfand er sich, als man seinen Fuß fühlt, wenn der in einer krampfhaften Stellung einschläft. Du kannst ihn stark anpacken und schlagen, aber er ist fremd geworden und gehört dir ebensowenig als Tisch oder Buch, das du anfaßt. Nur die berührende eigene Hand spürt sich selbst. So ging es Lukas, als er erwachte, mit seinem Leibe. Es schien ihm, als ob die Seele über dem Bette und einem fremden Leichnam darin schwebe, kühl und ohne Erinnerung.

Langsam verschmolz er erst wieder mit sich, – aber seit der Stunde dieses Erwachens war er und die Welt für ihn leise verstört.

Wenn er ans Fenster trat und auf den Ringplatz der kleinen Stadt hinaussah, griff er sich plötzlich mit den Händen an die Augen, als müßte sein Blick in Ordnung gebracht werden, – denn der war allzu weit eingestellt, und erkannte die zwei plumpen Landauer nicht, die vor dem ›Roten Krebs‹ standen, die Weiber mit den Obstkörben, das Zwiebeldach des Stadthauses und den Kellnerjungen, der die Gartentische vor der Bierhalle abstaubte.

Kam er am Abend aus seinem Amt nach Hause und ließ sich auf dem breiten Stuhle vor seinem Tische nieder, mußte er sogleich aufspringen, denn ein plötzliches Herzklopfen raste in ihm, daß ihm schwindlig zum Umsinken ward. Dann legte er sich wohl auf den alten mit Wachsleintuch bezogenen Diwan, dessen weiße Emailleknöpfe großväterlich in die Petroleumlampen-Dämmerung schimmerten.

Aber auch hier war keine Duldung.

Er sprang wieder auf die Füße, streckte den Kopf vorwärts ins Dunkel wie ein Jäger. Stille stand gewaltig um ihn. Die hohen gedämpften Geigen der Sphäre, die alle Räume ausfüllt, tremolierten. Und in seinem Ohr begann langsam der Wasserstrahl uralter Brunnen zu tönen, der in verborgenen Höfen ins ausgewaschene Steinbecken springt. Er lauschte mit angehaltenem Atem. Aber aus dem Rauschen des geheimnisvollen Wassers löste sich das Wort nicht.

Zerschlagen legte er sich zu Bette.

Ein fremdes und großes Leiden ließ ihn nicht einschlafen.

Ihm war, als wäre er für eine Stunde in einer unbekannten Welt gewesen und hätte dort das geliebteste Wesen, ein Weib, einen Freund, ein Kind begraben müssen. Dann aber sei er mit seinem Schmerz, doch ohne Erinnerung an den Inhalt dieses Schmerzes aufgewacht.

Am Tage saß er in seiner Kanzlei und starrte auf die Uhr, die über seinem Pulte hing. Die Federn kratzten. Bösartig staubige Schritte schlürften über den Boden. Manchmal fiel ein dummes Wort. Aus einer Ecke meckerte ein Gelächter zurück.

Er aber hörte nur, wie das Uhrgefäß sich mit den Tropfen der Sekunden füllte. Wenn die Stunde voll war, so lief es über und die überflüssigen Tropfen fielen klingend daneben. Auch er hielt es nicht aus und mußte ein Schluchzen in die Kehle zurückdrängen.

Einmal trat der Kanzleivorstand hinter ihn.

»Herr Lukas, wie oft muß ich alles wiederholen?

Der Elench ist wieder nicht in Ordnung.

Exhibit Nummero 2080 ist nicht ad acta gelegt. Ich sage es ja immer! Glauben Sie mir, bei meiner Erfahrung!! Die Sonntags- und Protektionskinder sind zumeist schlampige Träumer! Ja, wenn der Herr Papa Hofrat gewesen ist.« – »Ich bin ein Träumer, nur vergesse ich den Traum.«

Lukas sagte das ganz klar und erschrak über seine Stimme.

Die Schreiber bogen sich, boshaft wie Schuljungen, vor Lachen. Der Boshafteste klappte mit ernstem Gesicht immer nach.

»Zerstreut sind Sie – zerstreut sind Sie«, sagte der Vorstand, wischte gemessen die Brille und drehte sich in der Türe nochmals um.

Eines Morgens, als Lukas nach unruhigem bösen Schlaf erwacht war, hörte er sich laut diese Worte sagen: »Vergessen ist Sünde, Vergessen ist die schwerste Sünde, die es gibt.«

Er stützte sich auf, aber konnte seinen Mund, der ohne seinen Willen redete, nicht beherrschen.

»Aufstehn muß ich – und suchen – suchen!« Langsam kleidete er sich an. Um seinen Hals lag eine Wolke, wie eine warme neblige Spitzenkrause.

Aus dem Kasten nahm er den Rucksack, stopfte Brot und ein wenig Wäsche hinein.

Dann ergriff er seinen Stock und ging.

»Wohin gehe ich nur?« fragte er sich, wie betäubt, als er auf den leeren Platz hinaustrat, der rötlich im Sonnenaufgang flammte.

»Den Traum suchen«, antwortete die Stimme.

Lukas schritt aus und hatte bald das Städtchen hinter sich. Eine seltsame Macht trieb seinen Schritt an, so daß sein von schlaflosen Nächten übermüdetes Herz kaum nachkonnte. Fremd und unvertraut standen die vielen Kegelberge des Mittelgebirges da. Der Nebel war längst gefallen. Nur um das Haupt des Donnerberges tauchte noch eine Wolke, als wäre sie der letzte Atemstoß des toten Vulkans.

Ein Nußhäher mit blauen Flügeln flitzte vorbei. Hoch oben stand ein Raubvogel.

Lukas wanderte unter einem dünnen Dach von Vogelstimmen. Keine glich der anderen. Die Nadel- und Laubwälder, die über den Kuppen und Kegeln wogten, hatten das noch ein wenig gerupfte Aussehen eines verspäteten April. Aber die Wiesen und Weiden standen schon voll Löwenzahn.

Lukas verließ die Straße, verließ den Fußweg und bog in ein schmales grünes Tal zwischen zwei Waldbergen ein. Der almhafte Grasboden war nachgiebig, und das erleichterte das Herz des Wandernden. Die verzweifelte Unruhe wich ein wenig – und plötzlich warf er sich nieder und biß leidenschaftlich in die Erde. Es war der Kuß eines Liebhabers. »O Stern, den ich küsse, du duftest nach Weib.«

Ihm war, als ob er durch diesen Kuß dem Geheimnis sich genähert hatte, das zu suchen er Auftrag hatte.

Ohne Bewußtsein und Ziel ging er weiter.

Es mochte gerade Mittag sein, als er aus seinem lichten Tal in ein noch engeres felsiges kam. Er mußte an der Lehne des Berges klettern, denn in der Tiefe tobte ein Bach. Doch fand er bald einen Karrenweg. Viele kleine Holzbrücken mit spitzen Dächern führte dieser Weg mit sich, die er über die Schluchten des Baches spannte. In jedem dieser Brückengewölbe hing ein Muttergottesbild mit einem Öllicht.

Plötzlich machte Lukas Halt.

Hier sollst du nicht weitergehn, fühlte er.

Etwas zitterte in ihm mit feinem Ausschlagswinkel der Magnetnadel.

Er schloß die Augen und kletterte den steilen Hang empor. Auf der Höhe dehnte sich ein ruhiger dichter Wald. Die Stämme standen starr. Nur die Wipfel beugten sich schwerfällig melodisch hin und her. Und das dröhnte aus unendlicher Ferne heran, schwebte mächtig einen Augenblick und entdröhnte wieder in unendlicher Ferne.

An Speis und Trank hatte Lukas noch nicht gedacht. Er bedurfte ihrer auch nicht. Immer trieb es ihn vorwärts.

Eine Erinnerung verließ ihn nicht. Als Kind war er mit dem Vater durch einen Wald gegangen. Der Vater auf dem Wege voraus, er hinterher. Oft bückte sich der Bärtige nach einem Kraut, nach einem Pilz, oft schlug er auch ein Dickicht auseinander, wenn er dahinter eine gute Fundstelle vermutete. Sie sprachen kein Wort miteinander. Plötzlich ist der Vater nicht mehr da; im Jungholz verschwunden, hat er den Knaben allein gelassen. Der aber läuft irrsinnig vor Angst und Schmerzen den Weg weiter hinab und sucht den Andern. Zu rufen wagt er nicht. Eine Scheu und Beklemmung verbietet ihm immer, seinen Vater mit dem Wort »Vater« anzureden. Er verzehrt sich in doppelter Angst um sich selbst und um den Verschwundenen, der vielleicht abseits vom Wege zusammengestürzt ist und im Farrenkraut liegt.

Später trat der Vater aus der Dickung und das Kind ließ sich nichts mehr anmerken.

Diese Erinnerung an eine Kinderangst ging Lukas nicht aus dem Kopf.

Immer eilte er vorwärts. Wortlos rief es in ihm: Weiter – weiter!

Schon hing der Abend mit gelben und roten Fahnen im Geäst.

Der Berg neigte sich. Er lief ihn hinab. Nun war er aus dem Walde.

Er eilte durch Gras, das immer höher und höher wuchs und ihm bis an die Hüfte ging. Er spürte andere Luft und einen schaukelnden Wind, wie ein neues geschaffenes Wesen. Plötzlich stand er am Ufer eines breiten Flusses. Der Fluß wälzte sich in starkem Gefälle. Die Strömung riß lange energische Striche und Runzeln in die Flut. Das Wasser trug den sterbenden Abend des Himmels wie Trümmer und Balken einer noch rauchenden Brandstatt mit sich.

Die Ufer des Flusses waren schmal. Ein kleiner Strich von Sand und Gras zu beiden Seiten; doch rechts und links stiegen unvermittelt die unabsehbaren Wälder wieder auf.

Es war kein Mensch zu sehn.

Wasservögel schossen in treffsicheren Bögen, ihre Flügel nicht netzend, knapp an der Wölbung des Wassers vorbei –, über einer versumpften Stelle am Rande zitterte eine Unzahl Libellen in giftig und zarten Farben.

Im Wirbel tanzend trieben geschälte Baumstämme die Strömung hinab und auch Dinge mitunter von geheimnisvollerer Form, die von der Dämmerung verschattet dahinfuhren. Am andern Ufer erhob sich nun der große Abendlärm der Frösche und Unken. Auch sammelten sich dort Nebelballen, die wie

Staubwölkchen auf der Straße aufschossen und vergingen. In ihrem Hin und Her glichen sie den späten verregneten Passagieren, die irgendwo am Rhein, am Don oder am Ufer eines großen Sees das nahende Glockenzeichen des letzten Dampfers erwarteten.

Lukas schritt das Ufer entlang nach der Seite hin, wo die Sonne untergegangen war und das letzte Licht schwamm.

Die Dämmerung war nun schon fast vorbei. Hinter seinem Rücken summten die vortastenden Finsternisse, magische Hummeln.

Und jetzt war es Nacht.

Noch immer fühlte er keinen Hunger und kein Ruhebedürfnis, so ganz witternde aufspürende Seele, wie ein Gespenst zur Erscheinungsstunde. Seine Gelenke streuten die Schritte leicht vor sich hin, als gälte es keinen Widerstand zu überwinden. Er sprang unbekümmert und sicher wie ein an der Hand geführtes Kind.

Auf einmal sah er ein Licht in der Nacht, gar nicht fern und am diesseitigen Ufer.

Er kam heran.

Halb noch am Strand und halb schon im Wasser lag eine mächtige Fähre, breit und platt. In ihr stand ein riesiger Mensch, der eine Laterne an den Gürtel geschnallt trug und die lange Stange in den Sand stemmte, als wenn er eben abstoßen wollte. Sein Gesicht war von unten beleuchtet. Auf dem Haupt saß dem Manne ein kolossaler Strohhut, doch verdeckte der nur zur Hälfte sein Haar, das lang war und ihm in den Nacken und vor die Ohren fiel. Er trug einen schneeweißen Schnauzbart, dessen lange Spitzen gezwirbelt und gedreht waren und weit nach abwärts von seinem Gesicht abstanden. Augenbrauen, Nase, Backenknochen – dies alles glich sehr dem Bilde, auf dem der hussitische Feldherr Zizka von Trocnow dargestellt wird. Nur war der Fährmann nicht mehr grau, sondern schon gelbweiß und schien steinalt zu sein.

Als Lukas an die Fähre trat, sah er auf. »Was wollen Sie?« fragte er unfreundlich mit der Stimme eines langgedienten Soldaten aus der Zeit, wo man sich vom Militär noch loskaufen konnte.

»Ich will hinüber.«

»Warum denn das? Jetzt? In der Nacht?«

»Ich muß suchen.«

Der alte Schiffsmann begann zu lachen –

»Wo wollen Sie denn übernachten, mein guter Herr?«

»Gar nicht – oder im Walde – was weiß denn ich?«

»So steigen Sie schnell ein.«

Das sagte der Alte schon bei weitem freundlicher. Mit einem gewaltigen Ruck stieß er das Boot vom Land ab. Eine Kette kreischte im Wasser. Nun stemmte der Fährmann das Kinn an die Brust und das Krückende der Stange gegen die Schulter. So lief er keuchend, prustend, sein ganzes Leben gegen das Wasser drückend, vom hochgelegenen Bugende das ganze Schiff hinab, das sich schief gegen die Strömung vorwärts arbeitete. Hatte der Greis einen Lauf und Angriff beendet, so kehrte er zum Bug zurück und ließ die Stange im Wasser nachschleifen.

Die Laterne an seiner Brust zwinkerte und schwankte. Lukas erschrak. Die Augen dieses alten Schiffers waren lichtspendender als die Laterne. Über den verfließenden Formen des Wassers und der Nacht standen sie wie zwei unberechenbare blaue Feuer. Nach jeder Tour mit der Stange schienen diese Feuer wilder zu werden und weiter um sich zu greifen. – Als sie die Mitte des Stromes erreicht hatten, hielt der Alte in der Arbeit inne und sprach seinen Fahrgast an.

»Was Sie suchen, können Sie vielleicht auch bei mir finden?«

»Was suche ich denn?« sagte Lukas abwesend und ließ seine Hand durch das schwarze Wasser schleifen.

»Für dumm brauchen Sie mich nicht zu halten, junger Mensch! – Sie suchen einen Traum.«

»Ja! Ich suche einen Traum, dessen ich mich nicht erinnern kann. Und Sie, woher wissen Sie es denn?«

»Scher dich nicht darum! Tut nichts zur Sache«, sagte mit tiefer lauter Stimme der Fährmann und sah ihn mit seinen starren Augen an.

Lukas schloß die Augen.

»Du kannst bei mir, in meiner Chaluppe deinen Traum finden, wenn dir die Nacht gnädig ist. Drum sollst du bei mir übernachten.«

Lukas schwieg.

»Nun, du brauchst dich nicht zu zieren und zu spreizen! Oder ist dir gar der Gedanke, bei mir zu übernachten, unangenehm und wider die Schnur? Was? Ach, du Bub, du! Es haben schon ganz andere Herrschaften bei mir genächtigt und ihren Traum gefunden. Ganz andere Herrschaften, hohe Herrschaften, allerhöchste Herrschaften! Was sagst du zu meiner Einladung?« Der Greis hatte den Strohhut weggeworfen. Das dichte, lange Weißhaar tanzte um den Schädel. Die Stange hielt er hoch in die Luft. Der Abschein des schwachen Lichtes hinter den Wolken lag auf ihm und dem Wasser.

Mit einem ehrfürchtigen und gar nicht furchtsamen Gefühl sagte Lukas:

»Ja, ich will in Ihrem Hause übernachten.«

»Ach was! Haus hin, Haus her! Eine Chaluppe ist es! Du siehst es schon! Gleich am Wasser, mein Lieber!«

Die Fähre landete. Der Alte vertaute sie sofort, dann stellte er sich hin und wartete auf Lukas, der vom Bordrand heruntersprang.

»Die Maut!« sagte er sehr ernst.

Lukas entrichtete die zehn Kreuzer.

Beide gingen sie dann auf die Schiffshütte zu, der Alte voran, diesmal die Laterne in der Hand tragend.

Der Fährmann führte Lukas in eine niedrige Stube und hing die Laterne an einen Nagel. Das Licht hing so hoch, daß der Raum ziemlich hell war und Lukas ihn gut überblicken konnte.

Fürs erste sah es hier nicht anders aus, als in der Kammer eines unordentlichen trunksüchtigen Arbeiters. Das innere Fenster war offen. Auf dem Brett standen leere und zerbrochene Flaschen, ein halber Blumentopf, eine ausgeschüttete Tüte Nägel und alles mögliche sonst. Auf dem groben Tisch in der Mitte der

Stube stand und lag alles durcheinander. Zwei Biergläser, fette Papiere mit Speiseresten, eine kleine Petroleumlampe und einige auseinandergerissene Zeitungen. Doch die eine Wand nahm ein breites Bett mit frischen schneeweißen Überzügen ein. Es war aufgeschlagen und schien eines Gastes, eines vornehmen Schläfers zu harren. An der Wand gegenüber war auf einem eigenen Tisch das uralte Modell einer Galeere aufgestellt, wie sie zur Zeit des Columbus in den Brauch kam. Was aber den Blick von Lukas am meisten bannte, waren unzählige Bilder und Bildchen, die die Wand austapezierten, ja – wie die letzten Zwergkiefern im Hochgebirge, vereinzelt noch bis zur Decke hinaufkrochen. Über dem Bett hing ein sehr großer Öldruck. Er stellte Gottvater dar, riesig in den Wolken sitzend, ihm zu Füßen, die Hand regierend ausgestreckt, Christus der Sohn, und die Taube des heiligen Geistes in einer Glorie abwärts zur Erde fliegend. Das wäre ja nichts besonderes gewesen, denn diesen Druck kann man in vielen Bauernstuben finden. Aber gleich daneben hing das Bild einer anderen Götterdreiheit. Uranos zuoberst mit den Armen Kronos umschlingend, auf dessen Knieen ein jugendlicher Zeus sitzt. Ein drittes Bild zeigte einen mächtigen Götzen in Gestalt eines Phallus mit zwei ausgestreckten Armen, der an jeder Hand einen anderen Götzen hält. Ein viertes Bild schien eine ägyptische Trinität darzustellen, ein fünftes die Trimurti, ein sechstes eine nordische Drei-Götter-Gruppe, das siebente eine indianische. Und auf allen Bildern, wenn Lukas deutlich hinsah, fand er das gleiche Motiv der Theogonie und Dreieinigkeit.

Die Augen trübten sich ihm. – Wahrlich, eine seltsame Kapelle, diese Schifferhütte. Während Lukas' Seele von den unzählig grausig geheimnisvollen Bildern ganz gebannt war, hatte sich der uralte Mann in einen Lehnstuhl gesetzt und ächzend einen schweren Stiefel nach dem andern abgestreift und mit einem Krach ins Zimmer geworfen. Nun war er aufgestanden und mit nackten schwankenden Schritten trat er an die Seite des Lukas. – Er schien größer als vordem zu sein. Sein Kopf rührte an die Decke!

»Da schaust du, Junge, was?« sagte er,

»Kommt seinen Traum suchen und findet die aparteste Sammlung.«

Er wies auf das Bild von Gottvater, Christus und dem heiligen Geist.

»Vater, Sohn und heiliger Geist und immer wieder dasselbe«, er beschrieb mit seinem Zeigefinger einen Kreis um sich.

»Immer wieder dasselbe. Vater und Sohn, Vater und Sohn! Sehr gut! Der dritte flau, scheinheilig, ein Herr daneben, zeugt nicht und ist die Rechtfertigung der Schwätzer. – Vater und Sohn! Überall Vater und Sohn! Sehr gut!«

Plötzlich verdüsterte sich sein Blick.

»Immer Vater und Sohn! Wer weiß aber etwas vom Großvater? Und so er ein Vater ist, muß er einen Vater haben. Und so er zeugt, muß er gezeugt sein! Wer weiß etwas vom Großvater?«

Die Augen des alten Riesen blickten rein, feurig und furchtbar. Seine Gestalt bebte. In der Beugung seines Rückens lag etwas von der stolzen Demut eines Entthronten. Lukas verstand in diesem Augenblick seinen Schmerz. Er sah ihn tief an. Der Alte bemerkte das, lenkte plötzlich ab.

»Mein Sohn, dieses Bett wartet auf dich. Leg dich nieder. Mögest du den Traum, den du verloren hast, hier finden!«

Lukas gehorchte – all seine Wachheit und Kraft hatten ihn auf einmal verlassen.

Der Fährmann wartete bis er fertig war. Dann ergriff er die Laterne und wandte sich zur Türe. Lukas setzte sich noch einmal auf:

»Wie nennt man Sie?«

Darauf der Alte, dessen Stimme plötzlich einen gicksend, zahnlosen Ton bekam:

»No halt – Großvater – sagen die Leute zu mir.«

Dies aber war das Traumgesicht, das Lukas in dieser Nacht erschien.

Er lag tot und starr auf einem mächtigen schwarzverkleideten Katafalk, jedoch in keinem Sarge, sondern in einer Mulde dieses Katafalks, die der Größe eines menschlichen Körpers angepaßt war. Nur sein Kopf ruhte sehr erhöht und frei auf einem Kissen. Links und rechts von ihm waren zwei ebenso große Vertiefungen ins schwarze Gerüst eingelassen. Er konnte sich nicht rühren, er atmete nicht, und die schlaglose Muße seines Herzens, das ungeheure Ruhegefühl seines Körpers, der sich gelöst, wie nach einer furchtbaren Anstrengung, streckte, dies alles sagte ihm: Es ist vorbei! Du bist tot.

Seine Augen waren offen. Er konnte alles sehen. Und er sah, daß er inmitten eines großen Domes lag. Die Höhe der Wölbung war riesig, nicht abzumessen. Gerade über seinem Haupte aber war sie in einem Kreis durchbrochen, und in der Öffnung brannte ein tiefgoldener Himmel, dessen Schmelzfluß über sein Antlitz strömte, ohne ihn zu verletzen oder zu blenden. Sein Herz klopfte nicht. Sein Geist dachte nicht. Und dennoch: er war. – Dieses Sein war aber eine Seligkeit, die mit keiner andern sich vergleichen konnte. Ob Stunden, ob Jahre, ob Sekunden hinstrichen, er wußte es nicht. Immer gleich war das goldene Feuer in der Öffnung des Pantheon. Hie und da flogen über die Kuppel riesengroße Störche. Lukas sah deutlich, wie die roten Fäden ihrer Beine graziös unter der Flügelspanne hingen.

Auf einmal sprangen die drei Tore des Doms auf. Das gewaltige Mitteltor und die beiden etwas kleineren Seitentore. Zuerst war nichts zu sehen, als der Überschwang eines Tages, wie ihn die Erde, wie ihn ein Planet nicht kennt. Eine göttliche Feuersbrunst aller Farben flutete in die Kirche – aber der Tote fühlte nichts anderes, als: Das ist der wahre Tag! Und er sah: In dem mittleren Tore stand der alte Fährmann. Mit seiner Gestalt reichte er bis an die Spitze des Torbogens. In seiner Hand hielt er die Ruderstange, doch war sie jetzt von Gold. Von den Schultern bis zu den Füßen hinab hing dem Alten ein blauer Mantel.

Durch die beiden Seitentore bewegten sich gleichmäßig zwei Züge. Je sechs vermummte Gestalten trugen eine Bahre und stellten sie vor dem Katafalk nieder. All ihre Schritte und Bewegungen geschahen rechts und links gleichzeitig im Takt. Von jeder Bahre hoben sie einen Leichnam und legten ihn in die beiden Mulden zu Seiten des Lukas. Das geschah sehr schnell.

Kaum war das Werk beendet, fielen die Türen des Domes zu; Fährmann und die Vermummten waren verschwunden und Lukas mit den beiden Toten allein.

War's nun, daß sich sein Traum unterbrach, war's, daß er sich verwirrte, Lukas schien es, als wäre eine lange Nacht hereingebrochen und er hielte die Augen geschlossen.

Und er erwachte wieder in diesem Dom, tot und hingestreckt auf seinem Katafalk. Doch in der Kuppel war das Licht verwandelt. Es war hart, milchig, dämmernd und strömte nicht mehr, sondern tropfte. – Vor ihm aber stand der Alte. Diesmal war seine Ruderstange von Elfenbein, sein Mantel schwarz mit silbernen, magischen Sternchen bestickt. An den spitzen Enden seines Schnurrbartes hing je ein Glöckchen und klingelte bei jeder Bewegung. Und Lukas hörte die Stimme des Alten:

»Langschläfer, steh auf! Vielleicht findest du hier, was du suchst!«

Er berührte ihn mit der Ruderstange. Lukas fühlte sein Leben zurückkehren, erhob sich und stand auf der Fläche des Katafalks. Er wollte den Alten anreden. Der aber war verschwunden.

Lukas sah hinter sich! Da hatten sich die beiden Toten, die neben ihm gebettet waren auch erhoben und standen da. Das harte Licht floß leise um ihre Erscheinung.

Es waren zwei Männer. Der eine in der Kraft seiner Jahre, der andere jung, fast ein Knabe noch. Die beiden hatten die gleiche Größe, die gleiche Gestalt, wie Lukas.

Noch immer lag ein Schleier um die Augen des vom Tode Erwachten. Noch konnte er die Gesichter seiner Gefährten nicht erkennen. Ein Wind wandelte langsam durch die Kirche.

Die Lichte schwankten.

Und jetzt erkannte Lukas den älteren Mann. Es war sein Vater. Wie fröhlich, strahlend und rotwangig war sein Gesicht. Haupthaar und Bart dicht und schwarz, die Haltung des Körpers trotzig und voll gesunden Atems. So kannte ihn der Sohn nicht. Er hatte einen müden kranken Mann in Erinnerung, der sich von einem Sessel zum andern schleppte, grauhäuptig bei Tische saß, mit krankem Stöhnen vor der Zeit einschlummernd. – Und doch, vielleicht lag in der Lade eines vergessenen Schreibtisches eine Photographie, wo der Vater so aussah, wie jetzt, so schön, so männlich, so brüderlich.

Lukas fühlte sich weinen. Die Scheu war dahin, die Scheu dem Manne gegenüber, der streng richterlich im Erker am Fenster saß und die von roter Tinte durchfetzte mathematische Schularbeit abverlangte. Nun trat er ohne Bangen, ohne Angst, ohne Haß auf ihn zu, der so lange an seiner Seite die Prüfung des Todes in diesem Dom bestanden hatte. Er faßte die Hand des Vaters. Die warme, herzliche, weiche Hand eines Mannes, der zu leben verstand. Und der Vater erfaßte die Hand, zog sie an sich und drückte sie innig an sein Herz. Zum erstenmal im Leben fühlte der Sohn das Herz des Vaters, das lebendige Herz klopfen, und sein eigenes klopfte vor Ehrfurcht über dieses mystische Erlebnis.

Der Katafalk war verschwunden und die Männer standen unter der offenen Kuppel auf den Steinfliesen der Kirche, Vater und Sohn dicht beieinander, ein wenig abseits der Jüngling.

Da sagte der Vater zu Lukas: Komm, und führte ihn an der Hand zu dem Jüngling.

Lukas sah ihn an und dachte: Mein Vater ist schwarz, ich bin braun und er ist blond!

Es wird alles immer heller. –

Der junge Mensch lachte die beiden an. Seine langen Haare wehten. Er war scharf und kräftig wie ein Trompetenstoß, und das Lachen der Welteinverstandenheit schwand nicht von seinem Antlitz.

Der Vater beugte sich zu Lukas und flüsterte: »Wir kennen einander, er aber ist unsere Vollendung.« Und Lukas sah, daß sein Vater weinte und ihm selbst rannen die Tränen eines nie gefühlten Glücks über das Gesicht. Er konnte nicht anders. Er fiel auf die Knie und küßte die Füße des schönen, lachenden Knaben. Aber dieser Kuß war ein Zauber.

Ein großer Donner erhob sich, der Dom zerbrach wie ein zartes Glasschloß und war verschwunden.

Die Drei aber führten sich an der Hand. Lukas in der Mitte,

der Vater links, der Jüngling rechts. Um sie raste ein ungeheures Fest. Das goldene Licht und die unirdische Feuersbrunst der Farben waren wieder da. Tausend Züge von Menschen mit feurigen Fahnen und gewaltigen blitzenden Musikinstrumenten tanzten in einer tiefsinnig unbegreiflichen Ordnung durcheinander. Die Drei aber waren größer als alle. Lukas fühlte, wie sich die Wellen der Menge an seinen Hüften brachen. Er wußte, was ich jetzt fühle ist das höchste Glück des Geschaffenen. Tausend Gesänge wurden um ihn laut. Alle hatten aber diese Worte:

»Seht, wie sie schreiten, wie sie schreiten
Die ewigen Geschlechter!«

Einen zärtlich grünen Hügel schwebte er nun empor, an der linken Hand den Vater, an der rechten den Jüngling. Frauen, denen das Kleid von den Brüsten geglitten war, stürzten vor ihnen auf die Knie und flehten um den Segen einer Berührung. Lukas aber und seine Gefährten schritten durch die Anbetung der tausend Frauen hindurch. Sein Blick war auf den Gipfel des Berges gerichtet. Dort stand der alte Fährmann. Jetzt war sein Mantel ganz aus Gold, die Ruderstange aus einem durchsichtig strahlenden Metall. Die Glöckchen an seinem Schnurrbart klingelten wild. In der freien Hand hielt er seine Laterne. Die Flamme in ihr war unsichtbar. Immer näher kam Lukas dem Alten. Immer näher! – Jetzt schien das Licht in der Laterne zu erwachen, ward heller und heller. Alles andere aber verblaßte.

Und nun ist die Laterne ganz hell und fährt ihm über die Augen.

Er war erwacht. Über sein Bett beugte sich der Alte und leuchtete ihn an.

»Auf, auf, junger Herr, Sie müssen aus den Federn. Ich gehe in den Dienst.«

Lukas setzte sich im Bette auf. Es war frühe Dämmerung.

»Nun, haben Sie Ihren Traum in meiner Stube gefunden?«

»Es war ein Traum. Es war ein großer Traum, aber ein anderer, als der, den ich verloren habe.«

»So müssen Sie weiterwandern!« sagte der Großvater mit einem grimmigen Ausdruck.

»Da, nehmen Sie das Frühstück.« Er reichte Lukas einen großen Topf Kaffee und eine Schnitte Brot.

Lukas aß und trank.

Dann traten die Beiden ins Freie. Lukas hatte die Götterbilder mit keinem Blick mehr angesehn. Er fürchtete sie. In seiner Seele waren die Worte: Suchen – suchen!

Sie kamen zur Fähre. Der Alte band sie los. Am andern Ufer sah Lukas Gestalten in der Dämmerung. Sie sahen aus wie die Schatten des Hades, die der Überfuhr harren.

»Wohin soll ich nun?« fragte Lukas.

Der Alte wies mit einer unbestimmten geraden Handbewegung in die Richtung des Waldes.

»Wandere bis es Abend ist. In einem neuen Quartier wirst du mehr Glück haben! Leb wohl!«

Neu erwachte die Unruhe in Lukas. Er sah sich nicht mehr um und lief in den Wald.

Wieder wanderte er den ganzen Tag durch die Wälder. Seine Augen waren nach innen gerichtet, aber der Traum der Nacht vermochte sie nicht zu fesseln. Sie sahen tiefer und sahen nicht, was sie suchten. Von den Traum-Gestalten verblaßte zuerst der Jüngling. Lukas wußte nicht, wer er war, was er bedeutete. Sein Herz erkannte ihn nicht mehr. Auch der Vater verwandelte sich in seinem Bewußtsein sehr bald zu dem, der er gewesen war, als er bei Tisch saß, oder in seinem Erkersitz, die Decke über den Füßen, Bemerkungen über die Vorübergehenden machte.

An den Fährmann, der sich Großvater nennen ließ, zu denken, verbot Lukas eine geheimnisvolle Scheu. Nie wieder wollte er sich an die grausige Zauberei der Götterbilder in der Schifferstube erinnern.

Wald und Alm, Wildbach und Moosfels, die gestern seinen Weg begleitet hatten, waren gute Antwort dem Gefängnis-Flattern seiner Seele gewesen. Denn es hatte sie an diesem Tag Heimweh erfüllt. Heimweh nach einer längst verfallenen Kindheit! Das Dröhnen des Laubes, das Tönen des Wassers, wie gut hatten sie ihm zugesungen. Ging er an einer Grube im Walde vorbei, erschauerte er und in ihm stand ein ehrfürchtiges, langvergessenes Knabenwort auf: Höhle.

Heute aber war das Heimweh, das ihn nicht ruhen ließ, ein anderes. Es war ein Heimweh, nicht mehr in die Vergangenheit. Ein Heimweh in die Zukunft – Sehnsucht! Unverständlich und von fremder Art.

Er trat aus dem Walde – und mußte stundenlang über Land wandern, durch frische Saaten, durch Heide, an vielen Obstgärten vorbei.

Alles blühte. – Und er wußte, während er mit kleinen Augen durch den Duft und süßen klaren Nebel ging, daß all dieses heute der Segens-Sopran sei über der dumpfen Vibration des Rätsels in ihm.

Doch wie gestern war er ruhelos. Kaum, daß er es vermochte, für eine Viertelstunde auf irgend einer Böschung zu rasten. Gleich wieder riß es ihn auf: Weiter – weiter.

Gegen Abend kam er in ein Gebirge, das er nicht kannte. Blaue neblige Kegelberge, die ungeordnet durcheinander wuchsen. Sie sahen wie Berge auf chinesischen Bildern aus. Auch Menschen begegnete er. Einem alten Mann in Soldatenuniform, der eine Eßschale trug, einer Bettlerin, die am Straßenrand hockte, einem Menschen, der den Bergweg herunterschwankte, die Stange mit zwei Butten waagschalenhaft über den Schultern. Er mußte durch ein Dorf gehen. Zerzauste Mädchen trieben an ihm Gänse vorbei. Auf dem Dorfplatz neben dem Teich, wo Enten schnatterten und Buben im Tümpelwasser pantschten, stand eine schöne riesige Linde in ihrem ersten Laub. Daneben erhob sich die Mariensäule. Auf dem Knauf oben hing eine Glocke im Eisenring. Ein idiotischer Mensch zog am Strick und läutete den Abend herab. Lukas ging die Dorfstraße immer weiter. Als er das Dorf schon längst hinter sich hatte, mußte er an einem Wirtshaus vorbei. Es hieß: ›Zu den sieben Teufeln‹. Wenn die Türe aufging, brach eine kurze Welle Lärm, Orchestrionmusik, Tanzstampfen und Bierdunst aus der Gaststube.

»Vorbei«, sagte er laut. Die Straße stieg immer höher nach Osten empor. Über einem Berg war noch die halbe Sonne zu sehn. Violette, rosenrote und gelbe Gletscher wälzten sich über die Waldhöhen und schmolzen in den Tälern. Lukas bog plötzlich von der Straße ab und stieg eine Anhöhe empor. Dann ging er den Waldrand entlang und kam vor ein kleines Bauernhaus, das aber nicht ganz so wie ein Bauernhaus aussah.

Er blieb stehen, sein Herz klopfte.

In die Türe trat eine Frau. Sie war sehr hoch. Ihr Haupt von keinem Tuch verhüllt, das blonde Haar flammte im Abend. Doch Lukas sah, daß seitwärts an beiden Schläfen in den mächtigen Kranz dieses Haares zwei dicke graue Strähne geschlungen waren. Sie trug kein Bauernkleid, sondern ein weites schwarzes Gewand von einfachem Tuch, das dennoch in der Tür dieses Bauernhauses sich gar nicht sonderbar ausnahm. Ihre Füße waren nackt und trotz aller Mühsal der steinigen Wege, des Frühaufstehens und Wirtschaftens, weiß und ohne verdorbene Zehen. Sie mochte nicht mehr jung, doch auch noch nicht alt sein.

»Willkommen«, sagte sie mit einer tiefen Stimme. »Ich habe Sie erwartet.«

»So wußten Sie, daß ich kommen werde?«

»Sie sind mir angekündigt.« Sie hob ihren starken, weißen Arm, von dem der Ärmel zurückfiel.

»Wissen Sie...«

Die Frau unterbrach Lukas.

»Ich weiß es! Sie finden ein Nachtlager bei mir. Kommen Sie nur.«

Sie trat in die Türe zurück. Lukas folgte ihr. Wie sie ging! Ihr Schritt war ruhig, erhaben. So schön sie war, in Lukas regte sich keine Begierde. Er fühlte: Dies ist kein Menschenweib! Sie traten in eine Stube ein.

An der Schwelle konnte sich Lukas nicht zurückhalten und fragte:

»Wer sind Sie?«

»Die Frau des Bergmanns.«

Die Stube war niedrig und voll einer farbigen Dämmerung. Lukas sah eine Bettstatt, Felle und Decken, aber kein weißes Linnen. Gar nichts Weißes war zu sehen. In einer Ecke stand eine riesige Weltkugel. Sie war über und über mit spitzen Nägeln aus den verschiedensten Metallen genagelt. Auf einem Fuße stand Christus auf ihr, wie ein Tänzer, der sich bei jedem Schritt neue Nägel in die alten Wundmale bohrt. Zwei gewaltige Kästen rückten wie Nachbarberge aneinander. Von dem einen leuchtete eine sehr große Amethystdruse mit wunderbaren Kristallen herab, von dem andern die ehernen Verschlingungen eines wuchtigen Blockes Eisenblüte.

Lukas trat zu der Weltkugel.

»Was ist das?« fragte er.

»Der von den Nägeln wiederdurchbohrte Heiland.«

»Hat er denn am Kreuz nicht ausgelitten?«

»Nein! Er leidet jetzt mehr, da er über den spitzen Stiften tanzt.«

»Warum sind die Nägel von verschiedenem Metall?«

»Vielfach ist das harte Herz der Erde.«

»Was aber ist sein Leiden?«

»Das Größte.«

»Und was ist das größte Leiden?«

»Zerstörte Erfüllung«, sagte die Frau.

Lukas erfaßte den Widerspruch dieser letzten Worte nicht. Doch wußte er, daß nur ein Weib sie hatte sprechen können.

Die Frau ließ ihn eine Weile allein.

Dann kam sie zurück und setzte ihm eine Speise vor, stellte auch ein Glas dunkelroten Weins auf den Tisch und zuletzt eine Kerze, denn es war schon ganz finster geworden.

Lukas dankte. Ein Gefühl von hoher Ehrfurcht hinderte ihn, angesichts dieser schwarzen geheimnisvollen Frau, der er angekündigt war, die um sein suchendes Herz wußte, zu essen und zu trinken.

Inzwischen traf sie rätselhafte Anstalten.

In einem Winkel stand ein niedriges Tischchen. Drei kleine Vasen mit vertrockneten Blumen darauf. In die Vasen steckte die Frau frische Sträußchen Seidelbast. Dann staubte sie den Tisch ab und legte ein Tuch drüber. Die Vasen stellte sie in einer Reihe auf und vor jede ein winziges flaches Lämpchen mit einem

Lichtlein. Vor diese Lichte legte sie je ein Näpfchen mit Milch und eines mit Weizenkörnern. Lukas sah gebannt auf ihr Tun. Sie richtete sich auf, stand groß in ihrem schwarzen Kleid da und verschränkte wie frierend die Arme in ihren weiten Ärmeln.

»Es ist für die Kinder...« Und dann nach einem Schweigen: »Gute Nacht! Ich wünsche Ihnen, daß Sie jenen Traum finden.« Die Bergmannsfrau war in der Tür verschwunden.

Dies aber war der Traum, den Lukas in der zweiten Nacht träumte.

Er geht durch einen wunderbaren, blühenden wilden Park immer den weichen Kiesweg in der blitzenden Sonne entlang. Sein Herz ist voll feierlicher Kraft. Ihm zur Seite flüstert ein Flüßchen. Ganze Wolken von weißen Schmetterlingen wanken drüber hin. Manchmal steht eine Bank da, auf der niemand sitzt; Bachstelzen wippen auf Weidenästen, die ins Wasser tauchen; Wärme und Gesang ist in der Luft. Er wandert schnell und schlägt mit seinem Stock taktweise den Kies der Promenade. Auf einmal gewahrt er, daß eine Gestalt in der Ferne vor ihm desselben Weges wandelt. Als er näher kommt, sieht er, es ist eine Frau. Sie trägt ein fließendes Kleid aus Goldbrokat, aber drüber hat sie einen grauen Flor geworfen. Er weiß wer diese Frau ist, die er nie gesehen hat, und sein Körper spannt sich vor Glück. Er erreicht sie, tritt zitternd an ihre Seite und sagt: »Geliebte Frau.«

»Mein Mensch«, – und seine und ihre Augen fließen ineinander.

»Warum bist du vorausgegangen?«
Und sie: »Nun hast du mich doch eingeholt.«
Er küßt sie! Dann träumt er sich reden.
»Wie ist das möglich! Wie ist das möglich! Ja, mein Herz war schwärmerisch. Aber vergänglich und flüchtig, wie das Herz der Schwärmer schon ist. Von der Galerie der großen Oper sah ich die Schönheiten in den Logen. Tränen stürzten mir aus den Augen, wenn ein unirdischer Fuß vom Wagentritt sprang. Einst stand ich ein ganzes Jahr lang täglich viele Stunden an einer Hal-

testelle der Straßenbahn, weil ich einmal eine Frau dort habe in den grellen Wagen steigen sehen. Nach zwei Jahren fand ich sie. Aber mein Traum war mächtiger geworden als sie selbst. Und auch die Demut ihres Haares half ihr nicht mehr. – Aber jetzt! Jetzt bist du bei mir, ehe ich dich träumte und das ist deine große Macht. Wie war das möglich?«

»Ja!« sagte sie, »wo durch alles mußte ich gehn! Im Schlaf geküßt werden und es nicht wissen! Und immer dieser Schlaf. Und das nach einer Kindheit voll Angst, nach großem Ehrgeiz und Mädchenglanz. Ich mit den Kindern im letzten Zimmer. Sie dürfen nicht schreien, nicht weinen. Er aber, der gute Meister, sinnt nach und sinnt nach. Und sein hohes Antlitz kommt zur Vollendung. Müde ist er. In der Nacht muß ich vor den Apotheken stehn. Er wird immer müder. Die dünnen Lippen schließen fast nicht mehr und offen liegen die kräftigen Zähne des Wollenden. Dann kommt jener Tag. Ich fahre ihm mit der Hand über die feuchte Angststirne und er küßt diese Hand bebend zum letztenmal. Aber wo war ich da? Wo war ich? Alles muß ich um mich haben. Alles! Alles!«

Lukas ist es, als fahre aus ihren Augen plötzlich ein wilder, wahnsinniger Vernichtungswille. Dann aber sagt sie sanft und fast mit einer kleinen Angst:

»Du aber, Einziger, du gehörst mir!«

Und Lukas fühlt einen beinahe bösen Stolz in sich.

»Ja! Ich genüge dir.«

»O du Geliebter! Ich habe gelebt. Die sanften und wilden Tiere scharen sich um mich! Aber du hast mich vom Tode erweckt, der dieses Leben war.«

Sie setzen sich auf eine Bank. Irgendwo tönt ein Orchester. Über dem Orchester schwebt die reine Stimme einer Sängerin. Sie singt eine italienische Cavatine.

Lukas fühlt sich sprechen.

»Ist diese Melodie nicht wie eine süße Gemse, die ein bärtig göttlicher Jäger von Berg zu Berg verfolgt? Jetzt stürzt sie den Felsen ihrer Kadenz hinab und bleibt zu unseren Füßen liegen. Tot, – Selig!«

»Wie rührst du das Herz meines Herzens an.«
»Ich habe von Musik gesprochen.«
»Wir allein wissen, was sie ist.«
»Sie ist unser Einverständnis mit Gott«, sagt er.
»Sie ist unser Einverständnis mit Gottes Welt«, sagt sie.

Sie erheben sich, sie gehen durch endlose Wiesen und schweigen.

Plötzlich stehen sie vor einem großen indischen Tempel. Tausend Götzenfratzen starren auf sie hinunter.

»Wir müssen hinein.« Sie schreitet voraus. Lukas folgt ihr.

Jetzt sind sie in einem großen Hof. In der Mitte breitet sich mächtig ein Bassin aus. Aber statt Schlamm und Wasserresten sieht man darin Asche, Schlacken, und hie und da spritzt noch ein Flämmchen empor. Inmitten des Bassins steigt ein Springbrunnenrohr auf, an das eine lange Schnur befestigt ist. »Dein Metall ist voll toten Gesteins, Geliebter! Du mußt ins Bad steigen, dich zu reinigen.« Lukas springt in den Brunnen. Sie zieht an der Schnur. Ein wilder Regen von Feuer überschüttet ihn, ohne ihn zu verbrennen. Er steigt aus seinem Bad. »Bin ich nun rein?« fragt er. »Etwas reiner«, sie lacht. »Aber es war ja kein Feuer, nur Feuerwerk – schön zum Ansehn.« Sie verlassen auf der andern Seite den Tempel. Jetzt ist es Sommer. Die Saat steht hoch, schnittreif und wie wenn eine Geigensaite springt, platzen die Ähren. Kornblumen und Mohn überall, auch Wegerich und die schöne Rade. Die Sonne brennt.

»O wie dieses Reifen so warm in mir ist«, sagt die Frau. »Ich bin ja die Natur! Ich!«

Der Wind weht ihr eine Locke in die Stirne. Sie streicht sie mit der Hand zurück.

»Wie schön ist das«, fühlt Lukas.

Und er sagt: »Wie schön bist du! Ich liebe dich!«

Sie sieht ihn nicht an. Doch ein leises seliges Stöhnen kommt über ihre Lippen. »Dieser ganze gärende Stern ist in mir.«

Sie wölbt mit einer Handbewegung die Luft, als liebkose sie die unsichtbare Schwangerschaft eines Geistes.

Dann küßt sie ihn heftig.

»Ich habe nie gewußt, daß es das gibt.«

»Ich auch habe es nie gewußt.«

»Ich dachte, es darf kein Glück geben und, daß die Menschen lügen, weil sie's nicht wagen, sich's einzugestehn.«

»Ich dachte, es wäre das Häßlichste, und brächte nichts als Abscheu und Ermüdung, die wir Männer, um nicht grausam zu sein, verbergen.«

»Und nun haben wir es erfahren!« Sie faßt seine Hand.

»O Hand, Hand, Hand«, sagt er.

Und sie: »Nun wird es Abend.«

Lukas steht mit der Frau an einem offenen Fenster. Draußen ist es Nacht und der Garten braust.

»Ich werde dich küssen, heute Nacht.«

»Ich bin selig«, sagt sie.

»Bist du selig, weil du mich hast?«

»Ja, aber noch um etwas andern willen bin ich selig, Geliebter.«

»Werde ich dich küssen dürfen, heute Nacht?«

»Nichts anderes darfst du.«

Draußen beginnt eine häßliche Vogelstimme wütend zu schnarren.

»Bedeutet das Böses?« fragt er.

Und sie antwortet: »Ich weiß es nicht.«

»Tun wir Sündiges?«

Sie aber lacht.

Und sie umarmen einander.

Eine Terrasse. Wie warm ist diese Nacht. Sie sitzt dunkelgolden auf einem Lehnsessel. Lukas liegt, die Hände unterm Kopf, auf dem Boden und starrt in die Sterne.

»Führen wir jetzt über den Äquator, so könnten jene Sterne das Kreuz des Südens sein.«

Ein Fixstern beginnt kalt und in hundert Farben zu funkeln wie ein böses Eissplitterchen. Lukas sieht den heimlichen Stern wachsen und wachsen. Er fühlt: Jetzt in diesem Augenblick hat uns das erbarmungslose Jägerauge erblickt.

»Schweige«, ruft angstvoll die Stimme in ihm. Aber schon spricht er es aus: »Ich fühle einen bösen Stern über uns.«

Ihm ist, als müßte sogleich eine Peitsche über seinen Rücken fahren. – Die Strafe.

Sie aber sagt und Furcht ist in ihrer Stimme: »Schau nicht hinauf und sprich nicht von diesen Dingen.«

Der Vogel beginnt wieder. Sein Ratschen ist mächtig. Er schnarrt, als säge er mit einem langen Zackenschnabel die Bäume des Gartens ab, die Lebensbäume, den Lebenswald. Lukas denkt: »Ich werde nicht davon reden!« Er sieht sie an und fühlt: »Sie tut, als würde sie nichts hören.«

Dann: »Ist nicht der Liebe eine tödliche Falle gelegt?«

»Welche?«

»Die Begierde.«

In ihren Augen stehen Tränen.

Er spricht weiter. »Ich fühle, was der Fluch der Ausschweifung ist. Sie schweift ab. Sie entfernt sich vom Geliebten und darum tötet sie.« Er wirft sich vor ihr nieder und flüstert:

»Wir müssen immer geschwisterlicher zu einander werden.«

Nun sind sie in einem Zimmer. Sie trägt ein weißes Florgewand und hält in der Hand eine Kerze.

Der Vogel in der Nacht sägt weiter.

Sie sagt erschauernd: »Schließe das Fenster.«

Lukas schläft. Ein süßer Geruch von Thymian hüllt ihn ein. Plötzlich ist es ihm, als würde an der Türe schrecklich geklopft. Er erwacht, springt auf! Und nun steht er auf der Treppe eines großen Hauses. Viele Leute rennen in Hast und Schrecken auf und nieder. Frauen mit offenen Haaren im Nachtgewand. Manche tragen Schüsseln und Tücher, manche brennende Lichter. Alle wimmern und flüstern. Er hört Worte: »Die Frau!« »Sie stirbt!« »Eh' es zu spät ist!« »Schickt um Hilfe!« »Die Frau!«

Rasend stürzt er aus dem Haus, schreiend, brüllend. Er rennt durch den Garten, springt mit einem Satz über den Zaun.

Schon ist der Morgen da. Wolkenkolosse ziehn. Er jagt einen Abhang hinab viele tausend Meter, Gestrüpp wirft sich ihm entgegen. Er verfitzt sich. Immer schreit er noch:

»Gott, Gott, Gott!«

Nun gerät er in einen Sumpf, bricht immer tiefer ein. Das Moor geht ihm an die Brust. Er kann nicht mehr. Aber er arbeitet sich wieder heraus. Jetzt steht er schon auf der Landstraße. Nichts kann er mehr fassen.

Auf den Fußspitzen tritt er in ein Zimmer. Sie stirbt auf ihrem Bett. Auf der Stirne liegt ihr ein Tuch. Sie ist so schön, ihre Materie schwebt. Er verflucht den bösen Körper in seinen Kleidern. Zu ihrem Bett schleicht er und fällt auf die Knie.

»Ich bin schuld!«

»Es gibt keine Schuld.« Sie lächelt und in diesem Augenblick ist sie der Triumph der heidnischen Welt.

»Ich habe dich getötet.«

»Wir haben getötet«, beruhigt sie leise.

Er jammert: »Du sollst nicht sterben! Du darfst nicht sterben!«

Sie aber sagt und ihre Züge werden glorreich: »Wenn ich sterbe, so bringe ich mich dar als Opfer deiner Bestimmung.«

O schmerzloser Träumer!

Hart muß die Wirklichkeit sein, die für dich Wirklichkeit werden soll. Du aber mußt Wirklichkeit haben, sonst lebst du und stirbst du niemals.

»O mein Geliebter, vielleicht bist du in der Hölle!«

Sie richtet sich ein wenig auf:

»Schreib deinen Namen auf ein Blatt. Sie sollen es mir unter die Zunge legen. So sehr habe ich dich geliebt.«

»Leben – leben – leben«, lallt Lukas.

Sie sagt: »Das was das Heiligste, unsere Vollendung hätte werden können, ist dahin.« Sie legt die Hand auf den Kopf des Knienden. »Nun geh!«

»Wohin?« fragt er.

»Suchen – suchen!« hört er noch.

Und da war er erwacht. An seinem Bette stand die Bergmannsfrau. Nun hatte sie ein Tuch um den Kopf und trug ein anderes über die Schultern.

»Die Stunde ist da, ich muß zu meinem Mann in die Grube.«

Er schaute verwirrt. Draußen begann es eben zu dämmern.

»Haben Sie den verlorenen Traum gefunden?«

»Nein! Er war es nicht. Aber ein andrer. Ein süßer und schrecklicher.«

Die Frau setzte ihm Milch und Brot vor. Er aß und trank.

Sie sah ihn dabei an und sagte:

»Was uns beiden befohlen war, ist geschehen. Sie haben in meiner Stube Quartier gefunden.«

»Dem, was ich suche, bin ich näher gekommen, viel näher«, gab er zurück, »aber es ist mir noch nicht begegnet.«

»So wird es Ihnen zum dritten gewiß begegnen.«

Nun standen beide vor der Türe.

Sie trug zwei Gefäße in den Händen. In dem einen war Milch, im andern Rotwein.

Dies ist das Opfer, das man den Toten am Eingang der Unterwelt hinstellt – dachte Lukas. Und dann sprach er zu sich selbst: »Wohin nun?«

Die Frau faßte seine Hand gütig.

»Immer quer durch den Wald. Lassen Sie sich führen. Wenn Sie Ihren Traum zur Mittagsstunde nicht wiederfinden, ist er verloren auf immer. Gehen Sie den Eichenhügel hinauf, wenn der vor Ihnen auftaucht. Ich selbst war schon an diesem Ort. Dort begegnet mir im Mittags-Schein mein Liebstes. Frauen ist es nicht verwehrt, hinzugelangen. Männern aber immer, wenn sie nicht gesandt sind.«

Er fühlte, daß die Frau des Bergmanns seine Hand nicht mehr hielt: Als er aufsah, war sie verschwunden.

Wieder betrat Lukas den Wald und wanderte Stunde für Stunde. Heute aber war der Forst von keiner Lichtung, von keinem Tal unterbrochen und nichts riß den Wanderer aus seiner Versunkenheit. Immer dachte er an die Frau des Traumes, wie sie sterbend dalag, er fühlte sich wiederum im Sumpf einbrechen, nach Gott schreien, die Angst war wieder wach, und alle Traumworte wehten ihn mit kühlen Hauchen im Nacken an.

Die Wanderung seines ersten Tages war Heimweh gewesen, die Wanderung seines zweiten Tages Sehnsucht, und die seines dritten – Liebe. Es war Mittag geworden und aller Duft und Atem schwieg. Und da stand auch schon der Hügel mit alten Eichen bestanden, von dem die Bergmannsfrau gesprochen hatte. – Lebte dieser Hügel schon irgendwo in seiner Erinnerung? War er in seiner Kindheit an diesem Ort gewesen? Lukas drängte Ahnungen zurück. Dann stieg er einen kleinen Fußpfad empor. Auf der Höhe des Hügels, mitten im Eichwald, war eine Lichtung und in dieser Lichtung erhob sich ein sehr großer niedriger Rundbau aus Fachwerk, altfränkisch mit blitzenden Fenstern. Das Ganze unsagbar reinlich. Das doppelflügelige Tor stand weit offen und ein glänzender Kiesweg lief hindurch.

Lukas trat durch das Tor in den Hof ein. Er mußte die Augen schließen, denn er fühlte: das habe ich geträumt.

Der Himmel über diesem Hof war unmäßig blau. In dieser Bläue tauchte eine Lerche außer sich vor Gesang auf und nieder. Rings an den gellend weißen Wänden lief ein erhöhtes Pflaster. Und auf diesem Pflaster nebeneinander standen hundert sonderbare Dinge und blendeten das Auge.

Es waren lauter Spielautomaten, um Kinder und einfältige Leute zu erfreuen. Lukas sah ein Puppentheater. Ein ausgeschnittener Pappe-Kapellmeister erhob den Stab, doch der Vorhang war unten. Daneben stand ein Savoyardenknabe aus Ebenholz, die starre Hand auf der Kurbel eines Leierkastens haltend. Hier ein mechanischer Pierrot in weißen Pluderhosen, schwarze Bummelknöpfe an der Bluse, dort eine plastische Gruppe, die eine napoleonische Szene darstellte, dann wieder ein Orchestrion und andere Musikapparate; dies und noch viele Dinge mehr.

Für einen Augenblick hatte Lukas alles vergessen. Wild erfaßte ihn Kindheit wieder. Er lief zu den Automaten und vertiefte sich in den Anblick.

Plötzlich fühlte er, daß seine rechte Seite sich neige und daß er etwas armes zärtlich Kleines in der Hand halte. Es war eine Kinderhand. Ein kleines Kind sah ihn an.

Lukas erschrak bis ins letzte seines Wesens mit jenem Schreck, den nur Menschen kennen, die hart am Tode, am Abgrund der äußersten Erkenntnis vorbeigegangen oder sich selbst begegnet sind. – Es war sein verlorner Traum. – Wer war dieses schöne weißlebendige Kind mit dem weichen blonden Haar und jener tiefsten Weisheit im Gesicht, voll schauenden Fremdseins. Es lag auf diesen Kinderzügen die Weisheit jener Geschöpfe, die sich niemals durch die Geburt von sich selbst entfernt haben, oder im Augenblick des Todes eins mit sich werden. Aber was war das? – Waren das nicht seine Züge bis ins letzte? War das seine Kindheit? War das der Plan, der er war, von dem er abfallen mußte? War er das selbst? War es sein....

Ein unbekanntes, unendlich warmes Gefühl überwältigte ihn, – und dennoch verließ ihn der geheimnisvolle Schreck nicht.

Jetzt sagte das Kind: »Wirf doch einen Kreuzer hinein!«

Sie standen vor dem Puppentheater. Er warf die Münze in die Öffnung des Automaten. Der Vorhang flog auf. Eine kleine zirpende unordentliche Polka-Musik setzte ein. Auf der Bühne drehten sich einige Püppchen in rosa und himmelblauen Ballettröckchen ruckweise und ohne Takt. Die eine stockte, die andere kreiselte wie toll um ihren Stift. Dann war's vorbei, und der Vorhang sank noch schneller, als er sich gehoben hatte.

Der Knabe drückte Lukas die Hand.

»Das war schön, jetzt komm weiter!«

Sie traten vor den Savoyardenknaben. Wieder warf Lukas ein Geldstück in den Automaten. Das Werk rasselte. Mit kurzen Rucken bewegte sich die braune Hand an der Kurbel, pfeifend und klingend ertönte eine uralte, fast mythische Operettenmelodie, die plötzlich abschnappte.

»Gut!« Das Kind nickte mit dem Köpfchen.

»Komm weiter.«

Lukas ließ den Bajazzo tanzen und seine Glieder verrenken.

Wild lachte das Kind vor Freude.

Lukas hob es hoch und sah ihm ins Gesicht. »Ja, du bist es.

Komm mit mir. Komm mit mir! Fort aus diesem schönen Hof. Ich will dir ganz andere, viel schönere Spielsachen kaufen.«

Der Knabe sah ernsthaft drein.

»Du kannst mich nicht mit dir nehmen!«

»Warum nicht?«

»Weil mich nur meine Mama mitnehmen kann.«

»Wo ist deine Mama?«

»Nicht hier«, sagte das Kind.

Aber Lukas küßte es leidenschaftlich.

»Ich weiß, wo deine Mutter ist. Sie ist nicht gestorben! Sie lebt. Heute nacht habe ich mit ihr gesprochen. Ich trage dich zu ihr, du mein Kind! Wir finden sie, wir werden sie finden.«

Das Kind schüttelte den Kopf.

»Wir müssen mit der Großmutter sprechen.«

»Wo ist die Großmutter?«

»Drinnen.«

»Im Haus?«

»Komm, ich zeig' sie dir.«

Das Kind führte Lukas in eine Bauernstube. Es riecht nach Moder. Spinnweben tausendfach kleben an der Decke und in der Wölbung des niedrigen Fensters. Der Raum ist durch eine Holzbarriere in zwei Teile geteilt. Ganz hinten in der Dämmerung in uralter Bauerntracht, mit einem vergangenen Kopfputz, am Spinnrocken sitzt die alte Frau – nein, es ist eine Figur, eine Puppe. Die mit Häcksel gefüllte Großmutter regt sich nicht.

»Großmutter«, ruft das Kind.

Die Figur bewegt, schnarrt und erhebt sich. Sie macht einige Schritte und wird ganz menschlich. Nun tritt sie zur Barriere. Sie scheint Lukas gar nicht recht zu bemerken. »Da bist du ja, Bub«, sagt die Großmutter in einem ganz fremdartigen Dialekt.

Das Kind stammelt.

»Denk dir Großmutter! Er will mich mitnehmen. Er hat auch die Mama gesehn.«

»Das fehlte noch«, schilt die Großmutter.

»Erst geben sie dich in Pflege und dann –«

Sie hebt den Knaben über die Barriere. Der hält die Handflächen hoch.

Lukas sieht die Schicksalslinien seiner eigenen Hand: Er fühlt: Nie werde ich diese Händchen vergessen.

Schon hoffnungslos:

»Großmutter! Geben Sie mir das Kind.«

Die Großmutter hört ihn gar nicht. Sie nimmt den Knaben in die Arme. Er scheint auf einmal viel kleiner zu sein und weint leise.

Auch ist er wächsern und puppenhaft.

»Jetzt wird geschlossen!« herrscht die Großmutter Lukas an.

Er verläßt die Stube, er verläßt den Hof, er verläßt das Tor.

Erst als er wieder auf der Lichtung steht, dreht er sich um.

Doch, da ist der Spielhof verschwunden und sein wiedergefundener Traum.

Er geht zur andern Seite des Hügels und sieht vor sich die kleine Stadt, die er vor drei Tagen verlassen hatte.

Wie unendlich müde ist er.

»Nun muß ich da hinunter«, sagt er laut.

Die schwarze Messe
Romanfragment

I

Das Sakrileg

Ihr mögt es mir glauben oder nicht, ich bin damals ein Mönch gewesen; meine Mutter hatte das Gelübde getan, mich zu weihen, denn da sie mich trug, war ich in ihrem Leibe schlecht gelagert und die Niederkunft drohte ihr den Tod zu bringen. Ich war noch nicht zehn Jahre alt, als sie ihr Gelübde erfüllte und mich zu den Brüdern von Arpata brachte, die Ihr wohl kennt. Dort im Kloster auf der Höhe des Hilligenhill wuchs ich auf, gelehrig und bald gelehrt in der dreifachen Tiefe der Schrift.

In der Inbrunst des Gebetes hatte ich die übrigen Novizen in kurzer Zeit schon überflügelt, im Fasten und in der Kasteiung war meine leidenschaftliche Jugend bald den ausgezeichnetsten Brüdern über, der Prior und die Ältesten setzten in mich Hoffnung, ihr Kloster als das Vaterhaus eines Heiligen dereinst in der ganzen Christenheit geehrt zu sehn.

Aber wo Gott stark ist, ist der Teufel nicht schwächer.

Mühelos hatte ich die Anfechtungen der Eßsucht, der Schlafsucht, der Trägheit des Herzens und der des Geistes überwunden, je mehr ich aber mit der Wollust kämpfte, um so weniger vermochte ich ihrer Herr zu werden.

Ich trug siebenfach geschlungene Ketten unterm Hemde. Vergebens! Ich hielt sekundenlang die Hand ins Feuer, ebenso die nackten Füße. Vergebens! Ich stand in der Winternacht, während die Brüder zur Hora gingen und den Dienst hielten, bis zur Hüfte im eisigen Wasser. Vergebens!

Ich schlief niemals auf Holz, sondern allnächtlich auf dem Stein des Kreuzgangs. Vergebens! Da richtete ich einst während der Beichte an den Prior die Bitte, mich kastrieren zu dürfen. – Das Kollegium beriet darüber, aber die Bitte wurde mir als eine Verletzung des göttlichen Willens und Gesetzes abgeschlagen.

Während einer Morgendämmerung erlag ich. Schlaftrunken hatte ich keine Herrschaft mehr über mein Fleisch und ich erlöste mich mit der Hand von meiner Begierde. Aber nun hatte mich der Teufel erst recht. Ich vermochte nichts mehr gegen den übermächtigen Willen meiner Hand, die besessen die verbotenen Früchte pflückte und keiner Lockung standhielt. Aber es glaube ja niemand, daß eine Begierde auf Erden zu stillen sei. Jede Befriedigung schafft zehn Unbefriedigungen und es gibt kein Zurück. Bald hatte mich mein Laster ganz vergiftet. – Aber das Schreckliche war, daß den Gegenstand meiner verdorbenen Träume nicht etwa nur ein Weib bildete oder viele Weiber (wie wenige hatte ich in meinem Leben gesehn), – nicht allein der weibliche Busen, das Bein, das Hinterteil, oder was sonst angenehm ist, tauchte vor meinen Sinnen auf, nein – o Grausamkeit der Hölle – alles, alles vermochte für mich die Gestalt der Lust anzunehmen und mich zu Fall zu bringen.

Der Schritt eines Bruders fern hallend am Gang, die Rundung eines Waschbeckens, ein weidendes Tier, eine Tulpe im Garten – alles, alles verwandelte sich in einen unüberwindlichen Reiz, wenn die Stunde da war; das Gebet auf meinen Lippen wurde zu einer unzüchtigen Beschwörung und die Hand zuckte, ihr Werk zu vollbringen. Ich wagte nicht zu beichten. Scheu verschloß ich mein abscheuliches Geheimnis in mir. Aber je mehr ich es verschloß, um so unnatürlicher, schmutziger wurde es. Ich sehnte mich ganze Nächte lang, mit grobgliedrigen Bauernfrauen barfuß bis zum Knie im Kot über aufgeweichte Landstraßen zu wandern oder langsam in einem Sumpf zu versinken; ich konnte das Bild der ungeheuren, schwerfälligen Rinder nicht aus meinen Gedanken jagen, der Geruch der Ställe machte meine Phantasie trunken, die Erinnerung an die derben Blüten des Holunderbaumes wurde mir zum gefährlichen Kitzel.

Ich wurde schlaff und träge. Meine alte Inbrunst, mein starker Glauben schmolz hin. Ich sehnte mich immer nach dem toten Lehm, aus dem wir geknetet sind. Und weil ich ihn allzusehr mißachtet hatte, rächte er sich allzusehr, tausendmal mehr, als bei anderen Menschen. Da geschah das Entsetzliche!

Eines Morgens saß ich auf meinem Platz unter allen Brüdern bei der Frühmesse. Die Monstranz wurde entblößt. Ein helles Klingeln und Blitzen vom Altar herab. Manche Brüder starrten still, andere wieder keuchten in Ekstase... mir, mir aber wurde der Leib des Herrn zum unzüchtigen Leide – immer schwächer murmelte ich die starken Flüche gegen den Satan, sein warmer parfümierter Atem kitzelte mich im Nacken, meine Hand war nicht mehr zu halten und ich vergoß mich, während ich viele wilde Schreie ausstieß.

Ich stürzte ohnmächtig auf den Fliesen der Kirche zusammen. Als ich erwachte, stand der Prior vor mir, in scheuer Entfernung die Brüder.

Ich hörte sie murmeln: »Er ist berufen und auserwählt.«

Der Prior sagte mit leiser Stimme: »Mein Sohn, du bist sehr erschöpft von deinen Gesichten.«

Ein alter Mönch trat zu mir und kniete an meiner Seite nieder. »Geliebter«, sagte er mit flehentlicher Stimme, »zeig mir die Flächen deiner Hände. Vielleicht vermag ich die künftigen Stigmata, die heiligen Wundmale zu erkennen.«

Da fühlte ich mich geheimnisvoll verhöhnt und verflucht und fiel in eine neue Ohnmacht.

In derselbigen Nacht verließ ich heimlich das Kloster.

II

›Lucia di Lammermoor‹

Zu meiner Zeit hatte der Glaube noch große Gewalt übers Volk und das Kleid der Priester stand in gutem Ansehn. Man sah allenthalben in mir den Geweihten und nicht etwa den Landstreicher und entlaufenen Mönch. Es mochte dazu meine frische Gestalt beitragen und mein Gesicht, das unverdorben war, unwissend in den Dingen der Geldgier und des schlauen, nur auf das Hiesige gerichteten Sinns. Ich war schüchtern, freundlich und ich kann wohl sagen hübsch, so begegneten mir die Bauern, Handwerker und das Gesindel der Straße mit Achtung. Es war nicht vergeblich gewesen, daß mein Geist so viele Jahre lang in Kontemplation und Askese gelebt hatte; die heiligen Studien hatten ihr Mal auf meine Stirne gedrückt und den großen, vornehmen Abstand zwischen mir und den Menschen konnte ich nicht überspringen, wie sehr ich auch in mancher Stunde mich nach ihrer völligen Nähe sehnte. Zu betteln brauchte ich nicht. Ein guter Verwandter, den ich in Ulenhoven wiederfand, hatte mich reichlich ausgestattet. Ich wanderte, wie es mir wohlgefiel, von Ortschaft zu Ortschaft, von Stadt zu Stadt und freute mich in unvergänglichem Staunen meiner gewonnenen Jugend, denn hinter meinem Rücken war die Welt des Klosters, der Bann seines harten verzehrenden Geistes zusammengestürzt, wie ein Haufen Schutt. –

Und da ich frei war, verschonte mich auch der Teufel der Wollust und in der windreichen Luft der frühen Monate war ich fast von meinem Laster geheilt.

Nur eins vermochte ich nicht. Meine Kutte abzulegen! Ich fühlte sie als zu mir gehörig und wäre mir in jeder anderen Kleidung selbst entfremdet erschienen.

Eines Abends, zur Zeit, da man die Lichter anzündet, kam ich in eine größere Stadt und nahm Quartier in einem Gasthof auf dem Marktplatz. Ich sah aus dem Fenster und bemerkte, daß viele Menschen in ein breites Haustor traten. Neugier erfaßte mich. Ich lief hinunter und mischte mich unter die Leute. Das Tor führte durch einen Flur, in dem allerlei Gerümpel stand, in einen großen Hof, der rings im Viereck mit hohen Ulmen bepflanzt war. Mitten in dem Viereck erhob sich ein Theaterbau. Vor dem Eingangstor stand ein Mann in silbernem Pomp mit einem mächtigen Stab. Rings um das Theater liefen hölzerne Galerien. Auf einer dieser Galerien hing Wäsche zum Trocknen. Lampen brannten in kleineren Gitterkäfigen, Feuerleitern führten wie Strickleitern auf Meerschiffen vom Dach, wo ein großer Schornstein rauchte, zur Erde!

Oh, ich sehe dies lieblich erregende Haus, als wäre es heute. Zu beiden Seiten des Glastors hingen hinter den Gitternetzen die Theaterzettel. Ich las:

> Lucia di Lammermoor
> opera in 4 Atti di
> Gaetano Donizetti

Ich kaufte mir eine Karte und trat in den Zuschauerraum. Zum erstenmal war ich hier in einem Theater. Mein Herz zitterte so, als wäre ich ein Kind und stünde im Wunder der Wunder.

Rot und golden war alles unter mir, denn ich saß auf der Galerie. Viele Gasflammen, wie fingergespreizte Hände, brannten in ihren Käfigen. Mir zu Häupten, rund um den Deckenlüster war eine himmelblaue und goldene Glorie gemalt, schöner, begeisternder als in allen Kirchen. Der Vorhang, der von unten einen großen Lichtschwall empfing, der Kasten vor seiner Mitte, alles erfüllte mich mit magischer Träumerei. Im Orchester brannten Öllampen auf den Pulten, geputzte Mädchen neben mir raschelten mit Tüten und steckten große rote Bonbons in den Mund, unten in der ersten Reihe standen junge Männer mit hellen Westen, nachlässig gegen die Orchesterwand gelehnt und spielten mit Lorgnetten; manchem saß ein hoher schwarzer, brauner oder grauer Zylinderhut im Genick.

Nun fingen die Geigen zu stimmen an; die leeren Saiten rauschten unter den Bögen, wie die Elemente des Waldes und des Wassers, die keine Seele haben. Manchmal aber glitt ein zitternder Finger über das Griffbrett und der Anlauf einer Melodie mischte sich in das leere Rauschen, der Augenaufschlag einer Menschenseele voll flüchtiger Entzückung. Die Stimmen der Klarinetten und Oboen waren kühl und schmerzlos, ihre kurzen Läufe flatterten wie irre Vereinsamungen durcheinander. Das Fagott glich einem schlaftrunkenen Fettwanst spät am Wirtshaustisch, die hohe Flöte einem bösen Weib und die Bässe strengen abweisenden mürrischen Greisen, die ein mildes Herz verbergen. Ich zitterte am ganzen Körper. Dieses Getöne war für mich neu. Ich hatte bisher kein anderes Instrument gekannt als die Orgel und niemals weltliche Musik gehört.

Und nun wurde es dunkel.

Gleich nach den ersten Takten hatte ich das Gefühl, ich müßte in dem Glück dieser Musik vergehen, die Kehle wurde mir ganz eng, irrsinnige Worte fuhren von meinen Lippen, Tränen stürzten mir aus dem Auge. Mein Selbst zerbrach und in jeder Sekunde starb ich den göttlichsten Tod.

Der Vorhang ging auf.

Eine Gesellschaft von Jägern sang einen scharfen Chor. Ein schöner Herr trat vor in einem vornehmen, bunten Gewand, um seine Hüften trug er einen breitkarierten kurzen Rock, in der Hand einen langen Speer. Er schien sehr ergrimmt zu sein, und mit ausholend wildem Schritt ging er vor den anderen auf und ab. Er sang mit einer satten dunklen Stimme; seine Melodie wurde manchmal wild und schnell und dann trat er mit großen Schritten nach vorn, als wollte er sich in die Menge stürzen, sein ausgestreckter Arm bebte, er legte den Kopf zurück, und leise ansetzend schwoll ein mächtiger hoher Ton über das plötzlich zum Schweigen gebrachte Orchester an und blieb über uns allen schweben wie ein braun und goldener Adler, daß auch wir die Köpfe nach rückwärts neigten und atemlos die Augen schlossen.

Dann war der Wald auf der Bühne verschwunden. Ein Friedhof mit Gruftgewölben und Kreuzen lag im Dunkel, nur mit weißen Lichtflecken überschneit. Und jetzt kam sie! Mit schnellem rauschenden Schritt ging sie zum Kasten. Hinter ihr demütig zurückbleibend eine Dienerin. Sie allein liebte ich und wußte, daß ich sie von je geliebt habe. Wo aber war die Wollust meiner bösen verfluchten Klosternächte? Diese Anbetung wird stärker sein. Niemals wird mich mehr ein unreiner Wunsch zerstören. Sie trug ein weißes Schleppkleid von Atlas oder Seide, wunderbare Edelsteine blitzten von ihren Ohren und Händen. Ihre Schuhe waren von schimmerndem Silber. Aber hinter dieser starren Pracht war ein Leib verborgen, der nicht zu erdenken war, eine unirdische Rührung, ein verschwebender Hauch.

Sie sang und während sie sang, fächelte sie sich mit einem weißen Fächer Kühlung zu. Die Töne ihrer Melodie waren vielfach klein, kurz und leise, aber manchmal flogen sie wild und schnell bis zur letzten Höhe empor und der höchste Ton flatterte in einem immer mehr anwachsenden Triller, ging voll und stark in die mächtige Melodie ein und da breitete sie die Arme aus, ließ den Fächer an seiner Schnur sinken und senkte nicht mehr den Kopf wie bei den kleinen Tönen. Dies aber war der herrlichste Gesang meines Lebens.

Ein junger, edler Mensch eilte ihr entgegen, mußte aber mitten in seinem Lauf Halt machen, denn die Leute applaudierten und schrien bravo, worauf er sich zu ihnen wandte und lächelnd verbeugte.

Nun aber umarmten sie einander doch und sie sangen, erst jeder einzeln und dann ihre Stimmen ineinanderflechtend in leidenschaftlichem Schmerz diesen Gesang, dessen Worte in der deutschen Sprache so oder ähnlich lauten:

>»Es soll auf Liebesschwingen
>Die Sehnsucht zu dir dringen,
>Wenn ich auf fernen Meeren,
>Gedenke deines Bilds.«

Ich betete zu Gott, der Vorhang möge nicht fallen und diese selige, nie zu fassende Erscheinung mir nicht entschwinden. Kam eine Pause, so war ich müder als ein rastender Bergsteiger und meine Augen sahen in schwarzes, wallendes Gewölke.

Aber auf einmal war ein goldener Festsaal da. Eine Kulisse blähte sich im Wind, doch das tat mir nichts. Vornehme Paare in Staat und Brokat wandelten auf und ab. Man sang einen freudigen Marsch. An einem Tisch saßen Amtspersonen in langen Lockenperücken und warteten darauf, einen Heiratspakt zu unterschreiben.

Und auch sie kam traurig und wankend. Unter ihren Augen waren große, schwarze Flecke und mir schien, sie wäre ganz bleich. Sie reichte ihre Hand einem dicken, jungen Mann, der rote Schnallenschuhe trug mit ganz hohen Absätzen, um recht groß zu erscheinen. Dennoch war er viel kleiner als sie. Der ritterliche Mann mit der dunklen Stimme, ihr grausamer Bruder, ging edel auf sie zu.

Nun aber mußte es geschehn!

Die Türe flog auf und mit wildem Blick, die Hand auf seinem Herzen, stand er da. Wieder brach wilder Beifall los. Aber er, der Heimgekehrte, kümmerte sich diesmal nicht darum. Langsam und ein wenig schleifend trat er bis zum Absatz der Treppe, machte die Bewegung eines gebrochenen Herzens und ließ, wie leicht angeekelt, seinen schwarzen Mantel fallen, der sich an seine Füße schmiegte, ein guter Hund. Und nun fanden sich die Stimmen, und jenes süße Stück hub an, das man das berühmte Sextett aus ›Lucia di Lamermoor‹ nennt. Das Orchester stellte immer die gleiche abgerissene Frage, doch sie nicht beachtend spannte sich der Gesang des Jünglings aus; ihr Gesang suchte, verzweifelt und zurückgestoßen, den seinen, der Schritt für Schritt in unbeweglichem Schmerz vor sich herging. Die Stimmen der Edelleute schlichen anfangs gebeugt unter dem Baldachin, welchen das Singen der Liebenden ausspannte, der haßerfüllte Bruder ertrug dies aber nicht lange und warf seine starke Melodie gegen ihr verlorenes Glück. Noch einmal suchten die beiden in wildem Schreien zueinander zu kommen, aber es waren zu viel Zeugen da und des Gesanges gerungene Hände sanken vernichtet hinab.

In der höchsten Verflechtung der Stimmen ertrug ich es nicht länger, mein Bewußtsein schwand, eine große Gewalt hob mich von meinem Sitz auf, ich stieß einen Ruf aus und erwachte erst, als alle Menschen sich nach mir umdrehten und lachend mit den Fingern zeigten: »Seht den Mönch!«

Unterdessen war der schwarzgekleidete Jüngling, beide Hände gegen die Schläfe pressend, davongestürzt. Sein Mantel war dageblieben und lag auf der Treppe wie ein Vorwurf, wie ein Leichnam. Dennoch ruhte das Fest nicht, wenn auch die Kerzen kleiner und kleiner wurden. Lucia war längst schon verschwunden. Plötzlich aber brach der Tanz der Gäste ab, die Reihen teilten sich und durch das Spalier in dem weißen Schlafgewand der Hochzeitsnacht kam sie lachend, tanzend. Auf den ersten Blick wußte ich: Sie war wahnsinnig. In der Hand trug sie einen Leuchter mit drei Kerzen. Sie ließ ihn fallen, die Kerzen erloschen. Sie hob den Kopf, sah starr empor, ganz starr, tat nicht die Augen weg, bewegte sich nicht – und ich wußte: sie sieht mich an! Schauder um Schauder durchfuhr mich! Sie fing an zu singen und ließ mich nicht mehr mit ihrem Blick los. Hier suchte sie, was sie verloren hatte, hier oben!

Für sie, ebenso wie für mich, mußte dies fernste Ferne sein. O Gesang ohne Ende damals! Dann aber neigte sie sich, weil sie das Gewicht ihres Blickes nicht mehr tragen konnte, wie zu einem heimatlichen Bach nieder und spiegelte, während Harfe und Flöte sie stützten, ihr Antlitz zum letztenmal im Wasser. Ich verließ das Theater. Unsinnige Worte sprechend rannte ich bis zum Morgen durch die Stadt, geriet in abgelegene Gassen, auf unbeleuchtete Brücken, in verrufene Viertel.

Weiber, die mich sahen, kreischten und lachten: »Mönch, Mönch!«

Betrunkene stießen mich grölend an, ein Stadtpolizist drehte sich kopfschüttelnd nach mir um. Dies und mehr sah ich. Erst am Morgen kam ich in meinen Gasthof.

Die Marktweiber bekreuzigten sich ehrfürchtig, als sie mich sahen.

III

Rede eines Opernfreundes

Ich besuchte von nun an jeden Abend dieses Theater. Viele wunderbare Stücke hörte ich. Noch heute erfüllt mich ein sanftes Glück, wenn ich die Titel vor mir hersage: ›I Puritani‹, ›La Favorita‹, ›Norma‹, ›Il Pirata‹, ›La Straniera‹, ›Beatrice di Tenda‹, ›Don Pasquale‹, ›Maria di Rohan‹, ›Anna Bolena‹, ›Elisir d'Amore‹, ›Lodoiska‹, ›Medea‹, ›Fernando Cortez‹, ›La Sonnambula‹. O, ich sah sie in fünfzig Erscheinungen. Als Bauernmädchen trug sie einen hohen Kopfputz über den blonden, gepreßten Flechten, ein Mieder mit Goldschnüren, rote Strümpfe und ganz kleine schwarze Schuhe; sie schwebte in der Tracht der unnahbaren Prinzessinnen und Gräfinnen und sank in die süßen Falten ihrer Gewänder, wenn sie sich nach einer begeisterten

Arie selbst den Tod gegeben hatte. Dem Zigeunermädchen hingen zwei schwarze Zöpfe in den Nacken; es tanzte mit der Schellentrommel und hatte feine aber zerrissene Strümpfe an. Unverwandelt blieb sie in allen Verwandlungen, selbst wenn sie als Indianerin und Negersklavin aufs Meer hinausspähte.

Immer aber fühlte ich, daß ihr Blick mich suchte, mich, den sie nie sehen konnte, ich fühlte es, wenn ihre Stimme sich erhob und die klirrenden Tropfen vom weißen Gefieder schüttelte. Welche furchtbaren Bilder hatten in der Klosterzeit meinen Geist verunreinigt. Meine Lüsternheit hatte vor der Vorstellung von aufgeblähten Leichnamen nicht haltgemacht. Nun war diese Verfluchung von mir abgefallen. Die reinste Flamme brannte in mir. Ich ging immer in einer sanften Ermüdung, von einem zärtlichen Schmerz durchbohrt und nur von einem Wunsch beseelt, mein Blut insgeheim in einer unerkannten Opfertat zu vergießen. So darf nur die Jungfrau geliebt werden, wie ich diese Sängerin liebte, die allabendlich aus dem Unbekannten, aus dem Nichts, aus der regnerischen Weltnacht in ein unnatürlich rosenrot und blaues Licht tauchte, um dann im Arm irgendeines gepanzerten Mannes ihr Leben auszuhauchen.

Sie hieß mit ihrem ersten Namen Lelia.

In dem kleinen Theater war ich bald sehr bekannt. Ein Kuttenträger allabendlich auf der Galerie, das war auffallend. Ich war in Gefahr, als Flüchtling entdeckt und vor ein geistliches Gericht gestellt zu werden. Doch ging ich in undurchdringlichen Traum gehüllt. Und der Traum ist immer eine sichere Tarnkappe für den Träumer. Ein wahrhafter Träumer hat die Gabe der Unsichtbarkeit. Noch eine andere Gabe hat der Mensch, der in starke Träume verfangen ist; er erweckt Sympathien, wie jeder, der nicht aus dem Stoff der Neunmalklugen gemacht ist, ihre Kreise nicht stört, und insgeheim von ihnen für einen harmlosen Dummkopf gehalten werden kann.

Die Theaterdiener und Garderobefrauen hatten eine Zuneigung zu mir gewonnen, grüßten mich freundlich und ließen mir manche Vergünstigung zukommen. Ich war für sie ein Theaternarr. Das aber war ich auch für die, die es wirklich waren. Es verging kein Abend, ohne daß ein Dutzend Menschen, laut und wie zu Hause, auf den Stehplätzen der Galerie sich versammelte. Zumeist waren es junge Leute in spiegelnden Anzügen, aber mit sehr bunten Krawatten und flatternden Taschentüchern in der Brusttasche. Doch sah ich auch zwei ältere Männer darunter und eine alte Jungfer. Einer dieser gesetzten Leute kam gewöhnlich erst knapp vor dem Dunkelwerden, atemlos, und wenn er sah, daß das Spiel noch nicht begonnen hatte, mit der glückseligsten Miene, keinen Ton versäumt zu haben. Er verschnaufte; seine Glatze, die jetzt erst Zeit hatte, feucht zu werden, glänzte, dann streifte er den Lederärmel des Kontorschreibers ab und harrte mit durstigem Gesicht der ersten Note. Er war milde begeistert und dankbar. Niemals hörte ich ihn mit einem Sänger oder einem Stück übel zufrieden sein.

Sein Gegensatz war ein alter Buckliger, der als erster täglich die Galerie betrat. Er war stets voll Unmut, von jedem Sänger entsetzt, durch jede Nummer gequält und wenn das ganze Haus in rasenden Applaus ausbrach, wiegte er höhnisch den Kopf und sparte nicht mit bösem Gelächter.

Eines Abends, während einer Pause, sprach er mich an: »Mein Herr, Sie sind Priester. Das ist ausgezeichnet! Sie sind Kunstenthusiast. Das ist noch besser! Ich fühle brüderlich mit Ihnen. Sie, der Sie an die reinen seligen Stimmen des Kirchenchors gewöhnt sind, was müssen Sie unter dem Geschluder dort unten leiden! Ich für meinen Teil fahre ununterbrochen aus der Haut. Kannten Sie Rubini? Ah! Sie haben ihn nicht gekannt. Ich sage Ihnen und dulde keine Widerrede: Rubini war Gott. Für mich war er Gott. Wer Rubini zu hören begnadet war, wie könnte der die Brutalitäten dieser platten Kulissenreißer ertragen! Welch ein markloses Piano haben diese Banditen, welch ein widerliches Falsett! Wie unfein sind ihre Übergänge, ihre gemischte Stimme wie unhimmlisch! Gewiß, die gute Deklamation darf sich nicht streng an den Rhythmus halten. Ihre Freiheit aber muß taktvoll sein, gütig, voll Rücksicht. Und das Rezitativ? Schauerlich, wie sein vornehmer Sinn in Verfall gerät! Es ist keinesfalls eine dramatische Aushilfe, wie die Stümper meinen, die armselige

Schnur, an der die ›Perlen‹ sich reihen. Das Rezitativ ist die schweigende Sphäre vor dem Gewitter. Es ist die gespannte Windstille der Seele, welche die unendlich selige Qual der Cavatine und der Stretta nahen fühlt, zugleich aber ist es auch die Selbstbesinnung der Oper, mein Herr, die köstliche Ironie, die keinem Kunstwerk fehlen darf. Was aber weiß eine Zeit, die ganz lustig in der Folterkammer der Freigeisterei und des Materialismus steckt, von der Ironie? Ironie heißt der schamhafte Liebesblick des höchstorganisierten Menschen, dessen gottnahes Bewußtsein niemals erlöschen kann, der mit einem Fuß auf der Erde, mit dem anderen aber auf jenem archimedischen Punkt steht, von dem aus er die Welt bewegt. Ironie ist die Begabung der Heiligen, auf dem Scheiterhaufen zu lächeln, ist die Gnade, nie ganz irdisch sein zu müssen! Ohne Ironie ist ein Kunstwerk plump, wahnbetört, klobig und mit Kotstiefeln auf der Erde haftend! Denn Ironie ist das Bewußtsein, daß aller Schmerz, alle Liebe, alle Rache, aller Mord, aller Überschwang nicht das ist, was es bedeuten will, einer geliehenen Maske gleicht, eine Einbildung ist, ein rasendes Karnevalspiel, um über die wahrhaftigste Realität unserer Seelen hinwegzutäuschen, über den Gedanken des Todes und den der zerbrochenen, doch nicht enträtselten Chiffre, die wir bald sein werden. – Und sehn Sie, vom Standpunkt der Ironie aus muß man die Kunstform der Oper betrachten! Diese Stretten, Kabaletten, Duetten, Terzetten, Ensembles, Finalis, Balabillen, Triumphmärsche, Aufzüge, Arien, Cavatinen, – sie lächeln durch die Schönheit der Melodie hindurch über das Leben, das sie verzerrt und töricht darstellen. Was wollt ihr denn, ihr Realisten und aufgeklärten Wahrheitsfanatiker, das Leben ist unsinnig. Sinnvoll allein ist der Gesang, die sich besinnende Seele, die über dem Getümmel schwebt.

Kläglich! Kläglich!

Allerorten beginnen sich die Spießbürger und Pedanten über die Oper lustig zu machen. Sie brächte lächerliche Konflikte auf die Bühne, sprechen sie, sie wäre ein Zerrbild des Lebens! Daß aber ihr Leben ein unsinniger Operntext, ohne die Musik dieses göttlichen Vincenzo Bellini aus Catania, ist, das wollen sie nicht begreifen.

Und gar die deutschen Musik-Kleinbürger, die sich blähen! Da schreibt einer in einer Revue, die ihre Leser zum Tode durch Langeweile verurteilt, die italienische Orchestermanier gleiche einem schwindsüchtigen Ziegengemecker, ein andrer spottet über eine banale Riesenmandoline.

Nun, sie werden die Akkorde dieser Mandoline durch die Arpeggien ihres chromatischen Backfisch-Instruments, des Pianoforte, ersetzen.

Die catanische Luft hat zu wenig Fett für sie. Mein Gott, sie werden sie mit ihrer Kontrapunktik gehörig einräuchern. Denn Menschen, die keine Freude empfinden können, leben davon, Freude zu vergällen.

Jüngst traf ich einen dieser Adepten! Er behauptete, die menschliche Stimme dürfte in der Musik keinen höheren Rang einnehmen, als die Stimmen aller anderen Instrumente, die ihr gleichwertig seien.

Wie mich dieser triviale Bursche empört hat. ›Ihre Worte‹ – ich schrie ihn an – ›sind mir der bündigste Beweis dafür, daß Gott dieses Zeitalter verflucht hat, ihn nie und nirgends zu erkennen. Sie sprechen die musikalische Theorie des Atheismus, der Religionsfeindschaft, des Materialismus, der Koprophilie aus.‹

Wissen Sie, was die Instrumente von Holz und Blech bedeuten, mein Lieber?

Sie bedeuten die Stimmen der Natur, der unvernünftigen, passiven Natur. Die Stimmen der Wiesen, der Flüsse, der Stürme, der Vulkane, des Meers! . . .

Kennen Sie aber den Sinn der menschlichen Stimme?

Nein, Sie kennen ihn nicht, Sie unglückseliges Kind des Chaos.

Die menschliche Stimme bedeutet die Idee der sittlichen Freiheit, die Sehnsucht des Menschen nach dem Herzen Gottes. Ihre Skala ist die leibhaftige Jakobsleiter, auf der die Engel auf- und niedergleiten. Schon die Sprache, das Wort ist das einzige unwiderlegbare Mittel des menschlichen guten und freien Willens.

Und wie erst, wenn sie die Sorgen der Küchen, Schlafzimmer und Wirtshäuser verläßt – und singt.

Ist der Gesang nicht das heiligste Symbol der einsamen Zwiesprache zwischen Gott und Mensch?? Das Wort beugt sich vor dem Gesang wie ein lebenslänglich verurteilter Sträfling in seiner Zelle vor dem einzigen Sonnenstrahl zur Mittagsstunde.

Das Wort ist ein armer Sünder, ins Zuchthaus seiner Aussage gesperrt, aber der Gesang, stark wie Simson, zerbricht die Säulen des Hauses und trägt mit unbesiegbaren Armen den armen Sünder empor.

Das gesungene Wort sagt nicht mehr seinen geliehenen eindeutigen Sinn aus, sondern seinen einen tausenddeutigen und eigentlichen! Es ist darum fast gleichgültig, ob ein Mann im Kostüm: ›Verruchtes ungetreues Weib‹ oder etwas anderes singt.

Die Ironie lächelt über die Schalen der Worte, die zurückbleiben, während der unsagbare Sinn aufwärtsfährt. Je leichter und vergänglicher diese Schalen, um so besser! – Jetzt aber fangen sie an, Philosophie zu komponieren, und setzen Systeme in Musik und vertonen die Blähungen ihrer Weltanschauung. Der Effekt ist, daß kein Geist zum Himmel fliegt, und sehr viel geistreiche und schlecht gereimte Worte unter den Soffiten liegen bleiben.

Sie sind Priester, mein Herr, und Kunstenthusiast, Sie werden mich verstehn. Daß der Gesang, das Merkmal kunsterfüllter Zeitalter, zugrunde geht, erkenne ich an jenen profanen Kehlen dort unten. Der Sänger muß seine Kehle heiligen, wie der Prophet seinen Leib! Statt dessen nimmt diese unangenehme meckernde voce bianca der Provinz überhand.

Nicht mehr wird sich die Menge drängen, die Füße eines Rubini zu küssen; die aufgeklärten Quäker-Seelen werden den Komödianten, der kein Wonnebringer mehr ist, entthronen, das heißt zu ihresgleichen machen.

Der Bel canto wird abgelöst von dem sentimentalen Fuselton nordischer Turnlehrer und Schankgehilfen, die ekstatisch mit den Armen rudern, in falscher Keuschheit die Augen verdrehn, Bärengeheul in der Kehle und für keinen Pfennig Rhythmus im Leib und Takt in der Seele haben.

Und, sehen Sie, – ich trete mit dem Bel canto vom Schauplatz der Welt ab, denn auch ich gehöre noch zu der alten Schule von Narren, denen das Theater ein einziges und köstliches Lebensglück war. O Rubini, Rubini.«

Die Wangen des Buckligen waren blutrot. Er nahm mich unter den Arm, und mit leiser Stimme, die einmal sehr schön gewesen sein mußte, begann er:

»Tombe degli avi miei.«

Er brach ab, drückte mich wild und sagte: »Ich wäre berufen gewesen, wie keiner! Aber Sie sehn, meine Figur entspricht nicht den Anforderungen der Bühne.« Es klingelte. Die Pause war zu Ende. Bevor wir in den Saal traten, hielt er mich ein wenig zurück und bemerkte: »Mein Urteil war zu hart gewesen. Es gibt noch einige Koryphäen, die es getrost mit den Großen der Vergangenheit aufnehmen können. Hauptsächlich um einer dieser Begabungen willen besuche ich die Schmiere hier.«

»Wen meinen Sie?« fragte ich.

»Madame Lelia«, gab er zur Antwort.

Ich habe versucht, mich all seiner Reden zu erinnern. Denn ich sprach noch oftmals mit ihm. Viel von seinen Bemerkungen über Musik habe ich vergessen, denn ich war in dieser Kunst damals noch ein rechter Gründling.

Er hieß Kirchmaus.

IV

Doktor Grauh

Jeden Abend gleich nach der Vorstellung eilte ich so schnell ich nur konnte aus dem Theater und stellte mich vor der Bühnentür auf. Eine Menge von Menschen schien gleich mir auf die Schauspieler zu warten. Ich wußte, jetzt legt sie ihr glänzendes Kleid ab, tut von ihrem Antlitz Farbe und Ruß und zieht die Schuhe an, in denen die Menschen über die Straßen gehn. Bühnenarbeiter und Choristen traten laut plaudernd aus dem Haus und gingen schnell davon. Jedesmal, wenn die Tür sich öffnete, glaubte ich für einen Augenblick in ein großes und wimmelndes Geheimnis sehen zu dürfen. Es kamen sehr bald auch jene Darsteller, die nur kleine Rollen zu singen hatten, wie Bauern, Notare, Söldner, Pfarrer, Duennen und alte Weiber. Sie sahen schäbig aus. Die Männer hielten Tücher vor den Mund, die Frauen hatten abgesorgte Gesichter und trugen längst schon räudige Ledertaschen in der Hand.

Die wartenden Müßiggänger warfen ihnen Scherzworte zu, gutmütig und beleidigend. Sie riefen »Bravo« und »Das hast du heute gut gemacht«. Ein Spaßvogel sang dann mitunter mit übertriebenem Ausdruck die längste Phrase des Partes einer dieser Episodisten:

»Vor der Tore Eisengittern
Steht der König mit den Rittern.«

Gelächter belohnte ihn. Aber der Verhöhnte preßte das Taschentuch gleichgültig an den Mund, und ohne nach rechts und links zu blicken, eilte er weiter.

Vor der Bühnentüre stand immer eine Equipage. Die Peitsche war überm Bremsrad am Bock aufgepflanzt, aber der Kutscher saß drüben in der Schenke, die sich »Zur Grotte« nannte. Männer in blauen Kitteln trugen riesige Blumenbuketts, an denen Schleifen hingen, aus dem Theater und legten sie ins Kupee.

Ich wußte, das war der Wagen Lelias. Immer bänger klopfte da mein Herz und mein Mut verließ mich.

Hatte mich wirklich ihr Blick gesucht? Wer war ich?

Ein armer Lump, ein davongelaufener Mönch, der unheiligen Sinnes in der Nacht sich hervorwagt.

Und sie? Eine Equipage wartete ihrer. Zu ihren Füßen schmachteten die Großen des Lebens, die ausgewitzt und wohlbewandert in den Erfahrungen der Genüsse über den Häuptern der ewig Sehnsüchtigen dahinschreiten. Würde sie mich ansehn, mich erkennen? – Und wenn, wäre das nicht furchtbar?

Was soll diese große Künstlerin mit mir, diese tausendfältige Erscheinung, – und was soll ich mit ihr?

Geziemt es mir, in ihre Welt zu treten? Trug ich nicht, trotz des furchtbaren Sakrilegs, die Weihe noch immer auf mir? Die Nächte der Züchtigung, der ins Fleisch gebohrten Fingernägel, die Fasttage, die Abende, da ich im Leben der Heiligen las und der Widerschein des Scheiterhaufens wie eine ferne Morgenröte auf meiner Stirn spielte. – War das auszulöschen? – Nein! – Ich war gefallen und in den Abgrund gestürzt. Aber da ich schon die Erscheinung des Weibes lieben muß, so soll es geheim und von ferne geschehn! Ich will diese warme Lampe in mir tragen, sie nicht verraten und versuchen, so gut ich kann, zu leuchten, ohne ihr Öl umzustürzen und daran zu verbrennen.

So sprach ich (doch immer voll Zweifel und mit dem Vorwurf der Feigheit) zu mir und verließ, ehe noch der Kutscher aus der Schenke zurückgekehrt war, den Ort.

Eines Abends – man hatte gerade ›Hernani‹, das Werk jenes Meisters, der später so viel Ruhm ernten sollte, gegeben – stand ich wieder in schwerem Kampf mit mir selbst vor der Bühnentüre. Da erblickte ich Herrn Kirchmaus unter den Wartenden. Er sprach mit einem Mann, dessen Anblick mich sogleich anzog. Eine schmale Gestalt nach vorn gebeugt, mit Innigkeit und eifrigem Kopfnicken zuhörend. Der Mann trug einen olivengrünen hochgeschlossenen Rock und stand wie durch angestrengtes Denken hilflos und knieweich da. –

Er hatte weiches, dichtes, zurückgekämmtes Haar, den Hut trug er in der Hand, und man konnte im Gaslaternenschein nicht sehn, ob es blond oder grau war. Eine riesige Nase saß ihm im Gesicht, die einen scharfen Schlagschatten über Mund und Kinn warf.

Jetzt stieß ihn Kirchmaus an, sagte etwas und deutete auf mich. Die beiden setzten sich in Bewegung und mir war's, als ginge auf mich hüpfend, erdungewohnten Schrittes, ein gerupfter Adler zu.

»Mein Herr«, sagte der Bucklige, »dies hier ist Doktor Grauh. Ich freue mich, diese Bekanntschaft vermittelt zu haben.«

Er sah geheimnisvoll drein, grüßte und machte sich davon. Ich fühlte meine Hand sehr lange von einer anderen, etwas fiebrischen festgehalten.

Zwei abwesend tiefe blaue Augen sahen mich an, als wäre ich eine staunenswerte Landschaft. Das Gesicht, aus dem sie blickten, war faltig, verfallen und doch nicht alt.

Doktor Grauh sprach noch immer nichts. Sein Mund stand offen. Ich sah, daß ihm viele Zähne fehlten, dennoch war dieses Gesicht von großer Schönheit.

Plötzlich zuckte er zusammen und sagte: »Gehen wir.«

»Gehn wir, gehn wir«, rief auch ich, froh, wieder der Gefahr dieses Ortes entronnen zu sein.

Schweigend gingen wir lange nebeneinander. Von Zeit zu Zeit sah mich der Fremde an, und ich bemerkte in seinen Blicken eine Zärtlichkeit, die ihren Gegenstand verloren hat.

Er, der Mensch, der doch in Schulen gegangen war, die Universität besucht hatte, gewiß mit Frauen vertraut war, – er schien verlegener zu sein, als ich, – der Mönch, der ungeübte Mensch! Er faßte meine Hand nochmals. »Ich bin froh, Ihnen begegnet zu sein! Ich glaube, wir werden einiges voneinander haben können. Sie sind Kleriker – wie ich sehe, und wie mir Herr Kirchmaus erzählt hat, einer von der nicht gewöhnlichen Art. Ich selbst – ich bin so etwas wie Religionsphilosoph.«

Ich erwiderte den Druck seiner Hand.

Von diesem Mann ging eine große Wirkung auf mich aus.

»Ich habe Sie schon einmal gesehn«, fuhr er fort. »In einer Nacht. Sie standen auf der Brücke und sangen immerwährend ein unverständliches Wort zum Fluß hinunter. Damals wußte ich gleich, sie gehören zu uns. Wir wenigen müssen uns sammeln und zueinander stehn.« Das letzte sagte er ganz leise. Er nahm im übrigen oft die Art eines Verschwörers an. Sein Gang war federnd, doch nicht so wie bei gesunden, kraftvollen Menschen; einen Augenblick hatte ich das Gefühl: So geht einer, der nicht wagt, sich umzusehen, so geht leicht auf den Zehenspitzen in der Nacht ein Mörder aus dem Zimmer, wo sein Opfer verblutet.

Wir blieben vor einer Gaslaterne stehn, um die tausend Nachtfalter taumelten.

Kaum aber trat Grauh ins Licht, so lösten sich die Schmetterlinge von der Laterne und tanzten um seinen Schädel. Das schien ihm Vergnügen zu machen.

»Sehen Sie«, sagte er, »das geht mir immer so.«

Dann zog er eine Dose aus der Tasche und nahm eine Prise. Ich sah aber genau, daß, was er schnupfte, kein Schnupftabak war.

Es blitzte, ein Gewitter begann durch die Nacht zu rollen.

Doktor Grauh war davon belebt. Er lächelte immer wieder und nickte mir zu.

»Auch ich liebe die Gewitter«, sagte ich.

»Wirklich! Wirklich!« Er wollte mich fast umarmen. »O, ich liebe allen Donner, alles Getöse, jede Feuersbrunst, jede Hochflut, die brüllende Menge!

O, ich liebe den Weltuntergang!

Schon als Kind stand ich stundenlang am Fenster und sah scheu zum Himmel, ob sich nicht bald die riesenhaft wachsende Scheibe eines fremden furchtbaren Sterns zeigen würde.

Manchmal war die Sonne rot und welk.. Ich erwartete zitternd und voll Triumph an meinem Fenster die apokalyptische Katastrophe!«

»Und doch« – als ich das sagte, schämte ich mich ein wenig meiner Salbung – »zuerst Feuer, dann Erdbeben, Sturm und zuletzt das zärtliche Säuseln.

Das Gericht ist nur das Vorspiel der Liebe!«

Er machte ein bedenkliches Gesicht.

»Sie zitieren hier jenen Propheten, den ich hauptsächlich dafür verantwortlich mache, daß die Menschheit auf eine verkehrte Bahn geraten ist.

Den Propheten Elia!«

»Ja, ihm, dem furchtbaren Knecht, offenbarte sich Gott im Windhauch!«

»Welch ein Widerspruch«, schrie Doktor Grauh.

»Dieser mörderische Oberste, der seine Kinder, wenn es ihm paßt, durch sein Feuer, das die Propheten herunterbeten, vernichtet, dieser Sklavenhalter offenbart sich in Sanftmut? Ein rechtes Stück scheinheiliger Zeloten-Heuchelei!«

Ein Platzregen brach los.

»Treten wir in diese Weinstube«, sagte der merkwürdige Mensch, »ich habe Lust, Ihnen meine Anschauungen über dieses Thema auseinanderzusetzen.«

V

Die Satanische Genesis

Es war eine niedrige, verrauchte und kleine Wirtshausstube, in die wir uns vor dem Regen flüchteten. Unter einem vergitterten Erkerfenster mit blinden Scheiben stand ein Tischchen. Hier setzten wir uns nieder. Der Wirt brachte einen Leuchter und stellte ihn vor uns hin. Sogleich sammelte sich wieder eine Anzahl der verschiedenartigsten Insekten, tanzte zuerst um das Licht und dann um den Kopf des Doktors Grauh, vor allem Fliegen, die ein großes Gesumme machten. Es wurde uns eine Fiaske braunen achaischen Weins vorgesetzt. »Glauben Sie nicht«, begann Grauh, »daß ich vorhabe, Sie mit den Marotten eines Gelehrten zu langweilen. Im Sinne jener Wissenschaft, die Klassifikation für Erkenntnis und die Setzung eines Namens an Stelle eines andern schon für Einsicht hält, bin ich kein Gelehrter. Ich will Ihnen einen sehr wichtigen Schlüssel in die Hand drücken, gerade Ihnen!«

»Warum gerade mir?« fragte ich.

»Sie sind mir im Geiste verkündigt worden«, gab er zur Antwort.

Bei diesen Worten stieg eine Welle von Sympathie für diesen Menschen in mir auf. Ich sah jetzt erst, wie streng zerstört und wunderschön sein Gesicht war. Das Haar, nicht blond, nicht grau, fiel ihm melodisch in die Stirne.

Er trank ein wenig aus seinem Glas, schnupfte, doch ohne den Inhalt seiner Dose zu zeigen, zog eine andre Dose aus der Tasche und drehte sich hastig eine Zigarette. Sein Blick glitt von mir ab. Er starrte abwesend und mit offenem Mund auf die Tischplatte, auf der eine kleine Lache vergossenen Weins Form zu finden suchte. Plötzlich fragte er unvermittelt:

»Sie haben noch nie ein Weib berührt?«
Ich errötete und konnte nichts sagen.
»Und – Sie haben als ein die Sakramente zu spenden Geweihter – das Sakrileg der Wollust begangen?«
Ich errötete noch tiefer und begann zu zittern, während er langsam die Augen zu mir aufschlug, ohne jedoch seinen Blick auf mir ruhen zu lassen.
»Sehr gut – sehr gut – sehr gut.«
Er wiederholte diese Worte immer wieder mit dem Ausdruck eines Knaben, dem eine Rechenaufgabe gelingt.
Er zündete sich die Zigarette an und während ich noch immer nicht fassen konnte, daß sein Auge von meinem Antlitz das schwere Geheimnis hatte ablesen können, neigte er sich nahe zu mir und hob an:
»Sie sprachen vorhin von der Offenbarung des Propheten Elias. Nun, Elias ist die zweite Inkarnation jenes Wesens, dessen erste Inkarnation Henoch und dessen dritte Inkarnation Christus ist. –
Jenes Wesen inkarniert sich in solchen Zeiten, in denen der, so ›Herr‹, ›Herr der Heerscharen‹, ›Höchster‹ genannt wird, in Gefahr der Entthronung ist.«
Mir war, als ich diese Blasphemie hörte, als müßte ich aufspringen, meine Kutte raffen und davonlaufen. Aber die knabenhaft hastige und gütig eindringliche Stimme machte, daß ich die Poren meiner Natur durstig öffnete, um den Regen dieser Worte aufzusaugen.
Doktor Grauh fuhr indes fort, während er manchmal, um seine Rede zu bekräftigen, mit seiner fieberfeuchten Hand die meine packte und ich, um die pochende Gegenstimme in mir zu betäuben, mein Glas immer wieder leerte.
»Das dialektische Gegensatzpaar der Welt, das sich auch im Geiste jenes Versuchs, der ›Mensch‹ heißt, manifestiert, bezeichnen wir als Einheit und Vielheit.
Die typisch menschlichen Gedanken der Zeitalter setzen die Einheit als das Ursprüngliche und Endgültige.
So sagt das ägyptische Totenbuch:

›Ich-Bin (und das ist ein Wort) der ursprüngliche und einheitliche Gott, der all seine Feinde niederringt.‹ Und Paracelsus sagt: ›Aller geschaffenen Dinge, die da im zersprenglichen Wesen stehen, ist gewesen ein einziger Anfang, in dem beschlossen ist alles Geschöpf.‹

Warum ich diese Gedanken typisch menschlich nenne, werden Sie sogleich erfahren. Ich halte mich an die hebräische Version der Kosmogonie, denn im großen und ganzen stimmen alle Kosmogonien, wie sie den Menschen offenbart wurden, überein.

Der Wendepunkt der dämonischen Schöpfungsgeschichte tritt in dem Augenblick ein, da El die ihm gleichwertigen und gleichewigen Dämonen, die Elohim, besiegt, unterjocht und in seinem eigenen Namen vereinigt. Und diese Stunde der zu ungunsten der Vielheit entschiedenen Gigantomachie, oder christlich gesprochen die Stunde des Sturzes der Engel, ist nicht nur die Stunde der Errichtung des Gegenthrones, sondern zugleich auch die Geburtsstunde des Menschen.

Der Sinn dieser Stunde ist aber also zu begreifen. Die Schöpfung war bis zu jenem Staatsstreich die ineinanderwirkende und durcheinandertanzende Harmonie der ewigen und koordinierten dämonischen Wesen, deren Lebensregung je ein statischer Gedanke, und deren Gedanke je eine Form war.

Die Natur mochte damals ein unendlicher Formenschatz unsterblicher Gestalten gewesen sein, von deren Artung wir natürlich keine Vorstellung haben, aber wir dürften nicht irregehen, wenn wir annehmen, daß der Formenschatz der uns bekannten Natur, die in die Verweslichkeit verbannte Perversion der ursprünglichen dämonischen Gestaltenwelt ist. Die heidnischen Religionen sehen ja in jeder vegetativen Form, in Berg, Baum, Quell und Tier die streng unterschiedliche Gottheit.

Nun aber naht die Stunde für diese triebhafte selige urmusikalische Bewegtheit der ewigen durcheinander wandelnden Formgedanken.

In einem dieser Dämonen, und zwar in jenem, dessen Gedankenkraft sich nicht in einer Form erlösen kann, in jenem, den wir den Dämon des Geistes, der Erkenntnis, der Besinnung nennen könnten und den ja der Apostel in der Tat auch λογος nennt (denn er verfügt gleichsam wie ein Minister ohne Portefeuille nicht über eine Realität, mit der er identisch wäre), in diesem Dämon erwacht die Unruhe der mangelnden Identität mit sich selber wie ein elektrischer Strom, und dieser Strom drängt nach Betätigung.

‹Bewußtsein seiner Überlegenheit über die andern schlafend hinwandelnden Brüder, Hochmut seiner Abstraktheit erfüllt diesen Geist, und im Nu erwacht in ihm der Machttrieb, der Wille zu herrschen, im Triumph der Erste zu sein und er tritt aus sich heraus; die Bruderdämonen, aus dem Schlafe geschreckt, wissen nicht, was mit ihnen geschieht, ihre Gedanken, die Formen der Natur, sinken, von dem magischen Gewicht der Gravitation gepackt, nieder, verwelken und verwesen, während sie selbst gestaltlos und vergewaltigt im Kerker des Namens Dessen irren müssen, der sich von Stund an der Herr der Heerscharen nennt und sein Regiment auf den Polizeigewalten des Schreckens und der Gnade nolens volens errichten muß.»

Ich sprang auf, der Atem schwand aus meiner Kehle, ich rief in meiner Seele »Exorceo«, aber die unselige Sympathie für dieses Gesicht und der seltsame Durst, solche Worte zu hören, zwang mich auf den Sitz zurück.

Indes war das Gesicht Grauhs fahl und leblos geworden. Die Augen waren blicklos, die Unterlippe schlaff, die Hände von greisenhaften Adern durchzogen.

Doch er nahm wieder eine Prise und das Leben kehrte in ihn zurück, während er zu reden begann. »Erste Ursache! Unidentität in sich selber. Und jetzt die Deszendenz der Folgen!

Der Wille zur Macht als Ursünde, die sich im Menschen als Erbsünde spiegelt. Die Errichtung des Gegenthrones von jenem Dämon, durch den der Sieger in der präexistentiellen Welt polar balanciert war und der das wahrhaft gute Prinzip darstellt, er, der Licht- und gepriesene Freiheitsbringer! Dann die Erschaffung des Menschen, dieses einzige und eigentlichste Werk jenes Höchsten, denn der Mensch trägt in sich den Urfluch seines

Schöpfers, die Disharmonie in sich selbst und ebenso die Ursünde seines Schöpfers, den Wachstumshunger des Ichs, welcher sich auf Erden in den Millionen Formen der zur Sexualität verdorbenen Urliebe zeigt.

Jener Schöpfer mußte aber den Menschen schaffen, den Menschen oder das weltwiderstrebende Wesen. Er hatte das All aus der Balance gebracht, verwüstet, die ewigen Formen waren der Gravitation, das ist dem Tode, verfallen, die vergewaltigten Bruder-Geister wehklagten im Verlies seines Namens, bis auf einen, der ununterjochbar ist, weil Er die andere Wagschale Seiner Selbst bedeutet, – Er, der gebenedeite Ankläger! Ja, Er mußte den Menschen erschaffen zur Rechtfertigung seiner eigenen Person, und so ist das Mysterium zu verstehen, daß der Mensch aus einem Lehmkloß erschaffen ist, das heißt, nicht einen dämonisch-organischen Gedanken darstellt, wie alle anderen zur Sterblichkeit verurteilten, doch einmal harmonischen Formen, sondern ein abseits von der gesamten Natur erzeugtes Paradigma bedeutet, das sogenannte Ebenbild. Ja, das Ebenbild seines Schöpfers, denn er trägt sein Siegel der Disharmonie und Eitelkeit. Die Erschaffung des Menschen ist eine pseudoschöpferische Tat. Er ist ein Ragout aus einigen Eigenschaften der zu sterblicher Natur gewordenen Urformen (Dämon-Gedanken) und aus einigen Attributen des dämonischen Wesens, wie es zum Beispiel die Aufrechtheit ist.

Die Naturwissenschaft nimmt neuerdings das sogenannte Missing link, das verlorene Glied, in ihrer törichten Deduktion der Formen an. Wohlgelungen und doch nicht ganz gelungen ist der Betrug, den gefährlichen Revolutionsstoff, die Vielheit, wegzuheucheln, eine scheinbar einheitliche Kette, die Entwicklung zu systemisieren und statt des einzig wahren statischen Polytheismus einen dynamischen Monotheismus als Wahrheit auszuposaunen! Wahrlich, geschickt ist der Mensch, dieses Werk eines Mechanikers, in die Erscheinung gestellt, damit es der Fürsprech seines Erzeugers sei. Aber der Raum, den dieses Missing link einnimmt, der Raum, der zwischen der vegetativen Natur und der Natur der Götter liegt, dieser Raum, in dessen Mittelpunkt wir klägliche Backofenprodukte stehen, ist die Unendlichkeit selbst. Ja – ich rufe es laut, der Mensch ist ein unnatürliches Kunstprodukt, ein dogmatischer Golem, ein wahres Tyrannenwerk, nämlich eine mißglückte Rechtfertigung!«

Mir stand der Schweiß auf der Stirn. Vor meinen Augen tanzte der Raum. Ich sprang auf und schrie: »Du lügst, du lügst, selbst Kind Gottes, der seinen lieben Sohn dem schmerzhaften Tod hingegeben hat, uns zu erlösen.«

Ich konnte nicht weitersprechen. Die mildblauen tiefen Augen des Doktors Grauh ruhten lächelnd auf mir. O, ich hätte ihn umarmen und küssen mögen.

»Ja, – der Sohn und Mittler, das ist es eben«, sprach er. »Zur Zeit der harmonischen Urwelt lebte die Gesellschaft der Wesen in einer Form, die wir füglich den dämonischen Anarchismus nennen können, durch unseren Schöpfer aber wurde sie in die Hölle der abstrakten Autorität gestürzt. Und der Mensch ist da, dieser lehmige Paladin eines wankenden Thrones, er, dessen Atem schon Lustmord ist. Er fühlt nichts als seine Sündigkeit, nichts als den mechanischen Unsinn seiner Erscheinung und pietistisch lechzt er darum nach Erlösung, denn so verwandelt sich das, in seinem Munde immer wieder ihm ins Ohr geflüsterte Wort jenes erhabenen Anderen, des befreienden Lichtbringers, das da Vernichtung heißt. Manchmal aber wird der ›Erlösung‹ schreiende Kunstlehm durch die Einflüsterung des erhabenen Zwischenrufers wankend und schwach, und der Uhrmacher muß sein Werk neu aufziehn.

An einem mystischen Ort aber liegt die erste Tonfigur, Menschkonstruktion, die Idee bewahrt und es kommt immer wieder die Zeit, daß sie sich inkarniert.

Und dann heißt sie Elias und Christus.«

Mein Haupt fiel auf den Tisch und ich verschüttete den Wein.

»Ja«, fuhr Doktor Grauh fort, »der Mensch gerät als absoluter Fremdkörper und Fremdgeist in die Welt und diese Fremdheit erweist sich in ihm als die Gabe der Objektivität und Vernunft, die ihn über das übrige Wesen scheinbar erhebt und tatsächlich herrschen läßt. So herrscht die wurzellose Eindringlingsrasse, die Konquistadoren, immer über das sanfte Urvolk.

Der Mensch, der Fremdling, lebt aber in der Welt, die durch die Erhebung eines Geistes über die anderen Geister aus ihrer Harmonie gefallen und dem Tod anheimgegeben ist und er auch vermag in der Welt nur zu leben, indem er ihr Schicksal annimmt und sich ihr assimiliert.

Der erste Irrtum jenes Mechanikers war der, zu glauben, daß sein Adam in der Welt der Schwerkraft hätte unsterblich bleiben können. Nein! Dieser Adam mußte sich den Gesetzen der Fortpflanzung und des Todes anpassen. Aber indem er sich den Dingen, deren Ahnenreihe nicht auf einen ›Schöpfer‹ zurückgeht, anpaßte, ging etwas von ihrem heiligen Blut auf ihn über, er glich bald einer dem edlen Baum aufgepfropften Holzfrucht und entglitt immer mehr der Hand seines Herrn und Meisters. –

Aber wie er sich, sein Zwitterwesen beibehaltend, den ur- und ungeschaffenen Dingen nähert, zieht er die von diesen (in die Sterblichkeit verwunschenen) Dingen getrennten Dämonen an und die eingekerkerten Elohim beginnen sich in der Brust des Namens Dessen zu regen und zu klagen, der sie gefangenhält. Das aber ist für den Tyrannen die Stunde der Gefahr, denn die unterjochten Mächte rütteln an ihren Kerkerwänden und da greift er zu seinem Plan, zu seiner Figur, zu der an siebenmal verschlossenem Orte aufbewahrten Puppe und sendet sie hinab, die Menschen von der Verschmelzung mit der Natur zurückzureißen und an ihre Bestimmung zu mahnen, die da ist: Rechtfertigung ihres Schöpfers! –

Seinen Gesandten aber, den ›reinen Fall‹, nennt er ›Sohn‹, und läßt ihn nach Vollbringung der Tat im Feuer aufwärtsfahren, um ihn wieder am siebenmal verschlossenen Ort zu bewahren.« –

Ich versuchte ein Vaterunser zu beten. Aber der Wein und die furchtbaren Worte, die ich hörte, hatten mich betäubt, und ich vermochte es nicht. Doktor Grauh faßte wieder meine Hand:

»Ein solcher Gesandter ist der Prophet Elias, von dem Sie sprachen!

Und gerade mit der Geschichte jener Tage, in denen Elias auftritt, beschäftige ich mich zur Zeit. Denn in jenen Tagen war in der Welt der in einen Gottes-Namen verhafteten Dämonen eine dieser Krisen ausgebrochen, in welcher der mit den Attributen der Natur und des Geisterreichs ausgestattete Automat sich wieder inkarnieren mußte, um die Menschheit auf den Weg seines Beispiels zu führen. Die bezwungenen Götter drohten stark zu werden, sehnsüchtig riefen sie nach den Elementen, die einst ihre ruhigen und glückseligen Gedanken waren, der Widerpart war mächtig am Werke und sein Wahrheits-Wort führte gelinde die Fremdlinge, die Menschen, zur Einordnung in die Natur. Der Ruf nach Erlösung wurde immer schwächer, der Mensch verlernte den Willen, seinen Schöpfer zu rechtfertigen und die Welt nach seinem tyrannischen Bild zu gestalten. Jener Höchste wütete, als er sah, daß die Feindschaft erstarkte und sein Zeuge, die geniale Konstruktion seiner Weisheit, sich in das andere Lager schlug. Er brütete Rache! Pest, Hungersnot, Seuche und Dürre waren seine Gedanken tagaus, tagein. So wollte er den Menschen, seinen meuternden Soldaten wieder in Gehorsam zwingen.

Solches aber geschah in den Tagen des Achab, Sohnes des Amri, Königs über Israel, wie es geschrieben steht im dritten Buch der Könige des Alten Bundes.«

VI

Die Pilgerfahrt nach Samaria

Das Licht auf unserem Tisch qualmte. Der Wirt kam mit der Schere und beschnitt es.

Ich besann mich! Warum war das priesterliche Kleid nicht wie Zunder mir vom Leib gefallen? Was hatte ich anhören müssen!!

O Nächte in meiner Zelle und du immer wiederkehrender Traum, wo der ewige Gott in seiner dreifachen Gestalt im Kern des Lichts mir erschienen war!

Dies aber war der böse Gott, der böse, herrschsüchtige, knechtende Gott!

Und ich mußte es glauben!

Ja, ich glaubte es. Zappelte ich in einem Netz von Verzauberung?

Warum liebte ich den furchtbaren Ketzer an meinem Tisch, warum erfüllte mich seine Stimme und sein Antlitz mit Freundschaft? War nicht alles, was er sprach, eine Malediktion Gottes und eine Benediktion über Satan?

Und ich lauschte ihr gierig, ja – mein Herz stimmte in sie ein? – Ich verworfener Mönch – dem keine Flucht, kein Stoßgebet auf der Lippe zu gelingen vermochte! Meine Glieder waren schwer von dem schweren, ungewohnten Wein. Ich sah Doktor Grauh an, der wieder aus einer seiner Erschlaffungen erwacht war und, den leidenschaftlich knabenhaften Blick auf meinem Munde, der nicht zu sprechen und zu antworten wußte, seine Rede fortsetzte.

»Um diese Zeit aber waren zwei jener Elohim, die im Kerker des Höchsten schmachteten, stark und kühn geworden. Mächtig zerrten sie an ihren Fesseln. Die Menschen dienten ihnen immer treuer und da in solchem Gottesdienst das Joch der abstrakten Autorität sich löste, gewannen die Menschen Wesen, Wahrheit und Freude!

Diese Dämonen hießen in der damaligen Sprache Baal und Astorath und waren besonders wert und hochgehalten vom Volke der Phöniker. Dieses Volk war eine Rasse der Ebene und des guten, frucht- und traumerzeugenden Mittelmeers.

Ihr Land wimmelte von großen Städten und da war vor allem Sidon, die große tempel- und parkreiche Stadt mit ihrem Markte, auf dem die Beute der tausend Seefahrten von Ophir bis zu den Bernsteinküsten des Nordens feilgeboten wurde. Ich sehe diesen großen Markt, der zehnmal so groß wie das forum romanum ist. In Buden aus feinstem Holze gezimmert, in Zelten von feurigen gelben und purpurnen Geweben stehn die Verkäufer und Verkäuferinnen. Die Männer tragen ein Gewand, das dem Burnus der heutigen Beduinen gleicht, doch ist es nicht von ausstrahlender Farbe des Wüstensands, sondern in allen scharfen und zarten Farben gehalten, und mit tausend geheimnisvollen

Sigeln, Runen und Zeichnungen übersät. Die Frauen, bis auf die Matronen, scheinen unter ihrem Peplon kein anderes Untergewand anzuhaben, als ein zartes Hemdchen von Byssus oder eine köstliche Webe, die aus den Fäden der großblütigen Pflanze gewonnen wird, die wie die Wasserrose oder der Lotos auf dem Spiegel der nächtlichen Seen schwimmt. Die Sonne ist grell und die Farben brennen. Zwischen den tausend Buden schiebt sich die schwatzhafte Menge. Auf den Schautischen, die durchschnittenen Hälse abwärts hängend, seltenes Wildbret und Geflügel, wohlarrangiert auf Lattichblättern und mit großen Stengeln der Petersilie bedeckt. Von anderen Ständen werden die erlesenen Glaswaren des Landes ausgerufen, tierische und pflanzliche Essenzen in großen Karaffen und winzigen Phiolen. Der Kaufmann zerbricht eine dieser Phiolen und sogleich verflüchtigt sich das mächtige und berauschende Öl über den ganzen Platz, daß die Menge in Beifallsrufe ausbricht und mit den Füßen stampft. Ein leibhaftiges Karussell ist zu sehn, eine Tribüne, auf der sich eine Truppe von Schauspielern, Tänzern, Schlangenbeschwörern und telepathischen Künstlern zum Auftreten bereit macht. Auf den ersten Blick erkennt man, daß diese Truppe zum großen Teil aus Juden besteht, die die breite Fahrstraße über den Libanon gekommen sind. Sie streiten miteinander; nur die drei Schlangenbeschwörer halten sich abseits und schweigen; sie gehören einem fremden recht dunklen Volk an.

Halt! Donner vieler Kesselpauken. Eine Prozession. Priester in gelben Stolen tragen große purpurne Fahnen voran. Das Volk drängt zu sehr. Ich kann den Zug nicht erkennen. Auch will ich meinen Blick von Sidon abwenden, südwärts hinan zu einem Bergland, dem armen halbwüsten Land, wo jener Empörer gegen die ursprüngliche Harmonie, Jahwe, seinen Sitz aufgeschlagen hat und zur Zeit sehr bedrängt ist. Gehn Sie und sagen Sie mir wo Sie sind und was Sie sehn!«

Schon lange sah ich das Gesicht und die Gestalt Grauhs nicht mehr. Das nun schon sehr herabgebrannte Wachslicht wuchs immer mehr und plötzlich war es die große unbarmherzige Sonne.

Ich weiß nicht, ob ich meine Erlebnisse dem, der mich in dieses Land sandte, noch während ich schlief, berichtete. Grauh wußte nachher alles.

Die Sonne brennt, Schweiß rinnt mir von der Stirne. Ich trotte in einer Schar von Pilgern über eine gelbe, mürbgesottene Straße. Es sind über hundert Mann. Unsere Bärte sind grau von Staub. Dabei tragen wir schwere Gewänder von Wollstoff, schwarz und weiß gestreift und über die Schulter noch einen Mantel, dessen Ende zottige Fäden trägt. Schwere weiche Tuchkapuzen pressen den Kopf. Rechts und links von der Straße scheint sich Wüste zu dehnen. Doch ich sehe sogleich, daß dieses Land nur von Dürre heimgesucht ist, und daß Flugsand sich über verbrannte Weiden geworfen hat, deren gelber sandiger Pelz da und dort noch hervorlugt.

Wir kommen an abgestorbenen Öl- und Zitronenwäldern vorbei, an knochigen einzelnen Baumgespenstern, an ausgetrockneten Bächen, in denen sich noch Spuren von Gras finden und auch an verlassenen Lehmhütten. Immer ziehn wir weiter mit dursterdrosselten Kehlen, unsere Zunge bewegt sich in einem Futteral von Staub. Wenig Lebendiges begegnet uns auf dieser Straße. Hie und da ein Kameltreiber mit seinem Tier, ein Gefährt mit leeren Schläuchen, ein wankender Bettler.

Doch unheimlich viel Menschen- und Tierkadaver, vertrocknet oder noch aufgebläht, liegen im Graben.

»Wie lang noch?« frage ich in einer Sprache, in der meine Stimme mit vielen Kehllauten und dumpfen Vokalen am Gaumen hängt.

»Bis zur Stunde des Mittags!« gibt mir einer Antwort. Wir ziehen weiter, immer weiter, trocken, ausgedörrt, mit pfeifendem Atem.

Plötzlich beginnt eine Stimme zu wehklagen: »O Herr, Herr, Herr, was hast du getan an uns?«

Hundert Stimmen fallen ein, wir alle, und unser Klagegeheul tanzt auf den Schultern der Staubwirbel. Einer schreit: »Fluch über Samuel, daß er dem eitlen Ansinnen gewichen ist und einen König gesalbt hat über Israel!«

Ein andrer: »Fluch über diese Sippschaft von Fürsten, Reichen und Auslandsverehrern, die da rufen, wir wollen so sein wie die Heiden.« Da brüllt ein dritter: »Wir wollen, wir wollen nicht so sein, wie die Heiden, die Fremden!«

Und dieser Ruf wird zu einem Marschlied! Uns wird besser zumute, die verkümmerten, schwankenden Gestalten erholen sich, Takt kommt in unsere Schritte, die brennenden Sohlen stampfen den Boden: »Wir wollen nicht sein wie die Heiden, die Fremden, die Fremden, die Heiden.« Mein Nachbar, ein alter Mann, der vom Gesang ganz atemlos ist, sagt zu mir: »Wie uns geweissagt wurde, ist es gekommen.

Unsere Söhne nimmt er und setzt sie auf seine Streitwagen, macht sie zu Reitern, und etliche, die gar vornehm sind, zu Läufern vor seinen Vier- und Sechsspännern.

Und unsere Töchter macht er zu Salbenmischerinnen, zu seinen Köchinnen und Kuchenbäckerinnen!«

Einer aus der Reihe hinter mir fällt dem Alten ins Wort:

»Nicht er, Achab, ist der Böse!« Er wird von wütenden Stimmen unterbrochen. »Wehe über ihn, den Reitgertenhelden, den Spiegelgucker, den Anbeter von Gebackenem, den Pfau, den Schwächling, den Selbstbeflecker und Schlecker, wehe über den König!«

»Im Lande nichts als Haine, in denen sie Tauben opfern!« »Ha, ha, die Wasserkünste und Fontänen sind ihnen versiegt, den gelben Pfaffen, den falschen.« »Ein Feuer, gepriesen sei er, soll sie verzehren!« »Sie und ihren Gott der Sonne und Fliegen!« »Wahrhaftig ein Gott der Sonne ist es, der uns verwüstet!« »Fluch der Sonne, der bösen, bösen Sonne!«

Ich werde zu Boden gerissen. Wir wälzen uns im Staub. Hundert Arme schütteln sich zum Himmel. »Fluch, Fluch der Sonne, Fluch dem Fliegengott!« Und wieder ziehen wir stumm und keuchenden Atems weiter! Ich höre die Stimme hinter mir. »Nicht Achab der Böse – Jezabel!« – Wir bleiben stehn. Die Männer zittern vor Erregung, als sie dieses Wort vernehmen. Sie wiederholen es: »Ja sie, Jezabel!« »Herr, Du hast uns geschlagen mit einer Fremden!« »Nieder diese Königin!« »Nieder mit der sidonischen Hure!« »Was ist mit den Propheten, mit unseren heiligen Männern!?«

Dieser letzte Ausruf wird erstickt. Alle Hände fahren an den Mund und halten ihn zu.

»Leise, Ruhe, pst«, murmelt es.

»Sie sind wohlgeborgen vor dem duftenden Scheusal.« Plötzlich schreit ein Pilger, fast ein Knabe noch, laut auf: »Samaria!«

In der Ferne wird eine Stadt sichtbar. Große weiße Kuppeln in Gehölzen und Pärken verschwindend. Hier ist die Landschaft weniger grausam von der Sonne verheert. Wir kommen sogar an einem kleinen See vorüber, der zu einem Tümpel stinkenden Wassers inmitten eines fetten Schilf- und Binsenkranzes zusammengeschmolzen ist, aber immerhin, es ist Wasser, Wasser! Viele von uns können sich nicht beherrschen, stürzen hin und beginnen gierig zu schöpfen. Die älteren Männer jedoch halten sie am Gürtel fest, schimpfen und fluchen:

»Trinkt nicht, ihr Baalsöhne und Memmen! Ihr trinkt die Pest, ihr Verruchten. Seht ihr nicht die Schmeißfliegen über dem Aas von Wasser? Trinkt nicht den Saft der toten Ratten und das Gepißte des Satans!«

Erschreckt kehren die Erschrockenen in die Reihen zurück! Einer krächzt: »Die Pest auf Jezabel!«

Wir ziehen weiter. Die Sonne steht in der Mitte des Gewölbes. Die Straße wird immer lebendiger. Fuhrwerke, von verdurstenden Rindern gezogen, knarren vorbei! Die Peitschen sausen auf die zersprungene Kruppe der in Wetterwolken von Bremsen stapfenden Tiere.

Eine Abteilung von Bogenschützen, in zerfetzten Uniformen kehrt vom Exerzierplatz heim. Drei Musikanten, einer mit einer viersaitigen Harfe, der andere mit einem dudelsackartigen Instrument, der dritte mit einer Handtrommel, spielen am Straßenrand, ein altes einäugiges Weib, das zu ihnen gehört und auf ihrem verfilzten Haar eine hohe mit sich schüttelnden Schellen und Glöckchen behängte Mütze trägt, singt einen unanständigen Gassenhauer, von dem ich sofort weiß, daß er nicht im Lande verfaßt worden, sondern vom Norden oder gar übers

Meer gekommen ist. Sein schamloser Inhalt handelt von der Menstruation der Frauen.

Etwas weiter hockt ein irrsinniger Mann, der sein Kleid über der Brust zerrissen hat und aus einem Töpfchen, das neben ihm steht, Asche schöpft und sich über den Kopf streut.

Er verdreht die Augen und meckert in eintönigem Singsang:

>»Ich habe gesehen das Gesicht.
>Dreimal rief, der gepriesen sei:
>Geras – Geras – Geras!
>Dreimal rief er mich: Mein Junge,
>Schlecht fütterst Du die Räucherpfannen,
>Und vergißt meiner Ganzopfer ganz.
>Drum schlag' ich Dich und Dein Haus,
>Daß Du die Augen fürder verdrehst.
>Du und das Haus Abrams.«

Wir ziehen weiter. Immer größer werden die grellen Kuppeln Samarias, immer lebendiger die Straße. Eine Sänfte kommt uns entgegen, von vier rasierten Dienern getragen, die ersten bartlosen Menschen, die ich sehe. Der in der Sänfte sitzt, ist gleichfalls bartlos, glatzköpfig und feist. Er scheint ein Verschnittener zu sein und ist in eine giftig gelbe Soutane gekleidet. Auf der Brust trägt er eingestickt eine geweihte Hieroglyphe. Zwei dürre Gelbgekleidete mit Wedeln folgen, ihn im Takte fächelnd. Stolz, regungslos, mit geschlossenen Augen sitzt er da, die Hände unterm Kleid verborgen.

Wir ducken uns bei seinem Anblick. Doch kaum ist er vorüber, schallt ihm Fluch um Fluch nach: »Seht die aufgemästete Nachgeburt einer Metze!« »Seht den Priester des Erbfeindes! Seht den Wurf der bösen Gestirne! Von der Sonne ward ihm die Glatze zuteil und der stinkende, unfruchtbare Saft, und vom Mond seiner Mutter das Korn, das ihm die Augen verklebt!«

Immer näher kommen wir der Stadt. Wir sehen schon das Getümmel vor dem Tor. Da! Wir werden von einer Kavalkade überholt. Rufe, Hornstoß, Zaumzeug und Panzerblitz! Voran ein Mann mit fliegendem rotem Haar, rotem Mantel, engen weißen Reithosen und roten Schnürstiefeln.

Stechtrab-Getrappel und vorbei! »Es lebe der König!« schreit der jüngste Pilger, derselbe, der die Stadt zuerst erblickt hatte.

»Daß Dich der Aussatz fresse!«

Ein riesiger Mensch schlägt ihm die Faust ins Genick.

Wir sind vor dem Tor.

Sogleich umgibt uns ein Schwarm von Wasser- und Limonadenverkäufern. Ein verrücktes Feilschen beginnt.

»Nimm mein Wasser! Es ist geschöpft aus dem Brunnen Jezrahel, aus dem Brunnen des Palastes, dem Jagdschloß im Stamme Gad, kein anderer hat Eintritt als ich. Eine Tagereise habe ich geopfert, dir das Wasser zu bringen. Ein Silberschekel der dreimal gefüllte Becher!«

»Nimm meine Limonade! Er lügt. Sein Wasser ist abgestanden wie Gerberlauge. Nimm den gesüßten Saft der Melone. Der Herr soll dich segnen! Du ersparst das Fieber und setzest nicht mehr zu!«

Ich trinke ein laues, widerliches Getränk, obgleich mich ja gar nicht so sehr dürstet, denn ich leide nicht ganz mit ihnen – – – – –

Kaum habe ich von diesem Wasser getrunken, so verwirren sich mir die eben noch so klaren Bilder, ich bin betäubt und vermag nichts zu fassen. Aber ich höre die Stimme des Doktors Grauh, die mich antreibt kräftig auszuschreiten.

»Auf den Berg Karmel – Karmel!« höre ich immer wieder.

Schweißgeruch von vielen tausend Menschen um mich!

Staub! Staub! Staub!

Und dennoch ist mir ein wenig, als stünde ich unter den Choristen auf der Bühne in einer vorbedachten Ordnung. In meiner Seele hoch oben schwebt ein Habicht, der das Bewußtsein einer anderen Wirklichkeit ist. Ich bin noch immer ein Pilger unter der Schar mißgelaunter, zähneknirschender, fluchender Pilger, die sich abseits halten. Ich merke, daß ein geheimer Auftrag an uns ergangen ist. Denn viele von uns scheinen zu den Eingeweihten und Treuen zu gehören. Wir meiden das Volk. Im Schatten eines Gehölzes stehn wir dicht aneinandergedrängt, aber so, daß wir deutlich die große Lichtung des Heiligen Haines übersehn können. Diese Lichtung ist ein riesiger, wohlgeschorener Rasenplan, der sich leise emporwölbt. Alle Wege, die überkieselt und labyrinthisch durch die dichten gepflegten Parkanlagen laufen, gehn im Gras unter.

Der Ort gleicht einem außerordentlich weiten Kinderspielplatz. Sanft führt er empor zur Kuppe des Hügels. Und hier steht, in der gewalttätigen Sonne brennend, das gigantische Heiligtum, die beiden Altäre und Standbilder dicht nebeneinander. Die Bilder stellen das große Geschwister- und Gattenpaar dar: Baal und Astaroth. Die Altäre erheben sich auf einer kreisrunden Terrasse, von der ringsum eine Freitreppe auf die Lichtung niederführt. Jeder dieser Altäre hat einen Sockel von zwölf Fuß Höhe, auf dem die Geschichte der Gottheit in Reliefbändern eingegraben ist. Je eine Türe von stumpfem Metall führt in das Innere des Sockels. Die Opfersteine selbst sind Quadern von poliertem, durchscheinendem Quarz, die auf besondere Weise die Strahlen der Sonne oder des Mondes aufsaugen und nun jene Strahlen weitergeben, die geheimnisvoll auf die menschlichen Sinne wirken. Der Umriß der Göttergestalten, von denen eine jede dreißig Fuß messen mag, verflimmert allzusehr.

Ich sehe nur, daß beide Gottheiten ihre Arme über den Kopf recken und in den Händen zwei geschliffene gewaltige Kristallscheiben halten. Der Stein des Baal scheint ein fast wie Diamant blitzender Bergkristall zu sein, Astaroth zeigt einen Selenit, der jedoch nicht bleich, sondern braunrot ist.

Ich verstehe sogleich die Bedeutung. Die Göttin ist von der Zeit ihrer Weiberschwäche befallen, das geheimnisvolle Transsubstantiationsschicksal des weiblichen Blutes verwandelt den sonst milchigen Stein. Auf der Freitreppe, auf der Plattform des Heiligtums bewegt sich in geheiligter Ordnung ein ganzes Heer von gelben Priestern; steigt auf und nieder. Ich bemerke jedoch, daß der Altar der Astaroth von Priesterinnen bedient wird, die ebenfalls gelbe Gewänder, aber mit langen Schleppen tragen.

Diese Priesterinnen haben Gürtelschärpen von Purpur um die

Hüften, während die Priester des Baal Schärpen von dem tiefen Blau des Mittelmeers tragen.

Um das große Kreisrund der Treppe drehen sich unausgesetzt zwei Ringe von Tempeltänzern. – Der innere Ring besteht aus Tänzerinnen, der äußere aus Tänzern, die sich langsam im einander entgegengesetzten Sinne bewegen. Furchtbar ist noch immer die Sonne, die sich schon ein wenig abwärts neigt. Unausgesetzt unter den vorgeschriebenen Tänzen werden Opfer dargebracht, Böcke und Widder dem Baal, Tauben und Blumen der Astaroth. Aber die Götter sind kraftlos. Das Feuer will nicht zum Himmel schlagen. Es fährt keine gerade Rauchwolke hoch in die Windstille empor und der Qualm wird von unterirdischen Mächten hinabgezogen. Das Volk, Männer, Weiber, Kinder, hunderttausend halbnackte bunte Menschen begleiten jede Opferhandlung mit ungeheurem Geheule, als wollten sie die leidenden Götter antreiben, sich zu ermannen, ihre Lahmheit zu überwinden, und das Opfer mit Feuer-Händen zu ergreifen. – Aber vergebens wälzen sich die Menschen, epileptisch schäumend, Hymnen plärrend auf dem Boden. Kraftlos bleiben Baal und Astaroth. Und nur wir, die starr und spöttisch abseits stehn, wissen, daß diese Dämonen verzweifelt am Käfiggitter eines Namens rütteln, der unüberwindlich ist.

Plötzlich besteigt einer der gelben Priester ein hohes Kanzelgerüst. Er ist hager und lang. Sein glattrasierter Schädel spiegelt.

Mit einer Handbewegung bringt er die Menschen zum Schweigen. Nun spricht er, – und ich höre die Stimme des Doktors Grauh. – »Sie, die Göttin, Astaroth, die gesetzt ist über das heilige Geheimnis der Verwandlung des Blutes in Milch, sie, die schmiegsam abnimmt und zunimmt, wächst und verfällt, erfüllt wird und leergelassen in ihrer unendlichen empfangenden Liebe, sie, die behütet den mittelsten Ort des Alls, der ein Spring-Brunnen ist, in dessen Strahl, wie bei dem Feste der Bogenschützen, das ursprüngliche Ei auf- und niederhüpft, Astaroth, die Göttin, durch meinen Mund spricht sie also:

Geschwächt bin ich in meinem seligen Atmen, geschwächt in meinem seligen Schoß, der sich hin beut den männlichen Meeren und Stürmen des Tages, daß zur Nacht der Strom der süßen zeitlichen Bilder geboren und von meinen seligen Brüsten genährt werde.

Unfruchtbar bin ich geworden und nicht mehr verfängt der Same des Bruders. O wie schwach bin ich, o wie elend bin ich. Nicht mehr vermag ich mit all meinem Silber zu besänftigen die strengen Windstillen und den Löwenhauch der Wüsten. Das Wasser, das da ist das den sterblichen Wesen gespendete Blut der Götter, versiegt, und unser Herz wird schwach. Die stolzen Monats- und Jahresringe der Bäume werden nicht mehr, in großen Eisfelsen schwimmt das unlösbare Salz auf der Flut des fetten übersättigten Meers. Nicht mehr vermag ich die Myrthen milde zu machen für die, so durchs Gesträuch Hand in Hand wandeln. Nicht mehr vermag ich den Schatten der Säulen Kraft zu geben, nicht mehr wirft den straffen und kräftigen Schatten die Säule des Mannes über das Weib. Zu müde bin ich und abgespannt, um über das Wachstum der Kinder zu wachen des Nachts, und die Rufe der Lust zu segnen.

O wie schwach bin ich, o wie elend bin ich! Und auch Ihr, geliebte Kinder, die ich als Mutter gebar, verdurstet, verdorrt und gehet ein, wie die früh verrunzelnden Feigen. Ich wollte Euch allen von meiner Liebe geben, Euch allen von dem ewigen Glück meiner Begierde und meiner Befriedigung, daß Ihr durcheinanderschreiten solltet in unaufhörlichen Tänzen, Euch paaren und trennen, vergehen und werden, ohne Sünde, Schmerz, Eifersucht, ohne Verdursten und Qual des Verlassenen und nimmer Erwählten.

Ich wollte Euch in niemals ermüdenden Festen des Schlafes und Wachens für den Morgen bereiten, zu seinen blitzenden Kämpfen stärken.

O wie schwach bin ich! O wie elend bin ich!

Eine schwere Hand lastet auf mir und lenkt mich. Die Hand eines wilden, eigenwilligen Fuhrmanns. Aber für Euch, zu Eurem Nutz und Frommen will ich mich erniedrigen, mich demütigen vor dieser Hand, daß sie Gnade übe an Euch.

Ich entsende meine liebe Tochter, meine erste Priesterin, die da ist Jezabel, Weib des Achab. Ich entsende Jezabel, mit zitterndem Herzen, daß sie hingehe und sich demütige in meinem Namen vor dem wilden Gott, dem Beherrscher, der da ist Jahwe genannt. Ich entsende Jezabel, meine liebe Tochter, in meinen erhabenen Schleier gehüllt, daß sie einen Tag und eine Nacht dienen möge einem Heiligen Jahwes, einem Erwählten des Beherrschers. So spricht die Göttin! Hört sie und betet an!«

Kaum hat der Priester den Namen Jezabel ausgesprochen, als langsam, in dem Maße, als der Schall sich fortpflanzt, ein unbeschreibliches Beifallsdröhnen sich erhebt. Die Erschütterung ist so mächtig, daß die Kanzel, deren hohes luftiges Gerüst von der Menge umdrängt wird, einknickt, zersplittert und der Gelbe herabstürzt.

Ich sehe Männer, die mit den Nägeln sich die Brust zerfetzen, Frauen reißen sich das Kleid mitten entzwei, andere wühlen ihren Kopf ins Gras, Greise schluchzen und verlieren den Atem, Kinder, die ihre Mütter verloren haben, überquieken gellend den Tumult. Wir Pilger stehen abseits, starr und noch immer spöttisch. In manchem Auge zwinkert ein noch verborgener Triumph.

Da!

Das Gewitter der Stimmen fällt zusammen. Ein Blechorchester, Baßposaunen und Pauken, immer im gleichen Schritt die gleiche Phrase, wandelt in der Ferne. –

Eine breite Straße ist in die stumme Menschenmasse gerissen.

Wir aber stehen aufrecht und gemessen harrend am Ende dieser Straße.

Die Eisentüre des Altarsockels der Astaroth öffnet sich. Drei Gestalten lösen sich aus der Schwärze, eine in schimmernder Wolke voran, zwei gelbe Priesterinnen folgen. Die Wolkengestalt kommt näher, die beiden andern bleiben immer weiter zurück.

Ich höre Rufe: Jezabel!!

Die höhnischen Falten im Antlitz meiner Brüder bleiben unbewegt.

Ich trete drei Schritte vor.

Der geheiligte veilchenfarbene Schleier der Göttin fällt wie eine Vision auf meine Netzhaut. Auf namenlosem Gewebe scheinen alle Bilder des Tierkreises in holden Figuren, doch auch Schiffe, Tempel, Städte, schlafende Paare, alle Erscheinungen dieses Lebens in zauberischem Gespinst eingestickt zu sein. Näher schwebt diese Entzückung. Der Habicht hoch oben in meiner Seele bricht in drei kurze Schreie aus. Wie ein schwacher Blitz wird in mir eine Spur des Englischen Grußes wach:

»Gegrüßt seist Du Maria, Mutter aller Gnaden«: Ich will diese Worte murmeln, doch schon ist die Erinnerung vorbei:

Jetzt aber unterscheide ich schon die Gestalt der wandelnden Frau.

Sie ist wie ein Hauch, wie ein feuriger Seufzer im breiten Gewölk des Schleiers verloren. Rote, stark geschwungene Schuhe mit goldenen Stöckeln trägt sie an den ermüdeten Füßen, die hilflos und ungewohnt des Gehens sich vorwärts bewegen. Ihr offenes rötliches Haar krönt eine Kabirenkappe. Bis zur Hälfte der Stirne hängt ein eiförmig geschliffener, unzüchtig strahlender Rubin.

Ah! Trage ich einen falschen Bart? Riecht es nach staubiger Leinwand hier? Welche Musik ist das?

Wer ist sie, die auf mich zukommt?

Der Habicht jauchzt.

Lucia di Lammermoor ist es.

Jezabel ist es.

Lelia ist es!

In meine Brust greift ein furchtbarer Harfenspieler. Meine Zunge zittert und auf ihr ist ein Geschmack, wie von Drahtenden, durch die die säuerliche Kraft eines elektrischen Stromes geht.

Keinen anderen erwählt sie als mich. Auf mich schwebt sie zu, mit gesenktem Kopf, geschlossenen braunrot geschminkten Lidern, deren Wimpern in die Schwärze unter den Augen tauchen.

Sie ist es! Oh! Oh! Heute bin ich der Sänger, heute stehe ich im rampenerleuchteten Traum! Halte noch eine Sekunde stand! Schweig Habicht!

Sie ist nah! – Lelia!

Ich breite die Arme aus. Mein Wesen wippt wie ein Schwimmer, der von hoher Trampolin ins Meer springen will.
Jetzt....
Ich werde von vielen Armen zurückgerissen.

Aus der Mitte unserer Schar ist ein Mann vorgetreten, breit und hoch. Er trägt einen kurzen Pelzrock mit einem Strick um die Hüfte gegürtet und einen schwarzen Mantel über die Schulter. In der Hand hält er einen knorrigen Stock. Seine Füße sind nackt, voll Schorf und blutigen Staubes. Ich sehe sein Antlitz nicht, denn schwerfällig und eckig vorwärts schreitend, wendet er uns den Rücken.

Ein Schrei fährt durch den Raum:
Elias! der Thesbiter!
Hier aber ist das Losungswort für die Pilger. Wild singen sie ihren Marschgesang und stampfen triumphierend mit den Füßen:
»Wir wollen nicht sein wie die Heiden, die Fremden, wir wollen nicht sein wie die Fremden, die Heiden.«

Jetzt steht der hohe haarige Mann ihr gegenüber. Jezabel – Lelia –. Mein Körper wächst mit vielen Wurzeln durch die Erde. Sie zittert, droht umzusinken, faßt sich wieder, löst den Schleier von ihrem Leib und hält ihn mit beiden Händen dem Thesbiter entgegen.

Ein schwaches Lüftchen wird wach.

In diesem Lüftchen, leicht und abwehrend wie ein gefangenes Ding, flattert ein wenig der Schleier der Göttin. Die Sonne neigt sich zum Untergang.

Eine tiefe Stimme:
»Ich verschmähe dich – Astaroth!«
Rufe des Entsetzens!
Der Mann tut langsam den schwarzen Mantel von seiner Schulter.

Das andere Ende hebt er empor.

Der Schleier der Astaroth weht wild zurück. In göttlichen Stickereien von Gold, Silber, Kupfer, unbekannten Metallen, schwer von seltsamen Steinen zeigen sich hold die Bilder aller geschaffenen Dinge.

Elias, der Thesbiter, streckt den Arm aus und berührt mit seines schwarzen Mantels Ende den hingehaltenen Schleier.

Ein Seufzer, ein kurzer Wehruf!

In einer einzigen durchsichtigen Flamme vergeht das Gewebe und nicht einmal Asche wirbelt hinab.

Jezabel sinkt zu Füßen des Propheten zusammen.

Ich höre meine Stimme: Lelia!

Wunder – Wunder – Wunder!

Von allen Seiten hallt es dumpf.

Der Mann kehrt sich uns zu.

Jetzt erst sehe ich sein Antlitz.

Es ist, wie wenn er von innen kein Leben schöpfte, wie wenn er nichts dächte, nichts sähe, als die entsetzlichen Gesichter an den Wänden der nächtlichen Stuben, die ihm nicht furchtbar sind.

Auf der Stirne sehe ich im Feuer der Abendröte in Schriftzeichen, die ich kenne, zwei Worte glimmen:

ADAM KADMON

Die Gestalt des Thesbiters schwankt, als stünde sie auf einem Erdbeben. Er schwingt den Knotenstock hoch über sein Haupt.

Seine tiefe Stimme stolpert:

»Wo sind Eure Götter?

Ruft sie doch!

Sitzen sie im Gasthaus?

Schlafen sie in der Herberge?

Ruft sie doch!

Ihr vierhundertundfünfzig Gelben, ruft sie doch, daß ein Feuer niederfahre und Eure Opfer verzehre!«

Schweigen.

Die gelben Priester klammern sich schlotternd an die Altäre der Baalim.

»Ruft sie doch!«

Gewimmer oben auf der Opferstätte.

»Hilf uns,

Hilf uns,

Rette uns vor dem Berggott!«

Elias wirft den Stock von sich und er brüllt, während er vor Zorn wie ein rauhes Standbild schwankt.

»Es ist nur ein Gott, der Herr – der Ewige, und ich bin sein Knecht.«

Von einem kleinen aus zwölf unbehauenen Steinen plötzlich errichteten Altar schießt eine Feuersäule auf.

Die Menge schlägt die Brust.

»Es ist nur ein Gott, der Gott Israels.«

Viele verkriechen sich.

Einige töten sich, indem sie gegen die Baumstämme rennen.

Zähneklappern, Gezeter steigt in die Dämmerung.

Ein Weib schreit auf: »Regen!«

Und schon fallen, während der Wind in einem Trichter tanzt, die ersten großen Tropfen. Die Atmosphäre entlädt sich in drei endlosen Donnerschlägen – Schwefeldunst und jetzt – schmeißt sich Platzregen nieder.

»Er hat geholfen, er hat geholfen! Gepriesen sei er!«

Die Handvoll Pilger, die wir waren, ist zu einem Heer angewachsen.

Tausend Schwerter fahren unter den Mänteln vor.

Mord liegt auf allen Gesichtern. Jezabel ist nicht mehr da.

Lelia.

Blutdurst.

Ich taumle in diesem Rhythmus. Die Priester des Baals und der Astaroth klettern in Regennebel an den Bildnissen empor....

»Genug«, sagte Doktor Grauh, der meinen Arm hielt.

»Keinen Mord!«

Ich starrte, ohne mich fassen zu können, ins Licht der Kerze, die, seitdem sie sich mir in die Sonne Palästinas verwandelt hatte, nicht um das Zehntel eines Zolls tiefer hinuntergebrannt war.

Meine Erlebnisse vom Morgen bis zum Abend auf dem Marsche, vor den Toren Samarias und auf dem Berg Karmel konnten also kaum einige Sekunden gedauert haben.

»Die Priester der beiden Gottheiten«, fuhr Doktor Grauh

fort, »sind dem Tode geweiht. Alle vierhundertfünfzig. Ich habe Sie davor gerettet, an dieser Bluttat teilzunehmen. Die Pilgerschar, mit der Sie gegen Samaria zogen, war gebildet aus den Schülern der zahlreichen Prophetenschulen, wie sie jenseits des Jordan, im Lande Galaad im Stamm Gad besonders blühten. Talmudische Autoritäten und Kirchenväter stimmen darin überein, daß der Vater des Elias der Vorsteher einer solchen Prophetenschule gewesen ist. Der Aufstand der Prophetenschüler, die ihre Waffen unterm Kleid verborgen hielten, ist gelungen. Noch ehe es Nacht ward, lebte keiner der gelben Priester mehr, die segensreichen Dämonen sind verwaist, Jahwe hat gesiegt. Gesiegt durch Elias, der das verräterische Zeichen auf der Stirne trägt.

Der Ausgang der Geschichte, der Tod des Achab, dessen Blut die Hunde lecken und nach dem so wenig getrauert wird, daß sich die Dirnen nicht einmal baden, der Tod der Jezabel, dies alles steht deutlich in der Schrift.«

»Ich danke Ihnen.«

»Es ist ein glücklicher Zufall, daß Sie sich durch die Gunst der Stunde nach dem Samaria jener Tage begeben konnten.«

»Sie haben mich die Gestalt des Elias sehen lassen. Das ist mir wichtig. Fast noch wichtiger, als die neue Nuance der Historie. Ich meine die Begebenheit mit dem Schleier der Astaroth. Ich danke Ihnen.« –

Er sah mir offen und freundlich ins Auge.

»Ich wußte ja, daß wir etwas voneinander haben werden.«

Noch immer stak mein Kopf in einem Eisenhelm. Ich fragte: »Wie war es möglich, daß ich das erlebt habe?«

Doktor Grauh beugte sich vor:

»Nun, ich bin Ihnen dieses esoterische Geheimnis schuldig. Der Aspekt, der uns zusammengeführt hat, war günstig. Und noch ein guter Umstand kam uns zu Hilfe, der nämlich, daß Sie noch niemals eine Frau aufgesucht haben.

Es ist Ihnen gewiß bekannt, daß das Licht eines Sterns, der vor Äonen zerspellt ist, oder sich aufgelöst hat, unsere Erde noch immer trifft, für uns noch immer am Himmel steht. Wenn wir eine unerhört scharf und feine, gigantisch vergrößernde Daguerreoplatte besäßen, könnten wir Vorgänge auf jenem Stern festhalten, zur Gegenwart machen, die sich zu einer Zeit abgespielt haben mögen, die wir gar nicht in Zahlen messen können.

Ebenso sind die Begebenheiten dieser Erde, die längst dahin sind, für uns aus der Welt der Erscheinung verschwunden, irgendwo im Raumall jetzt eben Erscheinung, Gegenwart, Wirklichkeit. Wenn das Universum unendlich ist, so ist alle Erscheinung unvergänglich, flutet als das, was sie ist, als Vibration des alles erfüllenden Mediums hinaus und zurück, und müßte für Wesen von einer weniger brutalen Konstitution, als der unseren, immer erlebbar sein. In diesem Sinne ist das Prinzip der Geschichte auf einem Trugschluß aufgebaut, denn es gibt keine andere Zeitdimension als ewige Gegenwart.

Die Theorie des Äthers, jenes Urstoffs, der durch unendlich vielfältige Schwingungsarten und Zahlen die Dinge in Erscheinung treten läßt, ist keineswegs erst von der neuen Naturwissenschaft kreiert, nein, schon die ältesten indischen Theosophen nahmen die Tatwen, das heißt die Modifikationen der Uremanation an, vor allem Akashâ, den Lautäther, und Tejas, den Lichtäther, durch welche die Illusion der Gestaltenwelt erzeugt wird. Wir wissen also, daß Licht und Schall, die Herolde unserer Erscheinung, sich ewig durch den Äther fort- und rückpflanzen, also alles Geschehene und Geschehende allörtlich und gleichzeitig anwesend ist.

Für den Wissenden folgt daraus, daß es nichts Künftiges geben kann.

Wir selbst sind Materialisationen von Akashâ, Tejas und den anderen Tatwen. Ach, wir Toren, die wir uns für so dichte Wirklichkeiten halten, für Ursachen, Schall- und Lichterreger!

Können wir denn wissen, ein wie entfernter Wellenschlag wir sind!

Können wir denn wissen, ob unsere Wirklichkeit, unser Leben, unsere Taten, Morde, Verzichte, Feste, Kriege nicht die Abflutung einer Wirklichkeit sind, die wiederum die Abflutung einer Wirklichkeit ist, die diesen Namen noch immer nicht verdient?

Halten Sie aber dieses Geheimnis fest!

Alles ist gegenwärtig! Nur ist diese Gegenwart für Geschöpfe unserer Beschaffenheit bloß in einem Splitterchen zugänglich. Und dieses Splitterchen ist unsere eigene Erinnerung und Imagination. Schließen Sie Ihre Augen und suchen Sie sich Bilder Ihres Lebens zurückzurufen.

So!

Nun wandeln hinter Ihrem Lid Gestalten deutlich und existent. Auf Ihre Netzhaut wirken Lichtschwingungen, wenn auch von feinster Art und scheinbar nicht von außen empfangen, sondern von der Einbildungskraft erzeugt. Glauben Sie nicht, mein Freund, daß zwischen der schönen Madame Lelia, die jetzt vor Ihrem geschlossenen Auge steht, und jener Lelia, die müde von der Anstrengung der Oper eben eingeschlafen ist, ein unermeßlicher Wirklichkeits-Unterschied da ist? Unsere Einbildungskraft, die Macht der Erinnerung ist die gewöhnlichste Art von Zauberei, aber dennoch Zauberei!

Unser Gedächtnis ist ein leibhaftiger Totenbeschwörer. Ich sage: Leibhaftig! Und ohne daß wir es wissen, treiben wir stündlich alle Arten der Magie, Theurgie und Goëtie!

Wenden wir uns vom Mikrokosmus Mensch zum Makrokosmus. Auch der Makrokosmus, in dem alles allgegenwärtig ist, hat ein Bewußtsein: Wir dürfen hier aber keinen theologischen Irrtum begehen. Dies Bewußtsein bedeutet keineswegs das Attribut der Allwissenheit, das jenem Höchsten zugebilligt wird, der sich selbst auf den Thron erhoben hat. Ich habe es Ihnen ja schon auseinandergesetzt. Das Universum ist außerhalb jenes ›Ewigen‹, und der Götter, die er besiegt hat. Die Welt ist das welke Laub, das vom Götterbaum herabfiel, als einer der Götter durch seine Herrschsucht den Tod und den Herbst erschuf. Das nur nebenbei gesagt!

Sie verstehen mich!

Es gibt ein kosmisches Bewußtsein und innerhalb dieses Bewußtseins das Phänomen der Erinnerung ebenso wie beim Menschen.

Die allgegenwärtigen Erscheinungen, auf den Schwingen des

Äthers zitternd, gleichen den unzähligen Assoziationsteilen in der Seele des Menschen.

Aber ebenso wie in der menschlichen Seele eine fixierende und verbindende Kraft diese Assoziationen sinnvoll verflicht, so besteht auch im Makrokosmus ein fixierendes Prinzip, ein Ort der Erinnerung. Das aber ist jenes Phänomen, das die Initiierten ›Chronik‹ nennen.

Um in dieser Chronik, in der Erinnerung des Weltgeistes zu lesen, sind einige seltene und mächtige Bedingungen nötig. Zwischen uns beiden sind diese Bedingungen heute erfüllt gewesen und Sie – Sie durften in der Chronik lesen. Wenige haben in der Welt gelebt, die sich dessen rühmen können.

Ich selbst bin von dieser Gabe ausgeschlossen. Aber ich vermag mich in Rapport zu dem zu setzen, der erkoren ist.

Ich habe Elias gesehn. Wir haben einander einen guten Dienst erwiesen.«

Doktor Grauh blies den qualmenden Kerzenstumpf aus. Nun brannte nur noch über dem Schenktisch ein rauchiges Petroleumlämpchen. Auf den Tischen standen schon die Stühle.

Der Wirt wartete ungeduldig.

Wir erhoben uns und gingen.

Der Wirt schüttelte den Kopf hinter mir her. An meinem Leibe brannte als Nessushemd meine Kutte.

Gleich morgen wollte ich mir ein bürgerliches Kleid erstehn. Nein! – Nein!

Morgen wollte ich in mein geliebtes Vaterhaus, ins Kloster zurückkehren, dem Prior mich zu Füßen werfen und alles beichten.

Wehe!

Worte tanzten wie ein Kranz von Insekten um meinen Kopf.

Wir traten ins Freie.

Der Wind fuhr mich an.

Sogleich gedachte ich meiner Liebe zu der Sängerin. Der Schatz dieses Gefühles in mir entzückte mich wie ein fernes Geläute, das ich verborgen in der Seele trug.

Wieder schritt Grauh neben mir mit dem hüpfenden Gang des

gerupften Raubvogels. Seine Nase schien übermäßig gewachsen zu sein, das Gesicht trat wie in einer Ebbe zurück.

Es war klar: Ich hatte die Bekanntschaft eines Magiers gemacht und teilgenommen an ketzerischen Künsten und Worten, welche die Kirche mit den furchtbarsten Bannflüchen belegt. – Ich, der gefallene Mönch!

War das eine Prüfung, durch die ich gehen muß?

Gleichviel!

Ich kannte nur eins.

Lelias Name erfüllte mich.

Die Macht des Gewölbes, in dem wir gesessen waren, fiel von meinen Schultern. Vielleicht war alles die Einbildung des Weines gewesen!

Eins aber wußte ich: Niemals mehr darf ich diesem Manne neben mir mit dem verfallenen Knabengesicht wieder begegnen. Alle guten Stimmen in mir lehnten sich gegen diese Gefahr auf. Und doch! Mächtig zog mich dieses Gesicht an. Ich kann fast sagen, es regte mich auf.

Ja, eine Sehnsucht nach Freundschaft, stärker als die, die ich zu dem jungen Bruder Athanasias empfunden hatte, beherrschte mich, wenn ich diese zerfahren gesammelten Züge betrachtete.

Plötzlich hörte ich deutlich und scharf mir ins Ohr geflüstert ein Wort: »Fuga!« Fuga, – fliehe! Wer hatte mir das zugerufen? Wir standen gerade auf der Brücke, die ich von jener Nacht her kannte, als ich das erstemal im Theater gewesen war.

Doktor Grauh schwankte wie ein Rückenmarkskranker. Zum zweiten- und drittenmal scharf und kurz hintereinander fuhr es mir ins Ohr: Fuga! – Wir kamen gerade am Brückenheiligen vorüber, zu dessen Füßen ein ewiges Licht brannte. Doktor Grauh blieb im flackernden Schatten stehn, er versuchte die Füße vorwärts zu setzen, aber vergebens. Er mußte erst eine seiner Prisen nehmen, um sich zu beleben. Dreimal atmete er tief und röchelnd wie ein Schwerkranker auf und dann sagte er: »Verzeihen Sie.« Stumm gingen wir weiter. Der zischende Klang jener warnenden Stimme verschwand nicht aus meinem Gehör.

In der Nähe meines Gasthofs blieb Doktor Grauh stehen und sagte:

»Ehe wir einander jetzt verlassen, will ich Ihnen genau den Ort bezeichnen, wo wir uns morgen wiedersehn.«

»Wir sehn uns morgen nicht wieder«, wollte ich sagen, aber es gelang mir nicht. Es ist das so eine Schwäche der Natur. Es wird mir schwer, nein zu sagen, abzuschlagen, zu beleidigen.

Grauh schien, was in mir vorging, nicht bemerkt zu haben!

Ruhig sprach er weiter:

»Sie werden wohl davon nicht abzubringen sein, am Abend die Oper zu besuchen. Herr Kirchmaus, der neben seinem Musikenthusiasmus ein monotheistischer Narr und Kommentator jenes unseligen Kant ist, hat mir von Ihrer Liebhaberei gesprochen. Ich für meinen Teil bin unmusikalisch – oder besser gesagt ein Feind der Musik auf Erden, die uns Gleichmaß und Erhebung vorlügt, um uns von den dringendsten Fragen abzulocken.« Nach einer Weile fügte er hinzu:

»Ich gönne uns diese Musik nicht! – Und vor allem die freche Präpotenz der Menschen, die Vokalmusik, hasse ich!«

Ärger stieg mir über diese Worte auf. Grauh lächelte:

»Nehmen Sie das einem Manne nicht übel, der streng an seinen Gedanken festhält.

Im übrigen erwarten meine Freunde und ich Sie nach zehn Uhr im Klub des Abendmahls.

Sie gehen über die alte Brücke den jenseitigen Quais entlang immer geradeaus bis Sie in die Vorstadt Neuwelt kommen. Dort sehen Sie einen kleinen Kettensteg, der auf eine Insel führt. Sie gehen über den Steg, nehmen den Weg an einer abgebrannten Mühle vorbei und stehn gleich in einem Gäßchen, wo Ihnen ein Gasthaus auffallen wird, das den Namen ›Zum Hammer‹ führt. Dort fragen Sie nach dem ›Klub‹. Das genügt.«

Seltsam! Während Doktor Grauh sprach, machte ich den Weg, den er beschrieb. Ich sah den Steg, die Mühle und endlich das Gasthaus. So stark war ich schon an ihn gebunden.

Fuga! Fuga!

Meine Seele wiederholte das Wort. – Für einen Augenblick

war ich entschlossen, morgen diese Stadt zu verlassen, auch sie zu verlassen. Plötzlich fiel mir der Name unseres Priors ein! Ich wollte alle meine Kraft zusammennehmen und sagte: »Nein! Niemals werden Sie mich wiedersehn!« Aber Doktor Grauh hatte mir schon die Hand gereicht und war in einer Nebengasse verschwunden.

Ich stand da, zu keinem Gedanken fähig. Ich holte tief Atem. Meine Muskeln schmerzten, als hätte ich diese ganze Nacht große Steine meilenweit zu einem Bau geschleppt.

Jetzt wich der Bann von mir, aber ich war so zerschlagen, daß ich mich kaum die paar Schritte zu meinem Hause schleppen konnte.

Inzwischen war der bleichsüchtige Morgen angebrochen.

Hunde bellten, auf dem Kopf der Brunnenfigur inmitten des Marktplatzes saß eine schwarze Amsel und sang in Tönen, die mich wie eine übergroße Last bedrängten.

Ein Karren war schon da. Auf dem Bock schlief ein Mann. Der Klepper scharrte und riß am Geschirr. Zwei Weiber holten Körbe vom Wagen. Als sie mich sahen, stießen sie einander an. Ich hörte, wie die eine die andere aufmerksam machte: »Ein geistlicher Herr!« – Als ich an ihnen vorbeiging, bekreuzigten sie sich, knieten und sangen wie Schulkinder zweistimmig:

»Gelobt sei Jesus Christus.«

Ich vergaß zu grüßen. Wohl wußte ich, daß ich das einmal schon erlebt hatte – und schämte mich meines jugendlichen Gesichts, das ich unwillkürlich mit meiner Hand bedeckte.

VII

Der Klub des Abendmahls

Dieses Traumgesicht hatte ich vor dem Erwachen. Ich lag in der Dämmerung auf einer Bergwiese. Thymian und Heidekraut dufteten mächtig, je mehr der Abend herabsank. Ich schloß die Augen und dämmerte gleich der Welt. Plötzlich schrecke ich aus meinem ersten Zustand auf. Etwas Weiches hatte meine Hand berührt. Ich öffnete die Augen. Was war das? Tausend Katzen tanzten und schlichen um mich, ein ganzes Meer von weissen und schwarzen Katzentieren, langleibige Wellen von Katzen mit glattanliegenden und gesträubten Fellen, die Funken gaben und knisterten, sprangen über mich, balgten sich auf mir und kollerten an mir herab. Immer mehr Katzen kamen daher; ich sah keinen grünen Halm mehr und nur die Wolken über mir waren in durcheinanderwallender Bewegung, ohne vom Fleck zu kommen. Zartknochige Leiber drückten sich mit nervösen liebenden Pfoten an meine Hände, stiessen sich mit graziösem Satz ab und flogen langgestreckt davon. Weiche Ballen liefen über mein Gesicht, runde warme zitternde Köpfe schmiegten sich unter mein Kinn, spröde Schnurrbarthaare kitzelten mich, zwinkernde Augen, in denen Smaragdfeuer brannten, sahen mich an, während in meinem Haar unbeweglich ein Tier thronte. Das Katzenmeer wuchs immer mehr, die Hänge und Täler unter mir, der ganze Erdball schien ein Raub dieses schleichenden, weichen, gefährlich melodischen Volkes zu sein. Auf meiner Brust sassen Katzen, doch sie bedrückten nicht, mit den kräftig leichten Schritten der Tiger liefen Katzen über meine Beine, aber sie waren nicht zu spüren. Die Katze, die auf meinem Kopf sass, war leicht und sanft, wie die sinnliche Erregung eines Ohnmächtigen, der am Erwachen ist. Und dennoch die Erscheinung der Milliarden Katzen war von einer grossartigen Furchtbarkeit. Das kam daher, dass keines der Tiere miaute oder schnurrte, noch auch mit Sprung und Schritt den geringsten Lärm machte. Die Katzen sprangen, schlichen, schmiegten und wälzten sich in einer unendlichen Stille. Und diese Stille kannte nur einen Laut, den der knisternden unzähligen Funken, die aus dem weissen und schwarzen Katzenhaar hinüber- und herüberschossen. Der Atem verging mir fast. Ich lag da, wie ein mächtiger Bergriese, an die Erde gebunden. Die Bewegung des Katzenmeers wurde immer rhythmischer, dem geheimnisvollen Gesetz von Flut und Ebbe unterworfen. Und da ging auch schon der flutbeherrschende Mond auf, gross und trächtig. Hin und her, auf und ab, schwoll die lautlose Katzenbrandung. Meine Beklemmung wich einer wachsenden Wonne. Immer heller wurde die Nacht, immer weicher, was mich berührte, immer geordneter das Fluten. Auf den Katzenwogen, wie von den Tieren nicht gefühlten Trittes, mit nackten Füßen kam eine Erscheinung auf mich zu. Mein Geschlecht bäumte sich, ich schrie auf. Sie neigte sich über mich. Die Katzen wogten zurück. Lelias Atem war warm wie die Leiber der Tiere. Ich schrie ein zweites und drittes Mal. Mein Lehrer mußte ihn gerufen haben. Denn plötzlich stand er da.

In unsere Abtei wurde vor Jahren einmal ein Selbstmörder des Nachts gebracht, der sich im nahen Walde das Leben genommen hatte. Der stand nun vor mir. Ebenso wie damals, saß ihm die Brille nur an einem Ohr fest. In seinem blonden Bart klebte Erde.

Er machte eine Handbewegung. Katzenmeer und Frau verschwanden. Dann hielt er seinen Arm lange über mich. Ich sah, daß er nur ein halber Mensch war. Die rückwärtige Hälfte seines Leibes war abgeschnitten. In seinem Innern sah es dürr und leer aus, wie in einem ausgetrockneten hohlen Baum.

»Steh auf und wandle«, sagte er, »Geschöpf Gottes.«

Gehorsam erhob ich mich, erwachte und sah, daß es schon Mittag geworden war.

Wie ich diesen Tag verbracht habe, das kann ich euch nicht mehr getreu berichten. Eines weiß ich, daß ich meine Habseligkeiten schon eingepackt hatte, um diese Stadt zu verlassen. Dann aber waren die anderen Gedanken mächtiger. – In mir brannte dieses törichte, ach mir so neue Gefühl. Ich sehnte mich nach dem Abend, ich sehnte mich nach dem Geruch des Theaters, ich sehnte mich nach ihr, in meiner selig feigen Hoffnungslosigkeit.

Ich ahnte nichts von meiner verborgenen Begierde, ihr zu begegnen.

Ich war entschlossen, der Einladung des Doktor Grau[!] zu trotzen, obgleich ich wußte, daß ich das nicht vermögen werde, denn nicht mehr rein gerichtet war meine Seele, und lüstern nach unerlösten Worten und Erlebnissen.

Einen Augenblick dachte ich schon daran einen gelehrten

Theologen in dieser Stadt aufzusuchen, um mich von ihm in die Geheimnisse des Exorzismus einweihen zu lassen.

Ich fühlte mich von bösen Geistern umstellt, und wollte kämpfen.

Langsam langsam rückte die siebente Stunde heran. Ich machte mich auf und ging durch das Durchhaus zu meinem Theater, das mir eine unsagbare Heimat geworden war.

Es sollte an diesem Abend die Oper ›La Sonnambula‹ gegeben werden. Vor dem Entree traf ich Herrn Kirchenmaus[!]. Er winkte mir lebhaft von weitem und rief mir entgegen:

»Denken Sie das Pech! Die Müller-Meier singt, diese Koloraturbarbarin. Unsere Primadonna ist krank, hat abgesagt.«

»Krank?« fragte ich, und versuchte, mich nicht zu verraten.

Der Bucklige schüttelte bös den Kopf: »Krank! Ah was! Schwindel, Laune, Monatsleiden, Krach mit dem Direktor, Arroganz! Was weiß ich?«

Traurig ging ich heim. Bitter war mir zumute. Ich hätte weinen mögen.

Ich wollte gerade in das Tor meines Quartiers treten, als ich eiligen Atem hinter mir vernahm und angerufen wurde. – Es war Kirchenmaus[!] der mich eingeholt hatte und nun aufforderte, da dieser Abend nun doch schon mißraten sei, mit ihm einen Spaziergang an den Fluß zu machen.

Ich war einverstanden. Ich hoffte, wenn ich nicht allein den Abend verbrachte, der Gefahr, die ich drohen fühlte, besser begegnen zu können. Wir ließen uns auf einer dem Fluß zugewandten Bank unter einem Akazienbaum der Quaipromenade nieder. Hinter unserem Rücken rauschte der Abendkorso. Wagenlärm, das straffe Getrappel vornehmer Pferde, zögerndes Knirschen von Frauenschritten, die sich willig verfolgt fühlen, unentwirrbare Stimmen auftauchenden und verschwindenden Gesprächs! Der Fluß dickflüssig und golden im Abend war überlebendig. Lange Flöße schwammen das breite Wehr hinab, die Flößer breitbeinig und die Stangen hochhebend standen voran auf dem vordersten Holzbund, während aus dem winzigen Häuschen am Bugende Schornsteinrauch aufstieg. Viele

Ruderboote der Liebespaare kreuzten planlos durch die Strömung. Raddampfer von der alten Art schäumten vor der Landungsbrücke, auf der mit wehenden Kleidern bunte goldüberschüttete Menschen warteten, während die Schiffsglocken bimmelten und Pfeifen schrillten.

Die große Bewegung dieses Abends wirkte abspannend und angenehm in ihrem fernen Enthusiasmus.

Kirchenmaus[!], das Kinn auf den Stock gestemmt, saß klein neben mir und starrte in das Leben. Ohne seinen Blick abzuwenden sagte er:

»Ich mache mir Vorwürfe, Sie mit Doktor Grau[!] bekannt gemacht zu haben. Ich sage nur: Hüten Sie sich vor allen Materialisten, dieser und jener Art, ob sie nun exakte Chirurgen oder Magier sind.«

Er schwieg. Der Abend wurde immer wilder. Flußmöven schossen dicht über das Wasser, das Geschwätz der Menschen ereiferte sich lauter. Durch meine Seele fuhr eine unfaßbare Erkenntnis: Menschen, Tiere, Alles und Jedes für sich, atmend, frei und in Bewegung!!

Diese Empfindung war erschütternd.

Kirchenmaus[!] schien dasselbe zu fühlen.

Er sagte: »Ja, sehn Sie nur hinunter! Wie all das da ist! Geboren und hinter der Mauer dieser Geborenheit wandelnd. Dieser Blick, den wir jetzt tun, ist der einzige und wahre Blick aus dem Jenseits. Er ist der Blick des über der Erde schwebenden Vogels, der Blick der göttlichen Ironie. Diese Wesen dort! Ein bemessenes Maß von Atemzügen, ein Auf und Ab von Blutstürzen! Würgt dieser Gedanke nicht in der Kehle wie ein ewiges, seliges Weinen, das uns nur plötzlich bewußt wird.

Gibt es für eine wahrhaft wache Seele ein anderes Wunder, ein niederschmetterndes Geheimnis als das der Existenz?

Andere Wunder suchen nur, die niemals diese Wunder erlebten, jene, die ewig *im* Wunder und niemals mit dem seliglich spöttischen Blick der Gottheit außerhalb dieses Wunders stehn, sie, die immer Uneinfügbaren!

Mein Herr! Priester, Künstler und Philosophen müssen diesen

Blick haben, sollen das einzige Element sein, das keine Verbindung eingeht, dürfen niemals in der Peripherie des Kreises stehn! Der höchste Zustand der menschlichen Seele ist das enthusiastische Erstaunen über die Vorhandenheit, das, was Aristoteles das Θαυμάζειν nennt und das Urmotiv aller Weisheit. Verstehn Sie den Sinn des Zölibats? Niemals einbezogen werden in das, was allen andern selbstverständlich ist, damit die Kraft des Erstaunens nicht erlahme! Schon nach Gesetzenforschen, die Wissenschaft, ist der erste Abfall von jener allerweisesten Empfindung; Wirkungen hervorbringen wollen, die Magie, der zweite, schwerere Abfall! Merken Sie sich gut, mein junger, geistlicher Freund, was ich Ihnen sage! Es ist einfach ein Wort, aber ein Abgrund, wenn man es verstehn will. Die Jünger des Jesus, weil sie unfähig waren, im ersten größten Wunder zu jeder Stunde zu verharren, drängten den Meister zu kleinen Wundern, die er an der Materie vollbrachte, und vergaßen, daß alles wahrhaft heilige Verhalten aus dem Wunder jenes Erstaunens fließt.

Hüten Sie sich vor den Aftermetaphysikern, hüten Sie sich!«

Es war Nacht geworden. Am andern Ufer des Flusses sprangen die Gaslichter auf, Notenköpfe einer unsangbaren Melodie in langen Zeilen.

Der Verwachsene sprach immer weiter, eindringlicher und leidenschaftlicher, aber ich konnte ihm nicht zuhören, denn je später es wurde, um so mehr Unruhe begann mich zu peinigen.

Bald war der Quai ganz still. Einzelne Schritte hallten.

Der Fluß, ein schwarzes nebliges Nichts, röchelte zu unseren Füßen.

Immer wieder riß ein Wind an mir.

Ich selber flüsterte mir zu: bleib sitzen, bleib sitzen! Mit beiden Fäusten nagelte ich mein Kleid an die Bank. Ein Sturm brach los. Ich sprang auf und wollte davonlaufen, Kirchenmaus[!] hielt mich fest. Ich riß mich los und rannte eine ganze Strecke. Er holte mich ein und packte mich an der Schnur meines Gürtels, von der noch immer ein Kreuz herabhing. »Gehen Sie nicht dorthin! Bleiben Sie diese Nacht bei mir!« rief er keuchend. Sein Widerstand verstärkte nur meinen Wunsch. Ich stieß ihn zurück, und während der Wind meine Kutte vorwärts wehte, lief ich wie besinnungslos weiter. Er sang mit seinem hohen Tenor eine Stretta hinter mir her, wie um mich durch Musik zurückzulokken. Vorbei! Ich hörte ihn nicht mehr.

Wie erstaunte ich, als ich plötzlich im Hof einer abgebrannten Mühle stand! Und jetzt war ich schon in der kleinen Gasse. Im Wind schwankte ein Wirtshausschild. Ich lief durch die Schankstube, über einen Lichthof, wo ein Windlicht brannte und viele Fässer lagen, und geriet über eine finstere Stiege endlich in einen schwacherhellten Vorraum.

Nicht der Mörder,
der Ermordete ist schuldig
Eine Novelle

Motto:
Nun sind wir entzweit!
— — — — — — — — — —
— — — — — — — — — —
Wie wir einst im grenzenlosen Lieben
Späße der Unendlichkeit getrieben
Ahnen wir im Traum.
— — — — — — — — — —
und in einer wunderbaren leisen
Rührung stürzt der Raum.
  Werfel: *Vater und Sohn*

Erster Teil

Wie habe ich immer die Knaben beneidet, deren Väter in den Portierlogen oder auf den Türbänken gelassen und freundlich an Sonntagnachmittagen ihre Pfeife rauchten, und wie erst die Buben in den Bürgerzimmern, wo der Hausherr behaglich gerötet, in Hemdsärmeln, die Virginier im Munde und ein halbgeleertes Bierglas vor sich, an dem weißen Tisch saß. Ich will von der Erschütterung schweigen, die ich einmal, noch als ganz kleiner Kadettenschüler empfand, als ich an dem offenen Fenster einer Parterrewohnung vorbeiging und dahinter einen älteren Mann am Klavier sah, der aus einem aufgeschlagenen Notenbuch die Arie des Cherubin: »Neue Freuden, neue Schmerzen« spielte, die sein Sohn, ein wunderschöner, elfjähriger Junge, mit der reinen heiligen Stimme des Kirchensopranisten sang. – Bitterlich als damals habe ich nie mehr geweint, denn mein Weg führte aus der Kaserne, wo ich allsonntäglich meinem Vater über die Ergebnisse der Woche Rechenschaft ablegen mußte, in die Kadettenanstalt zurück.

Ja, mein Vater rauchte Zigaretten und spielte nicht Klavier. Er rauchte Zigaretten, und zwar solche, die ihm meine Mutter, seine verschüchterte, harte Dienerin traurigen Angedenkens, allabendlich bis in die Nacht hinein mit der Maschine stopfte; denn sein Tagesbedarf war groß. Mit nobel zitternden, gelbspitzigen Fingern führte er diese Zigaretten zum Mund, ob er nun in der Bataillonskanzlei saß, über den Exerzierplatz ritt, oder gelangweilt nach der Ursache eines Zornausbruchs sinnend in seinem Zimmer auf und ab ging. Schon als achtjährigem Buben war es mir klar, daß der kein guter Mensch sein könne, der immerfort solche Rauchstöße durch die Nüstern blies. Alles an diesem Vater war: Von oben herab! Und Rauch durch die Nüstern stoßen, das taten doch nur die Drachen, die es jetzt nicht mehr gab.

Wir waren um diese Zeit in einer der großen Landeshauptstädte mit starker Garnison stationiert. Ich erinnere mich, daß mein Vater anfangs, als Hauptmann, dem Hausregiment zugeteilt gewesen ist. Ich selbst war Zögling der Kadettenanstalt dieser Stadt, also schon als Kind zu schwerer Zuchthausstrafe verurteilt. Doch noch härter war mein Los als das der anderen Offizierssöhne!

Wer nicht in einem unerbittlichen Institut aufgewachsen ist, wird sein Lebtag die Bedeutung des Wortes – Sonntag – nicht ermessen. Sonntag, das ist der Tag, wo die erdrosselnde Hand der Angst um den Hals sich lockert, Sonntag, das ist ein Erwachen, ohne bangen Brechreiz, Sonntag, das ist der Tag ohne Prüfung, Strafe, erbitterten Lehrerschrei, der Tag ohne Schande, ohne zurückgewürgte Tränen, Erniedrigungen, der Tag, da man in einem süßen Glockenmeer erwacht, die Bäume des armseligen Anstaltsgartens sind Bäume und nicht fühllose Gefangenenwächter wie sonst, der Tag, wo jeder mit dem weißen Erlaubnisschein die Wache am Tor passiert, und in die Freiheit und Freude tritt.

Ach, selbst der Sonntag konnte mich nicht froh machen, dieser Tag, den die Kameraden in aller Frühe schon mit unterdrückten Jubelschreien begrüßten, wenn sie aufsprangen und ihre Köpfe unter die mager tröpfelnde Waschgelegenheit hielten. Sie durften den ganzen Tag über ausbleiben bis neun Uhr abends, ja, manche sogar bis zehn, bis elf; dann erst zu solch später Stunde warf sich das furchtbare Montagsgespenst mit der Wucht der Versäumnisse und ungelösten Aufgaben über sie.

Aber am Morgen entflohen sie zitternd und rot vor Glück dem Kerker, kehrten in ein Heim ein, wo sie, wenn auch spärlich, so doch eine Spur von Liebe und Betreuung empfingen; sie wurden am Nachmittag in eine Konditorei geführt, oder durften mit ihren Eltern auf der Terrasse eines Cafés sitzen, oder in einem Restaurationsgarten in den schneidigen Blech- und Paukendonner der Militärmusik tauchen.

Was war mein Sonntag? Um zehn Uhr morgens verließ ich die Kadettenschule mit entsetzlichem Herzklopfen und einer schweren Übelkeit im Magen, ohne daß ich vermocht hätte, den Frühstückskaffee aus der verbeulten Soldaten-Blechschale herunterzutrinken. Denn ich mußte Punkt halb elf in der Bataillonskanzlei vor meinem Vater stehn, der mich mit dienstlich verächtlichem Blicke maß und anfuhr: »Korporal, wie stehn Sie da?«

Das wiederholte sich jedesmal. Meine Knie schlotterten dann, und mit Anspannung aller Kräfte nahm ich strammer Stellung. Es folgte das Verhör über die Noten und Zensuren, die ich in der abgelaufenen Woche davongetragen hatte. Niemals ein Lob, immer aber flogen mir Kommisschimpfworte an den Kopf, und ich pries den Gottestag, an dem es mir so gut erging, daß ich »nur mit Hohn« bedacht worden war.

Während dieser Hinrichtungen blies der Vater den Rauch der Zigaretten ohne Aufhören durch die Nase. (Ich habe in meinem Leben keine Zigarette berührt, und das ist wohl das einzige Laster, dem ich nicht verfiel.) Der Rapport schloß damit, daß der Vater sich über ein Dienststück beugte, den Rechnungsfeldwebel, der in der Ecke der Kanzlei die ganze Zeit über stramm stand, zu sich heranwinkte, und ohne aufzublicken mir befahl:

»Abtreten!«

Auf der Straße wurde es mir ganz bitter im Mund. Ich konnte mit meinen kleinen Beinen kaum mehr weiter.

Von Sonne und Furcht waren mir die Augen ganz betäubt, und dennoch mußte ich mit gestreckten Knien vorwärts schreiten, den Kopf salutierend nach rechts und nach links werfen, um ja keinen Offizier zu übersehn.

Und noch eines! Alle meine Mitschüler trugen am Sonntag eigene Uniformen aus Kammgarnstoff und von gutem Schnitt. – Ich allein mußte in der plumpen ärarischen Montur meinen Ausgang machen, und wie oft schämte ich mich der blauen, die Beine verunstaltenden Hosen.

Todmüde kam ich so gegen die Mittagsstunde zu dem Hause, wo meine Eltern wohnten. Doch auch dieses Haus war im Bann meines Schicksals gelegen, es stand in der Hörweite der Retraite und Hornsignale.

Jedesmal mit neuem Herzklopfen läutete ich an. Meine Mutter öffnete mir selbst; denn Offiziersfrauen können sich ja keine Dienstboten halten. Ich küßte ihr die Hand, sie fuhr mir kurz mit ihren bigotten trockenen Lippen über die Stirne. Dann mußte ich den Waffenrock ablegen und ein ausgewachsenes kurzärmeliges Lüsterjäckchen anziehn, eines meiner Schulbücher nehmen und still dasitzen, während die Mutter mit kurzen merkwürdigen Rucken in der Küche hantierte. Wie sie hin und her ging, dachte ich oft: »Warum trägt meine Mutter so große, gerade Stiefel mit breiten platten Absätzen, ganz anders als die geschwungenen Schuhe, welche die hellgekleideten Frauen auf der Straße tragen? – Warum empfinde ich bei ihrem Schritt nicht dasselbe wohlige Gefühl, das mich angesichts der schönen klappernden Frauenschritte da draußen durchrieselt?« –

Mittags kam der Vater nach Hause. Seine Lackstiefeletten blitzten. Er brachte es fertig, durch den ärgsten Staub und Kot zu gehn, ohne daß sein tadelloses Schuhwerk auch nur von dem kleinsten Fleck verunstaltet wurde. Es geschah regelmäßig dasselbe. Er hing den Tschako und frischvernickelten Salonsäbel an den Haken, zog sein Bartbürstchen und kämmte sich zurecht, schlug in der Türe leicht die Sporen aneinander und begrüßte meine Mutter und mich, die schon mit der Suppe warteten, mit einem förmlichen »Servus«, wie er es von Kameradschaftsabenden her gewohnt war, wenn er unter rangsjüngere Kameraden trat.

Beim Essen wurde wenig gesprochen, denn einen schweigsameren Menschen als meine Mutter habe ich nie gesehen, die nur ein Gegenstand völlig in Schwung zu bringen vermochte: Der Judenhaß. Mein Vater machte zwischen zwei Bissen dann und wann eine Bemerkung über einen Offizier. Den Untergebenen und Gleichgestellten pflegte er schlechtweg mit seinem Zunamen zu nennen, den Vorgesetzten bezeichnete er mit der Charge, wobei er niemals vergaß, das Wort »Herr« voranzusetzen.

Er war ein ausgezeichneter Offizier. Das Dienstreglement war ihm in Fleisch und Blut übergegangen.

Wenn er das Wort an mich richtete, so war es immer eine Prüfungsfrage. Einmal zog er sogar, während ich in meinem verflachsten Rindfleisch stocherte, eine zusammengefaltete Generalstabskarte aus der Tasche und verlangte von mir, ich solle die Karrenwege im Raume von Jezierna, das ein unbedeutendes galizisches Nest ist, genau beschreiben. Das war selbst meiner Mutter zuviel. »Laß das Kind essen, Karl!« sagte sie. Und ich habe ihr dieses gute Wort – »Kind« – nie vergessen.

Diese Mahlzeit war der Höhepunkt meines Sonntags. Um fünf Uhr mußte ich schon wieder in dem weißgetünchten Zimmer mit den zehn Eisenbettgestellen sitzen und über einer arithmetischen Aufgabe brüten, verzehrt von Montagsangst und Sodbrennen.

Nur in den Ferien war es etwas anders. Zwar unterließ es mein Vater nicht, die Schule zu ersetzen und alltäglich mir einen Rapport zu verordnen, wo er das Pensum, das er mir tags vorher aufgebürdet hatte, abhörte, – aber ich durfte doch eine Stunde länger im Bett liegenbleiben, das nicht ganz so hart war, als das der Kadettenanstalt; auch blieb mir Zeit, ein wenig zu flanieren, mit dem Hund zu spielen, oder eine Indianergeschichte zu lesen.

Vollends erträglich wurde der Zustand, wenn die Zeit der

Manöver heranrückte und der Vater mit seinem Regiment ins Sommerquartier ging. Von dem ersten Augenblick seiner Abwesenheit an war meine Mutter wie verwandelt. Sie ging mit mir viel spazieren, erzählte von ihrem Vater, der Rechnungsrat im Finanzministerium gewesen war und ein berühmter Schachspieler, – selbst ihre Schuhe, die meinen Schönheitssinn immer beleidigt hatten, bekamen eine weniger strenge und angenehm weibliche Form; ich mußte mir nicht mehr selbst die abgerissenen Knöpfe annähen, sie wusch mir auch den Kopf und zog mir mit Sorgfalt den Scheitel. –

Eines Tages kehrten wir sogar in eine Konditorei ein, und zum erstenmal im Leben durfte ich Schokolade mit Schlagobers genießen.

Einmal in dieser Ferienzeit erwachte ich in der Nacht. Da sah ich meine Mutter mit einer Kerze vor meinem Bett stehen. Sie hatte das Haar geöffnet, und ich konnte erkennen, daß es sehr schön war.

Über ihr Gesicht liefen viele Tränen. Sie setzte sich zu mir und küßte mich in einem wilden plötzlichen Überschwang. Da fing auch ich an, unaufhaltsam zu weinen. Am Morgen erwachte ich und hatte das erstemal in meiner Jugendzeit wirklichen Appetit.

In den ersten Tagen des September kam der Vater von den Manövern zurück. Doch diesmal hatte ich ein ungeahntes Glück. Er schien nicht derselbe zu sein. Sein Gesicht war freundlicher und wohl gerötet, seine Gestalt weniger infanteriepedantisch, fast die eines Reiters. Er trug keine gelben Waschhandschuhe, als er eintrat, sondern weiße dünne Glacés, klopfte mir auf die Schulter und sagte: »Nun, Bub, wie waren die Ferien?« Ich traute meinen Ohren nicht und wurde maßlos rot.

Die Veränderung im Benehmen meines Vaters hatte einen guten Grund. Die Manöver waren für ihn außerordentlich günstig abgelaufen. Bei der Kritik hatte ihn der Thronfolger dreimal höchst schmeichelhaft erwähnt, er war fast außertourlich mit Überspringung von sieben älteren Hauptleuten zum Major avanciert, und was die seltenste Auszeichnung ist, ihm war der Adel mit dem Prädikat »Edler von Sporentritt« verliehen worden. Es war vorauszusehen, daß er, trotzdem er das Studium der Kriegsschule einst hatte unterbrechen müssen, zum Generalstab versetzt werden würde.

Die letzten acht Tage dieser Ferien waren die glücklichsten meiner ganzen Kindheit. Der Vater war jovial und eifrig bestrebt, die Gewohnheiten eines Frontsoldaten mit denen eines militärischen Diplomaten zu vertauschen.

Hausrapporte, Prüfungen, Gespräche über Kasernenfragen verschwanden ganz. In unser Hinterzimmer zog eine Hausschneiderin ein; für meine Mutter sollte ein Straßenkostüm nach der Mode angefertigt werden. Ihr Gesicht glühte in mädchenhafter Erregung, wenn sie mit der alten Jungfer über ein Schnittmuster gebeugt stand oder selbst an der Nähmaschine saß. Es konnte auch geschehen, daß mein Vater, der jetzt eine weniger vorschriftsmäßige feinere Uniform trug, in das Kabinett trat, um einer Anprobe beizuwohnen. Wenn er seine Meinung über eine Falte oder Rüsche aussprach, vergaß er nicht, seinen Worten einen näselnden, leichtfertigen Ton zu geben.

Eines Abends hatten wir sogar Gäste. Der Regimentskommandant und der Brigadier mit ihren Damen. Es gab vor dem Braten eine Vorspeise, französischen Salat in Muscheln. Ich, der bei Tisch dabei sein durfte, erstarb in Ehrfurcht vor dieser geheimnisvollen edlen Speise.

Meine Mutter bewegte sich in ihrem guten Seidenen, das heute ganz ungewohnt vornehm wirkte. Ihr schönes Haar trat gut zutage. Sie trug eine dünne Goldkette, an der ein Türkiskreuz hing, um den Hals, an den Handgelenken klirrende Silberarmbänder.

Es wurde Wein und Bier getrunken. Der Brigadier gab wohlwollend jüdische Anekdoten zum besten, der Oberst Kasernenhofblüten. Beide nannten meinen Vater: »Lieber von Sporentritt!« Sie waren bürgerlichen Namens und nicht wenig stolz, daß ein so hoch qualifizierter Offizier in ihrem Dienstbereiche stand. Als sie aufbrachen, zwickte mich der General freundlich in die Wange. Ich stand starr wie eine Ordonnanz an der Türe.

Meine Eltern waren mit diesem wohlgelungenen Souper sehr

zufrieden. Was ich bisher noch nie gesehen hatte, ich sah meinen Vater mit unterm Kopf verschränkten Armen sich in einem Schaukelstuhl wiegen. Das war für mich eine überaus aristokratische Geste.

Vor dem Schlafengehen küßte der Vater meiner Mutter die Hand. Ich glaube, das war der glücklichste Augenblick ihres Lebens.

So nahte für mich der letzte Sonntag dieser wunderbaren Ferien heran, und der Zufall wollte es, daß dieser Tag gerade mit meinem dreizehnten Geburtstage zusammenfiel. So durfte auch ich einmal im Leben ein Sonntagskind sein.

Am Morgen dieses Tages trat ich zu meinem Vater ins Zimmer, der gerade beim Frühstück saß. Er ließ mich niedersetzen und teilnehmen. Trotz seiner Freundlichkeit in den letzten Tagen hätte ich in meiner Verschrockenheit doch nicht gewagt, dieser Aufforderung zu folgen.

»Es ist ja heute dein Geburtstag«, sagte er, »setz dich nur!« Ich trank zaghaft aus der Tasse, die er mir hingestellt hatte. Er schwieg lange still und ich fühlte, daß er über mich nachdachte.

»Du bist heute dreizehn Jahre« – begann er plötzlich – »und die Jugend geht rasch vorbei! Gerade an meinem dreizehnten Geburtstag, erinnere ich mich, hatte mir mein Vater, der Oberstleutnant, ein besonderes Vergnügen zum Geschenke zugedacht. Ich will dir das gleiche Geschenk machen, und du magst ebenso an deinem Sohne handeln. Du wirst es einmal verstehn, daß die Tradition den Wert einer Familie bedeutet. Halte dich heute nach Tisch bereit und jetzt geh!«

Nach dem Essen, das besser war als sonst, gebot mir der Vater noch einmal, mich anständig zurechtzumachen. Er selbst aber stand auf und ging in sein Zimmer. Nach einer halben Stunde kam er zurück. Aber was war geschehen? Er hat Zivilkleidung angelegt – und so wenig ich damals davon verstehen konnte, so sehr fühlte ich doch die Verwandlung ins Armselige, die mit diesem sonst so steifen und klirrenden Menschen vor sich gegangen war. Das war nicht mehr die erdrückende Erscheinung von vorhin, so sahen die vornehmen Herren auf der Straße nicht aus, dieser Vater glich den mageren Gestalten hinter den Postschaltern.

Unter den allzu kurzen Ärmeln traten viel zu weit die angeknöpften Manschetten vor, der Kragen schien eng und von einer veraltet unerfreulichen Fasson zu sein. Die genähte Krawatte ließ den gelben Kragenknopf sehn. Die Hosen, überaus gebügelt, spiegelten hinten, was dadurch besonders sichtbar wurde, daß der Rock ebenso kurz wie alles andere war.

Tadellos allein wirkten Frisur, – Stock, Hut und Handschuhe, die der Vater, als wäre er das sehr gewohnt, leichthin in der Hand trug.

Wie wach ist doch ein Kinderherz!

Ich verstand so viel!

Der Mann, der mein Vater war, jetzt hatte er sich enthüllt.

Armut, Engbrüstigkeit und Schäbigkeit; nun traten sie als Wahrheit hervor, nachdem Glanz und Planz im Kasten hingen! Und doch!

Eine ungeheure Welle von Wärme und Mitleid für ihn stieg in mir auf.

Wir gingen über die Straße, beide mit dem dummen und kniewerfenden Schritt der Soldaten.

»Wohin gehen wir?« wagte ich zu fragen.

»Das wirst du schon sehen.«

Als wir mitten auf der großen Brücke standen, wußte ich plötzlich, und das Blut stockte mir vor wunderbarem Entsetzen: »Es geht auf die Hetzinsel.« Die Hetzinsel war gleichsam der Wurstelprater unsrer Stadt.

Meine Kameraden, die sie hatten besuchen dürfen, berichteten das Tollste. Panoptikum, Grotten – und Bergbahn, verzaubertes Schloß, Photograph, Schießstätten, rasende Karusselle, elektrische Theater, daß diese Entzückungen nicht fehlen durften, war ja selbstverständlich. Daß aber ein wirkliches bodenständiges Stück Wüste da wäre, mitten auf dieser Flußinsel, ein Stück wahrer Sahara, auf dem echte Beduinen ab halb vier Uhr alltäglich ihre »Fantasia« ritten, das hatte mir ein besonders glücklicher und gewiegter Besucher versichert.

Mein Vater und ich stiegen die breite Treppe, welche die große Brücke seitlich unterbrach, hinab, traten durch ein hochgebautes Torgerüste, von dem hundert brennende Fahnen niederwallten, und standen schon im Wunder.

Im ersten Augenblick verging mir der Atem vor dem gigantischen Lärm, der auf mein Ohr eindrang, das angstvoll nur an das Schrillen der Exerzierpfeife und die Bosheit des Lehrerworts gewöhnt war. Selbst die Furcht vor meinem Vater schwand für eine Sekunde. Ich wollte die Hand ausstrecken, um die seine anzufassen, aber durchblitzt fuhr ich noch im letzten Augenblick zurück.

Unzählige Menschen in unzähligen Gruppen wogten durch-, mit-, gegeneinander und bildeten doch eine gleichgerichtete gemeinschaftliche Strömung, gerade so wie die vielen durcheinandertanzenden Wirbel des Wassers einen Strom. Die irrsinnige Musik, der Triumph der Menge, schloß mich ein wie etwas ungeahnt Gütiges, mein kleiner zertretener Mut begann zu wachsen, ich sah diesen Vater neben mir fast klar beobachtend an und fühlte: »Was ist denn der Mächtige da heut im grauen, nicht mehr neuen Röckchen denn anderes, als einer unter vielen!? Wem kann er heute was kommandieren, wer würde ihm gehorchen!? Keiner schert sich um ihn, keiner grüßt ihn, kein Soldat salutiert, ja – sie schauen ihn ruhig frech an und scheuen sich gar nicht, ihn zu puffen.

Mein Vater schien ähnliche Gedanken zu hegen.

Wenn ihn jemand berührte oder gar auf den Fuß trat, knirschte er mit den Zähnen und stampfte auf. Das Gesicht war verzerrt und verfallen. In seinen vor der übermäßigen Sonne zusammengekniffenen Augen blitzte Haß. Sein heute unvorteilhaft zur Schau getragener Körper kämpfte um die Möglichkeit, plötzlich luftleeren Raum um sich zu haben, aus dem Bann der Menge zu fallen, eng und goldverschnürt mitten in einer tausendfältigen Stille dazustehen.

Oh, wie sollten kurz und scharf aus seiner Kehle die Kommandoworte fahren: »an!« und »Feuer!«

Wir aber wurden im unbesiegbaren Strom von Leibern, Gelächtern, Gekreischen vorwärts gestoßen, und je mehr ich fühlte, daß mein Vater darunter litt, um so mehr genoß ich die süße Rache, ihn zu dieser Ohnmacht verurteilt zu sehen. Seltsam! Ich erlebte den ersten Sieg gegen diesen Vater in der Stunde, da er mir die erste Güte entgegenbrachte.

Indessen waren wir der schmalen Gasse zwischen schreienden Buden, dem Schweißgeruch der in einer Flußenge zusammengezwängten Menge, der Unzahl von Kindertrompeten und bunten Luftballons entkommen und standen im Strudel eines großen Platzes.

Viele gewaltige Orchestrions und elektrische Orgeln donnerten.

Dreizehn Jahre alt!

Es war das mächtigste Erlebnis, das ich bisher empfangen hatte, und dieses Erlebnis wurde vielleicht nur von einem noch übertroffen, als ich von Bord des ›Großen Kurfürsten‹ die vielen Begrüßungsorchester durcheinandertoben hörte, die uns mit einer nie geschriebenen Dämonsmusik im Lande der Hoffnungen empfingen, wo ich jetzt die Geschichte aus meinem Leben aufzeichne.

Die elektrischen Orgeln brüllten, die langgezogenen Schrecknisse ihrer Opernmelodien zu einem fabelhaften Chaos verschlingend.

Ich stand erschöpft in diesem Platzregen von harmonischen Felsen. Mein Körper war eingeschlafen, ich konnte mich kaum rühren.

Der Vater zog mich in ein Ringelspiel. Ich mußte mich auf ein Pferd mit übertrieben geschnitztem Hals setzen und die Zügel in die Hand nehmen. O, welch ein eigentümlicher Geruch von Holz, Leder und warmen Roßhaaren! Die Farben- und Gestaltenfülle war zu groß, als daß ich hätte noch unterscheiden können. Hohl setzte die Orgel ein: »Müllerin du Kleine!« Das Spiel begann sich langsam zu drehen. Ein Mann in kurzen Hosen und schwarzem Trikot avancierte und retirierte schneidig auf der rotierenden Scheibe. Oben wehten rote Vorhänge über Kinderjuchzern. Die Bewegung wurde schneller, immer schneller, die

Drehscheibe, auf der die Pferde, Wagen, Drachen, Königstiger, Löwen, Traumtiere liefen, schien einen Trichter bilden zu wollen, – ich lehnte mich mit glühenden Wangen zurück, um mich dem Rausch der Schnelligkeit hinzugeben. Da aber sah ich meinen Vater, groß, wie über alle anderen gewachsen, dastehen, scharfen Blicks, vorgestellt den rechten Fuß, und den Stock, wie eine Longierpeitsche in der Hand. Er rief mir im Ton des Reitlehrers zu:

»Gerade sitzen! Oberkörper zurück!«

Doch – schon war ich vorbei und nahte voll Angst in der neuen Tour. Unbeweglich stand er da. Ich hörte seine Stimme:

»Sattel auswetzen!«

Vorüber! Während der nächsten Tour hatte ich schon den bitteren Geschmack im Munde. Des Vaters Stellung war um keinen Zoll verändert.

Und wieder die Stimme.

»Schenkel an den Sattel, Fußspitzen auswärts.«

Als ich von meinem Holzpferd stieg, war ich traurig und zerschlagen wie nach einer Prüfung.

Mein Vater hatte sich für den kurzen Augenblick meines Sieges von vorhin bitter gerächt. Doch gab er sich damit zufrieden, tadelte mich nicht weiter und löste Karten für die Grottenbahn, deren Geheimnisse ein Zwerg im Kostüm der Hofnarren und eine Riesendame mit der Pauke ausriefen. Diesmal nahm der Vater teil, doch zeigte sein Gesicht keine Regung. Die Orgel, die hier spielte, war mächtiger als die der anderen Unternehmungen. Es ging von ihren Tonungeheuern ein Luftzug aus, der mir wie Zauberei erschien. Wir fuhren knarrend in den schwarzen Schacht ein. Da es ganz finster war, hatte Gott den Vater von mir genommen. Ich sah ihn nicht. Die Beklommenheit fiel und ich überließ mich dem Traum. Aber es waren viele Träume:

Hexen ritten, während der Winterwind die Tannen entwurzelte, dürr, nackt und mit flatternden Strähnen auf wippenden Ästen. Schweigend, grün, unendlich tat sich der Meerboden auf. Algen sanken wie Schleier nieder, langsam schwebten Riesenquallen, namenlose Fische zogen in Scharen durch eine warme Strömung, ein Tier, das bläuliche Strahlen warf und wie eine Lampenkugel mit Schwanz und Flossen aussah, stieg majestätisch empor. Auf dem Grunde, der ein Gebirge, gebaut aus Muscheln, Korallen, Riesenkrebsen, rostigen Ankern und verstreuten Edelsteinen war, faulte die von Fischen angefressene Leiche eines Steuermanns, und ganz in der Ferne, wo der Schein der Tiefe glasig wie unnatürlicher Schlaf erschien, schwankte das Wrack einer Fregatte mit hohem Kiel, gekipptem Mast und quadratischen Kabinenluken im langsamen Rhythmus des unsichtbaren Wogengangs. Vom Bugspriet schimmerte eine winzige Laterne seit Jahrhunderten unerloschen mitten im Leib des Wassers. Doch nicht genug damit. Auch die Wolfsschlucht erlebte ich. Der Wind stürzt die Brücke ein, die über den Wasserfall führt, Eulen schweben, das Wildschwein ist zu hören, zwei Töne grunzt es ununterbrochen wie ein Fagott, Kaspar gießt im Flammengeprassel die Freikugeln, Samiel fährt im roten Feuermantel aus der Höhle.

Ich kannte diese Geschichte sehr gut. Ein Kamerad, der einzige, mit dem ich mich verstand, hatte sie mir oft erzählt.

»Samiel hilf!« schallte es durch den Wind. Wir rasselten weiter ins Dunkel. Ich vernahm die Stimme des Vaters.

»Was war das?« fragte er, nicht wie einer, der prüft, sondern wie einer, der selbst nichts weiß. Da wir uns ja nicht sahen, durfte er sich etwas vergeben.

»Das war Freischütz«, gab ich zur Antwort.

»Was ist das, Freischütz?« hörte ich seine Stimme, diesmal aber ohne Nachdruck.

»Freischütz ist eine Oper«, dozierte ich, Wort für Wort setzend wie ein Lehrer.

»Eine Oper – so?!«

Der Vater meinte das verdrießlich und gleichgültig, aber es war nicht zu vertuschen, es gab eine Welt, wohin er mir nicht folgen konnte; ich hatte ihn überwunden. Stolz straffte mich. – Jetzt hätte ich reiten können!!

Das Größte aber, was es gab, war das Erdbeben von Lissabon. Trotzdem einer der Mitschüler mir vorgeschwärmt hatte, in der

Grottenbahn wäre der ganze Weltuntergang zu sehen, war ich nicht enttäuscht.

Wie die Häuser der Stadt dastanden grell und weiß in dem blauesten aller Tage, wie das Meer voll roter und gelber Segel den Horizont hinanstieg, wie jetzt nach und nach das wilde Gezwitscher der Vögel verstummt, und – die Sonne steht hoch am Himmel – es langsam immer dunkler und toter wird! Wie man fühlt, daß die Menschen vor der grauenhaften Erscheinung dieser Dunkelheit mitten am Tag sich in die Häuser flüchten und in den Kellern verstecken! Da ist es auf einmal ganz finster und plötzlicher Sturm wirbelt eine ungeheure Staubhose in die Schwärze, der das Tosen von Millionen Donnern, Kanonenschlägen, Hagelwettern und Explosionen folgt. Unsichtbar das Meer mit einer Riesensturzflut überschwemmt die Nacht und tritt sogleich zurück. Und diese Finsternis? Dauert sie tagelang, jahrelang oder nur die halbe Minute, die sie wirklich dauert? Jetzt hellt sie sich ein wenig auf. Feuerschein immer mehr, und der Riesenbrand der Stadt leckt mit Millionen Flammen und Schatten den Himmel aus, während heiser und schwach – denn wie ferne in Zeit und Raum geht dies alles vor sich – Zischen, Sud und Geprassel das Züngeln begleitet.

Gleich als wir ins Freie traten, wurde es mir in der Seele warm und gut. Daß ich gewußt hatte, daß es ›Freischütz‹ und überhaupt ein Ding gab, das sich Oper nannte, und daß ich meinen Vater hatte belehren können, richtete mich auf. – Einst würde ich Rapport halten, und sein Mund, der nur den harten Akzent des Dienstes kennt, wird stocken müssen.

»Nun wollen wir uns restaurieren«, sagte der Vater. Wir kehrten in einen Kaffeegarten ein. Ach, wie gütig war doch heute der Gestrenge. Er fragte mich sogar: »Was wünschest du zu nehmen, Karl?«

Ich brachte kein Wort heraus. Er aber kaufte dem Kuchenpikkolo drei Leckereien ab, legte zwei davon zu der Tasse Schokolade, die er mir bestellt hatte, und behielt selbst nur eine. Mein Herz schämte sich.

Das war der Papa, der vor mir saß. Der Große, Bewunderte,

Alleswissende, Alleskönnende! Ich liebte ihn ja! Ich sehnte mich in bitteren Nächten nach seiner Liebe, und der Schmerz aller Erniedrigungen war nichts gegen die Qual jenes oft geträumten Traums, da ich ihn in Pulverdampf gehüllt, seinem Bataillon voraussprengend in die Luft greifen und fallen sah!

Wohin sollte meine kleine Seele mit den hin und her gerissenen Gefühlen? Der Vater winkte einen Kellner heran! »Wo ist hier die Schießstätte?« Der Mann gab Auskunft.

Das väterliche Auge sah mich scharf an. »Wir werden jetzt etwas Nützliches tun! Ich will sehen, ob du zum Plänkler taugst.« Ich war aus dem Himmel meiner Zärtlichkeit geworfen und sogleich kehrte der bittere Geschmack zurück.

Auf dem Wege zur Schießstätte aber erlebte ich das Furchtbare, das meine ohnehin schon zerstörte Kindheit noch mehr zerstören sollte.

Vor einer großen Bude drängte sich eine Menge von Leuten. Eine gemütliche, etwas fette Stimme war zu hören: »Fürchten Sie sich nicht, meine Herrschaften! Nur immer heran! Was kann man Besseres an seinen Feinden tun, als ihnen den Hut vom Kopf werfen! Man muß nur geschickt sein. Man muß nur gut zielen können! Immer nur heran, meine Herrschaften! Lernen Sie, Ihren Feinden den Hut vom Kopf werfen! Das ist gut für alle Parteien: gut für Klerikale, Agrarier und Sozialisten!«

Wir traten näher. Auf dem Ladenbrett der Bude waren große Körbe mit roten, blauen und weißen Filzbällen zu sehen. Hinter dem Brett stand der Budenbesitzer, ein Mann von schlau-gutmütigem Aussehn, der eine Militärkappe und einen roten Kaiserbart trug. Er zwinkerte vielsagend mit den Augen, wenn er die Bälle ausgab und die Münzen einstrich; dann sagte er wohl: »Nur gut zielen, mein Herr, Sie werden schon den richtigen treffen!«

Und die Leute zielten und warfen, daß die Bälle sich nur so in der Luft kreuzten. Das Gelächter wollte gar nicht aufhören.

Wohin aber zielten und warfen sie? Mein Entsetzen war grenzenlos! Auf lebendige Menschen! Lebendige Menschen wurden von ihnen gesteinigt. Nein, das war ja nur eine Täuschung. Gott sei Dank, es sind ja nur Puppen, nur Figuren, denn solche Menschen hätte die Erde niemals tragen können.

Und welche Bewegung? Auf und nieder! Auf und nieder! Mir schwindelte.

Der tiefe Hintergrund der Bude war dreifach geteilt. Rechts und links sah man hintereinander erhöht je zwei Bänke; aus jeder dieser Bank tauchten in hypnotischer Regelmäßigkeit auf und nieder, auf und nieder je drei Gestalten! Zwölf durch alle Höllen gehetzte Grimassen stiegen in magnetischem Rhythmus aus den Bänken auf und versanken wieder. Stiegen auf, – versanken.

Die verzerrten Physiognomien, die zynisch aus dem Abgrund auffuhren, um wieder dahin zurückzukehren, waren so genial voneinander unterschieden, daß ich keine von ihnen je vergessen könnte. Da war ein unerbittlicher chinesischer Mandarin, ein unsagbar jüdischer Jude, ein Offizier mit Pferdezähnen in der Uniform einer phantastischen Fremdenlegion, ein scheußlich rotwangiger Henker in Frack, ein Jesuit, wie ein schwarzer und böser Strich, ein knopfblanker Bauer mit einer zerfressenen Nase, die ihm wie eine Traube von roten Beeren aus dem Gesichte hing, ein Neger, ein Gehenkter, ein Mensch im Zuchthauskittel, eine besoffene Teerjacke, ein Spitalsbruder, ein Brigant und ein lebendig Begrabener.

Um das ungerührt erscheinende und verschwindende Grinsen dieser Zwölf flogen die Bälle – trafen mit dumpfem Hall Brust, Aug' und Stirn. Hie und da gab es einen Treffer. Dem Mandarin fiel dann seine Mütze, dem Offizier sein Tschako, dem Bauer sein Dreispitz in den Nacken.

Manchmal – und ich erinnere mich oft an diese Puppen – kommt mir der Gedanke: Es sind zwölf Höllensträflinge, von Gott verurteilt, als Holzfiguren ihr grauenhaft irdisches Wahnbild weiter zu bewohnen und hier in den Schulbänken des Budenbesitzers zu einer ewigen Turnstunde verdammt, ihr Leben nachzusitzen.

Mögen sie erlöst werden!

Ganz anders aber war die Gesellschaft, die sich im Kreise auf der großen Scheibe drehte, welche die Mitte des Budenhintergrundes einnahm. Es waren wiederum zwölf! Aber zwölf, die eine solche unnachahmlich schäbige Würde auszeichnete, daß sie kaum auseinanderzuhalten waren. Der Beruf dieser zwölf Holzmenschen war klar. Was denn anders konnten sie sein als Leichenbitter, Wucherer, Zeremonienmeister der Begräbnisse dritter bis siebenter Klasse, Tanzlehrer letzter Sorte, Klavierspieler bei den Unterhaltungen der Armen!

Alle waren sie in Trauer gekleidet, trugen lange, schwarze, ausgefranste Bratenröcke, hohe, blinde Zylinder, von denen Flöre niederhingen. Sie drehten sich langsam und gemessen im Kreise, so, daß ich weniger ihre todernsten, starren Gesichter sehen konnte, als den Rücken, der das Traurigste von der Welt war.

In ihrer schleichenden Haltung schienen sie einem unsichtbaren Sarge zu folgen oder verflucht zu sein, dort, fern im Schatten, eine Türe zu sehn, der sie ewig zustreben, die sie doch nie erreichen durften, immerdar an der Möglichkeit des ersehnten Abgangs vorbeigedreht. Die alten traurigen Männer, mehr als die Teufelsbilder rechts und links, waren Zielscheiben der sausenden Steinigung. – Trat eine Pause im Bombardement ein, so erschien hinter einem Vorhang des Hintergrundes ein Junge und setzte den Greisen die Zylinder auf, die ihnen die Bälle vom Kopf geschlagen hatten.

Er war nicht älter als ich. Vielleicht feierte er heute auch seinen Geburtstag. Sein Antlitz war ebenso mager und blaß wie das meinige; seine schwarzen Augen leuchteten aus tiefen Höhlen.

Und doch! Wie gut hatte er es –, wie schlecht hatte ich es! Er trug an seinen Gliedern keine vorschriftsmäßige Uniform, er ging wohl in die Bürgerschule, wo die Buben zu spät kommen, ausbleiben und Allotria treiben durften, soviel sie nur wollen. Sein Vater lachte während der Arbeit viel und aus Herzensgrund, war beredt, behaglich, und jetzt –, jetzt zündete er sich die Pfeife mit dem Türkenkopf an und begann wohlig keuchend zu paffen.

Die Bälle schwirrten, die haßerfüllten Fratzen tauchten auf

und nieder, die schäbig würdigen Greise wandelten hoffnungslos an der Türe ihrer Erlösung vorbei.

Auch der kleine Junge hatte mich gleich entdeckt. Wir waren die einzigen Kinder hier. Sofort spann sich eine starke Beziehung von mir zu ihm –, von ihm zu mir.

Er winkte mir, einen Ball zu werfen, kniff bedeutsam die Augen ein, pfiff mir ein Signal zu, schnitt eine Fratze und winkte mir immer wieder.

Oft sah ich nichts als seine Hand, die wie ein Gespenst mit Daumen und Fingern hinter dem Vorhang hervorgestikulierte.

Ich machte schüchtern meinerseits Zeichen, deren Sinn ich selbst nicht verstand.

Verloren starrte ich diesen hohläugigen Knaben an, der mir glücklich wie die Freiheit selbst erschien!

Ich fuhr zusammen. Denn die kommandierende Stimme meines Vaters schnarrte: »Karl, nun zeig, ob du eine sichere Hand hast und ob du einmal das Recht haben wirst, des Kaisers Rock zu tragen!«

Er gab mir einen Ball in die Hand. Was sollte ich damit anfangen? Auf und nieder tauchten die Bösen; die Leichenbitter schlichen an dem Jungen vorbei, der immer wieder den Kopf vorbeugte und mir mit fünf gespreizten Fingern winkte und winkte.

Alle Puppen hatten Hüte auf – denn kein Mensch warf mehr einen Ball, so scharf war die Stimme meines Vaters gewesen. Die Leute sahen ihn erstaunt und feindlich an. Alle Blicke waren auf uns beide gerichtet. Zitternd hielt ich den Ball in meiner Hand. Alles schwieg und nur der Budenbesitzer sagte: »Nun, junger Mann!?«...

Mein Vater richtete sich auf. Die Bedrückung, einer nur unter Tausenden zu sein, war von ihm gewichen. Er stemmte die Hand in die Hüfte, wie es der tut, der endlich das Übergewicht über andere gewonnen hat, wie der geblähte Leutnant es macht, der vor seine Rekruten tritt. Das Schweigen um uns tat ihm sichtlich wohl.

»Wird's bald!? Wirf!!« sagte er mit lauter Kasernhofstimme.

Mein ganzer Körper brannte vor Scham und Angst. Ich hob den Ball und warf ihn kraftlos ins Ungewisse hinein. Er fiel schon in der Mitte der Bude zu Boden. Nichts unterbrach das Schweigen, nichts als die kleine Lache, die der Junge aus seinem Versteck hervor anschlug.

»Tolpatsch!« Der Vater reichte mir streng einen zweiten Ball.

»Wähle dir eine Figur, ziele gut, und dann erst wirf!«

Alles tanzte vor meinen Augen! Auf und nieder tauchten die Höllensträflinge. Ich nahm alle Kräfte zusammen, meinen Blick zu sammeln. In den Gelenken der Hand, die den Ball hielt, spielte ein süßlich giftiges Gefühl. Immer furchtbarer wurde der Rhythmus des Auf- und Niedertauchens. Da! – Eine Gestalt löste sich aus den andern, wurde deutlicher, die Grimasse fletschte mir eindringlich entgegen, ein ewig verschlossener Mund schien mir zurufen zu wollen: »Ich! Ich!« Es war der Offizier in Phantasieuniform.

Ich sah ihn, – ich sah ihn! – Die Pferdezähne meines Vaters waren entblößt, seine Schnurrbartspitzen starrten, an seinen Epauletten blitzten die Messingknöpfe.

Ich beugte mich weit über das Brett und warf, einen kurzen Schrei ausstoßend, den Ball, – der aber ganz nah von mir in irgend eine sinnlose Ecke fuhr.

Jetzt lachte der Knabe im Hintergrund laut und höhnisch auf.

Der Vater trat dicht an mich und zischte mir ins Ohr: »Rindvieh! Du blamierst mich! Jetzt wirf und triff, sonst – – –!«

Ich fühlte einen neuen Ball in der Hand.

Dort! Auf und nieder raste der Legionsoffizier. Von Mal zu Mal immer klarer offenbarte er sich. Wo stand mein Vater? Nicht neben mir!

Dort stand er! Dort...!

Er blies Rauch durch die Nase, so wenig ermüdete ihn die furchtbare Bewegung. Ohne Falte blaute sein Waffenrock.

»Korporal! Korporal!« rief er –

Gott! Gott!

Ich will es tun!

Er selbst befiehlt es mir ja!

Er selbst, – er selbst – – – – – –

Ich spannte alle Muskeln an, und, indem ich wild aufschrie, schleuderte ich den Ball mit solcher Kraft, daß es mich umriß und ich zu Boden stürzte. – – – – –

Sogleich erwachte ich aus meiner kurzen Bewußtlosigkeit. Menschen standen um mich, die auf mich einredeten.

Abseits erblickte ich den Vater, ohne Hut, ein blutiges Taschentuch an die Nase pressend.

In einem entsetzlichen Augenblick erkannte ich alles. Ich hatte nicht jenen Offizier, ich hatte meinen Vater getroffen!! Ich sah das Blut, das aus seiner Nase stürzte. Ein ungeheures Weh überspülte mich. Dieses Weh wuchs und wuchs. Das Herz vermochte es nicht mehr zu tragen. Mein letzter Blick traf das merkwürdig starrende und neugierige Gesicht des Budenbesitzersjungens, der sich über mich beugte.

Dann versank ich in eine Ohnmacht der Träume und Fieberschreie, aus der ich erst drei Monate später zum Leben erwachen durfte. Diese drei Monate aber waren eine einzige Nacht, in der im Schein einer teuflischen Lampe verdammte Chinesen, Neger, Henker, Gehenkte, Bauern, Verbrecher riesenhaft aus Gebirgen von Schulbänken auf und nieder schwebten, gebrechliche Greise mit Fackeln in der Hand durch eine schwarze Türe davonschlichen und durch eine helle wiederkamen und steif, lang und streng der fremde Offizier, mein Vater, unbeweglich unter den bewegten Erscheinungen stand.

Zweiter Teil

Es waren dreizehn Jahre vergangen. Ich hatte meine Fähnrichszeit bei einem detachierten Bataillon an der Ostgrenze des Reiches abgedient und war nun zum Leutnant vorgerückt und in eine größere galizische Garnison versetzt worden.

Daß ich es nur gleich gestehe, mein Leben, das durch keine gute Stunde, keine liebe Erinnerung, keine Wärme von mir und zu mir, keinen Besitz und keine Hoffnung erleuchtet war, ekelte mich so sehr an, daß ich mich oft ganz ernsthaft fragte: »Warum höre ich nicht einfach auf, zu atmen?« Ich hielt dann auch, solange es nur ging, den Atem zurück, als könnte ich so ein Ende machen. –

Die Zeit, die hinter mir lag, war schrecklich. Nächte des angestrengtesten Studiums kalter, gleichgültiger Lehrfächer, Examen über Examen; zerrüttenden Blick des Vorgesetzten ewig in der Seele; das Vaterhaus, andern ein Asyl, mir war es nur die schärfere Wiederholung des Instituts und der Kaserne gewesen. Niemals eine freie Stunde und wenn ich mir endlich eine – unter Demütigungen, Meldungen, Bitten, Vorschriften, die Legion waren, – wenn ich mir endlich eine freie Stunde erkämpft hatte, so wußten meine zerstörten Nerven mit ihr nichts anzufangen, und ich litt unter der kleinen Freiheit noch mehr als in der Tretmühle. Nein! Ich war nicht zum Soldaten geboren! Jedes Kommandowort empfand ich wie einen Messerstich, jede Ausstellung wie eine Mißhandlung, jedes militärische Gespräch, jede dienstliche Handlung lähmte mich – so war ich viel zu elend und unglücklich, um auch nur Erbarmen mit mir selbst haben zu können. –

Einsam wie keiner.

Wenn ich nur einen meiner Kameraden ansah, ergriff mich Langeweile und Gleichgültigkeit wie eine Pest und ich brachte kein Wort heraus.

Mich an eine Frau oder an ein Mädchen heranzutrauen, dieser Mut schien mir eine Gnade zu sein, die mir nicht gegeben war. Fünfzehn Jahre Einschüchterung und Angst hatten meine Seele gebrochen, die nicht so widerstandsfähig war, wie die der andern. Wenn die polnischen Gräfinnen Sonntags zur Kirche fuhren, schwärmte ich sie von Ferne an, die Düsterkeit meiner Träume genießend, in denen ich den Herrn der Welt spielte. Die jüngeren Herrn unseres Offizierkorps hatten längst schon die Bekanntschaft einer oder der anderen Schloßbewohnerin gemacht, es geschah sogar, daß sie mitunter zum Diner, ja sogar zur Jagd eingeladen wurden.

Mich kannte niemand; – niemand lud mich ein.

In aller Frühe trat ich alltäglich den Dienst an. Die starke Sonne der Steppe machte mich krank und schlaff. Wir exerzierten, bildeten Schwarmlinien, hielten Gefechtsübungen ab, – ich redete und tat nur das Notwendigste und das unvollkommen, lässig. Ich vermied jedes Kommandieren, jedes Scheltwort, jeden scharfen Ton, aber die mir zugeteilte Menschenherde, diese Sklaven, nahmen mir die Feinfühligkeit übel und ich spürte, daß sie sich über mich lustig machten.

Ja – der Leutnant Ruzič, der Oberleutnant Cibulka, der Hauptmann Pfahlhammer, dieser Jujone, die die Langgedienten anspuckten und die Rekruten während des Menagierens mit Ohrfeigen traktierten, die waren beliebt. Woher das kam, fragte ich mich oft! Doch nur zu bald lernte ich begreifen, was die körperliche Schönheit und Wohlbildung im Leben bedeuten.

Diese Offiziere waren fesche Herren. Sie trugen des Abends oder Sonntags, wenn sie über den Ringplatz flanierten, ihre schlanken langen Beine in ausgezeichnet gemachten, scharfgebügelten schwarzen Hosen, ihre kleinen Lackstiefel blitzten nicht minder als die meines Vaters, ihre Waffenröcke waren sehr in die Taille gearbeitet und persönlich geschnitten. Ihre Gesichter waren blond, jung, brutal und von jener frischen Dummheit, die in der Welt so angenehm berührt.

Und ich? – Ich war klein, mager – unansehnlich. Mein Gesicht verlitten und früh gealtert. Ich mußte bei meiner Kurzsichtigkeit eine Brille tragen, denn ich war ungeschickt und hätte ein anderes Augenglas viel zu oft zerbrochen.

Einmal befahl mich der Oberst zu einem privaten Rapport.

»Herr Leutnant«, begann er scharf, »das geht nicht so weiter. Es ist vom Oberstbrigadier nun zum zweiten Mal ein Dienstzettel gekommen, in dem er Ihre Adjustierung beanstandet. Man muß Sie ja nur ansehen, und es wird einem übel. Rasieren Sie sich besser und öfter!«

»Jeder Gefreite sieht adretter aus als Sie. Wollen Sie dem Herrn Feldmarschalleutnant (er meinte meinen Vater) Schande machen?«

»Lieber Duschek«, fuhr der Kommandant begütigend und

außerdienstlich fort, – »du mußt mehr auf dich halten. Geh zum Schneider! Equipier dich! Herrgott, wenn ich noch einmal so jung sein könnte!«

Solche Reden machten trotz der gehässigen Nervosität, die ich immer angesichts eines Vorgesetzten empfand, wenig Eindruck auf mich.

Unter guten Figuren – eine gute Figur zu sein, das war mein Ehrgeiz nicht. Was aber war mein Ehrgeiz?

Ich wohnte in der Wirtschaft einer Frau Koppelmann, über deren Höhleneingang auf einer Tafel das viel verheißende Wort »Restauracya« geschrieben stand. Ich vermied es am Abend, den Gelagen in der Offiziersmesse beizuwohnen. Nach dem Dienst um fünf Uhr setzte ich mich in die »Herrenstube« der Frau Koppelmann. Selbst hier, unter hustenden und spuckenden polnischen Fuhrleuten, unter den die Heiligen beschwörenden ruthenischen Bauern, unter schreienden und haareraufenden Juden, fühlte ich mich glücklicher, als unter den Kameraden. Bei dem grünen Pfefferminzschnaps der Wirtin starrte ich, der Herr Offizier, um dessen Tisch die Bauern und Juden mit »ai« und »oi« und tausend Bücklingen dienerten, – ja ich starrte in erregter Beobachtung auf diese freien vielbewegten Gestalten und fühlte mit einem gewissen Triumph in der Seele: Hierher, zu diesen da gehörst du! Um sieben Uhr leerte sich die Stube und ich blieb allein mit den surrenden Völkern der galizischen Fliegenplage. –

Das kleine schmutzige Fenster bräunte sich in der Abendröte. Draußen schnatterten die Gänse, und die Schritte der barfüßigen Bäuerinnen patschten in dem ewigen Sumpf der Straße. Nun kam meine Stunde. Ich setzte mich an das zerbrochene Klavier der Frau Koppelmann und siehe, es waren dennoch Töne, dennoch Akkorde, Verzückungen der schwingenden Luft, die meine Hand griff. Wenn nichts meine renitente Gleichgültigkeit lösen konnte, jetzt stürzten nie gefundene Tränen aus meinen Augen, Boten und Herolde einer Heimat, die ich nicht kannte, meine Seele dehnte sich, als empfänge sie Liebe und Mütterlichkeit. Der Zustand steigerte sich fast zur Epilepsie, denn die verhemmte Leidenschaft pochte an alle Tore meiner Verschlossenheit. Damals wußte ich noch nicht, daß mein natürlicher Beruf die Musik sei!

Wie hätte ich das auch wissen sollen, ich, der Sprößling einer ärarischen Familie, Sohn eines Generals, Enkel eines Oberstleutnants, Urenkel eines Stabsprofossen, ich, dem die Scheu vor Anmut und Geist schon seit dem sechsten Lebensjahr eingeprügelt worden war.

Mit meinem Vater wechselte ich jedes halbe Jahr einen Brief. Meine Mutter war schon lange gestorben. Ihr dumpfes und kleines Licht, vor der Zeit war es zugrunde gegangen. In ihren letzten Jahren soll sie recht seltsam gewesen sein. Sie wurde von zwei krankhaften Trieben beherrscht. Der eine war ein Reinlichkeitstrieb ohnegleichen. Sie schmierte und putzte die Türklinken bis tief in die Nacht, sie wusch die Fenster zwei- und dreimal des Tages, sie lag immer auf dem Boden und scheuerte die Dielen, die vom vorigen Tage noch blank waren. Immer spähte sie nach Flecken und Schmutzspuren, auf die sie sich stürzen konnte. Ihre zweite Krankheit war eine Art Beichtfieber. Sie ging täglich in drei Kirchen zur Beichte und wird gewiß schreckliche Sünden erfunden haben, die Arme, um ja ihr Leben nur mit etwas auszufüllen.

Oft dachte ich an jene Nacht, wo meine Mutter mit offenem Haar, die Kerze in der Hand, wie aus schwerem Schlaf erwacht, weinend an mein Bett getreten war und mich leidenschaftlich umarmt hatte. Damals und niemals mehr, ist sie mir als Frau erschienen. Heute verzeihe ich ihr, der Unerweckten, alle Härte. Sie hat gelitten, ohne zu wissen, daß sie leidet.

Die Briefe, die ich an meinen Vater richtete, begannen mit der Anrede »Lieber Vater«, enthielten einen trockenen Abriß über Dienstverhältnisse, Veränderungen, Avancements, taktische Aufgaben, die mir gestellt worden waren, und schlossen mit der Floskel: »Verehrungsvoll grüßt Dich Dein dankbarer Sohn Karl.«

Diese Briefe zu schreiben war eine Qual, die mir regelmäßig Kopfschmerzen machte. Hingegen mochte es geschehen, daß, wenn ein Brief meines Vaters fällig war, ich in Unruhe und erwartungsvolle Aufregung geraten konnte; kam dann dieser Brief, so wirkte er wie ein kalter Guß. Auch er brachte nur trockene Daten, aber aus seinem Ton spürte ich eine ärgerliche Mißachtung. Alles, was der Vater schrieb, jede harmlose Aussage, klang wie ein Befehl. Die Briefe waren in die Schreibmaschine diktiert und trugen nur die eigenhändige Unterschrift: »Dein Vater Karl Duschek, Edler von Sporentritt, Feldmarschalleutnant.«

Der frühere Frontoffizier hatte eine glänzende Karriere gemacht. Die Stufenleiter des Generalstabs, spielend war sie von ihm erstiegen worden. Als Befehlshaber einer der glänzendsten Divisionen zum Frontdienst zurückgekehrt, war er neuerdings zum Korpskommandanten der Residenz ernannt worden.

Er gehörte zu den einflußreichsten Militärs des Reiches, hatte den starräugigen, jägerbösen Thronfolger zum Freund, ohne deshalb am greisenhaft eigensinnigen Hofe mißbeliebt zu sein, und es war ein offenes Geheimnis, daß im Kriegsfalle ihm die Führung einer Armee zuteil werden würde.

Von allen Seiten hörte ich, daß die Stellung meines Vaters die beste Prognose meiner eigenen Laufbahn sei und, daß ich ein Schlemihl und Schwachkopf sein müßte, wenn ich nicht vorwärts käme.

Schon sieben Jahre hatte ich den General nicht von Angesicht zu Angesicht gesehen – doch dafür verging keine Nacht, in der ich ihn nicht (allerdings war er da fast immer nur Hauptmann) in meinen qualvollen Träumen sah. Ein Traum kehrte oft wieder.

Es ist Krieg. Ich liege schwer verwundet mit aufgerissener Bluse auf der Erde. Mein Blut dringt langsam durch den dicken Stoff. Die Generalität ist um mich versammelt. Grüne Federbüsche wehen. Da tritt ein knieweicher Greis in purpurroten Hosen und schneeweißem Galarock, eine goldstrotzende Feldbinde um die Hüfte, auf mich zu und heftet mir ein großes weißes Kreuz (Maria Theresienorden) an die Brust. Auch mein Vater kommt auf mich zu. Er trägt die Uniform eines Feldwebels und raucht eine Pfeife. Kaum sieht er mich, so wird er blaß, schwankend, durchsichtig und fällt auf den Rücken. Er liegt nun da und ich erhebe mich. Furchtbare Wonne durchströmt mich. Versöhnung! Versöhnung! Von diesem Begriff bin ich ganz durchtönt. Ganz allein sind wir nun.

Klein und gelb in einer Mulde liegt er hingestreckt. Von Schluchzen durchschüttelt reiche ich ihm die Hand.

Donnerschlag! Weltuntergang!

Wir beide schweben im formlosen, grauen Raum. Stimmen zirpen von allen Seiten:

> Vater, Sohn und Geist.
> Geist, Sohn und Vater.

Dies ist noch der gelindeste meiner Träume. Dennoch ist mir der Tag, der ihm folgt, ein rasselndes Gespenst.

Der Vater, der inzwischen eine zweite Frau, eine sehr begüterte Dame der hohen Aristokratie geheiratet hatte, schickte mir keine Zulage zu meiner Leutnantsgage. So lebte ich schlechter als die andern Herren unseres Regiments, dessen Offizierkorps nicht zu den armseligen Kommissschluckern der übrigen Infanterie gehörte und an Geltung den Artilleristen gleichkam. Nur zu meinem Geburtstag erhielt ich ein väterliches Geschenk, eine Hunderter-Note, auf den Tag, ohne Glückwunsch und Brief, mit Postanweisung zugestellt. Dagegen schrieb ich zum Geburtstag des Vaters einen Brief, der mit jener Phrase anfing, die mich die Mutter gelehrt hatte, wenn ich auf einen großen, glänzenden Bogen, dessen Kopf einen gemalten Alpenblumenstrauß zeigte, meinen Glückwunsch schreiben mußte:

»Lieber Vater, zu Deinem Wiegenfeste ...«

So begann die lange, stereotype Formel!

Da geschah es, daß ich in eine höchst peinliche Geschichte hineingezogen wurde. Ich hatte, schwach und leicht zu überreden, wie ich bin, für die Ehrenschuld eines mir im übrigen recht widerlichen Kameraden gebürgt. Der Mann, ein Intrigant und Feigling, hatte sich vor der Zeit aus dem Staube gemacht und in kurzer Frist zu verschiedenen Truppenkörpern versetzen lassen. Der Zahltag kam, ich stand mittellos und ohne Freund, der mir hätte beistehen können, da. Die Verwicklungen mehrten sich.

Es stellte sich heraus, daß bei einem reichen polnischen Zivilisten Bank gehalten wurde, an welche die Kavalleristen der Garnison fabelhafte Summen verspielt hatten und die jungen Herren unseres Regiments nach ihrem Vermögen bestrebt gewesen waren, ihnen nachzueifern. Falschspielerei, Dokumentenfälschung, gebrochene Ehrenwörter kamen nach und nach ans Tageslicht. – Zu alledem war die vierzehnjährige Tochter eines Gutsbesitzers geschwängert worden und, ohne zu gestehen, wer der Verführer gewesen, im Kindbett gestorben. Der Hauptverdacht in diesem Rattenschwanz von Schmutzereien fiel auf mich, – auf mich, der ich weder eine Karte, noch ein Weib je berührt hatte.

Denn ich bin zum Sündenbock wie geschaffen.

Systematisch zerstörten Selbstbewußtseins war ich gesonnen, wenn in der Gegend irgend ein Mord begangen worden war, mich selbst für den Mörder zu halten. Ich identifizierte mich mit jedem Angeklagten, dessen Verhandlung ich im Gerichtssaalsbericht las. Auf meiner Seele lastete die Überzeugung meiner Mitschuld an jedem Verbrechen. Bei allen Verhören, und mochte es sich auch nur um einen entwendeten Federstiel in der Kadettenschule handeln, war ich verstockt, und eine unüberwindliche Selbstzerstörungslust in mir zog wie ein Blitzableiter den Verdacht an. – So war es auch in den Verhören, die der Oberst und seine Kommission mit mir pflogen. Ich war verstockt und bösartig, besonders dann, wenn die Vorgesetzten mir gütig zuredeten, obgleich in solchen Augenblicken mein Gemüt in heiße Tränen sich auflöste. Gänzlich unschuldig, ja gar nicht fähig, den Fall zu übersehen und zu verstehen, erfand ich in krankhaftem Zwang Lügen, phantasierte von Beziehungen, die ich niemals gehabt hatte, und spann so mit eigenen Händen ein irrsinniges Netz, in dem ich endlich ganz bedenklich zappelte.

Man schüttelte bedeutsam die Köpfe, man nahm die Gelegenheit der Rache an einem häßlichen Sonderling wahr, – diejenigen, die am meisten Butter am Kopf hatten, begannen mich zu schneiden, ja im Grunde waren alle zufrieden, den Sohn eines in Fachkreisen und in der Gesellschaft berühmten Generals als

Hauptperson in einer üblen Angelegenheit agieren zu sehen, denn das bedeutete einen doppelten Vorteil: Erstens war die Ehre des Regiments weniger in Gefahr – und zweitens gönnt man einem Erfolgreichen stets Beschämung.

Es kam immer ärger. Protokolle häuften sich, der Urheber des Schmutzes, jener Leutnant, der sich hatte versetzen lassen, war verschwunden und trotz aller dienstlichen Anfragen unauffindbar – ich selbst in meinen eigenen tollen Widersprüchen gefangen, war nicht mehr in der Lage, die einzige vernünftige Wahrheit zu sagen: Ich weiß von nichts!

Meine Situation wurde immer schiefer. Man schnitt Grimassen, zuckte die Achseln und schon wurde die Ansicht laut, daß ein ehrenrätliches Verfahren nicht genüge, einen kriminellen Fall auszutragen.

Da brachte eines Tages der Postunteroffizier drei Briefe. Einer davon wanderte in die Kanzlei des Kommandanten. Das große weiße Dienstkuvert trug die Absenderadresse: Militärkanzlei Seiner Majestät!

Die beiden anderen Briefe waren an mich gerichtet. Der eine kam von meinem Vater, der andere von seinem Adjutanten. Der Brief des Vaters enthielt keine Anrede und lautete so:

»Ich werde es nicht dulden, daß ein Name, der Generationen hindurch der k. und k. Armee zur Ehre gereicht hat, durch Dich in Verruf gebracht wird. Die Militärkanzlei Seiner Majestät hat die Akten und Protokolle über das unverantwortliche Treiben, dessen Hauptschuldiger Du bist, eingefordert, und wird selbst die Entscheidung treffen.

Du hast sofort abzugehen, hierorts einzurücken und innerhalb von achtundvierzig Stunden Dich bei mir zu melden.

Duschek von Sporentritt, Fmlt.«

Der Brief des Adjutanten enthielt diesen persönlichen Befehl in dienstlicher Fassung. –

Jetzt erst, nachdem mein Vater mir Unrecht getan hatte, empfand ich die ganze lächerliche Tragik, der ich unschuldig verfallen war. Ich ging nach Hause und in dem Loch der Frau Koppelmann, das ich bewohnte, befiel mich ein stundenlanges Zittern, so daß ich das Teegeschirr, meinen Wasserkrug und den Handspiegel zerbrach, aus dem mich mein leichenhaft spitzes Gesicht mit den übertriebenen Backenknochen angeblickt hatte. –

Ich lag die ganze Nacht auf dem unsagbar dreckigen Fußboden ausgestreckt. Ungeziefer kroch langsam über meine Stirne, eine große Ratte, schwer wie eine trächtige Katze, lief über meinen Bauch. Ekel ließ mich den Tod ersehnen. Aber ich stand nicht auf. So war es recht. In den Abgrund gehörte ich. In die Schlangenhöhlen, in die Nester der Ratten, in die sumpfigen, stinkigen Schlupfwinkel der verfluchten Geschöpfe.

Gegen Morgen sah ich meinen Vater im Traum. Er trug jenen windigen Zivilanzug, in dem er wie ein Postassistent aussah, und hatte starkes Nasenbluten, das er durch ein vorgehaltenes Taschentuch zu stillen suchte. »Du meinst immer?« sagte er mit einer recht umgänglichen Stimme, die nicht die seine war. »Du meinst, daß ich an nichts anderes denke, als dich zu züchtigen. Weit gefehlt! Ich habe mehr Gnade – als Züchtigung an dir geübt. Schau nur!«

Er hielt mir ein paar Handfesseln entgegen, pfiff sich eins, wie ein Arzt, der zu spät zu einem Kranken geholt wird und sieht, daß nicht mehr zu helfen ist. Dann rief er noch, während sein Bild schon zu schwanken begann:

»Habt acht, Korporal! Was sich liebt, das neckt sich!«

Er verschwand und ich begann im Gänsemarsch hinter trauertragenden Zivilisten einherzugehen, deren gerötete Stiernacken von Ausschlag und Furunkeln entstellt waren.

Plötzlich bemerkte ich, daß ich mich nicht selbst bewege, sondern gedreht werde, immer schneller – und – da erwachte ich.

Mittags meldete ich dem Oberst mein Abgehen vom Regiment. Er schüttelte mir um einen Grad zu kameradschaftlich die Hand, wünschte mir Glück und versicherte, er sei überzeugt, daß die unangenehme Affäre sich zu allgemeiner Zufriedenheit aufklären werde, zumal die allerhöchste Stelle ein unbezweifelbares Interesse an den Tag lege. Er selbst zweifle keinen Augenblick daran, daß der Sohn seiner Exzellenz des Herrn Feldmarschallleutnants Duschek von Sporentritt nicht anders als rechtlich handeln könne.

Als ich den Oberleutnant Cibulka die Hand zum Abschied reichen wollte und in seinem Gesicht eine hochmütige Verlegenheit bemerkte, unterließ ich es, meinen anderen Kameraden Adieu zu sagen. Was gingen mich diese näselnden Dummköpfe an?

Am Abend war mir schon viel leichter zumute. Ich fühlte sogar ein Prickeln, wenn ich an die Residenz dachte, die ich nur als Kind besucht hatte. Erst als ich im Zuge saß, ergriff mich Unruhe. Denn ich sah ja nach langem das erstemal und unter wie peinlichen Umständen dem Wiedersehen mit meinem Vater entgegen.

Am frühen Morgen kam ich in der Residenz an. Wie groß war selbst zu dieser Stunde das Leben hier! Der Asphaltboden zitterte in feinem Ausschlag wie das Deck eines Dampfers, wenn die Maschinen ihre Arbeit aufnehmen.

Lastwagen, Straßenbahnen, Automobile! Menschen mit scharfen, unbeugsamen Gesichtern, die nicht gesonnen waren, sich beschimpfen zu lassen; sie alle, Arbeiter, Marktweiber, Kommis, Ladenmädeln, Kaufleute, Studenten, sie gingen, ohne rechts und links zu schauen, zielbewußt ihres Wegs. Soldaten sah ich fast keine, und das machte mir die meiste Freude. All diese fünf Jahre war ich an keinem Ort gewesen, wo ich nicht ununterbrochen hätte spähen müssen, ob mir nicht salutiert würde oder ob ich nicht salutieren müsse.

Hier war ich nichts, drum war ich Wer! Und hier war ein anderer auch nichts, drum war ich doppelt Wer! – Mit Trotz und Trumpf fühlte ich das und mußte plötzlich stehen bleiben – denn vor langen – langen Jahren, ich wußte nicht wann und nicht wie, – hatte ich diese Empfindung schon erlebt.

Ich bezog in einem sehr wenig standesgemäßen Gasthof eines äußeren Bezirks Quartier.

Der Portier sah mich zuerst erstaunt an und war nachher überaus katzenfreundlich.

Ich wusch, rasierte und kleidete mich streng nach der Dienstvorschrift, denn ich kannte meinen Vater. Er stellte jeden jungen Offizier, dessen Kappe nicht die vorgeschriebene Höhe hatte und dessen Adjustierung nicht genau den Satzungen des Dienstbuchs X entsprach.

Dann begab ich mich, ärgerlich, daß ich das feige, zaghafte Gefühl in mir nicht zu überwinden vermochte, zum Korpskommando.

In einem Vorzimmer fragte ich nach dem General. »Seine Exzellenz sind noch nicht hier«, hieß es.

Ich wartete eine Stunde.

Offiziere schlugen krachend die Türen zu, schimpften mit den Ordonnanzen, ihr Reden war immer laut und überdeutlich, als stünden sie vor einer Front. Feldwebel eilten beflissen mit Akten und Dienststücken hin und her, sie blieben, wenn sie etwas meldeten, in großem Abstand vor dem Offizier stehen, auf ihrem Gesicht zeigte sich Todesfurcht, Eifer und Zerknirschung.

Ich wartete noch eine Stunde. Meine Aufregung war kaum mehr zu bemeistern.

Dann wandte ich mich an den diensthabenden Rittmeister und nannte meinen Namen.

»Ah, das freut mich wirklich.«

Er war zuvorkommend, höflich und rückte mir sogar einen Stuhl zurecht. »Bitte nimm nur Platz! Exzellenz muß gleich kommen. Er ist bloß ins Ministerium gefahren. Wie gesagt, er wird gleich hier sein. Aber jetzt – du siehst, wie ich zerrissen werde – mußt du mich entschuldigen!«

Er eilte einem höheren Offizier entgegen, mit dem er in einer Türe verschwand.

Ich zog es vor, auf dem Gang zu bleiben, der wilder als eine Straße von hundert Schritten hallte. Plötzlich verstummte alles, das ganze Getriebe blieb wie angewurzelt stehen, Hände fuhren an die Hosennaht, Hacken klappten aneinander, Köpfe erstarrten in scharfer Wendung.

Es klirrte die Stiege hinauf, das Schweigen durchbrach ein mit erhobenen Stimmen geführtes Gespräch.

Von zwei Stabsoffizieren flankiert, die angestrengt und ergeben ihr Ohr neigten, schritt ein General mit fabelhaft spiegelnden Lackreitstiefeln, breiten rotstreifigen Breeches und hellblaugoldknöpfigem Waffenrock über den Gang.

Er nahm von keinem der regungslos Versteinerten Notiz, schritt auch an mir vorbei, ohne den Allzunichtiges nicht beachtenden Blick von meiner Gestalt abzuwenden. Ich stand ebenso wie die anderen, herausgedrückter Brust und zurückgeworfener Schultern da.

Der General hatte die graue Kappe des hohen Militärs abgenommen. Sein Haar war weiß, sein kurzgestutzter Schnurrbart schwarz gefärbt.

Ich erwischte ein Stück des Gesprächs:

»Das fällt nicht in mein Ressort. Der Akt muß an die Statthalterei weitergeleitet werden....«

Die Stimme kannte ich nur zu gut. Aber dieses Gesicht?

Es war seinen Weg gegangen.

Ich lehnte mich – meine Stirne war kalt und feucht – müde an die Wand.

Wie ist das möglich?

Dieser Fremde dort hatte durch einen warmen Tropfen seines Leibes mich gezeugt. Ich also war ein Tropfen, ein Teil seiner Natur. Ich war er selbst, – ich – dieser fremde General, der an mir vorbeigeht, an mir, den er als einen Tropfen einst verspritzt hatte!

»O schauerliches Geheimnis! –«

Der Rittmeister kam und führte mich in das Wartezimmer des Kommandanten:

»Exzellenz sind noch beschäftigt, einige Herren sind bei ihm. Du mußt noch warten, bis das Referat vorbei ist.«

Ich ließ mich auf einen Sessel, der gepolsterten Türe gegenüber, nieder. Noch einige Menschen warteten: ein eisgrauer Major, ein Staatsbeamter und eine ältere Dame.

Unvermittelt fiel mir eine Szene ein, deren Zeuge ich auf einem Bahnhof während meiner Reise gewesen war. Ein junger Mann, der mit gerötetem Gesicht ungeduldig, seine beiden Koffer in der Hand, am Fenster des Waggongangs gestanden war, bekam in dem Augenblick, da der Zug hielt, Tränen in die Augen, sprang wie rasend das Trittbrett hinab und fiel einem alten Herrn in die Arme, der in nicht geringerer Bewegung ihn immer wieder ansah und immer wieder streichelte, ansah und streichelte. Das spielte sich in windiger Nachtzeit ab – im wirren Schein der Lichter einer kleinen Station.

Ich allein war verstoßen!

Gut! Ich wollte von niemandem etwas. Ich brauchte niemanden. Aber auch hier sitzen und warten wollte ich nicht, ewig ängstlich, ewig Sklave einer bindenden und lösenden Macht, ewig vor der Türe jener Bataillonskanzlei, wo ich meine Schulaufgaben vorweisen mußte.

Die Polstertüre öffnete sich. Der General begleitete einen sehr vornehmen Zivilisten zum Ausgang. Der uralte Major stand zitternd stramm.

Ohne die Anwesenden und mich auch nur eines Blickes zu würdigen, kehrte mein Vater wieder in sein Arbeitszimmer zurück.

Ich wartete und wartete.

Erbitterung, die Sehnsucht, nach so langer Zeit wieder gut zu wirken, Unsicherheit eines Angeklagten, kurz hundert widersprechende Gefühle peinigten mich und machten mich krank.

Endlich waren alle anderen abgefertigt. Der Rittmeister winkte mir.

»Bitte!«

Ich trat in den großen, plüschig aufgedonnerten Arbeitsraum.

Mein Vater saß am Schreibtisch und schrieb.

Bebend verharrte ich sehr fernab in Habachtstellung.

Der Vater beachtete mich nicht und schrieb.

Ich räusperte mich nicht.

Mein Vater reichte dem Adjutanten ein unterfertigtes Dienststück.

Der Rittmeister entfernte sich, der General sah eine halbe Minute zum Fenster hinaus, – dann erhob er sich und trat mir – o, schon ein wenig steifbeinig – entgegen.

Im Abstand der vorgeschriebenen Ehrfurcht blieb er stehn. Sein Gesicht war nicht mehr blaß, grünlichgelb von dem verbissenen Ehrgeiz des Vierzigjährigen wie früher, sondern zeigte schon die lilaroten Wangen eines Herrn, der in den Gesellschaften zu Hause ist, wo nur die besten Weine serviert werden. Starr und ohne Interesse sah er mich an. Ich fuhr in der üblichen vorschriftsmäßigen Weise zusammen und schrie:
»Exzellenz, ich melde mich gehorsamst zur Stelle.«
»Danke... bitte kommod zu stehen!«
Dann reichte er mir drei Fingerspitzen seiner Hand und meinte:
»Da bist du also!«
Er trat zum Schreibtisch und wühlte ein Staatstelegramm hervor: »In deiner Angelegenheit hat sich zu deinem Glück herausgestellt, daß du der Schuldige nicht bist! Jetzt eben ist das Telegramm des Kommandanten eingetroffen.
Wie dem auch sei, ein Offizier von Ehre vermeidet es, seinen Namen in eine Sache zu mischen, die unreinlich ist. Da gibt es fast nicht mehr Schuld und Unschuld. Ich habe alles getan, meinen Namen in dieser Geschichte vor einer ehrenrätlichen Untersuchung zu schützen.«
»Ich habe für die Spielschuld eines Kameraden gebürgt.«
»Dummheit! Deine alten Laster habe ich nur zu gut erkannt. Renitenz, Indolenz und Schlaffheit.«
»Ich habe geglaubt!...«
»Ein Soldat hat nicht zu glauben!«
Ich wollte etwas erwidern. Der General verwarf es mit einer Handbewegung. Wut und Ohnmacht würgten mich.
Er trat dicht an mich heran und musterte mich erregt.
»Du siehst nicht vorteilhaft aus«, sagte er. »Man könnte dich für einen richtigen Doktor, für einen Reserveoffizier oder Sanitäter halten, für so einen, – der über Thermometer oder Brunzflaschen gebietet. –
Sieh dir die jungen Leute hier an, wie sie schneidig sind, und lern etwas von ihnen!«
»Ich habe nicht die Mittel, mich gut auszurüsten!«

»Ich habe die Mittel auch nicht gehabt und wie habe ich ausgesehen!«

Der Vater warf seine Zigarette weg und blies den Rauch durch die Nase.

»Vergiß nicht, daß du nicht für dich allein stehst, sondern auch für meinen Namen, den du trägst, verantwortlich bist. Ich habe meine Pflichten dir gegenüber erfüllt. Jetzt kommt die Reihe an dich, mir gegenüber deine Pflicht zu erfüllen.« –

»Deine Pflicht hast du nicht erfüllt!« O, ich wollte es ihm ins Gesicht schreien. Feig aber blieb mir das Wort im Halse stecken.

Der General ging auf und ab.

»Ich tue das Menschenmöglichste für dich... Deine Konduite ist schlecht. Sie gibt dir keine Aussichten, im Frontdienst etwas zu erreichen. – Deine Vorgesetzten aber halten dich für intelligent. Ich richte mich danach und habe dich für die Kriegsschule anmelden lassen.

Du kannst morgen schon im Kurs erscheinen. Glücklich schätzen sollst du dich!«

Erschöpft und gerührt von einem solchen Aufwand an Fürsorge ließ er sich nieder. Er fragte: »Wo wohnst du?« Doch ehe ich noch Antwort geben konnte, schnitt er ab: »Das ist ja gleichgültig.«

Meine Nerven ließen nach wie die Saiten einer Geige.

»Du siehst, ein General auf meinem Posten ist äußerst in Anspruch genommen. Ich hoffe dich aber am Abend bei mir zu begrüßen. Du kannst mit uns soupieren. Bei dieser Gelegenheit (hier wurde er unsicher, welchen Ausdruck er wählen solle) wirst du – deine – meine Gattin kennenlernen. Wir haben uns lange nicht gesehen. Warum bist du eigentlich nie auf Urlaub gekommen? Nun, ist schon gut! Also! Servus dieweil bis zum Abend. Danke!« Er hob das Telephon ab, sah zur Seite und ich war entlassen.

Ich ging, Schritt für Schritt, bewußtlos, quer über die Straße. Plötzlich erfaßte mich ein Irrsinnsanfall.

»Ich würge ihn!

Ich würge ihn!
Ich würge ihn!«
Ich drosselte mit meinen Händen wollüstig einen kalten Hals. Es war eine Laterne. Ein Gigerl lachte, ein Arbeiter sah mir kopfschüttelnd nach.
»Der Herr Leutnant!« mochte er denken.
»Freimachen! Freimachen!« flüsterte ich immer wieder vor mich hin.
Was hatte ich mit diesem fremden Greis zu schaffen, der seine Pflicht erfüllt hat. Was habe ich mit dem Militär zu schaffen! Ich habe nichts gelernt. O! Dennoch! Lieber verhungern!
Herunter mit diesen grünen Fetzen! Herunter mit diesen bunten Aufschlägen und silbernen Sternen!
Tschindara! Eine Regimentsmusik zog vorbei. An der Spitze tänzelte das Pferd eines dicken Hauptmanns.
Stramm salutierte ich.
Ich ging weiter. Sehnsucht erfaßte mich nach dem Vater meiner Kindheit, nach dem Plagegeist meiner Knabenjahre.
Ich sah das gelbe, schneidige Gesicht mit dem aufgezwirbelten Schnurrbart. Aber er war doch nahe gewesen, so nahe! Und ich hatte es gefürchtet, aber so, wie man Gott fürchtet.
Werde ich je loskommen? Ist das Wahnsinn?
Ich beschloß am Abend zu Hause zu bleiben. Es ist ja gleichgültig, wo ich wohne.
Ich gedachte meiner Mutter.
Sie hatte mir manchmal die Haare gewaschen.

Am Abend, pünktlich, erschien ich dennoch in der Wohnung des Generals. Es war das Haus eines reichen Mannes, fast ein Palais. Vornehme Kandelaber brannten auf der läuferbelegten Treppe. Eine Ordonnanz, die großen Bauernhände in Zwirnhandschuhen, geleitete mich in ein Zimmer, wo ich eine halbe Stunde warten mußte.
Der General erschien in einer rotseidenen pelzverbrämten und reichverschnürten Haus-Litewka, seine wohlangepreßten weißen Haare dufteten, auf seinen Fingern waren Ringe lebendig,

doch sein Blick und sein Gehaben schienen nicht weichlicher geworden zu sein, nur zurechtgeglättet und gehauter.

Einen Augenblick wich meine Abscheu der Wehmut. Noch immer war die böse Kindheit ein großes Tor, durch das ich allabendlich heimkehrte.

»Bitte! Wir gehen zu meiner Frau«, sagte der Vater, der in strenger Erfüllung seiner Karriere jetzt auch schon den leichtungarischen Akzent angenommen hatte, wie er zugleich das aristokratische Reiterblut und den überlegenen strategischen Kopf kennzeichnet.

In einem der Zimmer kniete eine lange, eckige Person vor dem Marienbild. Sie erhob sich rasch und zeigte platte Formen und in aufgebauter Frisur hochblond gefärbtes Haar.

»Dies hier ist Karl, Fürstin«, stellte mich der General meiner neuen Mutter vor. Ein süßliches Lächeln, Goldzähne bleckten mich an und ein Hals zeigte, trotz Perlenschnur und Diamantkreuz, seine gelben Falten.

Mit Pomp trat die Frau auf mich zu und erwiderte meinen sehr gemessenen Handkuß mit einem verwandtschaftlichen Kreuz, das sie mir flüchtig über die Stirne schlug.

»Gott segne Sie, Karl Johann«, begann sie, indem sie versuchte, die Begrüßung zu einer Szene aufzubauschen, »es war nicht recht von Ihnen, daß Sie uns erst jetzt die Gelegenheit geben, einander kennenzulernen.«

Sie wartete auf ein Wort von mir. Ich schwieg kalt und verstockt. Die Krähenfüße in den Augenwinkeln der Generalin verschärften sich. Ihre Falten wurden noch falscher als vorhin. Sie schlug einen neuen Kurs ein.

»Ihr habt mich überrascht!« sagte sie voll Geheimnis, »ich habe mir nämlich eben von der Muttergottes was Schönes ausgebeten!«

»Was denn, Natalie?« fragte der General, der seiner Frau gegenüber einen kleinlauten Eindruck machte.

»Aber du weißt doch, Charlie, der gestrige Kurssturz.....«
Sie wandte sich zu mir.

»Es handelt sich um die Aktien der Zeitung – Die christliche

Welt. – Das Unternehmen ist in Gefahr und es wäre für unsere Kreise geradezu ein Unglück, wenn diese Zeitung einginge!«

Ich verneigte mich stumm.

Der Vater zeigte seine langen Zähne. Immer jagte mir sein Lachen Angst ein:

»Die Politik ist nichts für Soldaten, dagegen um so mehr für die Frauen.«

Später einmal erzählte mir jemand, daß die gewesene Fürstin einen Teil ihres Vermögens in Aktien der klerikalen Papierfabrik angelegt hatte.

Wir gingen zu Tische. Es gab ein mageres Essen, das allerdings von einem backenbärtigen Diener aufgetragen wurde.

Das also war mein Vaterhaus!

Ich saß fremd und betreten da, wie eine bezahlte Kreatur, ein Sekretär oder Sprachenlehrer, bestenfalls wie ein dürftiger Verwandter. – Das war mein Vaterhaus!

Ich legte von den Speisen kaum zwei Bissen auf meinen Teller, und die Frau meines Vaters schien darüber nicht unerfreut zu sein.

Später kam ein jüngerer sehr geleckter Abbé und rieb ewig rot gefrorene Hände.

Mein Vater war sehr aufmerksam gegen ihn und holte eigenhändig eine besondere Flasche hervor.

Die Generalin im Ton einer konversierenden Hoheit sprach von Musik. »Ich habe gehört, daß Sie so musikalisch sind, Karl!«

»Jawohl«, meinte der Vater recht jovial, »er hat mich einmal, als kleiner Bub, über eine Oper belehrt.«

– Freischütz – wußte ich sogleich und erkannte: »Keine Erniedrigung, keine Niederlage verschwindet aus einem Herzen. Wir alle sind verlorene Vorposten; von allen Seiten beschossen zittern wir hinter baufälligen Deckungen. Auch er! Er hat meinen kleinen Triumph nicht vergessen.«

»Ich adoriere die Musik«, gestand die Generalin, »Mozart, Haydn und vor allem Liszt! Vor allem Liszt! Das war ein Mann! Mein Gott! Und dabei so fromm! Meine Mama war sehr intim mit ihm und der Wittgenstein.«

Der Geistliche schickte sich an, schmalmäulig eine Predigt über Politik zu halten.

Die Zeiten wären schlecht, klagte er, ein böses Ende drohe, wenn nicht in letzter Sekunde noch eine gepanzerte Faust dazwischenführe. Das Übel der Welt aber sei die Freimaurerei, die in ihrer neuen Form Sozialismus heißt. Beide Weltanschauungen seien aber nichts anderes, als wohlausgeklügelte, tiefdurchdachte Taktiken der Juden, die allesamt nur von zwei Beweggründen beherrscht würden: Die Weltmacht, die sie im Geheimen schon besäßen, öffentlich an sich zu reißen und Christus wieder zu kreuzigen!

»Mit dem letzteren aber ist es so bestellt! Die Juden sind die ewigen Feinde des Heilands. Ihr Volkstum ist mehr als eine physische und geistige Gleichartigkeit, es ist ein Geheimbund der Rache an dem Erlöser. Den irdischen Leib Christi haben sie zur Zeit des Kaisers Augustus getötet und in unseren Tagen bieten sie ihren Heerbann, die unmündigen und verführten Arbeiterscharen auf, den himmlischen Leib Christi, die Kirche zu vernichten.«

Mich ärgerten die Worte, Blicke, Gesten dieses Spitznäsigen.

Ich fragte, warum denn, wenn schon der Jude der Antichrist wäre, die Kirche seines Kults, seiner Mythologie und Geschichte nicht entraten könne, und ob denn diese Kirche nicht von Juden geschaffen worden sei und allein von ihnen, mit Ausnahme der hellenischen Einflüsse, ihre Form empfangen habe!? Ich für meinen Teil hätte unter Juden immer die herrlichsten Menschen gefunden.

Meine Worte wirkten wie eine Kriegserklärung. Der Pfaffe verdrehte die Augen, die Generalin bekam einen asthmatischen Hustenanfall und mein Vater, den besonders die Worte »Mythologie« und »hellenisch« ärgerten, schrie mich an: »Ein Offizier hat mit keinem Juden zu verkehren!«

Ich war gründlich abgefallen.

Das Wort »Abtreten«, von fernher schnarrte es durch meine Seele.

Man schwieg.

Endlich fragte mich die Generalin, meine Stiefmutter, kalt:
»Können Sie Bridge spielen?«
»Nein!«
Ich empfahl mich, während die drei sich zum Spieltisch setzten und keine Miene machten, mir mehr als ein förmliches Abschiedswort zu geben, oder für ein andermal mich in mein Vaterhaus zu bitten.

Auf dem Heimweg erfüllte mich ein starkes glückliches Gefühl: »Mit diesem Menschen bin ich fertig. Vater ist er nicht mehr! Nicht mehr der Gegenstand dieser beleidigten, herabgewürdigten Knabenliebe. Zitternde Ehrfurcht und zart gekränkte Sehnsucht – vorbei für immer! Wer ist der Mann? Ein gleichgültiger Vorgesetzter, dessen baldiger Tod mich nur vergnügen sollte!«

O, wie gut kalt war mir zumute. Nicht mehr wie heute mittag werde ich ihn im Sinnbild einer Straßenlaterne erwürgen. Jetzt bin ich frei, und jetzt werde ich mich auch freimachen von diesem Sklavenkleid. Geduld! Nur einige Monate noch!

Ich schlief sehr gut.

Am nächsten Tag schon meldete ich mich in der Kriegsschule, deren jüngster Zögling ich war, denn bloß dem Einfluß meines Vaters hatte ich es zuzuschreiben, daß ich bei meiner noch zu niedrigen Charge Aufnahme gefunden hatte.

So verging einige Zeit, in der ich mich sehr versteckt und unauffällig hielt, am Kursus auf den Plätzen der wenig Strebsamen teilnahm, und den Vater weder in seinem Amt noch auch in seinem Hause aufsuchte.

Einsam, dumpf und verbissen in dieser großen Stadt.

Doch halfen mir die Millionen, mich selbst leichter zu tragen. In der Metropole nimmt jeder an moralischem Gewicht ab. Das verlorene Atom in den schwankenden Ballungen des Körpers kann ruhig schlafen. Straße dröhnt, Wirtshaus plärrt, der Nichtige ruht auf einem Meeresgrund. Er ist nicht einmal

Tropfen mehr, der sich nach Auflösung sehnt. Es liegt ja nichts daran.

Wozu noch Ehrgeiz? Wozu noch Vergnügung, da doch Quintessenz aller Vergnügung das Bewußtsein ist, stark und vorteilhaft zu wirken!

Alles ist ja so gleichgültig! O Gott, warum nur?

Manchmal schritt eine Frau mit strahlend bewußten Beinen dahin. Ein Krampf ging durch mein Wesen.

Mir aber gelang nur eines – Schlaf! Ich war ein Meister des Schlafs bei Tag und Nacht.

So waren drei Monate vergangen.

Es geschah aber, daß ich in eine seltsame Gesellschaft geriet.

Ich bewohnte in meinem kleinen Hotel das Zimmer Nr. 8. Das Zimmer Nr. 9 neben mir hatte ein älterer, taubstummer Mann inne, der Herr Seebär hieß und Bücherrevisor war.

Ich hatte es mir angewöhnt, spät am Abend von weiten Spaziergängen nach Hause zu kommen, und da begegnete mir fast allmitternächtlich Herr Seebär, der von seiner Arbeit heimkehrte, auf der Treppe. Er trug zu jeder Jahreszeit einen langen schwarzen Kaiserrock von so fleckig und brüchigem Aussehen, als wäre er schon geraume Zeit als Kleidungsstück einer honorablen Leiche im Grabe gelegen und dann wieder durch einen Altkleider-Tandler in den Handel gebracht worden. Um seinen Zylinder, der von mancher Attacke unzähliger Sylvesternächte zerbeult und räudig erschien, war ein breiter Trauerflor angebracht.

Das Gesicht Seebärs zeigte eine Farbe, grauer als Asche, sein Schritt hatte die zögernde Erschöpfung der Herzkranken.

Es war öfter dazu gekommen, daß ich dem Taubstummen durch kleine Dienste und Handreichungen hatte behilflich sein können. Nun, wenn wir uns nachts auf der Treppe trafen, reichten wir einander die Hände, und es hatte sich die Gewohnheit ausgebildet, daß Seebär in mein Zimmer trat, Platz nahm und wir uns eine halbe Stunde noch schweigend gegenübersaßen.

Manchmal holte ich einen Likör heraus, und wir tranken als einzige Unterhaltung einander ernsthaft zu.

Eines Nachts zog Seebär einen Schreibblock aus der Tasche

und schrieb auf einen Zettel, den er mir reichte, mit kalligraphisch kontorgeübten Zügen diese Worte:

»Ich sehe, daß es Ihnen nicht sehr gut geht.« Ich schrieb nur ein Wort zurück:

»Ja!«

Er: »Wollen Sie glücklicher werden?«

Ich: »Ja!«

Er: »So erwarten sie mich morgen um elf Uhr nachts.«

Ich: »Einverstanden!«

Tatsächlich! Wir saßen die nächste Nacht um elf Uhr in einer schrecklichen Droschke.

Eine Stunde lang rumpelte das plumpe Gefährt mit uns dahin. Wir verließen die zahlreichen Lichter, gelangten unter die seltenen Lichter der Vorstädte, hatten auch die bald hinter uns, fuhren an Weinbergen entlang, gerieten wieder in eine Vorstadt, knarrten durch eine Pappelallee und landeten endlich mitten in einem großen Häuserkomplex, der bergab an dem Hang (das alte Dominikanerstift krönt die Höhe), zum großen Strom sich niedersenkt.

Wir traten durch die niedrige Tür in den Steinflur eines uralten Wirtshauses. Ein Mensch mit einer scharf abgeblendeten Diebeslaterne, von dem wir nicht mehr als einen Schatten sehen konnten, trat uns entgegen, erkannte Seebär und führte uns in einen Hof. Er löschte das Licht, milchig gleißte der Mond, des Führers Schatten wurde Mensch, und ich sah einen kleinen, dikken Chinesen mit Mandarinmütze und in Filzschuhen, der mir breit zunickte: »Welcome, we all expect you!«

Jetzt traten wir in ein geräumiges Gewölbe. An den Wänden liefen Bänke. Zwei große ungehobelte Tische erfüllten die Mitte des Raumes. Eine spärliche Petroleumlampe hing irgendwo. Welch ein Bild war das!

Mit langen Schritten (träume ich?) langsam und tiefsinnig gingen Gestalten auf und ab. Es waren alte und junge Männer in russischen Kitteln, bärtig und bartlos, mit von Entbehrung eingeschwundenen Gesichtern, von Augen überleuchtet, die denen der Engel glichen.

Manche trugen wandelnd Bücher in der Hand, worin sie studierten, eine Gruppe stand vor einer Wandtafel, die über und über mit chemischen Formeln beschrieben war.

Bei unserem Erscheinen traten die Leute zusammen, verständigten sich mit russischen Worten, und einer von ihnen, ein Alter, ging langsam auf mich zu.

Er war ein herrlicher jüdischer Priesterkopf, weißhaarig, weißbärtig, mit großen, vorgewälzt hellen Augen, einer der erhabenen lichten Häupter, wie sie von Anbeginn die Geschichte der Menschen begleitet haben.

Er sah mich sehr lange an, – dann, als spräche er eine priesterliche Formel:

»Gib deine Waffe weg! Mitgeborener, Mitsterblicher!«

Ich warf den Säbel in eine Ecke.

Der Alte ergriff meine Hand.

»Willst du Bruder sein?«

»Ich will es!« hörte ich mich ausrufen, während die anderen zu uns traten. Diese reinen, fanatischen Gesichter ergriffen mein Herz mit ehrfürchtiger Freude.

»Ich will es!«

»Wir wissen«, fuhr der weißbärtige Jude fort, »daß du kein Spitzel und Kundschafter bist, wir kennen deine Herkunft und den Haß gegen diese Herkunft, wir kennen die Beschäftigung deiner Tage, wir kennen deine Spaziergänge, deine Lektüre, den Grund deiner Versetzung in diese Stadt, wir sind über jede Regung deiner Seele unterrichtet.

Wisse! Der Ratschluß, der dich zum Mitarbeiter an unserem Werk ausersehen hat, ist von keiner geringen Gewalt. Du sollst der Apostel unseres Kampfes unter den Soldaten sein!«

»Welches ist euer Kampf?«

»Unser Krieg gilt der patriarchalischen Weltordnung«, sagte der Alte.

»Was ist das, patriarchalische Weltordnung?«

»Die Herrschaft des Vaters in jedem Sinn.«

Ein Blitz durchzuckte mich! Meine wahren Kameraden, ich hatte sie gefunden. Sie, die mein Leiden besser, geistiger verstanden, als ich selbst. Gelb und hohläugig zog mein Knabengesicht an mir vorbei, das mir, anders als anderen Männern, immer vorstellbar war. Ich sah die kleine Kadettenuniform, wie sie des Nachts über dem Stuhl hing. Gelb und hohläugig zog noch ein anderes Knabengesicht an mir vorbei. Wo hatte ich es nur gesehen? Wo nur....

Ich fragte: »Was versteht ihr unter – Herrschaft des Vaters?«

»Alles!« führte der Alte aus. »Die Religion: denn Gott ist der Vater der Menschen. Der Staat: denn König oder Präsident ist der Vater der Bürger. Das Gericht: denn Richter und Aufseher sind die Väter von jenen, welche die menschliche Gesellschaft Verbrecher zu nennen beliebt. Die Armee: denn der Offizier ist der Vater der Soldaten! Die Industrie: denn der Unternehmer ist der Vater der Arbeiter!

Alle diese Väter sind aber nicht Spender und Träger von Liebe und Weisheit, sondern schwach und süchtig, wie der gemeine Mensch eben geboren ist, vergiftete Ausgeburten der Autorität, die in dem Augenblick von der Welt Besitz ergriff, als die erste gerechterweise auf die gebärende Mutter gestellte paradiesisch-unseßhafte Gesellschaft durch die Familie und Sippe verdrängt worden war.«

»Wodurch aber wollt ihr die Herrschaft von Vater und Familie ablösen?«

»Durch das Regiment der Selbsterkenntnis und Liebe«, rief der Greis. »Du mußt mich recht verstehen! Die Machtsucht, der Trieb, über andere zu herrschen, sich in ihrer Demütigung zu spiegeln und vor ihnen groß zu sein, ist ebensowenig dem gesamten Menschengeschlecht eingeboren wie dem einzelnen. Das Kind in seinen ersten Jahren lebt im ruhigen Austausch mit der Umwelt. Erst wenn es die Unterdrückung durch den Hochmut der Erwachsenen, die Erniedrigung durch den egoistischen Eigenwillen der Eltern erfährt, erleidet seine Seele den unverbesserlichen Schaden, der jenes krankhafte Fieber erzeugt, das Machtwille, Ehrgeiz, Siegsucht und Menschenhaß heißt.

Und wie im Individuum, so in der ganzen Menschheit. Der selige Urzustand, die Aurea aetas der Alten, das Paradies der

Religionen, war die ursprüngliche gesund-nomadische Form des menschlichen Beieinanderlebens gewesen.

Da erhob sich der erste Vater über seine schwachen Söhne und spannte sie vor die neue Pflugschar, die ein hoher, wenn auch doppelsinnig-versucherischer Genius konstruiert hatte. Und siehe! Nicht mehr waren die Knospen und Sprößlinge des Menschengeschlechtes Kinder, nicht mehr Kinder der freien Mutter, die verehrt und heilig gehalten, den Samen wählte, der sie befruchten sollte. Die Kinder der Mutter waren zu Söhnen des Vaters geworden, des Vaters, der nicht in neun Monaten der mystischen Prüfung ein neues Leben mehr lieben lernte, als sich selbst, sondern in einem kurzen Kitzel den bald vergessenen Lebenssaft verspritzt hatte.

Die Patria potestas, die Autorität, ist eine Unnatur, das verderbliche Prinzip an sich. Sie ist der Ursprung aller Morde, Kriege, Untaten, Verbrechen, Haßlaster und Verdammnisse, gleichwie das Sohntum der Ursprung aller hemmenden Sklaveninstinkte ist, das scheußliche Aas, das in den Grundstein aller historischen Staatenbildung eingemauert wurde.

Wir aber leben, um zu reinigen!«

»Durch welche Waffen wollt ihr die Autorität vernichten und den Zustand der Selbsterkenntnis und Liebe heraufführen?«

Chaim Leib Beschitzer, so hieß der alte Mensch, hob seine Arme drohend empor, seine hellen Augen, rotgerändert, glänzten vor Haß. Er rief: »Durch Blut und Schrecken!«

»Bravo!«

Ich stampfte auf, fast besinnungslos vor Wut und Lust, alle klirrenden, krähenden Hähne von Vätern anzuspringen. Der Greis deutete auf die Tafel. – Formeln von Ekrasit, Lyddit, Ammonal, von allerhand Dynamitmischungen waren zu erkennen.

Seine tiefe Stimme sprach jetzt etwas leiser: »Wir haben überall unsere Vorposten und Vedetten. Es ist kein Unternehmen und Beruf mehr, wo unsere Missionäre nicht tätig sind. Schon in den Volksschulen wiegeln wir die Kinder gegen die Lehrer auf. Dich aber haben wir ausersehen, unter denen zu kämpfen, die alle Armeen der Welt in Brand gegen die Machthaber setzen. Du hast als Offizier in Galizien heimlich Sabotage getrieben. Wir wissen, daß du keinen Umgang mit Gleichgestellten gepflogen hast, auch die Güte, die du deiner Mannschaft entgegenbrachtest, ist uns bekannt.

Dies alles aber war noch Geschehenlassen und Dulden!

Willst du endlich wagen und tun?«

»Ich will!«

»So tritt in unseren Kreis«, rief er mit der ernstesten Miene, »und versprich uns in die Hand (da wir den Schwur verwerfen) im Namen deiner Liebe zum Guten, zur Wahrheit und Zukunft des Menschengeschlechts, versprich uns, niemals Verrat zu üben, niemandem unsere Namen, unsere Schlupfwinkel, Pläne, Geheimnisse, Reden kundzugeben. Ebenso werden auch wir deinen Namen, deinen Stand, deine Reden, Pläne und Geheimnisse bis zum letzten Blutstropfen wahren. Wer von uns beiden und allen anders handelt, verfällt dem Tode, den über ihn das geheime Tribunal beschließt!«

Beschitzer schwieg.

Alle Männer gaben mir, starren Blicks, die Hand.

Ich hatte Kameraden. Das erstemal im Leben fühlte ich den Stolz der Solidarität.

Es gab Brüder, die mich in ungeheure Ideen einweihen würden, deren Kampf mein Kampf war, den ich nun endlich beginnen wollte.

Der Alte hob mit angeekelten Fingern meinen Säbel auf:

»Da nimm! Morgen erwarten wir dich wieder in unserer Mitte. Schon in den nächsten Tagen werden die Aufträge des Zentralkomitees einlangen.«

Er winkte Herrn Seebär. Wir beide verließen dieses Zimmer und traten in ein anderes, das hellerleuchtet heiser lärmte. Betäubt stand ich in der Türe. Was waren das für Gesichter, für Gestalten, die verzerrt um den grünen Spieltisch drängten, auf dem Roulette und Gold rollte!

Wo hatte ich diese Gesichter schon gesehen?

Der Chinese, höflich, mit unbewegtem Grinsen, hielt die Bank. Ein Neger im weißen Flanellanzug zählte lippenwälzend

Geld, das vor ihm lag, ein Herr in gewiß geliehenem Frack saß starr da und schielte auf seine Hände, die wie ein Haufe blutbesudelter Leichen vor ihm lagen. Ein Matrose, der seine Seefahrts-Löhnung verspielt zu haben schien, kroch unter den Tisch, wie um ein weggerolltes Goldstück zu suchen, fuhr kerzengerade empor und kroch wieder unter den Tisch. Diese Bewegung wiederholte sich hundertmal. Einen pfiffigen Kerl sah ich mit lueszerfressener Nase, der gleichmäßig spielte. Ein gieriger, schlechtrasierter Mensch in Meßnersoutane, der eben vom Glockenläuten gekommen zu sein schien, hatte seine Barschaft beträchtlich vermehrt. Ein paar andere Gespenster noch spitzten blaß nach der rollenden Scheibe, während sie ihre Farbe und Nummer riefen.

Ein Mann aber in fremdartiger Uniform beherrschte riesig den Raum. Breitbeinig und furchtbar stand er da. Er konnte ebenso napoleonischer Gardist, wie Kinoausrufer, Opernsergeant oder italienischer Gendarm sein. Er hatte den ganzen Einsatz verloren. Tabakgeifer rann von seinem Munde, dessen Lippen eine lang schon ausgegangene Zigarette zerpreßten.

Langsam ballten sich seine knolligen Hände zu Fäusten und fuchtelten unter der Nase des Chinesen, der höflich achselzuckend vom Croupieren nicht aufsah, und den verschnürten Lakkel, dessen offener Mund jetzt ein gelbes Pferdegebiß sehen ließ, gleichmütig tröstete.

Seebär zog mich bei der Hand aus diesem Raum fort. Jetzt standen wir in einem dritten Zimmer. Es war achteckig und verriet ein hohes Turmgemach.

In der Mitte stand ein dreifußartiges Gefäß, auf dem ein Feuer mit kleinen Kohlen glühte. In die acht Wände dieses Gewölbes waren tiefe Nischen eingelassen und in diesen Nischen knapp übereinander sah ich je vier Ruhebetten, auf denen Menschen starr wie in der Totenkammer lagen.

Manchmal bewegte sich einer.

Blicklos, aus Sternenwelt her, stierten mich ruhig verglaste Augen an.

Um das Feuer schlichen Gestalten, die kleine Kohlenstücke

holten, die sie auf ihre duftenden Pfeifen mit den flachen Köpfen legten.

Alle diese Männer waren alt, zu Schatten gemergelt, alle trugen sie feierlich schwarze Schlußröcke, deren Stoff abgeschabt und schon wie Zunder war.

Sie alle unterschieden sich durch nichts von meinem Führer Seebär. Waren auch sie taubstumm? – Lautlos umwandelten sie das Feuer, holten sich ihre Kohlen und verschwanden, jahrtausendalte Assyrer, in den Felsengräbern der Nischen.

Von Zeit zu Zeit kam der Chinese, sah nach dem Rechten, belebte das Feuer, räumte die Pfeifen weg, die denen entfallen waren, die schon durch die Wonne-Landschaften schwebten, oder schob eine der Bettladen vor, um nach dem Schlafstand eines Berauschten zu sehen, und dann glich er dem Bäcker, der prüfend ein Brot aus dem Ofen zieht und es wieder zurückstößt.

Hier nun erfuhr auch ich die Segnungen des Opiums, jenes göttlichen Mohnes, dessen Landschaften süßer als die mildeste Kindheit betäuben, dessen Barkarolen die seraphische Musik übertreffen, und dessen Verzückungen mehr begeistern, als die Liebe und der Ruhm.

Allnächtlich nun besuchte ich das alte Haus, das steilab in den schwarz sich wälzenden Strom gebaut war. Allnächtlich saß ich unter den Russen, die das unkörperliche Leben von Katakombenheiligen führten. Wir diskutierten über bedeutsame Stellen aus den Werken Proudhons, der großen Utopisten, über Probleme aus den Werken Stirners, Bakunins und der neueren, wie Kropotkin, Przybyszewski und J. H. Mackay. Ich studierte mit ihnen chemische und pyrotechnische Enzyklopädien – und manche Nacht verging, während wir komplizierte Modelle neuer Bomben und Höllenmaschinen erdachten.

Ich fand unter diesen Menschen eine Sittenreinheit, eine Überzeugungstreue und Liebesfähigkeit, eine Erhebung über alles Sinnliche, eine Leidenschaft des Geistes und Todesverachtung, – daß ich oft zerknirscht bis zum Selbstmordgedanken war, weil so viel Tugend und Verehrungswürdigkeit der geringeren Natur unerträglich sind.

Ach, wer vermag allzulange die Gesellschaft von Erzengeln zu teilen!

In solchen Augenblicken der Selbstverwerfung schlich ich mich wohl ins Zimmer der Spieler und mischte meine Stimme unter die Gurgelrufe, die der Bahn der Glückskugel folgten.

Meist hatte ich unter diesen verzerrten Gesellen, von denen jeder ein ausreichendes Verbrechen am Gewissen haben mußte, Glück im Spiel.

Selbst behielt ich aber nur wenig von dem Gewinn und legte die größere Hälfte in die Hände des alten Beschitzer, dem nicht wie Söhne, sondern wie Kinder die Russen anhingen.

Oft auch gab ich mich in einer Grabkammer des Turmgewölbes dem Opium hin.

Die glückseligen Träume des Mohnrausches sind unbestimmt und nicht zurückzurufen. Die Erinnerung bewahrt von ihnen keine Anschauung, nur eine ferne, süße Empfindung; ähnlich ist es, wenn wir plötzlich glauben, das Bewußtsein einer früheren kindhaft leichten Existenz dämmere in uns auf.

Die Bilder, die ich sah, vermag ich mir nicht mehr vorzustellen. Aber, wenn ich schlaff, wie nach ungeheurem Blutverlust, von der Schlafmatte stieg, bemächtigte sich regelmäßig folgende Phantasie oder Vision meiner, als wäre sie ein abgeschwächtes Echo, ein leises Coda des großen unverratbaren Traumthemas:

Auf einer Bühne – nein es ist ein Kasernenhof – steht ein baumlanger, wilduniformierter Kerl (der Kinoausrufer oder napoleonische Gardist der Spielhölle). Er schwingt eine riesige Peitsche über ein ganzes Heer von Rekruten, die in einförmigem Rhythmus Kniebeugen machen. Viele Gesichter sind darunter, die ich kenne. Der chinesische Hauswirt, Beschitzer, die anderen Russen, der Matrose, der allnächtlich sein Geld verspielt, Kameraden aus der galizischen Garnison, aber auch Frauen – ich sehe meine Mutter. Sie ist bloßfüßig, doch trägt sie das neue modische Straßenkostüm.

Die Peitsche saust!

Auf und nieder, auf und nieder heben und senken sich die Gestalten in der Kniebeuge.

Der riesige Flegel krächzt kurze Kommando- und Schimpfworte weithin in den hallenden Raum.

Da schwebt eine entzückende, immense Seifenblase vom Himmel nieder. Es ist der geistige Planet – (»l'étoile spirituelle«, sage ich vor mich hin). Auf seiner irisierenden Glasur malen sich heitere Kontinente, blumenspeiende Vulkane, liebreizende Meere, Vegetationen von ungeahnter Vielfalt und Zartheit.

Langsam sinkt dieser selig elfendünn gewobene Ball hinab, jetzt zittert er über dem Haupt des Peitschenschwingers, jetzt berührt er es, wie ein Hampelmann zerreißt die ungeschlachte Figur nach allen vier Seiten und verschwindet. Aber auch die himmlische Seifenblase ist zersprungen und auf die Erde, auf alle Geschöpfe, die jetzt aus der entwürdigenden Kniebeuge emportauchen und aufrecht dastehen, fällt ein berückender Regen, unter dessen Tropfen unbekannte Palmen, Lianen, Pinien, Gingkobäume aufwachsen und eine unerhörte Blumen- und Duftwelt sich entfaltet.

Ich aber wandle unter Millionen schönschreitenden Geschöpfen durch diesen maßlosen Garten mit meiner Mutter, die jetzt goldene Schuhe trägt.

Inzwischen war aus Rußland vom geheimen Zentralkomitee die Weisung über meine Verwendung eingetroffen. Beschitzer öffnete vor meinen Augen den Umschlag, der aus Moskau datiert war und einen gleichgültigen Geschäftsbrief auf Firmenpapier enthielt.

Die Zuschrift wurde in eine Lauge geworfen, die Schreibmaschinenschrift verschwand, ein Stempel wurde sichtbar, der eine rote Hand in einem Flammenkreis zeigte, und folgende Ordre trat zutage:

Zentralkomitee
Sitz Moskau

Moskau, am 5. Mai 1913.
An den Leiter der Donau-Sektion.
Leutnant Duschek soll keinesfalls aus dem Heeresdienst ausscheiden. Er ist, wie in einfacher Konferenz beschlossen wurde, als Propagandist bei der Armee zu beschäftigen, zu welchem Behufe er gebeten wird, bei möglichst vielen Truppenkörpern als Offizier zu wirken.

Unterschrifts-Chiffre
Stempel

Ich meldete mich bei meinen Kommando krank und erhielt einen mehrwöchigen Urlaub.

Sofort begann ich meine Tätigkeit.

Am Samstagabend und Sonntags machte ich mich in Tanzsälen, Schenken, Vergnügungspärken, Kinos, Sportplätzen und Ausflugsorten an Soldaten heran. Ich ging nach folgendem System vor: Zuerst prüfte ich die Gesichter. Erblickte ich eines, das unzweifelhaft durch das dritte Jahr des Dienstes gezeichnet war und dessen Eigentümer weder eine Charge, noch eine Richt- oder Schießauszeichnung besaß und nicht stumpf, sondern mit jener verächtlichen Verbitterung dreinsah, für die mein Auge sehr geschärft war, so sprach ich ihn an. –

Zuerst erschrak er (denn ich war ja ein Herr Offizier), dann wurde er mißtrauisch, schließlich aber, halb ärgerlich, halb geschmeichelt, faßte er Mut, denn ich erzählte ihm, ich wäre sehr arm und hätte von meiner Leutnantsgage meine alte Mutter zu erhalten. Ich schilderte beweglich mein Elend, daß ich gezwungen wäre, die Zigaretten meiner Fassung zu verkaufen und kaum alle heiligen Sonntage dazu käme, selbst eine Zigarette zu rauchen, denn ein Schuldenmacher, wie die anderen Herren zu sein, das brächte ich nicht übers Herz.

Der Mann dachte sofort: »Da sieht man's. Die großen Herren! Da haben wir's ja, was hinter all der Aufdraherei, Schinderei und Schreierei steckt! Ein armer Hund, der sich schmutziger durch die Welt bringt, als unsereins. Wenn ich wieder im Zivil bin, habe ich mein Auskommen als Knecht, Raseur, Tischler, Maurer, Selcher usw. Und der da? Freche Bettler sind sie alle zusammen! Mir soll dann nur einer begegnen! Zweimal wird er mich nicht anschaun.«

Ich ging so eine Weile neben dem Gemeinen hin und sprach gehässig über die Offiziere und Feldwebel, besonders aber betonte ich, daß sie alle bestechlich seien und die Mannschaft um ihre Gebühren betrügen, indem sie die besten Lebensmittel und Sorten auf die Seite zu bringen wissen.

Das gefiel dem Mann; es war seine eigene Ansicht und er fing an, nach Beispielen und Belegen zu suchen. Plötzlich fragte ich nach seiner letzten Bestrafung. Er geriet in Feuer und Wut, erzählte ein Vergehen und brach in wilde Beschimpfungen gegen den Hauptmann Kallivoda, den Oberleutnant Gamstoitner, diesen Hund, aus, gegen all' die Namen, die mein eigenes Blut empörten.

Nun war er gänzlich warm geworden. Ich erwischte den günstigen Augenblick und bat ihn um eine Zigarette.

Halloh! Da war er ganz oben! Dem »Herrn«, dem ewig Unnahbaren eine Zigarette schenken, das schmeichelte, das war Wohlgefühl und Triumph über den aufgeblasenen Halbgott, der ein armer Lump, ein Stinker und ein Nichts ist.

Ich dankte für die Zigarette. Nicht jetzt würde ich sie rauchen, – später.

Der Mann wurde mitleidig, und ich hatte ihn gewonnen.

»Das ist doch ein anderer«, dachte er, »der hierher kommt und mit den Leuten lebt. Ich spuck' mehr auf ihn als er auf mich.«

Und jetzt begann ich mein Werk.

Und ich war erfolgreich, denn in kurzer Zeit hatte ich zwei Burschen zur Desertion verleitet und durch einige andere manch Tausend aufreizender Flugblätter in den Kasernen verteilen lassen.

Die Gefahr, die dieses Treiben für mich bedeutete, machte mich glücklich und zufrieden. Ich hatte einen Lebenszweck, das wagemutige Geheimnis erhob mich fast zur heiligen Schulterhöhe der Russen.

Aber es war noch ein anderes neues Gefühl, stärker als Haß und Rachsucht, das mich beflügelte und tollkühn machte. –

Vor wenig Tagen hatte ich sie das erstemal gesehen. Sie war über die Schweiz gekommen und lebte nun dasselbe geheimnisvolle, fast unphysische Leben wie die anderen Russen.

Nun! Wie soll ich Sinaïda beschreiben? Ich selbst bin ja »erwacht«, »gesund geworden«, und mein Gedächtnis kann kaum mehr die furchtbaren Überschwenglichkeiten meiner Jugend wiederholen.

Sinaïda! Ihre Landsleute gingen mit ihr um, wie die Getreuen mit einer Königin in der Verbannung umgehen. Das Geheimnis irgend einer Tat ruhte auf ihr, das einen unüberschreitbaren Abstand erschuf. Sie sprach fast niemals, und dennoch war der Zeiger aller Reden immer auf sie gerichtet, ihr Blick war ein ernsthaftes Starren, das immer ein wenig an dem vorbeireichte, den sie ansah.

Es war keine Spur von chargierter Schlamperei an ihr, ihr dunkles Haar war keineswegs kurzgeschnitten, ihre Kleidung wohlberechnet und anmutig.

So erwachsen ich auch war, die Liebe hatte ich noch nicht kennengelernt. Die Erzählungen meiner Kameraden von ihren Abenteuern hatten mir immer nur Ekel bis zum Brechreiz eingeflößt.

Allein, ich kannte die entsetzlichen Leidenschaften der Schwärmerei, die seelenzersprengenden, lebenverwüstenden.

Sinaïda übte auf mich eine zwiefache Macht aus. Die wie nach einer schrecklichen Anstrengung schneeweiße Stirne, der starre Blick, die zarten, fast ironischen Schatten um die Mundwinkel zeigten, daß diese Frau nicht nur Leben hinter sich hatte, sondern etwas weit Höheres, Heiligeres, eine Tat, eine Aufopferung, ein Geheimnis, von solcher Würde, daß keiner jemals davon zu sprechen wagte. Dieses Geheimnis, als ein unbegrenztes moralisches Übergewicht, demütigte mich süß und schrecklich.

Und – sie war schön, mehr noch als das, viel mehr – Zauberei! Ihr Gesicht zu ertragen, schien für mich fast unmöglich. Wenn ich es eine Zeitlang anzusehen wagte, war mein Herz ausgepumpt, meine Glieder müde wie nach einem stundenlangen Ritt.

War aber der eine Pol meiner Empfindung jene moralische Demütigung, ein Geschöpf höherer Art, als ich es bin, vor mir zu sehen, so der entgegengesetzte Pol viel unfaßlicher, kaum zu begreifen.

Die Schönheit Sinaïdas war eine wesenlose Entzückung, die ihrem Kleid die süße Form gab, selbst aber Zephyr, Geist, Schwingung zu sein schien. Und doch – es war fast klar – sie hatte ein Gebrechen, wenn auch von zartester, unauffälliger Natur. Es schien, daß sich ihr Schritt nach der einen Seite etwas neigte, kaum merklich, aber in manchen Augenblicken unverkennbar.

Dieses Unregelmäßige in dem Rhythmus ihrer Erscheinung (Hinken es zu nennen wäre zu viel und zu profan), dieses zarte Gebrechen riß mich hin, brachte mich um Verstand und Bewußtsein.

Der Gegensatz von ihrer Lebensüberlegenheit und Gebrechlichkeit erzeugte in mir einen magischen Strom von solcher Macht, daß ich jede Herrschaft über mich selbst verlor.

Und doch! Liebe wagte ich dieses Gefühl nicht zu nennen. Anbetung und Verwirrung! Diesem unirdischen Leib, dieser überirdischen Seelenkraft wollte ich nichts anderes sein als Knecht, Türhüter und Hund!

Dennoch! Beweisen wollte ich mich, ihr nicht nachstehen, die Glorie eines Geheimnisses auf mein Haupt versammeln, auch ich!

Sinaïda selbst behandelte mich so, wie Frauen einen Lebensanfänger behandeln.

Sie übersah mich.

Ich verdoppelte meine Anstrengungen in der Verhetzung der Soldaten. Es war ein Wunder, daß man mich noch nicht angegeben und ertappt hatte. Fast aber – um Sinaïdas willen, – sehnte ich eine Katastrophe herbei, die mich vor der Welt der Ordnung zum Verbrecher erniedrigen, vor ihr aber zum Märtyrer erhöhen sollte.

Eines Tages, als ich wieder eine Seele gefangen hatte und eifrig redend neben einem Gefreiten ging, der mir gestand, schon selbst einmal eine Meuterei angezettelt zu haben, wurde ich von rückwärts angerufen: »Herr Leutnant!«

Ich zuckte automatisch zusammen.

(Dieses Zusammenzucken werde ich und keiner, der einen langen Militärdienst geleistet hat, je überwinden können.)

Ich drehte mich um – ich, der Revolteur, – und blieb in Vorschriftshaltung stehen. Der General, der mich gestellt hatte, war mein Vater!

Mit böswilligem Wohlgefallen an sich selbst, hüftenwiegend, trat er näher. Einen Handschuh hatte er abgestreift und trug ihn zugleich mit einer Reitgerte, die er regelmäßig gegen den Schenkel schlug, in der Hand. Sein Auge kniff ein schwarzrandiges Monokel, dessen absichtsvoll breite Schnur ausladend herabhing.

»Ah, du bist es«, höhnte er, »das hätte ich mir gleich denken können!«

Wo war mein Mut? O Sinaïda!

Stramm stand ich und trank die Worte eines Vorgesetzten.

»Bist du nicht oft genug darüber belehrt worden, daß Offizieren der außerdienstliche Umgang mit Mannschaftspersonen untersagt ist? Hast du nicht selbst genug Verstand, um einzusehen, wie schädlich diese falschen und ungebührlichen Vertraulichkeiten für den allerhöchsten Dienst sind?

Aber dich kenne ich schon!

Sieht man dich einmal, so geht es ohne Anstand nicht ab. Weißt du – dich möchte ich unter meinen Leuten nicht haben, Gott bewahre! – Aber stündest du unter meinem Kommando, so könnte dir der Teufel gratulieren! Ich wollte dich aufmischen, mein Lieber!«

Er sah auf die Uhr.

»Wo steckst du, was treibst du?

Jetzt ist es erst halb fünf. Bist du schon dienstfrei, gibt's keinen

Kurs, hast du das Recht, zu flanieren? Wenn ich das zweitemal auf Unregelmäßigkeiten komme – du – mit mir wage nicht zu spaßen! Hörst du? Ich verlange soldatische Haltung, soldatische Pflichterfüllung von dir! Und, was ich sonst noch zu sagen habe – – – na, merk dir's! Servus!«

Er fuhr mit gebogenem Zeigefinger halb gegen die Kappe, ließ mich stehen – und – Satan – ich salutierte betreten und stramm.

»Ihm nach, ihm nach«–, es riß mit mir, als ich zu Bewußtsein kam –, »und in den Straßendreck mit dir! Mörder, Seelenverkäufer, Menschenschinder, ungebildeter Frechling, roher Schwachkopf!«

Ich stand wie auf einem schwankenden Segelboot. Doch plötzlich fiel mir Sinaïda ein. Kränkung und Wonne gaben einige erleichternde Tränen her. Ich hörte mich murmeln: »Es kommt der Tag!«

Allabendlich, knapp nach dem Dunkelwerden, pilgerte ich zu meinen neuen Freunden.

Traumhafte, stundenlange Gänge durch die Nacht, die ich entweder allein oder in Begleitung Herrn Seebärs zurücklegte. Ob es mehr war als Spiel und Opium, was den taubstummen Bücherrevisor in jenes mysteriöse, auch für mich niemals übersichtliche Haus zog, das habe ich nie erfahren können.

Diesmal empfing mich der Chinese erregt und unruhig. Er winkte mir geheimnisvoll, zupfte mich und öffnete eine Falltüre. Seine Blendlaterne leuchtete mir eine Seitenstiege hinab. Ich gelangte über unwegsame Stufen in einen Keller. – Ein riesiges, feuchtes Gewölbe, dessen Größe gar nicht abzumessen war! Vermutlich die alten Kellereien der Abtei auf dem Berge.

Um einen Tisch, auf dem Windlichter standen, denn es wehte hier scharf, saßen in feierlicher Ordnung die Russen. Beschitzer präsidierte. Sein Gesicht, vor innerer Bewegung, war noch wächserner als sonst, ohne Falte, ja ohne jedes vergnügte Äderchen des Lebensgenusses. Ich bemerkte die außerordentliche Schmalheit seiner Nasenwurzel, diese edle Nase mit der schärfsten Spitze, die man sich denken kann. So spitzige Nasen im guten und schlechten Sinn trifft man immer bei theologisch gerichteten Menschen an.

Ihm zur Seite saß Sinaïda, die strenger als sonst über mich hinwegsah; ihre zerbrechlichen Hände schimmerten in den schleimigen Ausstrahlungen des Raumes.

Am unteren Ende des Tisches wartete schon ein Stuhl auf mich. Chaim winkte mir. Ich setzte mich nieder.

Keiner unterbrach auch nur durch ein Zucken der Wimper das erhabene Starren. Niemals hat mich die gesammelte Gewalt so vieler mächtiger Seelen mehr erdrückt, als in dieser endlosen Minute des Schweigens, das nur durch die greisen, knorrigen Atemzüge des uns zu Häupten arbeitenden Stromes unterbrochen wurde.

Endlich setzte Beschitzer einen verbeulten Zwicker auf und entfaltete ein Schriftstück.

Er sprach zuerst einige russische Worte. Dann rief er singend und vibrierend: »Wer hätte das gedacht?« Sein Akzent wurde fast unverständlich. »In die Arme läuft er uns!« Nach einer Pause:

»Hört, Brüder, was das Komitee mir schreibt!« Die Stimme des Vorlesers stockte und zitterte.

»Wir teilen Euch mit, daß der Zar am 30. Mai in W. eintreffen wird, und zwar um 7 Uhr 35 Minuten morgens in einem Sonderzug, der als langer Personenzug maskiert ist.

Die Ankunft erfolgt am Nordbahnhof, gerade in dem Augenblick, wo die beiden Gegenschnellzüge ein- und abfahren, also der größte Trubel herrscht. Für diesen Train ist das dritte Geleise, vom Ankunftsperron gerechnet, reserviert.

Der Zar reist in Zivil, ebenso wie das gesamte Gefolge, das etwa aus dreißig Herren der näheren Umgebung und aus hundert Polizeiagenten besteht, denen selbstverständlich die gleiche Anzahl schon vorausgeeilt ist.

Der Zar wird voraussichtlich einen grauen Jackettanzug mit weichem grauem Hut tragen, den Charakter eines wohlsituierten Arztes führen und einem Waggon zweiter Klasse entsteigen. Ferner ist es möglich, daß der Zar eine runde Hornbrille mit breiter Fassung tragen wird. In seiner Begleitung dürfte sich Botschafter Iswolski und Minister Sasonow befinden.

In der äusseren Ankunftshalle wird der Kaiser, der eine kleine Reisetasche selbst in der Hand hält, von einer Frau mit zwei kleineren Kindern empfangen werden, die als Familie mit lauten Worten eine innige Begrüssung zu agieren haben.

Dann begibt sich die Gruppe zu dem Autotaxameter Nr. 3720, der sich jedoch erst anrufen lässt. Neben dem verkleideten kaiserlich-königlichen Chauffeur wird ein Mann in dürftigem Anzug sitzen, der Chef der dortigen Staatspolizei.

Die Familie, das heisst der Zar und die Frau mit den beiden Kindern, fahren in die Residenz von S., wo der Zar am öffentlichen Eingang des berühmten Schloßparks das Auto verlässt, welches weiterfährt. Der Kaiser, die kleine Reisetasche in der Hand, schreitet die grosse Taxusallee hinan und begegnet bei der zweiten Wegkreuzung um 8 Uhr 20 Minuten dem jungen Erzherzog K., der sich mit ihm ins Schloss begibt.

Es sind also zwei gute Attentatsmöglichkeiten vorhanden, von denen allerdings die letztere, weil sie weniger Menschen in Gefahr bringt, vorzuziehen wäre. Das erste Attentat müsste vor der Bahnhofshalle, und zwar am besten durch Schusswaffe aus möglichster Nähe erfolgen, das zweite vor dem Parkportal, und zwar hier am besten durch Aufschlagbombe.

Eventuelle Veränderungen in der Disposition werden durch chiffrierte Telegramme mitgeteilt werden.

Die streng geheime Reise des Zaren wird den mächtigen Zeitungsherausgebern Europas verborgen bleiben. Ausser den Häuptern der dortigen Dynastie und den politischen Chefs wird niemand etwas erfahren.

Zweck der Reise ist eine Konferenz über die durch die albanische Frage verwirrte internationale Lage, die unter dem Präsidium des alten Halunken stattfinden wird.«

Eine Ewigkeit lang schwieg jeder Atemzug, während Beschitzer bedächtig, doch mit unbemeisterten Händen das Blatt zusammenfaltete. Dann hörte ich ihn leise fragen:

»Wer?«

Alle Männer schnellten auf, erhoben ihre Hand und schrien: »Ich!«

Ich allein blieb sitzen.

Teilnahmslos dunkel traf mich der Blick Sinaïdas.

Sie hatte nichts anderes von mir erwartet.

Da fuhr ich empor. Der Stuhl hinter mir kippte um:

»Nicht ihr, ich, ich werde es tun.«

Raserei! Empört machten die Männer Miene, sich auf mich zu stürzen. Durcheinander schrie's: »Wer bist du?« »Neuling!« »Grüner!« »Kommisknopf!« »Was weißt du?« »Wen hat er dir umgebracht?« »Bist du schon an einer Wand gestanden?«

Ich blieb fest und sagte ruhig:

»Bedenkt doch den Vorteil, wenn ihr mich wählt! Ich bin unverdächtig, ein Offizier! Überall habe ich Zutritt. Die Schloßwache präsentiert vor mir. Wenn ich mich dem Zaren nähere, halten mich die Polizeiagenten gewiß für einen Funktionär. Ich allein kann es mit höchster Möglichkeit des Gelingens vollbringen. Euch verhaften sie schon, wenn ihr nur den Kopf ins Freie steckt. Bedenkt das!«

Von neuem erhob sich der erbitterte Widerspruch der Russen.

Plötzlich wurde es still. Sinaïda hatte gesprochen:

»Er hat recht! Laßt ihn! Er soll es tun.«

Elektrischer Schlag. Sie hatte mich gewürdigt. Nun war ich Akkord und glaubte an Gott.

Der alte Beschitzer hatte das Haupt gesenkt und schien zu schlafen.

Da! Er hob die dicken gefälteten Lider, zeigte mit der Hand auf mich:

»Du!«

Die Entscheidung war gefallen. Kein Blick der Kränkung und des Neides traf mich mehr. Mit einem Male war ich über alle erhoben. Ich fühlte, wie von mir die Strahlen der Auserwählung und Todgeweihtheit ausgingen.

Ich spürte Sinaïda nahe neben mir. Sie sah mich an. Sie sprach zu mir. Ich sah – ich sah und hörte keine Worte. Sich hinwerfen! Singen! Weinen! Die Seele war mir so weit!

Im Morgengrauen begleiteten mich Sinaïda und Hippolyt Poltakow in die Stadt. Wir sprachen kein Wort. Milchwagen klingelten in die Dämmerung. Der Flieder rief schon stark von allen Seiten.

Zwei Abgeschlossenheiten wanderten wir nebeneinander, sie und ich, jedes für sich, unerreichbar dem andern, zwei eingemauerte pochende Leben, die nie ineinander werden verfließen können.

Und doch! Eine Heilige, mit ihrem Haar hat sie die Füße des Jesus getrocknet.

Der Morgen, nicht nur für diese Erde geschaffen, schwebte hinab und wieder zur Höhe. Sinaïdas Schritt klang mit seiner zarten Ungleichmäßigkeit auf der harten Straße, wie auf einer mächtig gespannten Saite.

Ganz leicht, in der fernsten Ferne meiner Selbst, hörte ich den heiligen Marsch. Ja, den Marsch des mystischen Militärs, das Alla marcia der Neunten Symphonie, ich hörte es nahen.

Ach, noch in der Unendlichkeit der unsichtbaren Sternbilder fielen die Paukenschläge und wiegten sich die schwebenden Schritte der Zahllosen. Aber näher wälzt sich schon das Meer der leichtfüßig Geharnischten. Ein Schuß, eine Explosion! Das Leben kommt mit dem Schrei eines erwachenden Ohnmächtigen zu sich und begräbt in den Tiefen seines erlösten Stroms die Trümmer der Individuen. Dann werde ich eins sein mit ihr, eins auch mit dem Feind, dem Vater!

Die nächsten Tage verbrachte ich in der angestrengtesten Weise mit den Vorbereitungen zum Attentat. Ich hatte das Parkportal in S. gewählt.

Ich nahm an, daß die große Taxusallee am Morgen des 30. Mai für das Publikum gesperrt sein würde, während der Platz vor dem Eingang dem Verkehr offenbleiben dürfte, um jedes Aufsehen zu vermeiden. Zur Vorsicht wollte ich aber in dem großen Hotel, das dem kaiserlichen Sitz gegenüberlag, übernachten, um zu jeder Zeit, als gehörte ich zu den Aufsichtsorganen, auf den Platz hinaustreten zu können.

Sollten die Gäste des Hotels unter Kontrolle stehen, so würde der bekannte Name, den ich trug, gewiß kein Mißtrauen erregen.

Mein Plan war bis in die letzte Möglichkeit einer Überraschung ausgearbeitet. Zur Vollstreckung des Todesurteils hatte ich eine Wurfbombe mit höchst brisanter Ladung gewählt.

Fünf Tage nur trennten mich von dem großen Datum. Die ersten zwei brachten Ereignisse von Wichtigkeit für mich. Sinaïda hatte plötzlich meine Hand ergriffen. Eh' ich aber noch ein Wort sagen konnte, war sie mit einem gequälten Gesicht davongegangen und ließ sich an diesem Abend nicht mehr blicken.

Zum zweiten hatte mich um die nächste Mittagsstunde ein Mann in etwas arrangierter Vernachlässigung angesprochen und sich nach seinem Freunde Beschitzer erkundigt, mit dem er gemeinsam in London, wie er vorgab, das »Comité de l'action directe« geleitet hatte.

Er sei ein alter »Kamerad«, versicherte er, einer der Ältesten überhaupt, hätte zuletzt in der Omladina gewirkt und würde mir sehr dankbar sein, wenn ich eine Zusammenkunft zwischen ihm und dem alten Chaim vermitteln wollte, dessen Aufenthaltsort er nicht wüßte.

Ich fuhr den Mann an, wie er es wagen könne, einen Offizier zu belästigen, und ließ ihn stehen.

Sollte man mir auf der Fährte sein? War das einer der vorausgesandten russischen Spitzel? Ein Fremder wußte von mir. Unter den tausend Leutnants auf den Straßen hatte er mich herausgefunden. Ich war gewarnt und unterließ es an diesem Abend, das Haus der Verschwörer aufzusuchen. Unruhe verlieh mir eine übermäßige Wachheit. Ich musterte alle Vorübergehenden scharf – und es war mir, als wären hundert Verfolger unter ihnen.

Das dritte denkwürdige Ereignis war ein Brief der Generalin, meiner Stiefmutter. Hier ist er:

»Mon cher! Warum beleidigen und agacieren Sie Ihren Vater durch andauernde Nichtachtung und Nichtbeachtung? Damit handeln Sie vor Gott und den Menschen nicht recht.

Ihr Vater ist Ihr Wohltäter!

Vergessen Sie das nicht! Er selbst hat es mir in einer Stunde erbitterter Kränkung über Sie versichert.

Sie sind ihm Dank schuldig. Er hat Ihnen das Leben gegeben. Er hat Ihnen eine standesgemäße Erziehung zuteil werden lassen, seine Aufmerksamkeit nie von Ihnen abgezogen, und Sie gefördert, wo es nur anging.

Und wie haben Sie es ihm vergolten? Durch Kälte, Indolenz und durch eindeutiges Fernbleiben!

Sollten Sie allein es sein, der nicht weiß, daß Feldmarschallleutnant Duschek nicht nur einer der ausgezeichnetsten Führer unserer Armee, sondern auch der beste Mensch ist, der überhaupt lebt?

Und dann! Ihr Vater ist krank, sehr schwer krank, und Gott allein weiß, ob er uns lange noch erhalten bleibt.

Hüten Sie sich vor der Reue, die einst dem ungetreuen Sohn schwer auf der Seele lasten müßte. Noch ist es Zeit, vieles gutzumachen, durch einen herzhaften, gütigen Schritt Mißverständnisse aus dem Weg zu räumen. Noch ist Zeit! Das ist es, was ich Ihnen in mütterlicher Freundschaft sagen wollte.

Ihre Natalie.«

Ich warf den Brief wütend in einen Winkel. Wohltäter? Über diese ungeheure Frechheit hätte man sich totlachen können! Aber – er ist krank, – und ich wußte es nicht.

Welche Leiden muß er wohl in den Nächten erdulden? Vielleicht hilft ihm Brom und Morphium nichts mehr.

Und dann! Er, der Unnahbare, Souveräne, der Drübersteher, er leidet unter meiner Kälte und Vernachlässigung? Also muß er ja nach meiner Wärme und Teilnahme Verlangen tragen!

Wie ist das? Er besitzt in mir seinen Sohn. Aber wünscht er sich nicht einen Sohn, der seine Interessen teilt, der ihm gefällt, elegant und erfolgreich ist, ein Offizier von Chic und Schneid, der mit ihm über das Mai- und Novemberavancement plaudert? Dieser Sohn bin ich nicht. All das, was ihn angeht, was seine Sphäre ist, hasse ich!

Aber er, er allein ist schuld an meiner Feindschaft. Hat er mich nicht nach seinem Bilde gedrillt, mich in seine Fußstapfen gezwungen, kalt, herrisch, unverständig meine Jugend in ein Zuchthaus verdammt?

Rache dafür!

Halt! Welch ein Gedanke? Er, der kranke Mann, leidet unter meiner Kälte? Ist es möglich? War seine abweisende Haltung gegen mich von jeher nur die Folge meiner abweisenden Haltung gegen ihn?

Unmöglich! Und doch! Ein Kind kann ja tief beleidigen!

Oder – stehen wir beide vor einem unbegreiflichen Gesetz, uns in der Ferne suchen und in der Nähe hassen zu müssen?

Ich verjagte diesen für mich gefährlichen Gedanken. Denn ich fühlte, wenn die geringste Regung für meinen Vater (den alten, kranken Menschen) mich erfaßte, – ich könnte meine Tat im Stiche lassen, – und – selbst – Sinaïda!

Am Morgen des 27. Mai ging ich mit meinen Freunden in die Auen des großen Stroms hinaus. Die neuen Bomben sollten ausprobiert werden.

Es war eine wundersame Wildnis, wo wir Halt machten. Wildgänse, Reiher, Störche zogen über uns dahin. Libellen und Milliarden Insekten zitterten über den Urverschlingungen dieses Dschungels, der nur ein wenig seitab von der Weltstadt lag.

Die Explosion verwundete einen großen fasanenartigen Vogel, der aus den Ästen einer Esche ins Gras fiel und tiefsinnig regungslos mit den offenen Augen der Erkenntnis liegenblieb.

Schweiß der Scham und des Verbrechens brach mir aus allen Poren. Wie habe ich gestern noch mich als Erlöser gefühlt?!

Nun hatte ich ein Fleckchen dieses Sterns mit Blut gefärbt.

Von diesem Augenblick an erfaßte mich das Bewußtsein meines Vorhabens mit ganzer Wucht. Ich ertrug weder zu sitzen, noch zu stehen. Meine Glieder zitterten. Mich peinigte ein unlöschbarer Durst. Ich trank ein Glas Wasser nach dem anderen. Ich floh zu den Träumen des Opiums. Als ich ermattet das achteckige Turmgewölbe verlassen wollte, stand ich plötzlich vor Sinaïda. Auf ihrem bleichen Gesicht fand ich neue Schatten. Sie trug einen großen Bernsteinschmuck, der dumpfe Strahlen warf.

Schreck und süßes Herzklopfen nahmen mir den Atem:

»Auch Sie?«

»Auch ich, seitdem mich die Furien verfolgen.« Sie verschränkte die Finger ineinander, als wollte sie sie zerbrechen.

Ich faßte Mut:

»Warum haben Sie vor zwei Tagen meine Hand genommen und sind dann fortgelaufen, Sinaïda?«

»Ich habe Mitleid mit Ihnen gehabt. Sie sind ein Kind, ein kleines Kind!«

»Wieso denn Mitleid?«

»Sie haben mehr auf sich genommen, als Sie wissen!«

»Attentat?«

Sinaïda sah mich langsam an: »Wie unsachlich sind doch die Männer, die Sachlichen, die Objektiven! Noch kein Mann hat etwas Gutes und Schlechtes, etwas Großes oder Niedriges aus einem anderen Grunde getan, als sich selbst zu erhöhen. Was sind denn all eure Entschlüsse und Taten wert? Ich habe noch keinen Mann gesehen, der wirklich gelitten hätte! – Ihr könnt an nichts anderem leiden, als an der Erniedrigung eurer Persönlichkeit. Und darum mißhandelt ihr die Welt so!«

»Gibt es denn ein anderes Leiden?«

»O, – es gibt nur ein Leiden. Dieses Worte müssen Sie aber sehr weit verstehen! Das Leiden der Mütter!«

»Kennen Sie dieses Leiden, Sinaïda?«

»Ich kenne dieses Leiden.«

»So sind – so – so waren Sie selbst Mutter?«

Sinaïda fuhr langsam mit der Hand über ihr Haar. Dann sagte sie sehr einfach: »Nein!«

Als ich schwieg, sah sie mich mit in der Ferne beschäftigten Blicken an.

»Nein, ich war niemals Mutter – und – und – ich werde es jetzt auch niemals mehr werden.«

»O Sinaïda!« Ich hätte auf die Knie fallen mögen. Diese Heilige! Ich sagte:

»Alles, alles wird Ihnen in Erfüllung gehen!«
Sie zog ihre Hand zurück, die ich nehmen wollte:
»Nein! Niemals mehr! Ich bin im Vorjahre schwer krank gewesen! Seither ist diese Hoffnung vorbei. Im übrigen die gerechte Strafe.«
»Strafe?«
Sie schloß die Augen:
»Ja und sehr gerecht.«
Plötzlich sagte sie mit leichterer Stimme:
»In zwei Tagen werden Sie einen Revolver abdrücken! Aber ich warne Sie! Klopft es in ihrem Zimmer des Nachts, als wären die Wände hohl? Sind Sie in der Dämmerung auf der Hausstiege einem alten Herrn begegnet, der ein trauriges Gesicht macht und dessen Schritte lautlos sind? Meist trägt er einen unmodischen Zylinder. Seine silberne Uhrkette funkelt.«
»Was fragen Sie da?«
»Kennen Sie die Oper ›Freischütz‹?«
Freischütz! Ich hörte dieses Wort. Immer wieder begegnet es mir. Ich sah den Vater vor mir, nicht weißhaarig, nein, mit jenem vergangenen gelben Gesicht.
»Ah! Gewiß kennen Sie diese Oper! Da zielt einer – ich weiß nicht mehr worauf – aber, er trifft seine Geliebte. Zum Schluß wird alles gut, weil sich der Himmel einmischt. Aber dennoch, die Freikugel wird von den Mächten gelenkt, höhnisch gelenkt von den Mächten, die in unseren Wänden klopfen, die uns auf den Treppen begegnen...«
»Haben Sie Furcht, ich könnte mit der Bombe mein Ziel verfehlen?«
»O schweigen Sie!« flüsterte Sinaïda und preßte den Finger an den Mund. Ihr Blick strahlte irrsinnig: »Auch ich habe geschossen!«
»Sie – Sie?«
Sinaïda schwieg lange:
»Auch ich glaubte die Menschen zu lieben – nein, nicht lieben, sie rächen zu müssen. Ich suchte das eitle Erlöserleiden! Es war damals in Tula. Mich, die neunzehnjährige Studentin, traf das

Los der Vollstreckung. Ich sage Ihnen, jener Tag war der schönste Frühlingstag, den man sich nur denken kann. Ich stand zitternd an meiner Straßenecke und die laue Sonne blendete mich. In der Tasche hielt meine Hand den Revolver umspannt.

Die Uniform des Großfürsten blitzte aus dem Wagen. Neben ihm saß sein sechsjähriges Töchterchen, – dieses süße, schöne Geschöpf. O – o – dieses kleine, liebe Mädchen. Ich tötete nicht den Großfürsten, ich – tötete – das Kind!«

»Sinaïda!«

»Schweigen Sie doch! Ich habe für immer mein Kind getötet! Gott! Ich hoffe nur eins, daß ich selbst bald zugrunde gehe. Am besten heute noch – heute noch!«

»Sinaïda«, schrie ich auf, »ich liebe Sie für all' das, Sie Schöne, Sie Heldin, noch tausendmal mehr!«

Sie trat zwei Schritte zurück. Das erstemal zeigte sich ihr Gebrechen stark.

»Was wollen Sie? – Gehen Sie doch!« rief sie.

Der Abend war gekommen. Wir hatten uns im Keller versammelt. Der Fluß grölte. Die Windlichter umzirkten nur einen kleinen Kreis von Helligkeit. Rund um uns dehnte sich das riesige Gewölbe wie ein unabmeßbares Felsengrab, das Schwamm- und feuchten Moderduft mit unterirdischen Atemstößen aushauchte. Heute sollten wir das letztemal zusammenkommen, denn daß ich als Anarchist angeredet worden war und noch andere Anzeichen ließen ahnen, daß man uns auf der Spur war.

Die peinlichsten Vorsichtsmaßregeln wurden beobachtet; wir alle waren auf hundert Umwegen, um unsere Verfolger irrezuführen, hier zusammengekommen.

Ich saß zwischen Chaim und Sinaïda.

Jeder murmelte leise mit seinem Nachbarn.

Ich hielt die Hand Sinaïdas; sie entzog sie mir nicht: »Alles, was Sie mir heute erzählt haben, zeigt mir, wie viel tiefer im Leben Sie sind, welch' einen Vorsprung Sie vor mir voraus haben. Was war ich denn? Ein kleiner, gekränkter, rachsüchtiger

Feigling. Aber jetzt? Jetzt ist mir, als könnte ich tausend Meter hoch springen, fliegen und durch Mauern dringen, wie ein Engel. Ich will leiden, jedes Leiden auf mich nehmen, nur um Ihnen zu gleichen!

Sie wissen nichts von mir. Sie wollen gewiß auch nichts von mir wissen. Jetzt aber nehme ich Abschied von Ihnen für ewig. Denn ob es mir gelingt oder mißlingt, ich habe mein Leben fortgeworfen und werde es höchstwahrscheinlich in kurzer Zeit lassen müssen. Aber daß es so ist, erfüllt meine Seele mit Glück. Denn wer bin ich, um Ihnen nahe kommen zu dürfen?«

Sie zog fein ihre Hand zurück und sagte: »Es ist gut, daß wir voneinander Abschied nehmen müssen. Mir fehlt ja alles, das Wichtigste. Wem kann ich noch etwas sein?«

Ich hörte einen Klang in ihrer Stimme, der sich mir entgegenneigte. Und dennoch, alles war so hoffnungslos.

Plötzlich krampfte sich ihre Hand zur Faust.

Sie flüsterte wie geistesabwesend: »Tun Sie es nicht! Überlassen Sie es Hippolyt, überlassen Sie es Jegor!« ...

Dann, als wüßte sie nicht, was sie eben gesagt hatte, gleichmütig: »Ja! Wir werden uns wohl nicht wiedersehen, wir alle nicht. In vier Tagen werden Sie vor dem Untersuchungsrichter stehen – und wir – nun, wir auch, wenn wir nicht sogleich ausgeliefert werden. Doch – es ist gut so! Endlich!«

Eine Hand legte sich auf die meine.

Beschitzer wandte sich mir zu. Seine schweren Tränensäcke, die roten Lidränder gaben ihm ein trauriges und müdes Aussehen: »In keinem Augenblick der Prüfung, Bruder, vergiß die Sinnlosigkeit des Lebens! Bedenke, daß all' unser Treiben, Essen, Trinken, Reden, Schlafen, Spielen der wahre Tod ist und daß wir unser Leben erst vom Tode erwecken, indem wir ihn zu einem gewollten Ziel erheben und dadurch zum Leben aller Leben machen, reicher an Entzückungen, Freuden, Ekstasen und glückseligen Schmerzen, als nur einer ahnt.

Ich bin alt genug, um zu wissen, daß aller ideologische Hochmut und alle Erlösermühe vergeblich sind. Aber was ist der Sinn dieses sinnlosen Menschenlebens? Ich sehe nur einen Sinn: Niederen Wahn mit höherem Wahn zu vertauschen! Du fragst mit Recht: Was heißt denn das: Höherer Wahn? Was ist der Gradmesser allen Wahns? Nun, lieber Bruder Duschek, ich gebe dir zur Antwort: Der Wert eines Wahns nimmt mit abnehmender Dichtigkeit seiner egoistischen Tendenz zu! Das ist doch klar. Im übrigen! Höchster Zweifel bei höchster Illusionskraft ist die Lebenskunst des wahren Genies. Wahnfähigkeit zeigt ein großes Herz, Zweifelfähigkeit einen starken Kopf. Eins ohne das andere ist ekelhaft – ekelhaft sind mir die Illusionisten, was, ich sag's grad heraus, die romantischen Gojim, fast noch ekelhafter aber sind mir die jüdischen Entwerter!«

»Ist, was wir vorhaben, was wir tun, nicht Romantik?«

»Es ist, – hol's der Teufel, – es ist trotz allem Hoffnung!«

Noch andere Lehren gab mir der Alte.

»Angst ist immer ein Irrtum! Wiederhole dir diesen Satz mit ruhiger, innerer Stimme immer wieder angesichts der Tat und vor Gericht.

Dieser Satz ist eine Arznei. Er lehrt dich das Leben richtig einschätzen. Was kann dir denn geschehen? Bedenke, daß unsere Natur so gnädig ist, nur so viel Schmerz bewußt werden zu lassen, als sie ertragen kann. – Und das ist gar nicht so viel. Dreiviertel unserer Schmerzen sind Einbildung, daß etwas wehe tut, pure Konzentrationen der Aufmerksamkeit auf eine recht geringe Schmerztatsache.

Das Ticken einer Taschenuhr in der Stille der Nacht oder gar im Traum gleicht den mächtigen Axtschlägen der Holzhacker.

Nicht anders ist es mit unseren Schmerzen, die des Menschen angsterfüllte Aufmerksamkeit übertreibt.«

Noch an einen Ausspruch Beschitzers erinnere ich mich:

»Jeder anständige Mensch glaubt an zweierlei: an die Unsterblichkeit des Lebens und an die Geringfügigkeit alles Individuellen. Wie kann also der Tod furchtbar sein, da ja das Leben unsterblich und der Bestand des gerade so und so geborenen Ich weiter nicht wünschenswert ist?

Und dienen wir der Unsterblichkeit des Lebens, die wir mit unserer Form zu verlieren zittern, nicht am besten, indem wir den passiven Tod ausschalten, uns dem unsterblichen Lebensstrom der Liebe anpassen und einem Menschen oder einer Wahrheit zu Liebe den Tod willkürlich erleiden?

Heroismus ist nichts als höhere Intelligenz.«

Eine Stunde war vergangen. Der Alte erhob sich und gebot Schweigen: »Die Zeit ist da! Wir müssen Abschied voneinander nehmen und uns in der Stadt und in den Dörfern so gut verbergen, als nur möglich. Ob wir ergriffen werden oder frei bleiben, keiner darf vom andern das geringste wissen. Ihr vermeidet es, euch zu begegnen! Einzig und allein ich bin es, den ihr an dem bekannten Ort und zur bekannten Stunde aufsuchen dürft. Und nun, genug!«

Schweigend traten wir zueinander, schweigend umarmten wir uns. Ich wußte: Keinen werde ich je wiedersehen.

Sinaïda! Über ihr strenges Gesicht lief keine Träne. Sie stand ganz still. Ihre Augen warteten und zogen, einmal, ganz kurz, zuckte ihr Mund. Sie machte ein Schrittchen nach vorn – langsam – das erste- und letztemal im Leben neigte ich meinen Mund diesem wahnsinnig zärtlichen Duft entgegen und küßte sie.

Wilder Ruf gellte, grell brach ein Lichtquadrat durch die aufgeklappte Falltüre. Der Schiefäugige schwankte mit seiner Diebslaterne hinab. Keuchend:

»Damn it! Soldiers! Policemen! Fifty, hundred, fivehundred! Run away! Flee! I am lost! Every door is guarded!«

Viele Menschen drängten sich durch die Falltüre, traten aufeinander, fielen die Stiege hinab, kämpften um den Eingang oder kugelten sich auf dem Boden unseres Kellers. Sie glichen im scharfen Licht der Blendlaterne strapazierten Puppen eines Jahrmarkttheaters.

Der Neger in weißem Flanellanzug gebärdete sich wahnsinnig, der Matrose kroch am Boden, der Syphilitiker grüßte gleichmütig und klapperte mit den Goldstücken in seiner Hosentasche. Der Meßner und einige Gespenster jammerten laut.

Verdächtige Paare in unordentlicher Kleidung schlichen verstört umher und hatten noch nicht die Besinnung gefunden, die ausgelöschten Kerzenleuchter, die sie in der Hand trugen, wegzustellen.

Die Männer nestelten nervös an geheimen Knöpfen ihres Anzuges, die Weiber kreischten roh und schleiften, schlampig breiten Schrittes, die Schnürriemen ihrer hohen Stiefel nach.

Breitspurig, hohnlachend stand der riesige Kerl in Uniform da und kratzte sich ungerührt den Hintern.

Es war ein sinnlos tolles Wirbeln, gedämpftes Jammern und Pst-Rufen!

Eine Stimme: »Die Türe zu!«

Eine andere: »Noch nicht! Es sind noch nicht alle da!«

»Wer fehlt noch?«

»Die Opiumraucher!«

Durch die Falltüre floß das übernatürliche Mondlicht; in dem kraftlosen Strahl tanzten die Stäubchen abgewandter Welten.

Und jetzt geschah etwas Seltsames.

Langsam und mondsüchtig, jeder mit einer kleinen Kerze in der Hand, Abstand haltend im Gänsemarsch, stiegen die Opiumraucher die steile Treppe hinab, allen voran Herr Seebär. Von seinem Zylinder hatte sich der Trauerflor losgelöst und wehte hinter ihm her wie eine Fahne für die anderen.

Jetzt erst, in diesem Verwesungslicht bemerkte ich, daß die meisten dieser alten Männer Backenbärte trugen, dünn und zerflattert. Die werden, fiel mir ein, an der Totenmaske hängenbleiben.

Endlich waren alle unten.

Keiner mukste. Wie eine Gesellschaft von durch ein Erdbeben aus dem Spital gescheuchten Sterbenden bewegte sich alles im Schein der Windlichter durcheinander.

»Auslöschen«, schrie einer plötzlich. Ich fand Sinaïda und ließ sie nicht von meiner Seite.

Jetzt brannte nur mehr ein einziges gut abgeblendetes Licht.

Es geschah, daß sich alle um mich scharten und mich gleichsam durch stumme Abstimmung zum Führer wählten.

Ja – und das war ich auch!

Niemals vor Soldaten, an der Spitze meines Zuges, selbst

wenn ich hinter der Regimentsmusik her durch das Städtchen marschierte, hatte ich mich als Führer gefühlt.

Hier aber war ich Führer.

Entschlossenheit klopfte gleichmäßig in mir. Ich schnallte mir den Säbel um, ordnete bedachtsam die Rückenfalten meines Waffenrocks, zog die Handschuhe an und ließ meinen Blick über die aufgestörten Schatten schweifen, die mich anrührten wie einen Helfer, einen Retter.

Meine Freunde, die Russen, standen wortlos um das einzige Licht, das kaum einen Strahl hergab. Sie verschmähten es, sich in den Winkeln der riesigen Kellereien zu verstecken.

Sinaïda war in dem Augenblick von meiner Seite getreten, als ich mir, gewiß mit einer allzu ausgreifenden Bewegung, den Säbel umgeschnallt hatte.

Nun stand sie stumm, trotzig und unbestimmt da, während ihr allein das Licht eine schwache, weiße Hand auf die Stirne legte.

Ich erschrak, denn ich sah in der großen Finsternis nichts anderes, als diese weiße Hand auf der Stirne der Sinaïda.

Die würdelosen Spieler drängten sich um mich, jammerten, fluchten, prahlten, ebenso die halbbekleideten Dirnen und ihre Gäste.

Mit offenem, zahnlosem Mund, verschwundenen Augen und flatternden Härchen gingen die alten Opiumschläfer einzeln hintereinander immer im Kreis. Ihre schwarzen Röcke, einstmals straff für die weltbeherrschenden Hüften unerbittlicher Bankdirektoren, Theateragenten und Präsidialchefs geschnitten, schlotterten wie zerzauste Rabenflügel um ihre verkrachten Gestalten.

Wie vor einer Front schritt ich auf und ab, ließ meinen Säbel schleppen und sah mir auf die Füße. In diesem Augenblick hatte ich den Zaren, das Attentat, alles vergessen.

Ein wüstes Machtgefühl in mir! Dies waren meine Leute! Das war meine Armee, meine Truppen, die zu mir gehörten: Diese Spieler, Lumpen, Schnapphähne, Zuhälter, Huren, Hurenbolde, Opiumraucher – und auch jene Hohen, Unerschrockenen, die ihr Leben schon hundertmal hingeworfen hatten, die niemals ihrem Leib ein anderes Recht gaben als das, für den Gedanken zu dulden! Und sie, auch sie!

Ja, alle hier waren meine Soldaten! In diesem unterirdischen Reiche, in diesem wahren Hades war ich ihr Feldherr, und ich hielt es nicht mit Achill, der lieber Tagelöhner eines Bauern im Licht sein wollte, als die ganze Schar der abgeschiedenen Schatten beherrschen! Mein Säbel schrillte über die Steinfliesen des Kellers. Keiner wagte es, mir den verräterischen Lärm zu untersagen.

Mit ihnen allen wollte ich meinen Krieg führen, es komme, wer da will! Niemand soll sich beklagen, daß ich ein schlechter Offizier sei, auch er nicht, auch er nicht!

Die Stimme Beschitzers wurde laut: »Ruhe, ihr Leute, Ruhe!«

Die weiße Hand von der Stirne Sinaïdas war verschwunden. Nun lag eine schwarze auf ihr.

Und jetzt hatte jemand das letzte Licht ausgelöscht.

Finsternis! Kein Atemzug. Nur der Chinese wimmerte vor sich hin:

»Soldiers, Soldiers!«

Plötzlich donnerten wuchtige Stiefel über die Falltüre. Noch waren wir nicht entdeckt. Die Schritte verschwanden – kehrten wieder – verschwanden.

Jetzt mußte sich unser Schicksal entscheiden.

Fast hatte ich Angst, man könnte die Falltüre nicht finden. Ich dürstete nach einem Kampf. Wenn alles still zu unseren Häupten würde, o, ich könnte es nicht ertragen!

Das Kellergewölbe war groß, führte unberechenbar weit unterm Fluß fort. Zu fliehen, sich zu verbergen, einen Ausgang zu suchen, wäre nicht schwer gewesen.

Keiner aber rührte sich.

Die Herde – ich fühlte es – wartete auf meinen Befehl. (Nur die Russen schienen in der Finsternis abseits zu stehen. Wo war Sinaïda?)

Ich befahl nichts!

Wenn sie doch nur kämen! Wenn sie doch nur kämen! Ein

toller Gedanke packte mich. Er wird an ihrer Spitze stehen, der General, der Vater! Ist er denn nicht Korpskommandant der Residenzstadt? Ja, das ist er! Also stellt er zugleich die oberste Instanz aller Garnisonsinspektionsoffiziere vor. Es ist klar. Überdies ist er krank und kann nicht schlafen. Kein Mittel hilft ihm mehr. Was bleibt ihm denn anderes übrig, dem Dienstfanatiker, als in der Nacht, gepeinigt von Schlaflosigkeit, aufzustehen, sich an die Spitze der Streifung zu stellen und die Anarchisten auszuheben, denn, ich weiß es, er ahnt, er ahnt...

Nie mehr wird die Gelegenheit, unseren Kampf auszutragen, so günstig sein, als heute.

Er muß kommen, er muß, ich fürchte mich nicht, keineswegs, er muß kommen, höchstpersönlich als General, der er ist!

Verflucht! Herzklopfen!

Da! Jetzt stampfte vorsichtig und prüfend ein Fuß auf der Fallthüre. – Ein zweites Mal! – Zum drittenmal! – Eiskörner rieselten mir langsam den Rücken hinab. So! Es war geschehen! Die Türe knarrte, wurde aufgehoben und starkes Licht warf sich über unsere Finsternis.

Sogleich stellten sich Chaim und die Freunde mir zur Seite. Ich fühlte Sinaïda.

Es waren etwa zehn Polizisten und ein Zug Infanterie, die Bereitschaft einer Kaserne, welche eindrangen und uns im Kreis umstellten. Das Militär stand Gewehr bei Fuß, die Polizei mit offenen Revolvertaschen.

Erst viel später stiegen schwatzend, Zigaretten rauchend, Offiziere die Treppe hinab. Ihnen folgten einige Gendarme mit Laternen und elektrischen Taschenlampen. Ein Major und zwei Hauptleute, – die uns ohne viel Erstaunen betrachteten und noch immer die Zigaretten nicht fortwarfen. Unwillkürlich waren alle Eingeschlossenen hölzern und gleichgültig zu Automaten geworden. Nur der riesige Uniformierte, der erst noch so frech sich gespreizt hatte, nun lag er, wie fortgeworfen, unterm Tisch. Die Greise hatten ihren mysteriösen Rundgang unterbrochen, sie blinzelten und verstanden vom Ganzen nichts.

Ich selbst hatte im Kopf das unangenehme Gefühl, als müßte mir jeden Augenblick ein Stein gegen den Schädel sausen.

Endlich unterbrach der Major das Gespräch mit seinen Begleitern, trat in den Kreis, den die Bewaffneten bildeten, und schrie:

»Sie alle sind verhaftet. Es hat sich keiner zu bewegen. Ich werde jeden einzeln herausrufen! Er hat seine Personalien dort dem Feldwebel zu diktieren. Also vortreten! Verstanden? Keiner mukst!«

Da ließ ich meinen Säbel gelassen über die Steine scharren und trat gleichmütig dem buschbärtigen alten Offizier entgegen.

»Herr Major haben hier niemanden zu verhaften!«

Als ich das so nachlässig näselte, wunderte ich mich sogleich, daß ich es nicht fertiggebracht hatte, die dritte Person des militärischen Respekts zu vermeiden.

Der Major jappte blutrot:

»Wer sind Sie?«

»Leutnant Duschek! Und diese Leute hier stehen unter meinem Schutz!«

»Schutz – Schutz – so was – Schutz – Frechheit«, brüllend, »Sie haben selber Schutz nötig! Sie – Sie – Sie – Sie – wie heißen Sie?« Er stülpte seine Ohrmuschel vor.

Ich schrie nun meinerseits, die militärische Vorstellungssitte aufs gröblichste verletzend:

»Duschek, ist mein Name, wenn Sie's wissen wollen!«

»Psia krew! Was tun Sie hier – Sie – was haben Sie hier zu suchen – Sie – zu reden – Sie?«

Ich brachte langsam mein Gesicht ganz nahe an das seine, sah ihm in die aufgerissenen Augen:

»Das geht Sie gar nichts an!«

Der Major trat glucksend hinter sich. Jetzt hingen ihm die Augäpfel aus den Höhlen:

»Wa – wa – was? Rebellion! Auflehnung! Insubordination! Dienstreglement Seite – Seite –! Zugsführer Vojtech, Grillmann, Kunz, Schtjepan, den Leutnant abführen, den Herrn Leutnant führen Sie ab! Oben warten! Sofort!«

Die aufgerufenen Soldaten wollten sich mir nähern.

»Niemand wagt mich anzurühren!« Ich sagte das ruhig und ohne viel Stimme.

Die vier blieben stehen.

Major stöhnte:

»Ich degradier' – ich degradier'! Dienstbuch! Abführen, ihr Hunde! Abführen!«

Die beiden Hauptleute machten einige unwillige Schritte mir entgegen.

Da krachte ein Schuß, peitschte dicht über den Kopf des Majors und fuhr irgendwo in die Mauer. Hippolyt stand mit erhobenem Revolver da.

Sogleich riß einer der Hauptleute seine große Dienstpistole aus der Tasche.

Die Kugel pfiff nur ganz kurz. Wankte Sinaïda? Ich sah sie. Von ihrer Stirne war die schwarze und die weiße Hand verschwunden. Mehr sah ich nicht.

Fort mit dem Säbel! Ich warf mich auf den Major. O, wie das wohltat, diesen Hals zu würgen! Wo war Sinaïda? Konnte Sie mich sehen? Merkwürdig!

Dieser dicke Major wurde immer dünner, geringer, der Hals immer wesenloser, wesenloser – was soll das? – der ganze Kerl ist ja ein grobes Taschentuch, das ich hin- und herschwenke...

In diesem Augenblick traf mich der Kolben und ich verlor die Besinnung.

Ich erwachte nach einem tieferquickenden, fast möchte ich sagen gesunden Schlaf auf der Inquisiten-Abteilung des alten Garnisonsspitals.

Hinter den vergitterten Fenstern unerhörtes Blau eines Sommermorgens! Ganz leicht nur schmerzte mich der Kopf. Die Beule, die ich mit der Hand abtastete, schien gar nicht allzu wesentlich. Nirgends Blut!

Mein erster Gedanke war:

»Der wievielte Mai ist heute?«

Ich strengte mein Gehirn an, zu ergründen, wann das alles sich begeben hatte, was hinter mir lag. War der Zar schon abgereist? Regierte er überhaupt noch?

Und Sinaïda? Ist etwas geschehen? Angst wollte nicht glauben, daß etwas geschehen sei.

Mit ganz leichten, doch unsicheren Gliedern kleidete ich mich an. Den Säbel hatten sie mir weggenommen, oder hatte ich ihn selbst fortgeworfen – wann – damals – gestern?

Nun stand ich auf meinen Füßen.

Übermäßig durchströmte mich Beseligung. Ich trat ans Fenster, zu diesem armen, vergitterten Loch, das man in die dicke Mauer gebohrt hatte.

Dennoch überwältigt: »Blauer Himmel! Blauer Himmel!«

O, ich begriff ihn, Christus, den so unbegreiflichen, ich begriff ihn. Du selig schlauer Genießer du! Für die Menschheit sterben! Das glaube ich! –

Plötzlich sah ich eine Konditorei vor mir. Der Ladentisch biegt sich unter der Last von Schaumrollen. Die Generalin in dem neuen schönen Kostüm meiner Mutter schwelgt im Genusse der Näschereien. Ihre gefärbten Haare sind hochauf onduliert. Sie zeigt eine verschrumpfte Zungenspitze, an der ein Tropfen Schlagsahne hängt. »Christus – Christus, exzellent, exzellent«, lispelt die Generalin und bekreuzigt sich.

Ich rieb mir die Augen. Wie wild du doch spielst, Phantasie! Und dieses Gefühl von Größe und Aufopferung in meinem Herzen!

Was war nur mit Sinaïda gestern? Wie sieht sie denn aus? Ich konnte und konnte mich nicht besinnen!

Jetzt sah ich mich in der Stube um.

Fünf Eisenbetten standen an den Wänden. Über jedem Bett hing eine schwarze Kopftafel. Was war das? So viele Tafeln ohne chemische Formeln?

Und dann, diese Betten! Das war ja wie im Institut, da standen zehn Eisenbetten in jedem Zimmer. Zehn eiserne Schlafkerker, – aber sie waren viel, viel kleiner, – natürlich, wir sind ja damals noch Knirpse gewesen.

Pfui Teufel! Wie kann man denn nur Kinder, die doch so sehr gesunden Schlaf brauchen, des Nachts in solche Kotter sperren?

»Das muß anders werden«, schrie ich wütend. Da erwachte einer und wälzte sich auf seinem Bett. Es war mein einziger Nachbar hier in diesem Zimmer. Ich war ja immerhin noch Offizier und durfte deshalb in einem schwachbelegten Extrazimmer liegen.

Der Mann seufzte, versuchte von neuem einzuschlafen, stöhnte qualvoller, setzte sich endlich auf, jammerte vor sich hin:

»Nicht einmal Ehrenrat, nicht einmal...«

Ich trat an sein Bett.

Was war nur mit meinem Kopf?

»Nachbar«, erklärte ich, »wir müssen niedrige Illusionen gegen höhere Illusionen eintauschen, aber ohne Illusionen geht es einmal nicht ab.«

Er wurde wütend und spuckte aus. Dennoch erzählte er mir später seine Geschichte.

Als Hauptmannrechnungsführer, der er war, hatte er Geschäfte mit ärarischem Gut gemacht.

»Wer tut das nicht? Aber den Schuften kommt man nicht darauf. Immer saust nur der anständige Mensch herein. Niederträchtig ist das Urteil. Zwei Jahre Garnison!

Und was dann? Was soll ich mit der Familie tun? Fünf unmündige Köpfe! Denn die Frau ist strohdumm und hochnäsig, eine richtige Generalstochter! Ah, die Gute, die Gute! Sie wird mich nicht mehr achten können. Und ich? Nicht einmal als Offizial werde ich mehr unterkommen. Mein Gott, mein Gott!«

Ich setzte mich zu ihm, streichelte seine Hand.

»Sie werden leben! Das ist herrlich. Ich aber werde sterben. Das ist herrlicher. Ich möchte nur wissen, ob das Gesetz den Galgen vorschreibt, oder ob einfach ein Detachement kommandiert wird: Ein Offizier, ein Profos, sechs Mann, zwei Spielleute! – Dann an die Wand mit mir! Ein wenig seitab der aufgeklappte Sarg, den der Regimentsarzt abklopft, als wäre es ein Patient. Und dann, gut! Die Binde ums Aug', aber ich bitte mir eine seidene aus. – Das wäre mir viel lieber als die peinliche zivilistische Zeremonie. Ich freue mich, mein Wort, ich freue mich darauf! O, es ist ein Opfertod, sagen Sie nichts, es ist ein willkürlicher Opfertod! Soll ich Ihnen ein Geheimnis verraten? Ich flehe Sie an: Lachen Sie nicht!

Was die Menschen Verbrechen nennen, es ist eine mystische, höhere Art der Anbetung Gottes!«

Ich redete sinnlos. Der Rechnungsführer ward böse, drehte sich zur Wand, brummte:

»Kusch, Narr!«

Mittags fand ich in meinem Brot, als ich es aufschnitt, diesen Zettel, der die Handschrift Beschitzers trug.

»Gräme Dich nicht! Deine Tat erübrigt sich. Er, N(ikolaj) A(lexandrowitsch) R(omanow), hat seinen Besuch abgesagt. Ich bin dank der Organisation befreit worden. Auch Du fürchte nichts! Sei schweigsam, laß Dich nicht überrumpeln, sie wissen gar nichts Rechtes. Mein Herz ist sterbensmüde.«

Ein Wort noch stand auf dem Zettel, es war aber ausgestrichen, mit einem dicken Strich ausgestrichen; das Wort: Sinaïda!

Ich zündete ein Zündholz an und verbrannte langsam das Papier.

Ihr Name ist ausgestrichen vom Zettel des Lebens. Es ist klar, sie ist tot! Sie ist tot! Diese Fremde, sie stand in Tula an einer sonnigen Straßenecke im Frühling. In Tula, oder war es in Thule? Wer weiß das? Sie schoß und traf ein Kind, ihr Kind. Es war eine Freikugel! Wie sah sie denn aus? Ich weiß nicht. Doch! An den Mund und an ihren Duft erinnere ich mich. Ihr Mund war müde herabgezogen, aber ihr Duft war stark und wild. Und dann, o Gott, ich war, ich bin verliebt in ihr leises Hinken, in diese süße Gebrechlichkeit. Was ist mit ihr? Ist sie tot? Ah, das steht nirgends. Aber auf dem Zettel, der eben verbrennt, war ihr Name ausgestrichen. Sie ist tot. Doch warte nur! Auch ich werde sterben, auch ich, bald, bald.

Tremolo sublimer Geigen in meiner Seele! Das göttliche Schlußduett aus Verdis Aïda! O ruhige, ungebrochene Wehmut der starken Herzen vor dem Unabwendbaren:

> Leb wohl, o Erde, o du Tal der Tränen,
> Verwandelt ist der Freuden-Traum in Leid.

Ich bin ja kein Mensch, ich bin ja nur ein Saitenspiel. Niemals konnte ich so recht über Menschliches, immer und jedesmal über Musik weinen! Meine Tränen machten mich magisch und magnetisch, mich Verstoßenen und Häßlichen, dessen Gesicht schon in der Schule niemand leiden mochte.

Ja, ich wollte auch nichts Menschliches für mich. –

Aber ein Zauberer sein! Unsichtbar nachts, mit riesigen Rabenflügeln über die Städte der Menschen fliegen, auf Bergen ruhen in der Morgenröte, gefalteter Fittiche mit unterschlagenen Beinen auf Wiesen von Thymian und Alpenrosen sitzen, ewig einatmen den heiligen Duft der Zyklame. Dann aber sich wieder erheben, langsamen Fluges in Abgründe und Schluchten starren, wo die fernen Schleierfälle des Gebirges sausen! In der Gestalt des Nachtfalters, wenn der Mond scheint, durchs offene Fenster in die Wohnstuben der Familien schwirren, um die Lampe taumeln, wenn der kleine Kadett (es sind ja Ferien) seine Fleißarbeit anfertigen muß, und sein Vater, der Hauptmann, den Zigarettendampf durch die Nase stößt. Böses bringen den Bösen, Gutes bringen den Guten, allen Kindern Gutes bringen...

Die Mittagssonne gitterte noch immer auf dem schmutzigen Spitalsboden. Ich aber schwebte als Zauberer über meinem Bett – und schlief ein, schlief den ganzen Tag, schlief die ganze Nacht und noch länger.

Am nächsten Tag wurde ich, nach der ärztlichen Visite, dem untersuchenden Auditor im Garnisonsgericht vorgeführt.

Aus seinen Fragen erkannte ich sogleich, daß er von dem Anschlag auf das Leben des Zaren keine Ahnung hatte.

Mir selbst kam in keinem Augenblick der Gedanke:

»Hat Chaim phantasiert, ist die Zarenreise eine Erfindung gewesen?«

Während des Verhörs kristallisierten sich drei Anklagepunkte:

1. Umgang mit hochverräterischen und staatsgefährlichen aus- und inländischen Individuen.
2. Verbrechen der Insubordination.
3. Tätliche Mißhandlung eines Höheren.

Der Auditor schüttelte ununterbrochen den Kopf:

»Ein Duschek von Sporentritt! Wie ist das möglich? Ich begreife Sie nicht. Wie konnten Sie sich so vergessen!«

Er wollte mir helfen:

»Nicht wahr, Sie waren in N'dorf beim Heurigen. Gut! Man ist jung, man will sich amüsieren – aber ein honetter Mensch – das sollten Sie wissen – legt bei solchen Anlässen des Bürgers Kleid an.

Sie haben eins über den Durst getrunken. Na, auch das verstehe ich! Auf dem Heimweg, nicht mehr ganz Ihrer selbst sicher, geraten Sie an ein Mensch.

Was?

An eine Prostituierte meine ich natürlich. Das muß aber eine von der saubersten Sorte gewesen sein. Das Weib zieht Sie in das ›Hotel zum Loch‹, wie es in der Gaunersprache heißt, in dieses Haus, wogegen jedes Bordell ein adliges Damenstift ist. So etwas! Wissen Sie denn eigentlich, wo Sie sich befunden haben? Unter dem schwärzesten Gesindel, unter Banditen und Nihilisten, unterm Abschaum, in der Kloake nicht dieser Stadt allein, sondern aller Metropolen der Welt.

Pfui Teufel! Sie wollen sich – nochmals Pfui Teufel, – gerade mit ihrem Mensch, wie soll ich mich nur ausdrücken, zur Ruhe begeben, – da weckt Sie die Pfeife dieses chinesischen Gauners, dem man schon dutzendmal das Handwerk gelegt hat; aber der Schuft ist amerikanischer Staatsbürger. Also das Gepfeife weckt Sie aus Ihren so süßen Träumen, ›Streifung‹ weiß Ihre Dame sogleich und schleppt Sie zugleich mit all den anderen in den Keller hinunter.

Und in Ihrer Volltrunkenheit vollführen Sie dann diesen unerhörten Exzeß, der Ihnen die goldenen Sterne kosten wird, mein Lieber, jawohl, mindestens die goldenen Sterne!

Also, jetzt fassen Sie sich! Ich werde, was ich Ihnen hier geschildert habe, denn anders kann es sich ja gar nicht abgespielt haben, zu Protokoll nehmen. Ich werde Ihnen jedes Wort vorsprechen. Unterbrechen und verbessern Sie, wo Sie nur können. Sind Sie einverstanden?«

»Herr Auditor, ich bin nicht einverstanden!«

»Was, Sie sind nicht einverstanden? Himmelherrgottsdonnerwetter! Waren Sie betrunken? Ja oder nein?«

»Nein!«

Der Auditor wurde eisig dienstlich! Er nahm ein Blatt Papier und setzte den Bleistift an: »Was haben Sie mir also zu sagen?«

Ich schwieg. Er stampfte ungeduldig mit dem Fuß:

»Ich warte!«

»Ich bitte für heute das Verhör zu unterbrechen!«

»Gut! Wie Sie wollen! Ich hatte zwar die Absicht, Sie vorläufig Ihrem dermaligen Kommando zur Verfügung zu stellen. Es ist auch ein besonderes Dienststück gekommen. Aber – Sie wünschen es selbst anders. Ich danke!«

Die Ordonnanz trat ein. Ich wurde abgeführt.

Auf den Korridoren des Spitals schlichen die armen Bauernjungen, mit den unreinlichen Krankheiten des Soldatenstandes behaftet. Sie hatten blauweiße Lazarettmäntel an und pafften ihren Kommistabak.

Manche waren darunter, denen ich es ansah, daß sie aus dem letzten Loch pfiffen. Wie hatte man nur diese Jammergestalten assentieren können?

Doch, wer hatte danach gefragt, als ich assentiert worden war, damals, wo ich noch in die Volksschule gehört hätte.

Aus der »geschlossenen Abteilung«, der Überwachungsstätte für Geisteskranke, brach großer Lärm. Die gepolsterte Türe wurde aufgestoßen, und zwei Wärter führten einen halbnackten Mann über den Gang, der heftig brüllte und Grimassen schnitt. Als er meiner ansichtig wurde, blieb er stehen und hielt mit einem mächtigen Ruck auch seine Führer zurück.

»Herr Leutnant«, es war ein gurgelnder Dialekt, »Herr Leutnant, Herr Leutnant – i bin Luther, ob S' wollt's oder net! Herr

Leutnant, i bitt g'horsamst, Sö sulln's glaubn, sunst Sakra! I bin Lutta und i mog kan heilen Vatta nöt habn. I mog kan heiln Vatta nöt!«

Die Wärter rissen ihn fort. Lange noch hörte ich ihn heiser lamentieren: »Kan heiln Vatta!«

Vor der Türe meines Zimmers, das abseits lag und vor dem der Gang durch ein Gatter abgeteilt war, verließ mich der Wachtposten und fing an, eintönigen Schrittes auf und ab zu patrouillieren.

Wollte ich ein Bedürfnis verrichten, nahm er mich wieder in Empfang, führte mich zum Retirat und wartete vor dem Eingang. Auf der offenen Latrine saßen im Kreis die Männer und verrichteten ihre Notdurft.

War das möglich? So oft bin ich in den Kasernen an den Mannschafts-Aborten vorübergegangen und hatte das nicht bemerkt. Alles mit allen teilen, Mahlzeit, Schlafraum, und selbst dies hier offen verrichten müssen, welch eine Entwürdigung des Lebens! – Und Sinaïda? – Auch sie war in den Gefängnissen Rußlands gewesen!

Wo ist sie? Lebt sie? Oder liegt ihre geheimnisvoll geliebte Gestalt in irgend einer schäbigen Totenkammer? Vielleicht gar auf Eis, denn solche Leichen kommen auf die Anatomie, in die Menschenlatrine der Großstädte.

O, ich war voll Stolz, während ich solches dachte!

Was ist denn der Tod? Ich bestehe auf ihm. Ich lasse mich nicht von ihr, von niemandem lasse ich mich beschämen. Und jetzt! Jetzt wollen sie mich um den Tod bringen, mich zu einem Verbrecher dritter Klasse, zu einem Besoffenen, zu einem Exzedenten degradieren! – Ich lasse mich aber nicht betrügen.

Nicht mehr will ich als ein Schulbub vor den Vater treten, als ein Kadettlein, das für jede Ohrfeige erreichbar ist, ja zu dem er sich noch niederbeugen muß, um ihm die Tachtel zu versetzen. Nein, meinen Kopf soll er gar nicht sehen, so hoch wird der in den Wolken stecken! Ich will gestehen und sterben! Ich bin bereit!

Der Hauptmannrechnungsführer war des Morgens schon aus

dem Zimmer weggebracht worden. Nun gehörte der große Raum mir ganz allein. Der Arzt hatte heute sich recht lange mit mir befaßt, den Schädel abgetastet, meine Augen, meine Kniereflexe untersucht und am Schluß die Frage gestellt, ob ich durch keine Magenübelkeiten gequält werde, nicht Ohrensausen und Gesichtsstörungen verspüre? Nein, nein! Dies alles nicht! Im Gegenteil! Meine Beine schlenkerten und tanzten in den Gelenken. Ich fühlte mich leicht, göttlich leicht! – Und dann dieser neue, nie gekannte Enthusiasmus in meiner Seele. Den aber verschwieg ich klüglich dem Doktor. Ich allein genoß ja diese Erhabenheit, diese Stromschnelle der Gedanken. Immer ging ich auf und ab, und es waren Wolken, auf denen ich ging.

Ich werde ihm gegenüberstehen und die Wahrheit sagen. Was ist Wahrheit, fragt wohl Pilatus. Ich aber weiß wenigstens, was die Wahrheit ist, für die ich sterben will. Ach, nicht das, was alle Menschen glauben werden. Kein kleines Geständnis, etwa, daß man den Zaren ermorden wollte, oder die tote Sinaïda liebt. (Ist sie tot? O Gott!) Anders ist meine Wahrheit.

Ich werde diesem General, diesem Vater sagen... Was denn?

Nun, die Wahrheit.

Ich werde solche Sätze zu ihm sprechen: Der Himmel ist blau. Schwalben schießen durch die Luft: Nachtfalter fliegen ins Licht. – – Das sind meine Wahrheiten, und wer sie erkennt, muß sich ja auf die Erde werfen vor zielloser Liebe.

Ja, ihr habt mich alle verstoßen, weil ich häßlich bin und ein recht mittelmäßiger Offizier, da hielt ich mich an die Gaststube der Frau Koppelmann und überließ mich der Führung eines Taubstummen. Und ich trat unter die Lumpen, die Opiumraucher und die Heiligen.

Das tat ich, weil es mir nicht gefiel, am Sonntag mit meinem Herrn Vater auszureiten, mit ihm, der mich immer so böse traktiert hat, wenn ich vor ihm beweisen wollte, daß auch ich Wer bin! Und nun soll er selbst krank sein!

Aber gleichviel!

Die Lumpen und Heiligen, sie sind ein durchsichtiger Nebel

für mich, und jetzt sehe ich hinter diesem Opiumrauch überwältigt die geschaffene Welt.

Ja, ich sehe sie, die Wahrheiten, für die ich sterben will:

Der Himmel ist blau! Die Schwalbe fliegt. Nichts anderes will ich ihm sagen. Er aber wird sich wehren:

»Die Schwalbe fliegt«, sage ich.

Er schreit den Adjutanten an:

»Bringen Sie den Akt Nummer soundso viel!«

Aber meine Wahrheit wird die Akten und Dienststücke von seinem Tisch fegen, und ich werde siegen – siegen!

Traumlos und schwer schlief ich auch diese Nacht.

Am frühen Morgen des nächsten Tages (es war der 30. Mai) ahnte ich schon, daß ich in wenigen Stunden vor meinem Vater stehen würde.

Ich putzte mir die Knöpfe blank, bürstete meine Stiefel und verwendete große Sorgfalt auf meinen Anzug.

Eine große Ruhe hatte sich meiner bemächtigt.

Noch immer war ich fest entschlossen, »die Wahrheit zu sagen«, – jene Wahrheit, unter der ich mir selbst nichts Bestimmtes dachte.

Aber ich war voll Hoffnung. Heute mußte mich der Vater verstehen, dessen war ich sicher; ich fühlte mein Wesen von einer seltsamen Würde verklärt, gegen die auch er ohnmächtig sein würde.

Wie jung und unmündig war doch diese alte Existenz, diese recht steifbeinige Exzellenz, mein Vater?

Immer nur in Kanzleien sitzen, an der Tête reiten, Front abschreiten, Defilierung rechts, nachlässig den gebogenen Zeigefinger an die Kappe heben, Untergebene abkanzeln, Vorgesetzten stramm den Vortritt lassen, Sporenklappern, Hackenklappen, Zigaretten rauchen, – ist das Leben?

Und ich?

Ich bin an der Queue marschiert, ich habe den Troß erlebt, Antlitz und Schritt Sinaïdas, ich bin in Katastrophen gestanden!

O, um ein Weltalter war ich älter als der Vater, dieser Abkömmling einer primitiven Zeit, dieser Berufssoldat comme il faut, diese Blase, aufgeworfen vom militärischen Reglement.

Man sagt, daß die Welt altert, daß die Zeit immer älter wird! Und die Väter, Geschöpfe der Welt und Zeit, die noch jünger, ungealterter ist, gelten für älter als die Söhne, die einer schon gealterten Welt und Zeit entstammen.

Das Alter der Person und das Alter des Universums stehen also in einem merkwürdigen Widerspruch.

Wie alt bin ich doch mit meinen fünfundzwanzig Jahren! Und gerade deshalb! Meiner höheren Gereiftheit wird er nicht widerstehen können.

Die Katastrophe verwandelt sich in ein Versöhnungsfest, trotz alledem – und dann, dann habe ich meinen Frieden mit der Welt gemacht und will den Tod des Königsmörders sterben, ihr nicht mehr nachhinken, werde alles gestehen, alle Vorbereitungen, die Bombe vorweisen......

Ein Offizier holte mich ab.

»Herr Leutnant, machen Sie sich fertig! Wir müssen zum Korpskommando fahren, auf Befehl Seiner Exzellenz, Ihres Herrn Vaters!«

Trotz der Hoheit, die ich über mir ruhen fühlte, schrak ich wild zusammen.

Das Wort »Befehl« hätte mich fast vergiftet. Der bittere Geschmack meiner Kindheit war mir im Mund. Fassung! Ich hätte mir gewünscht, gefesselt zu sein! Statt dessen salutierten mir auf Gängen und Stiegen alle Soldaten mit schroff erschrockenen Rucken.

In der rumpelnden Droschke ergriff mich plötzlich Unbehagen. Wie wenig paßte doch diese Uniform zu mir! Und warum hatte ich dunkelbraunes Haar? Glatte, blonde Strähnen gebührten mir, ein Havelock von Kamelhaar, Sandalen, kurz die Kleidung, wie sie die Naturmenschen, die Vegetarianer, die Wüstenpropheten und die ganz Befreiten tragen, die licht erhobenen Auges ruhig das Gerassel und Getümmel der großen Plätze überqueren.

Wir waren angekommen und stiegen aus. Ich machte lange,

langsame Schritte, als würde eine Kutte mir um die Knie schlagen! Mein Begleiter sah mich von der Seite wie einen Verrückten an.

Das Haus quirlte von Geschäftigkeit.

Angstgepeitscht liefen Unteroffiziere auf und ab, eilten durch die langen Korridore, klopften an mächtige Türen mit nichtig devoten Fingern. Offiziere schimpften wie immer, Posten schritten übernächtigt und mit nüchternem Magen in den Höfen auf und nieder.

Mir war's, als müßte ich sie alle, alle zu mir rufen, denn mein Amt war es ja, Versöhnung zu bringen. Wenn ich dieses Haus verlassen werde, wird keiner mehr haßerfüllt verhaßten Befehlen gehorchen, keiner mehr auf offener Latrine sitzen müssen.

Der Offizier stieß mich an: »So salutieren Sie doch!«

Ich hatte einen vorübergehenden Major nicht gegrüßt.

»Auch das wird aufhören«, sagte ich.

Der Offizier starrte mich entsetzt an, dann wandte er hoffnungslos den Kopf ab.

Wir mußten sehr lange warten.

Drei Tage hatte ich fast nichts gegessen. Mein Leib war wie ohne Materie, ein Schweben fast, eine Lauterkeit, die mir Freude machte. Mir fiel Beschitzers Ausspruch ein:

»Alle Angst ist Irrtum.«

Ich wiederholte diesen Satz immer wieder, denn irgendwo in einer antipodischen Landschaft meiner Selbst war ein Rest von lauernder Unruhe übriggeblieben.

Dennoch! Ich war bereit, mochte kommen, was da wollte. Für mein Gefühl – das ist keine Floskel – hing das Schicksal der Menschen von dieser Stunde ab.

Plötzlich aber wurde mein Kopf übermäßig klar.

Der Adjutant kam, grüßte kurz, richtete einige Worte an meinen Begleiter, der sich entfernte, – und ich stand im Zimmer meines Vaters.

Er saß an seinem Schreibtisch und schien zu arbeiten. Zwei Stabsoffiziere hatten sich hinter ihm postiert, kurz auf seine Fragen zu antworten, die er noch lange nicht unterbrach.

Ich verschränkte die Arme auf den Rücken, wie es Gelehrte tun, senkte den Kopf und wollte langen und langsamen Schrittes vorwärts gehen.

Der Adjutant hielt mich am Arm fest und deutete auf eine Stelle nahe der Türe: »Nein! Hier bitte!«

Er zischte das.

»Nur keine Umstände«, glaubte ich zu sagen, aber ich sagte nichts.

Weitschweifig drückte der General seine Zigarette aus und erhob sich.

Er war bräunlich, trotz der apoplektisch violetten Flecken auf seinem Gesicht; schien schlecht geschlafen zu haben. Die Hand, in der er die Reitgerte hielt, zitterte.

Ich stellte mit Absicht einen Fuß vor den andern und machte keine Meldung.

Der General stand vor mir, wartete und gab es dann mit einem bösen Verkneifen der Augen auf.

Jetzt stemmte er die Faust in die Hüfte:

»Leutnant Duschek! Sie sind ein Schandfleck der Armee!«

Ich dachte vor mich hin: Sinaïda! Mein Mund war offen, und ich fühlte fast ein Lächeln.

»Lachen Sie nicht, lachen Sie nicht!«

Es war eine dumpfe, kaum beherrschte Stimme, die das sprach. Ich sah, wie die Hand mit der Gerte zitterte. Der General holte schwer Atem. Sein Schnurrbart war glänzend aufgefärbt, aber sein Scheitel nicht so ordentlich wie sonst.

»Leutnant Duschek« – die gleiche merkwürdig unsitzende Stimme – »beantworten Sie mir folgende Fragen:

Haben Sie mit sub-ver-siven Individuen verkehrt?«

»Diese subversiven Individuen sind heilige Menschen. Ich habe mit ihnen verkehrt.«

Der General schluckte mehrmals. Jetzt zitterte auch seine andere Hand. Er wandte sich um. Die beiden goldenen Krägen kamen auf Zehenspitzen näher. Endlich hatte er sich von meiner Antwort erholt. Wieder diese Stimme, so ganz und gar ungewohnt!

»Sie leugnen nicht. Gut! Weiter! Haben Sie in betrunkenem – Zustand – den Befehlen eines Höheren, des Herrn Majors Krkonosch Widerstand geleistet? Antworten Sie!«

»Ich habe vollkommen nüchternen Bewußtseins vor einem bübischen Überfall Menschen geschützt, die dieses Schutzes wert waren. Den Anführer dieses Überfalls, mag es Herr Krkonosch oder ein anderer gewesen sein, kannte ich nicht!«

Der General schlug mit dem Fuß einen unheimlichen Takt und beschaute sehr lange seine Fingerspitzen. Als er wieder aufsah, war sein Gesicht in das eines Schwerkranken verwandelt.

»Gut! Auch das leugnen Sie nicht. Nun, die letzte Frage: Gestehen Sie, an einem Höheren, eben dem Herrn Major Krkonosch, sich tätlich vergriffen zu haben?«

»Ja! Ich habe diese Handlung in einem Augenblick der äußersten Erbitterung begangen, denn durch den Überfall dieses Mannes kam es zu einer Schießerei, bei der – vielleicht, – Blut geflossen ist!«

»Leutnant Duschek, Sie bekennen sich hier dreier schwerer Verbrechen gegen den allerhöchsten Dienst schuldig!«

Ich richtete mich auf. Jetzt wollte ich die große »Wahrheit« sagen:

»Vater!«

Der General trat einen Schritt zurück; dieses Wort erst hatte ihn um die ganze Fassung gebracht. Er herrschte mich an:

»Was soll das?«

Jetzt hatte ich schon meine wachsende Gehässigkeit zu überwinden. Warum schickte er die zwei Tröpfe dort nicht weg? Nochmals:

»Vater!«

Auf einmal war der General ganz kalt und ruhig. Die Gerte zitterte nicht mehr.

»Im allerhöchsten Dienst gibt es nur Dienstes-, keine Verwandtschaftsgrade.«

Allerhöchster Dienst! Allerhöchster Dienst! Dieses Wort kroch mit tausend Würmern durch meine Seele. Ach, ich verstand ihn! Jetzt hatte er sich wieder in seine Rolle gefunden. Jetzt wieder war er der starre Römer und Spartaner, den zeitlebens zu spielen so bequem war. Haß fraß sich in mir weiter und weiter. Dennoch zum drittenmal, doch sehr leise, sehr leise:

»Vater!«

Nun aber hatte er wieder Oberwasser. Der Schreck von vorhin war aus seinem Gesichte gewichen, das seine alte Maske annahm. Gemessen und von der Ferne des Polarsterns schnarrte er mit den unklaren Vokalen der militärischen Sprechart:

»Leutnant Duschek! Ich befehle Ihnen im Namen des allerhöchsten Dienstes, diese Ausdrucksweise zu unterlassen!«

Zertreten, besiegt, wie immer! Es schlug über mir zusammen. Speichel war Gift, jede Haarwurzel Wunde. Ich sah in eine von gelben Kreisen durchtanzte Finsternis.

Mit aller Kraft schrie ich:

»Ich scheiße auf deinen allerhöchsten Dienst!«

Der General taumelte zurück. Die beiden Majore stützten ihn. Er fand keinen Atem, stieß einen unsagbaren Laut aus. Plötzlich stürzt er sich auf mich. Ich sehe nicht mehr das Gesicht eines kaltsinnig beherrschten Truppenführers, ich sehe das schmerzverzerrte Gesicht eines geschlagenen Vaters, ich sehe mehr noch, jetzt....

In diesem Augenblick traf mich breit über die Backe, dicht unterm Auge, der Hieb seiner Reitpeitsche!

Das erste war, daß ich sinnlos vor Schmerz die Hände vors Gesicht hob. Nach und nach, wie sich das Blut in die zerrissenen und gequetschten Gewebe wieder ergoß, verwandelte sich der unerträglich beißende Schmerz in ein etwas erträglicheres Brennen und Glühen. Besinnung kam und mit ihr grenzenlos die Wut.

Der General hatte die Gerte fallen lassen. Er keuchte und bohrte beide Fäuste gegen das Herz. Es schien ihn ein Krampf gepackt zu haben.

Ich sah das, wurde ganz kalt, schützte meine Wange mit dem Taschentuch und verließ, von keinem gehindert, Zimmer und Haus.

Auf der Straße straff ausschreitend, wie bei der Parade:
»Wenn nur niemand das Schandmal auf meinem Gesicht sieht! Übrigens ist das gleichgültig! Aber jetzt, zum erstenmal im Leben, bin ich Offizier! Offizier! Ja, Offizier! Ich muß Genugtuung haben. Ich werde mich mit ihm schlagen, mag auch die Welt darüber verrückt werden! Mein Gesicht brennt! Meine Wange brennt! Ist, was ich vorhabe, der richtige Weg? Ich weiß es nicht! Nur kalte und klare Entschlossenheit!«

Stumpfsinnig verfolgten mich diese letzten Worte ununterbrochen: Kalte und klare Entschlossenheit. Der Schmerz peinigte. Kein Gedanke!

Ich stand auf der Landstraße, die längs des Stromes führt. Weit draußen, fast in der Nähe jenes Hauses. Ich mußte besinnungslos eine Stunde lang und mehr gewandert sein. Wie kam ich hierher?

»Kalte und klare Entschlossenheit«, befahl ich mir selbst. Wo hatte ich diese Phrase nur gelernt? Ah! Ich sah einen schon wackligen Major auf dem Katheder hin- und hergehen. Mit einem Stock zeigt er auf die Tafel, auf der Vierecke, Rechtecke, Wellenlinien gemalt sind. Er skandiert scharf: Kalte und klare Entschlossenheit, I-ni-ti-a-tive!

Ich kehrte zur Stadt zurück und ging, ohne Angst, verhaftet zu werden, in mein Hotel.

Ob jemand nach mir gefragt habe?

»Nein, die ganzen Tage hat niemand nach dem Herrn Leutnant gefragt, und auch kein Brief ist angekommen.«

»Aber Herr Leutnant«, rief der Portier ganz entsetzt, »Herr Leutnant haben den Säbel vergessen, können leicht einen Anstand haben.«

»Ich weiß. Schon gut!«

Ich preßte das Taschentuch an die Wange.

»Hören Sie einmal, Portier! Können Sie mir sofort einen Zivilanzug verschaffen? Aber in einer halben Stunde spätestens muß er hier sein!«

Das ließe sich machen. Ich solle nur auf mein Zimmer gehen und mich gedulden!

Warum ich Zivil anziehen wollte, wußte ich nicht bestimmt, jedenfalls fühlte ich, das wäre der erste Entschluß meiner »Initiative«!

Ich schaute in den Spiegel. Meine Backe war geschwollen. Blutunterlaufen in allen Farben zog unterm Auge der lange Hieb der Reitgerte. Im Tobsuchtsanfall warf ich den Alaunstein gegen den Spiegel, der ein großes Loch davontrug, von dem nach allen Seiten hundert Radien ausgingen.

Endlich brachte der Portier den geliehenen Anzug. Er paßte ganz gut. Für einen Augenblick vergaß ich alles und drehte mich um mich selbst. Ich gefiel mir. Nur mit dem Hemdkragen hatte es seine Not. Alle waren zu niedrig und zu weit für meinen langen Hals. Ich band deshalb einen Shawl um und ging auf die Straße, um ein Modewarengeschäft zu suchen. Dort wollte ich mir den richtigen Kragen kaufen.

Nur ruhig! Das Notwendige wird sich schon finden!

Ich trat in einen Laden.

»Haben Sie sehr hohe Stehkragen?«

Die Verkäuferin breitete eine Menge Kragen vor mir aus.

»Hier wäre die Marke ›Kainz‹, Stehumlegekragen. Sehr schick.«

»Nein, der ist zu niedrig.«

»Hier die Marke ›Dandy‹, Stehkragen mit englischen Ecken; wird sehr viel verlangt.«

»Der Kragen, den ich brauche, muß noch höher sein.«

»Noch höher? Bitte! Da hätten wir diese Marke! ›Globetrotter‹. Sehr fein und elegant. Nur für Kavaliere.«

Auch der paßte nicht.

Plötzlich sah ich an der Wand des Ladens ein Reklameplakat: ein alter, lachender Herr hält zwischen zwei koketten Fingern einen großen Knopf, auf den er einladend mit der Hand deutet. Sein Hals steckt in einem riesigen Kragen, der ihm bis über die Ohren reicht und vorne weit ausgeschnitten ist.

Ich zeigte auf das Plakat:

»Sehen Sie, so einen Kragen möchte ich haben!«

Das Fräulein lachte:

»Solche Kragen haben die Herren vor hundert Jahren getragen. Das sind doch sogenannte Vatermörder!«

Von diesem Augenblick an kam eine gewisse dumpfe Besonnenheit über mich, als wüßte ich, was zu tun wäre.

Ehe ich mit irgend einem Kragen, den ich gekauft hatte, den Laden verließ, verlangte ich noch einen Trauerflor und ließ mir den gleich um den Arm heften.

Warum ich das tat? Ich weiß es nicht. Ich weiß nur, daß mir unendlich wehe und heimatlos ums Herz war.

Ich kehrte ins Hotel zurück und vollendete meinen Anzug. Dann erkundigte ich mich nach Herrn Seebär.

Es hieß, er wäre zwei Tage ausgeblieben, heute morgen aber für einen Augenblick im Hotel aufgetaucht und sogleich zur Arbeit gegangen.

Jetzt erst fiel mir Sinaïda ein. Vielleicht ist sie gar nicht tot. Beschitzer hat ihren Namen ausgestrichen. Dafür gibt es manchen Grund. Sie lebt gewiß. Und er, vielleicht ist er nichts als ein alter Träumer, der die Welt nicht kennt. Und doch! Welche mächtige Organisation hat dieser Träumer hinter sich, da es ihm gelungen ist, jenen Zettel in mein Brot backen zu lassen. Also muß er in Verbindung mit der ärarischen Bäckerei stehen, muß einen Mann haben, der dieses eine Brot von der Pyramide wegstiehlt, zum Garnisonspital bringt und dort dem Wärter übergibt, der auch mit im Spiele sein muß.

Aber die Zarenreise? War sie Wahrheit, war sie Phantasterei verhungerter Gehirne?

Lebt Sinaïda? Ist sie denn überhaupt zu Boden gesunken. Nein! Das habe ich nicht gesehen. Sie lebt!

Aber wie ferne war mir dies alles. Habe ich sie denn jemals im Leben gesehen? War ich jemals mit Russen, Spielern, Opiumrauchern beisammen gewesen? Wer weiß? Ich habe schon ganz andere Dinge geträumt.

Russen, Spieler, Opiumraucher – das hatte ich doch schon einmal geträumt! Aber ganz gewiß. Und der Schlitzäugige! Auch von ihm hatte ich geträumt. Sicherlich! Wann? Gleichviel!

Sinaïda lebt, oder – hat überhaupt niemals gelebt. Wie wenig aber bedeutet das für mich, hatte ich doch eine Aufgabe, eine wichtige, endgültige Aufgabe ganz andrer Art, denn meine Wange brannte, brannte!

Ich trat in ein Restaurant, um mich zu stärken. Kaum aber hatte ich ein Paar Löffel Suppe zu mir genommen, mußte ich hinaus und mich übergeben!

So also ging es nicht. Gott war streng und forderte das Gelübde der Enthaltsamkeit von mir, bis ich's vollbracht haben würde.

Ich trieb mich wieder in den Straßen umher. Noch war die Zeit nicht gekommen. Wenn ein höherer Offizier mir begegnete, fuhr ich mit meiner Hand empor, um zu salutieren und nestelte dann verlegen an der Krämpe meines steifen Hutes.

Endlich, endlich! Von irgendeinem Turm schlug es fünf Uhr.

Was das für ein vornehmes Viertel war, in dem mein Vater wohnte! Und ich? Pfui Teufel! Ich habe mir in meinem ganzen Leben kaum zweimal Bücher und Noten kaufen dürfen. (Herrgott! Ich bin der Leihbibliothek noch Geld schuldig!) Und mit dem Sattessen ist es auch nicht weit her. Selbst als Kind, als Kadettenschüler, Sonntags vom häuslichen Tisch stand ich hungrig auf. Wie gerne hätte ich ein Stückchen Fleisch noch auf den Teller gelegt, oder gar einen Kolatschen, eine Buchtel! Vielleicht auch würde es mir die Mutter nicht verwehrt haben. Aber ich war so bescheiden, so feige bescheiden!

Bitterkeit!

Ach, was hatte das alles zu bedeuten? War doch der Tag gekommen.

– Einst wird kommen der Tag. –

Ist das nicht der schönste Vers aus dem ganzen Homer? Dreizehn Jahre bin ich alt gewesen, als ich über diesen einzigen Vers Tränen unverständlicher Wonne vergoß.

Ich mußte stehenbleiben:

»Leb wohl, alle Schönheit dieser Welt!«

Eine halbe Stunde ging ich vor dem Haus, das eines der schönsten des ganzen Gesandtschaftsviertels war, auf und ab. Dann trat ich in die Portierloge.

»Ist die Generalin zu Hause?«

Der Mann in Livree hochherrschaftlich, backenbärtig, legte langsam die Brille auf die Zeitung, wurde vornehm:

»Ihre Exzellenz sind heute morgen abgereist!«

»Und mein Vater ist auch nicht zu Hause?«

Der alte Lakai machte zuerst ein dummes Gesicht, dann erhob er sich schnell, knickig, lächelte untertänigst, stammelte:

»Euer Gnaden bitte gnädigst zu verzeihen! Kompliment! Gehorsamster Diener! Habe nicht gleich erkannt. Seine Exzellenz sind ausgefahren, kommen immer erst gegen Abend zurück. Bitte schön, bitte sehr...!«

Ich stieg die breite Treppe hinauf.

Der Bursche des Generals öffnete mir.

»Ich werde hier auf meinen Vater warten. Führen Sie mich weiter!«

Der Bursche, starr erstaunten Gesichts, ließ mich in einem großen Zimmer allein.

In der Mitte des sehr weiten Raumes stand ein Billardtisch mit einem Schutzüberwurf von grüner Leinwand, am Fenster aber ein Mignonflügel.

Neben dem Klavier in einem Schragen häuften sich Klavierauszüge von Operetten und Notenheftchen mit den Schlagern dieses Jahrs. Meine Stiefmutter! Ich fühlte eine Grimasse auf meinem Gesicht.

Das Nebenzimmer, dessen Tür offenstand, war ein kleiner Rauchsalon. Von hier führte ein offener, von Portieren flankierter Eingang in das Schlafzimmer meines Vaters, das schon für die Nacht in Ordnung gebracht war. Ich sah das aufgeschlagene Bett. So deutlich war dieser Raum vom Billardzimmer sichtbar.

Ich wartete lange, dann rief ich den Offiziersburschen:

»Hören Sie, ich kann nicht mehr länger bleiben. Richten Sie ihm aus, daß ich hier gewesen bin und morgen wiederkomme!«

Ich ging in den Vorsaal. Der Diener folgte mir.

»Wie bringe ich den nur fort?«

Es fiel mir ein, meine Schuhbänder fester zu schnüren. Während dessen rief ich über die Schulter:

»Sie können an Ihre Beschäftigung gehen.«
Er verschwand.

Sogleich schlich ich mich auf den Zehen in das Billardzimmer zurück, wo ich mich nach einem Versteck umsah. Ich tastete die Wand entlang, um eine Tapetentüre, einen Wandschrank zu entdecken, dabei stieß ich, ich weiß nicht wie, mit der hoch ausgestreckten Hand gegen eine Etagere – der Nagel löste sich – und mit ungeheurem Gepolter fiel das Gestelle und alles, was darauf stand, zu Boden.

Hochauf horchte ich. Eine Sekunde, zwei Sekunden, eine Minute, zwei Minuten, fünf Minuten.... es rührte sich nichts. Niemand hatte den Lärm gehört. Ich begriff sofort, daß Dienerzimmer und Küche sehr weit entfernt, vielleicht in einem anderen Stockwerk sich befinden mußten.

Ich ging daran, die Etagere zur Seite zu schaffen und die Gegenstände aufzuklauben.

Billardkugeln! Zwei hatten sich unter die Möbel verrollt, die dritte, rote, hielt ich mit einem merkwürdigen Grauen in der Hand.

Warum?

Heute weiß ich es.

Sonst lagen noch gerahmte und ungerahmte Photographien auf der Erde, lauter unbekannte Menschen in Parade, Frack, Balltoilette, herausfordernde Gesichter, verächtlich auf mich gerichtet.

Da aber war noch eine Photographie.

Ein Kadett, nicht älter als dreizehn Jahre, die rechte Hand auf ein Geländer stützend, wie auf Befehl, das verängstigte Gesicht schief hinaufgedreht.

Mystischer Schreck!

Lebte der noch immer, wollte er denn nie und nimmer tot, begraben, vorbei sein? Dieser Kinderleichnam, warum schied er nicht aus meinem Blut? Mein Gott! Ich zerriß das Bild. Mein Herz brach fast dabei.

Er, der Vater, hatte es nicht unterlassen, diese Siegestrophäe in seinem Zimmer aufzustellen.

Noch etwas! Jesus! Das war ja eine der Hanteln, mit denen ich damals in den Ferien Turnübungen machen mußte. Wie schwer sie ist! Ich erinnerte mich an hundert Stunden und drückte das kalte Metall an meine Brust, diesen Zeugen von Angst und Unglück, das mich niemals verlassen hatte. Nach so vielen Jahren mußte ich sie hier finden! Das war kein Zufall.

So lange war sie verborgen geblieben. Jetzt aber, in dieser Stunde, kommt diese alte Hantel mir entgegen, sucht mich gleichsam, lockt mich heran, mir jenen Gedanken einzugeben – einzugeben – nein zu sagen, zuzurufen, den ich sogleich verstehe. Ich stutzte einen Augenblick.

Sollte ich sie mißverstehen? Dieses Stück Eisen, bittet es etwa für meinen Vater, der es jahrzehntelang mit sich schleppt, der es nicht zum Gerümpel, nicht auf den Kehrichthaufen wirft, nicht dorthin, von wo es zum Schmelzofen wandern und um seine Form kommen muß.

Ist diese Hantel meiner Kindheit dem Vater für den Schutz dankbar?

Warum denn hat er sie aufbewahrt und ihr nach so vielen Übersiedlungen hier in diesem Staatszimmer einen Raum gegönnt? Warum?

War es ganz gewöhnliche Unachtsamkeit?

Ah, nein! Seinem Blick entgeht keine Blindheit auf einem Messingknopf.

War es Empfindsamkeit, verborgenes Erinnerungsgefühl, das dem kleinen Knaben galt, der einmal sein Sohn gewesen war?

Ich hielt den Eisenkopf der Hantel ans Ohr.

Keine Antwort! Sie blieb stumm.

Für mich Antwort genug. Ich verstand sie.

Es mußte geschehn.

Ich prüfte die Festigkeit der beiden Köpfe, ob sie gut auf dem Stiel säßen. Das Ding war wie aus einem Guß – da steckte ich es in meine Tasche.

Indessen war es schon recht dunkel geworden. Draußen sprang das Licht der Laternen auf. Die Fenster malten gelbe Lichtquadrate auf Möbel und Fußboden.

Ich entschloß mich, unters Billard zu kriechen; so war ich am besten verborgen.

In die Leinwand des Überzugs schnitt ich mit dem Taschenmesser ein Loch, ähnlich der Klappe im Theatervorhang – so, nun konnte ich genau beobachten, was hier und in den anstoßenden Zimmern vorging.

Ich weiß nicht warum, plötzlich erfaßte mich eine wütende Lust, mich zu verraten, unerhört Klavier zu spielen, göttlich zu phantasieren, durch die ungeheuren Akkorde alles Häßliche zu vernichten. Nur mit Mühe hielt ich mich fest. Auf meiner Stirne stand der Schweiß in großen, kalten Tropfen, so viel Kraft brauchte ich, dieses Gelüste zu überwinden.

Jetzt erst merkte ich, daß gleichmäßigen Schrittes eine große Uhr im Zimmer tickte.

Ich klammerte meine Finger um die Hantel.

Es schlug acht Uhr . . . .

Es schlug halb neun, es schlug neun. Draußen schallte die Brandung der Stadt schwächer.

Was wollte ich eigentlich hier?

Ich wußte es nicht.

Ich wußte nichts.

Da – ganz ferne hörte ich einen Schlüssel knirschen. Ich drückte den Kopf in meine Hände.

So war es gewesen – damals! Sechs Jahre alt und noch jünger. Der Schlüssel knirschte genau so. Ich vernahm es bis tief in meinen Traum. Dann tappten Schritte, kamen näher, immer näher (o, ich verging vor Furcht), ich spürte hinter den geschlossenen Augenlidern eine sanfte Helligkeit, und jetzt beugte sich jemand über mich – damals!

Nun aber!

Meine Wange brannte wie Feuer.

»Wie Feuer!« Laut stieß ich diese Worte hervor, als hoffte ich noch immer, mich zu verraten.

Im Vorsaal Schritte und Stimmen. Es waren zwei, die sprachen. Einer befahl und einer wiederholte die Befehle.

Die Türe ging auf.

Mein Vater trat ein.

Der Bursche folgte.

»Also, er war hier gewesen?«

»Befehlen?«

»Ich frage: Mein Sohn war hier gewesen?«

»Jawohl, Exzellenz!«

»Wie hat er ausgesehen?«

»No – no – Exzellenz, ich bitt' g'horsamst, ich weiß nicht.«

»Schauen Sie sich die Leute nächstens besser an!«

»Jawohl, Exzellenz!«

»Haben Sie mir die Pastillen vorbereitet?«

»Sie stehen auf dem Nachttisch, Exzellenz!«

»Und die Wärmflasche?«

»Die werde ich gleich bringen, Exzellenz!«

»Wann war er hier?«

»Befehlen?«

»Wann der Karl, – wann mein Sohn hier war, frag' ich.«

»So um halb sechs, und ist um viertel sieben wieder fortgegangen.«

»Hat er keine Nachricht hinterlassen?«

»Jawohl, Exzellenz! Der Herr hat gesagt, daß er morgen wiederkommen will.«

»Herr! Herr? Welcher Herr? Der Herr Leutnant!«

»Exzellenz! Ich meld' g'horsamst, der Herr Leutnant waren in Zivil.«

»Was? In Zivil? Während einer Untersuchung, in Zivil? Unerhört!«

Sporenklirrend ging der General auf und ab. Die Worte: »Pastillen, Wärmflasche« hatten mich fast verstört. Aber das »Unerhört«, von widerwärtigem Sporenhochmut begleitet, brachte mich in Wut.

Jetzt kam der Bursche mit der Wärmflasche.

Der General hustete.

»Hat der Herr Leutnant nicht – so – krank ausgesehen?«

»Jawohl, Exzellenz! Bissel blessiert.«

»Wo hat der Herr Leutnant denn gewartet?«
»Hier im Zimmer!«
»So?«
Der General machte eine Pause, rasselte heftig, dann sagte er als Abschluß mehrfach angestellter Erwägungen: »Morgen sagen Sie dem Herrn Leutnant, daß ich dienstlich hier nicht empfange, daß ich hier überhaupt nicht empfange! Verstanden?«
»Zu Befehl, Exzellenz!«
Über den letzten Satz geriet ich außer Rand und Band. Er hatte mich geschlagen, gepeitscht und spielte die allerhöchste Dienstkomödie weiter.

Fester faßte ich die Hantel. Ein Wort war jetzt in mir: »Es ist besiegelt.«

Die Haut auf meinem Gesicht spannte sich vor Brand und Erregung. Ich fühlte, daß jetzt das zerstörte Gewebe meiner Wunde durch die Spannung stellenweise aufbrach und das Blut langsam, warm über die Wange lief.

Nun, mir war's recht, mehr noch, willkommen. Mein Vater hatte sich unterdessen in sein Schlafzimmer begeben. Der Diener half ihm beim Auskleiden. Ich wandte mich ab. Scham verhinderte mich, hinzuschauen.

Deutlich hörte ich nur das Ächzen, Stöhnen und Gähnen eines Mannes, der nicht der gesündeste ist.

Endlich entfernte sich der Diener.

Der General drehte (der Knopf war über dem Bett) das elektrische Licht mit einer Bewegung in allen Zimmern ab.

Nun war es ganz finster.

Ein unwilliger Körper warf sich hin und her.

Feucht war meine Stirn.

Immer noch rann das Blut über die Backe.

Meine Hände waren schon ganz naß davon.

Ich wartete das nächste Schlagen der Standuhr ab.

Zehn!

Nach dem letzten Schlag kroch ich aus meinem Versteck hervor.

Was geschehen werde, ich wußte es nicht. Meine Gedanken

wurden von diesem sinnlos wiederholten Satz beherrscht: »Ins reine kommen!«

Meine Rechte hielt die Hantel fest umfaßt. Ich zählte bis drei, gewillt, beim Dritten das Zeichen zum Weltuntergang zu geben.

Eins – zwei – – – drei!

Ich gab mir einen Ruck, trat auf Fußspitzen zur Portiertüre des Schlafzimmers, stellte mich so auf, daß ich nicht gesehen werden konnte.

Lange verweilte ich so. – Dann hob ich die Hantel und klopfte mächtig an den dumpfschallenden Türpfosten.

Ich hörte, wie einer aus dem Bett auffuhr.

Heisere Halbschlafstimme wurde laut.

»Wer ist hier?«

Ich antwortete nicht.

Jetzt war im Zimmer wieder alles ruhig.

Aber ich fühlte: Er sitzt atemlos im Bett und horcht.

Zum zweitenmal drei furchtbare Schläge an den Pfosten.

Der drinnen sprang aus dem Bett. Ein schneller, fast jammernder Atem flog. Tasten einer Hand nach dem Knopf des elektrischen Lichtes.

Da klopfte ich, weitausholend, zum drittenmal und rief: »Vater!«

Wild sprang das Licht in allen Räumen auf.

Und jetzt!

Hoch erhob ich die Hantel...

Wer aber trat mir entgegen?

Die Füße in schlurfenden Pantoffeln, einen langen, grauen Schlafrock umgehängt, die Gürtelschnur vorne nicht zugebunden, weiße Haare zerzaust, der Schnurrbart ungestutzt, ungefärbt, grau, hart hinabstechend, schwere Tränensäcke unter kleinen sterbenserschrockenen Augen, todgezeichnete Backenknochen, blaue Lippen, die der Zähne häßliches Gold angstklaffend nicht mehr verbergen, der also aus der Türe schwankte, der alte Mensch – war mein Vater.

»Du?« fragte eine röchelnde Stimme.

»Ich!« sagte eine andere scheppernd zerbrochenen Klanges.

Langsam rann mir das Blut über Wange, Kragen, Anzug und tropfte dick auf die Parketten.

Ich trat, die Hantel immer hoch erhoben, zum Billard und befahl dem Alten: »Komm!«

Wo war der General? Wo der rasselnde Feld- und Weltherr? Ein Greis im Schlafrock, sein betäubtes Auge auf die Waffe in meiner Hand, auf das Blut in meinem Gesicht richtend, gehorchte wortlos und blieb in Entfernung zitternd stehen.

Ich stampfte mit dem Fuß: »Komm!«

Den Körper meines Vaters schüttelte sichtliches Fieber. Er sah aus wie ein Mensch, der gegen wüsten Traum kämpft. Er duckte sich, versuchte etwas zu sagen, kein Wort, kein Ton gelang.

Mein ganzes Wesen erschütterte göttlicher Rausch. Ah! Ich wartete auf das große Stichwort! Die Hand mit der Hantel straffte sich immer höher, höher! Mit aufgerissenen Augen sah mich der Vater an. Kein Wort noch immer brachte er hervor.

Meine Hypnose war so stark, daß er den Blick von mir nicht wegwandte, noch auch zur Türe lief, was für ihn leicht gewesen wäre. Ich bog den Arm ausholend zurück! Und da geschah etwas Wahnsinniges.

In meine Beine fuhr ein Rhythmus, über den ich nichts vermochte. Gebieterisch streckte ich die unbewaffnete Hand aus. Der Vater duckte sich noch tiefer, schützte mit den beiden Händen sein Hinterhaupt, und ich, ich verfolgte ihn gleichmäßig stampfenden Schrittes, Runde auf Runde um den Billardtisch.

Er keuchte vor mir her, und ich, die Beine im Tempo dieses unheimlichen Triumphmarsches streckend, Abstand niemals verringernd, niemals erweiternd, schritt hinterher, die Hand mit der Waffe erhoben, den Kopf zurückwerfend in bewußtloser Begeisterung.

Immer asthmatischer wurden die Atemzüge des Gejagten. Sein Schlafrock, aufgebunden, weitärmelig, rutschte über die Schulter, immer weiter, fiel endlich ganz von ihm!

Das war kein Offizier mehr.

Ein nackter Greis mit mager tiefdurchfurchtem Rücken schwankte vor mir her.

»Die Wahrheit«, dachte ich, »die Wahrheit.«
Das Triumphgeheimnis des unverständlichen Rhythmus genießend, immer mit hocherhobener Hantel, stampfte ich weiter.

Wie lange der Marsch, die gemessene Jagd um den Tisch währte – ich weiß es nicht.

Der andere verlor erst den einen Pantoffel, dann den zweiten, schließlich torkelte er splitternackt vor mir.

Ich hielt nicht inne. Die schwarze Magie, wußte ich, darf nicht schwächer werden.

Plötzlich blieb der alte, nackte Mann stehen, drehte sich zu mir um und fiel keuchend auf die Knie. In seinen flehend erhobenen Händen lag die Bitte: »Tu es schnell!«

Vor mir kniete kein Neunundfünfzigjähriger, vor mir kniete ein Achtzigjähriger.

Noch einmal Wahnsinn, unerträglicher Triumph!

Doch jetzt!

»Das hatte ich nicht gewollt, daß dieser Vater vor mir kniet. Er soll es nicht tun. Keiner! Ist das Papa? Ich weiß es nicht. Aber ich werde diesen Kranken nicht töten, weil ich es nicht genau weiß.«

Leid, Mitleid!

Noch immer kniete mein Vater vor mir. Aber was ist das? Überall auf der Erde in breiten Klecksen – Blut. Was habe ich getan? Ist das sein Blut? Habe ich sein Blut vergossen? O Gott! Was ist das? Nein, nein! Dank, dank! Ich bin kein Mörder. Es ist ja mein Blut, das er vergossen hat. Mein Blut! Und doch! Geheimnis! Sein Blut, unser Blut hier auf der Erde!

In diesem Augenblick hatte ich eine Vision, einen Gedanken, den ich jetzt noch nicht verraten darf.

Ich hob den General auf und warf ihm seinen Schlafrock um die Schultern.

»Geh schlafen!«

Das war der einzige Satz, der in dieser Nachtstunde gesprochen worden war.

Später, auf der Straße, schleuderte ich die Hantel und mit ihr die Krankheit der Kindheit von mir.

Dritter Teil

Was seit jener abgründigen Stunde in Jahr und Tag sich begeben hat, das des weiteren aufzuzeichnen, widerstrebt mir.

Nun! Ich war in allen drei Anklagepunkten schuldig befunden und hauptsächlich wegen tätlicher Mißhandlung eines Höheren nach militärischem Strafrecht zu neun Monaten Garnisonsarrest verurteilt worden.

Meinen Vater habe ich während meiner Haft und auch nachher nicht mehr gesehen.

Später, zu Beginn des Weltkrieges, in New York, las ich in den Zeitungen öfters seinen Namen, der aber nach und nach aus den Berichten verschwand. Der sogleich zum General der Infanterie avancierte Führer dürfte unter den ersten Generalen gewesen sein, die schuldig oder unschuldig, meist jedoch schuldig abgesägt worden waren.

Ob er heute noch lebt, wo, und nachdem Macht und Einfluß seiner Gesellschaftsschicht zerschmolzen sind, in welchem Ausgedinge, das weiß ich nicht. Ich wende mein Haupt nicht mehr rückwärts. Ich bin mit ihm, – – und als einer, der an der sogenannten alten »Militärgrenze« geboren wurde, auch mit meiner alten Heimat fertig.

Ave atque Vale ihnen beiden!

Während meiner Haft hatte ich mir durch Notenkopieren, Kollationieren, Korrigieren einiges Geld verdient. Meine Ersparnisse nach der Entlassung waren etwas größer, als die Kosten eines Ticket dritter Klasse und die gesetzlich vorgeschriebene Summe betragen, die man vorweisen muß, um hüben an Land gehen zu dürfen.

Ach, als ich die Kanzlei des Garnisonsgerichts verlassen hatte, meine Ersparnisse und die endgültig letzte militärische Löhnung in der Tasche, war ich zum erstenmal im Leben frei!

Sogleich verkaufte ich meine ganze Militärgarderobe, schaffte mir einen Zivilanzug und das sonst noch Nötige an, nahm ein für drei Tage gültiges Schnellzugsbillett nach Hamburg und verließ eines schönen Julimorgens die Residenz, die lustig in ihrer flittrigen Frühe dalag, ohne das schon deutliche Verhängnis auch nur zu ahnen.

Nach einer Reise von wenigen Stunden fuhr der Zug in die Bahnhofshalle jener großen Landeshauptstadt ein, in der ich meine Kindheit verbracht habe.

Ich weiß nicht, trieb mich der Teufel oder war es der Wunsch, in dieser uralten Krönungsstadt endgültig Abschied von der alten Welt zu nehmen; ich ergriff meinen Koffer, stieg aus und beschloß erst morgen weiter zu fahren.

Es war Mittag. Die Sonne schwamm auf noch regenfeuchten Straßen. Dies alles war fremd für mich und wie aus mir gelöscht. Die Luft drückte –, staubig angestrengt die Gesichter der Menschen – mich befiel zuerst Langeweile, dann ein recht unerklärliches Mißbehagen, ich wurde nervös und begann die Unterbrechung meiner Reise zu bedauern.

Ein endlos langer Nachmittag stand stöhnend vor mir.

Da fiel mir an irgend einer Litfaßsäule ein Plakat auf: »Hetzinsel – Vergnügungspark – Kinematograph – Scenic-Railway – Rutschbahn – Militärmusik – Restaurant, vorzügliche kalte und warme Küche!«

Hetzinsel! Das kannte ich doch schon, dort mußte ich doch damals gewesen sein! Ich hatte das richtige Programm für diesen öden Nachmittag gefunden.

Ich trat durch ein luftiges Torgerüste, von dem viele Fahnen niederwehten. Durcheinander gewälzter Schall von elektrischen Orgel-Musiken empfing mich, – – – und mit einem Schlage war jener dreizehnte Geburtstag in mir lebendig.

Nur war alles im Laufe der Jahre dürftig und fadenscheinig geworden. Die Karusselle drehten sich langsamer, ihre Buntheit war ein wenig entzaubert, durchlöchert und verblaßt wehten die Soffitten im Winde des Kreislaufs.

Vor der Grottenbahn stand nicht mehr ein Zwerg und eine Riesin, quäkend, paukenschlagend, nein, ein Herr im Gehrock mit großer Uhrkette, der ebensogut Hofrat oder Intendant eines Stadttheaters hätte sein können. Allerdings die Märchenautomaten an der Außenwand des Gebäudes ruckten und zuckten noch immer, und auch der mechanische Mozart schlug seinem unsichtbaren Orchester unermüdlich noch immer diesen gespenstisch unzugehörigen Takt, – aber, wer von uns war so sehr gealtert?

Das Wetter war eben nicht das beste. Unmut starrte am Himmel. Ein Gewitterwind kreiselte Staub, Papier, Unrat, Schalen, Fetzen und die kleinen Koriandoliblättchen eines verstorbenen Sommerfestes durcheinander.

Da es Wochentag war, schlenderten, anders als damals, nur wenig Besucher durch die Budenstraßen. Faul, schweigend, pfeifenrauchend, nur manchmal aufkeifend, standen die Budenbesitzer und Verkäufer einzeln und in kleinen Gruppen. Nichts, gar nichts ließ vermuten, daß die gähnende, geschäftsschwache Muße eines schwülen Dienstnachmittags durch irgend ein Ereignis getrübt worden war.

Die barbarisch gewaltige Musik war die alte geblieben, ich erkannte sie, und kaum weniger als damals verwirrte sie mit ihren Stürmen mein Bewußtsein.

Wie ich so in dem infernalischen Feuerregen der herrlich hervordröhnenden Opernarien stand, stieg in mir die Erinnerung an eine Bude, an jene Bude auf, in der Charakterpuppen in Schulbänken und auf einer Scheibe sich bewegen – ja, die Bude – dort wo ich damals an meinem Geburtstag falsch ausgeholt und statt den Kopf jener Figur zu treffen, ihn, den Major, getroffen hatte.

Ich ging über einen Platz. Mein Blick traf das Becken einer nicht springenden Fontäne. Der Wasserspiegel war gekräuselt.

Da trat ich zu einem der gaffenden Ladenhüter:

»Können Sie mir sagen, wo die Bude mit den automatischen Figuren steht, denen man die Hüte vom Kopf wirft?«

Der Mann sah mich an, als hätte er gerade diese Frage erwartet.

»Sie meinen natürlich die Bude des alten Kalender?«

»Wie der Mann heißt, weiß ich nicht!«

»Nun, der Kalender, der gestern in der Früh ermordet worden ist!«

»Kalender?«

»Aber! Die ganze Stadt spricht ja davon. Der Alte ist von seinem Sohn, dem Lumpen, umgebracht worden. Vom August, dem Halunken!«

»Ich bin erst heute hier angekommen!«

»Ich dachte halt, Sie wollen die Bude auch sehen; die Leute laufen ja den ganzen Tag, gestern und heute, massenhaft hin; die neugierigen Nichtstuer die! Das ganze Geschäft wird einem verdorben, wenn das so weitergeht!

Sakrament!«

Der Mann spuckte bedächtig aus.

In mir dämmerte es.

Eine Ahnung!

Der Verkäufer fragte: »Haben Sie denn die Zeitung nicht gelesen? Die ›Morgenpost‹ von heute?«

»Nein!«

»So was!«

Der Mann sah mich mit ehrlicher Verachtung an. Das ist ein schlechter Bürger, der keine Zeitungen buchstabiert.

Plötzlich entschloß er sich.

»Warten Sie!«

Er ging in die Bude, – kam wieder.

»So, da ist die ›Morgenpost‹. Dieser Artikel da – nein, der nicht – hier dieser, rechts unten. Wie? Sie können das Blatt behalten. Ist schon recht. Ich brauche es nicht mehr. Was? Wo die Bude ist? Ein paar Schritte von hier, Herr! Dort, sehen Sie, wo die Leute stehen! Gleich rechter Hand vom Ausgang!«

»Danke!«

Ich nahm die Zeitung und las im Weitergehen.

Ich setze das wörtliche Zitat des Artikels, den ich aufbewahrt habe, hierher.

Vater und Sohn
Die Bluttat eines verbrecherischen Sohnes
Die Zeiten werden immer düsterer, Katastrophen lauern. Schwere Gewitterwolken türmen sich am politischen Horizont.

Das in Serajewo vergossene Fürstenblut – unsühnbar ruft es nach Rache. Europa, die ganze gesittete Welt, steht zum Sprunge bereit in unheimlicher Spannung da.

Und die Schatten, unter deren Wucht die Menschheit erschauert, werfen sich auch über das Schicksal des einzelnen, das Schicksal der Familien.

Die Verbrechen häufen sich; alle menschlichen Beziehungen sind durch den Wurm des gewinnsüchtig egoistischen Zynismus angefressen. Die Bande der Familie sehen wir gelockert, Bruder erhebt die Hand gegen Bruder – und, wer vermöchte es ohne Entsetzen auszudenken, der geliebte, der gehegte Sohn spaltet kaltblütig mit einem Beil des gütigen Vaters Schädel.

Ja, wir sehen es ringsum und haben niemals in unserem Kampf gegen Schundliteratur, unmäßigen Kinobesuch usw. unterlassen, den Finger auf diese schwärende Wunde zu legen: Eine lasterhafte Jugend ist herangewachsen, die alle Gesetze, alles, was der Väter Mühsal geschaffen und erworben hat, mit Füßen tritt.

Libertinage, Arbeitsscheu, Vergnügungssucht, Snobismus, Kaltherzigkeit, das scheinen die Haupteigenschaften dieser Jugend zu sein; man braucht ja nur einen Blick auf die Erzeugnisse der Kunst und Literatur zu werfen, wie sie von diesen jungen Leuten kreiert werden.

»Épater le bourgeois«, das ist heute noch mehr Trumpf als sonst und wird keineswegs mit jenem gutmütigen Humor getrieben, dessen wir Älteren noch gern gedenken, wenn wir die Werke der Naturalisten von damals betrachten, die ja auch nicht gerade sanfte Lämmer waren, und mit ihren Allotrien, Anulkungen, Satiren, den Spießbürger recht empfindlich gezaust haben. Dennoch zeichnete diese heute nicht mehr junge Generation warmes soziales Mitempfinden, aufbauender Sinn, Verständnis für Vaterland und Ordnung und bei allem Pessimismus herzhafter Lebenshumor aus!

Hingegen die Jüngsten?

Ihre Produktivität ist der Haß gegen alles Bestehende, fast möchte man sagen: Haß an sich!

Wir können nicht umhin, angesichts der neuesten Erzeugnisse der deutschen Literatur, mit Altmeister Goethe auszurufen:

> »Doch dies ist einer von den Neusten,
> Er wird sich grenzenlos erdreusten.«

Ja, dieses Geschlecht hat wohl die Zerstörungswut eines Karl Moor, aber nicht die hohe, heldische Einsicht, die ihm unser Dichterheros in den Mund legt, daß nämlich zwei Kerle wie er imstande wären, den ganzen sittlichen Bau der Welt zu zertrümmern.

In Anbetracht dieser jungen, zügellosen Menschen wandelt oft auch den liberalen Mann die Sehnsucht an, ein eiserner Besen möchte all das Faule und Morsche unerbittlich hinwegfegen.

Ja, eine Generation von Kinoläufern, Kaffeehaushockern, Barhelden drängt nach vorwärts; ihr Ideal ist der Hochstapler großen Stils, der sexuelle Psychopath, mit einem Wort, der Verbrecher.

Dieses Ideal, wie jedes, fordert seine Opfer.

In den höheren Klassen der Gesellschaft verfallen die Söhne dem Spiel, dem Nichtstun, der Verschwendung, den sinnlichen Lastern und schließlich den venerischen Krankheiten. In den Niederungen aber ist der Sprung zum Mörder ein Katzensprung.

Und in der Tat!

Einer dieser hoffnungsvollen Jünglinge, die Phantasie von Detektivromanen zersetzt, geht hin und mordet seinen Vater.

Wer kennt nicht weit und breit den alten Kalender? Er war das, was man eine stadtbekannte Figur nennt.

Seine Bude auf der Hetzinsel ist bei alt und jung beliebt. Wer von unseren Mitbürgern hat nicht schon einmal mit den festen Bällen einer der grotesken Figuren den Hut vom Kopf zu schleudern versucht? Diesen Charakterpuppen, denen ein gewisser künstlerischer Wert keineswegs abgesprochen werden kann, galt die Liebe Julius Kalenders. Er war fast ein Puppenspieler im alten Sinne und demjenigen, der Verständnis für markig deutsche Art hat, wird die kostbare Erzählung Theodor Storms von Pole Poppenspäler einfallen.

Julius Kalender war ein jovialer Mann von nahezu sechzig Jahren, trug immer eine Soldatenmütze, die den früheren Wachtmeister erkennen ließ, und war, wenn er behaglich vor seiner Bude stand, für seine lustigen Scherze, seine schlagfertigen Bemerkungen berühmt, denen auch die politische Würze nicht fehlte.

Den reinen Gegensatz zu diesem prächtigen Mann stellt der eigene Sohn dar: August Kalender. War jener heiter, so ist dieser meist mürrisch und verdrossen, besaß der Vater Gutmütigkeit, eine polternd rechtliche Lebensart, der Sohn ist tückisch, verschlagen und weiß nicht im geringsten Gut und Böse zu unterscheiden. War Julius darauf bedacht, nicht nur sein Auskommen zu finden, sondern auch etwas in den Strumpf zu tun, um dereinst seinem Einzigen eine Erbschaft hinterlassen zu können, August vereitelte diese Absicht so gut er konnte, indem er immer wieder die schwer erworbenen Groschen dem Vater herauslockte, der in selten gutartiger Weise jedesmal für die Schulden des Sohnes aufkam.

Der einzige Vorwurf, den wir diesem armen Vater machen könnten, wäre:

»Warum hast du deinen Jungen nichts Ordentliches lernen lassen? Ist eine Umgebung von Jahrmarktsbuden, Kasperltheatern, Panoptiken, Gauklerunternehmungen der richtige Ort für einen heranwachsenden Buben?« Aber diesen Vorwurf hätte der lustige Julius gewiß nicht verstanden, dazu war er selbst zuviel Zigeuner, trotz seiner Seßhaftigkeit und des Bürgerrechts zuviel Kind des grünen Wagens.

Augusts Kindheit und Jugend muß gewiß so glücklich und frei gewesen sein, wie sie sich der phantastischste Neid eines »Stadtkindes« gar nicht vorstellen kann.

Volks- und Bürgerschule machten ihm kein Kopfzerbrechen, denn sein Vater war leider nicht der Mann, über ein schlechtes Zeugnis oder über eine minder entsprechende Sittennote zu murren. Wenn andere Knaben ganze Nachmittage lang und manche Nachtstunde dazu über ihre Aufgaben gebeugt saßen, August durfte dem Vater in der Bude, wo's immer lustig zuging, mithelfen, genoß das Glück, ein Kind der Hetzinsel zu sein, durfte ein Dasein führen, das für andere Jungen die höchste Romantik einschloß.

Es ist erwiesen, die unglückselige Mutter hat es selbst beteuert, daß der Alte seinem Sohn niemals Vorwürfe machte, sondern, wenn auch seufzend, alles hergab, was August von ihm verlangte. So liebte er diesen Sohn, der kein Kind mehr war, sondern ein erwachsener Mann von fünfundzwanzig Jahren.

Aber nicht nur die Mutter, auch andere haben sich gefunden, die für die abgöttische Liebe des Vaters zu seinem Sohn Zeugnis legen.

Und dennoch! Vor vierundzwanzig Stunden, um fünf Uhr morgens, lockt August, der Sohn, Vater Julius Kalender unter irgend einem Vorwand aus der Bude, verwickelt ihn in ein Gespräch und erschlägt ihn angesichts der grotesken Puppen mit dem Beil!!

Der Grund? Er ist vorläufig ein Rätsel, und es steht dahin, ob die menschliche Justiz fähig sein wird, dieses Rätsel zu lösen.

Denn so oft auch der Sohn im Laufe der Jahre den Vater beraubt und bestohlen hatte, diesmal nahm er nichts, unberührt blieb die wohlgefüllte Brieftasche des Budenbesitzers.

Es ist ganz gewiß, ein auch nur beabsichtigter Raubmord liegt nicht vor.

August K. ist ein so abgefeimter Schurke, daß er nach vollbrachter Tat sicherlich nicht aus Gram und Reue davon abgestanden wäre, das Geld des Vaters in den wenigen Stunden, die ihm blieben, zu verjuxen.

Zur Zeit des Mordes war kein Mensch im ganzen Vergnügungspark wach. Der Mörder schleppte kaltblütig sein Opfer zu einem nahen, längst verlassenen Bauplatz, wo viele Lagen von morschen Brettern und altem Baumaterial aufgeschichtet sind. Der Sohn warf den ermordeten Vater nach guter Berechnung in eine alte Kalkgrube, häufte Reisig, einen Sack, Fetzen über ihn, trug einen Stapel langer Bretter herbei und legte sie breit und hoch über die Kalkgrube, daß es den Anschein hatte, sie wären hier seit je so gelegen.

Diese Arbeit spricht von der Riesenkraft und von der robusten Verbrechernatur dieses Unmenschen. Es ist der reine Zufall, daß ein Lumpensammler nach zehn Stunden Blutspuren auf den Brettern entdeckte und die Polizei aufmerksam machte.

August hat damit gerechnet, daß das Verbrechen verborgen bleiben würde, das zeigt seine ganze Handlungsweise. Und doch! Die unberührte Brieftasche steckte in der Brusttasche des Toten.

Ein Raubmord?

Nein!

Ein Affektmord?

Nein! Die Mutter schwört, es hätte zwischen Vater und Sohn keinen Streit gegeben, der Vater wäre sowieso immer nachgiebig gewesen, ja er habe vor August immer eine gewisse Angst gehabt.

Und was sagt der Mörder selbst aus?

Nichts! Er schweigt! Er zuckt die Achseln.

Wir stehen hier vor der Sphinx der menschlichen Psyche, vor dem unergründlichen Geheimnis
――
――

Ich konnte nicht weiterlesen. Mit vielen Spalten füllte dieser Artikel die Seiten der Zeitung. Mir schwamm es vor den Augen.

Hier – ich stand vor einem Ausgang des Vergnügungsparks. Ah! Rechter Hand ein Häuflein Menschen in heftigem Gespräch! Ich ging auf die Bude zu und ――――――――――――――――――
――

Ich glaube, es ist bei allen Menschen so! Bei mir wenigstens setzen sich alle Erkenntnisse, Intuitionen, Einfälle, Aufhellungen, kurz alle geistigen Erlebnisse sofort in Körperzustände der heftigsten Art um. Witz, Kalauer, Lustigmachen zieht mir wie jede andere häßliche Empfindung das Innere abwärts vom Zwerchfell wie durch scharfe Säure zusammen, Religion, Musik, Erkenntnis, alles Gute durchschüttert Herz und Lungenpartie, erzeugt Weinkrämpfe...

Aber es ist noch etwas da.

Die Ärzte behaupten, der menschliche Körper schließe zwei Nervensysteme ein, das vagische und das sympathische, ich aber behaupte, mögen mich die Mediziner auch auslachen, es gibt noch ein drittes Nervensystem in uns (ich wenigstens erlebe seinen Bestand täglich), ja, ein drittes unerforschtes Nervensystem, das ich in aller Bescheidenheit den Nervus magicus nennen will.

Wir alle haben in unserer Jugend mit Vorliebe Geistergeschichten verschlungen, und wenn sich in der Erzählung das Gespenst oder irgend eine grausige Erscheinung zeigte und es vom Helden hieß, daß »kalte Schauer ihm über den Rücken liefen«, haben wir diese Schauer mitempfunden.

»Kalte Schauer«, das ist eine gar nicht so schlechte Bezeichnung für das Vibrieren des dritten Nervensystems. Allerdings »Rücken« ist ungenau. Die Klaviatur, auf denen diese Schauer spielen, der Nervus magicus, liegt außerhalb unserer materiellen Natur und hat in jener unerforscht feinen Substanz seinen Ort, die uns umgibt, von uns und zu uns zurückstrahlt, in jener Substanz, die einige den Perisprit, andere Aura, Od nennen und die tatsächlich ihre höchste Dichtigkeit im Rücken unserer Person besitzt.

Schwingt dieses dritte Nervensystem, von der Hand der abgründigen Mächte angerührt, so erwachen Erkenntnisse, Zustände, Kräfte in uns, die, treten sie ins Dunkel zurück, keine Spuren hinterlassen, der Sprache sich entziehen und des Gedächtnisses spotten.

Man wird mich verstehen.

Ich stand vor der Bude des Ermordeten! Vor jener Bude, wo auch ich vor vielen, vielen Jahren das Blut meines Vaters vergossen hatte.

Damals, ehe ich in das schwere Nervenfieber verfiel, das meine Knabenjahre so sehr zerrüttete, damals hatte sich ein gelbes, hohläugiges Bubengesicht über mich gebeugt.

Wie aufmerksam, wie seltsam interessiert war dieses starrende Gesicht gewesen, jenes letzte Bild, ehe mich der krankhafte Schlaf anfiel! – Und dieser Gleichaltrige!? Er schweigt vor dem

Richter. Er weiß den Grund nicht. Aber, hat er nicht das vollbracht, was er an jenem fernen Tage von mir sehen mußte?! – Ach – mir war vielleicht nur aus angstzitternder Hand zu früh der Ball gefahren. Aber dennoch! Ich hatte dem Knaben gelehrt, daß es andere Ziele gibt als die Hüte ohnmächtiger Puppen.

Und Julius Kalender?

Deutlich stand er vor mir. Freundlich flatterte der rötlich ärarische Backenbart à la Franz Josef. Die dicke Uhrkette zeigte den Mann, der das Leben von der bekömmlichen Seite nahm.

Das war kein Kanzleifuchs, kein Kaserntyrann, das war ein behaglicher Stammtischgast, einer, der mit den Augen zwinkert, beim dritten Bier schon der auflauschenden Runde seine Zötchen und Anekdötchen zum besten gibt. Und doch, dieser gute, offensichtlich gutartige Mensch, weil er Vater war, hat er daran glauben müssen.

Die Menschen vor der Bude (man konnte gar nicht hineinsehen) standen vor Klugheit und Gespanntheit alle wie auf einem Bein. Sie sprachen über den Mord, erregt, glücklich, daß endlich einmal was vorgefallen war, daß es etwas gab, was wie ein heißer Grog auf Neugier und Selbstbewußtsein wirkt.

Sie schrien und stießen Verwünschungen gegen August, den Mörder des Vaters Julius, aus.

Hinter dem Ladentisch, wo sich noch immer in großen Körben und Schalen die Pyramiden der Bälle bauten, stand eine ältere Frau mit Umhängekragen, Kapotthütchen und schwarzen, gestrickten Halbhandschuhen.

In unverkennbar sächsischem Dialekt forderte sie die schwätzenden Menschen auf: »Nur immer 'ran die Herren! Einmal das Glück versuchen. Zehn Würfe fünf Sechser.«

Aber was war das? Neben ihr tauchte plötzlich ein Bub auf, ein gelblich schwacher Junge, mit ungeheuer tiefliegenden, umschatteten Augen, der noch nicht dreizehn Jahre alt sein mochte.

August Kalender? Ich? Wer?

Der Knabe verschwand nach hinten.

Auch er wird lernen. Er, der immer Wiedergeborene, der ewig Dreizehnjährige.

In diesem Augenblick, als hätten sie sich so lange verborgen gehalten, um meinen Gedanken nicht zu stören, – erblickte ich, – erfaßte mich der Irrsinnsrhythmus der Charakterpuppen.

O fürchterlicher Akkord auf dem Nervus magicus!

Auf- und niederschwebend, grinsend, grüßend waren sie alle da:

Der Mandarin, der Neger, die Teerjacke, der Henker, der Phantasieoffizier, höhnisch fuhren sie aus den Schulbänken ihres mystischen Nachsitzens auf, versteckten sich wieder wie Leute, die sich nicht greifen, verhaften lassen, gar nicht daran denken, ihre Beute herzugeben, ihrer Unverletzlichkeit so gewiß sind, daß sie durch freches Auf und Nieder der Häscher noch spotten.

Auf ihrer Drehscheibe aber wandelten schlotternd in zunderndem Bratenrock und Trauerzylinder die Opiumraucher elegisch an der imaginären Türe vorbei.

Wer seid ihr? Wer seid ihr alle in eurer ungerührten Bewegung? Seid ihr unsere Neben-, Vor- und Nachmenschen, die Milliarden Unbekannten, die uns auf der Straße und in den Sälen des Lebens begegnen? Seid ihr die zerbrochenen Toten, die nach unbegreiflichem Gesetz den einmaligen Gedanken ihrer Form weiter durch unsere Reihen bis in alle Ewigkeit tragen müssen? Seid ihr die noch Ungeborenen all, Schatten, die eine künftige Existenz in die Gegenwart vorauswirft?

Seid ihr die Mächte und Gewalten der Tiefe und Höhe, die Unsumme gestaltloser Wesen, wesenloser Gestalten, doch wirkender Schicksale, die sich zwischen die beiden einzig realen Pole der Welt drängen, zwischen das Ich und das Du?

Seid ihr die Erzeuger der Bewegungen von Ursprung an, die Zeuger, Zeiger und Zeugen aller Morde, Kriege, Aufopferungen, Heldentaten, Werke, Verbrechen, Liebschaften, Spaziergänge, Feste, Hochzeiten, Vergnügungsfahrten, Sterbensseufzer, Erdbeben und Gartenwindchen, die großen Ruhe- und Unruhestifter, die geheimnisvollen Spindeln, von denen die unsichtbaren Fäden sich abspulen, die alles Lebendige untereinander verbinden? Wer seid ihr, wer seid ihr?

Nichts unterbrach den Rhythmus jener Mächte. Nur die alte Sächsin forderte mich auf, mein Glück zu versuchen.

Ich aber verließ die Hetzinsel und reiste noch am selben Abend weiter.

Von Hamburg schrieb ich folgenden Brief, – und das waren gleichsam meine letzten Worte an die alte Welt:

An die k. k. Staatsanwaltschaft
zu – – – – –
Mein Herr Staatsanwalt!

Als Unbekannter wende ich mich in einer Sache an Sie, die mir sehr am Herzen liegt.

Müßte ich ein Pseudonym wählen, um meinem recht gewöhnlichen Namen einen Sinn zu geben, – ich würde mich Parrizida nennen.

Ihre humanistische Schulbildung wird sogleich wissen, was die Römer unter dieser Vokabel verstanden, und Sie werden sich gewiß auch des weiteren erinnern, daß es Herzog Johannes mit dem Beinamen Parrizida war, der seinen Vater, den deutschen Kaiser Albrecht, auf einem Spazierritt vom Leben zum Tode beförderte.

Ich sage das nur, um zu beweisen, daß jene Zeitung Ihrer Hauptstadt (›Morgenpost, deutsches Tagblatt‹, gegr. 1848, vom 4. Juli 1914) unrecht hat, wenn sie in ihrem Feuilleton behauptet, der Vatermord wäre ein Privileg der unteren Gesellschaftsschichten.

Er kommt, wie jene allerdings vor grauen Jahren begangene Tat zeigt, in den besten Kreisen vor.

Ich zum Beispiel stamme aus einem alten Offiziersgeschlecht und habe dennoch meinen Vater zweimal getötet, wobei es das erstemal sogar recht blutig zuging.

Ich erwähne, mein verehrter Herr Staatsanwalt, den eigenen Fall nur, um in Ihnen ein tieferes Verständnis für einen anderen Fall zu wecken, den Sie gewiß amtlich zu bearbeiten haben werden, ich meine natürlich den Fall des Vatermörders August Kalender.

»Aber, mein lieber Herr Duschek«, höre ich Sie sagen, »wie können Sie einem Juristen zumuten, diese beiden Fälle miteinander zu vergleichen, denn erstens, Ihr Herr Vater, seine Exzellenz, der Feldmarschall, lebt ja noch – – –«

Hier, mein werter Herr Doktor, muß ich Sie leider unterbrechen, denn theoretisch kommt es ja gar nicht darauf an, daß mein Vater lebt!

Ich sehe Sie ein wenig spöttisch lächeln und Sie belieben zu bemerken: »Für einen Philosophen, Theologen oder sonst einen Kathedermenschen mag es vielleicht theoretisch wirklich gleichgültig sein, für den Juristen aber ist nur das reale Faktum gültig und vorhanden. Und dann! Ihr Herr Vater ist wohl dem alten Julius Kalender recht wenig vergleichbar. Wer hat den strammen, strengen, feschen Offizier vor Jahren in unserer Stadt nicht gekannt? Das war der richtige Marssohn, ein rauher Kriegsmann, Soldat von echtem Schrot und Korn, bei dem es keine Weichheiten und Nachgiebigkeiten gab. Der Sohn eines solch schneidigen, geraden Mannes ist gewiß nicht auf Daunen gebettet; er muß etwas leisten, empfängt mehr Scheltworte als Belobungen, und da wir Juristen ja Seelenkenner und erfahrene Psychologen sind, können wir die Meinung gelten lassen, daß durch solche, vielleicht allzu straffe Erziehung in einer jungen Seele Wunden, Brüchigkeiten, Schorfe entstehen, die später zu Haß, Feindschaft und bösen Taten führen mögen.

Daß das Gesagte bei Ihnen gewissermaßen eingetreten ist und auch bestraft wurde, ist hieramts bekannt.

Sie sehen, Herr Parrizida, ein Staatsanwalt hat mitunter auch das Zeug zum Verteidiger.

Aber stimmen denn die obengenannten mildernden Umstände für den bestialischen August? War sein Vater nicht ein Bonhomme, eine Art Künstlernatur, ein gutmütiger Witzbold, ein schwächlicher Papa, der niemals Radau machte und die Sauf- und Hurenschulden jenes sauberen Gesellen immer wieder zahlte?«

Erlauben Sie mir, mein Herr Staatsanwalt, hier eine Bemerkung: Ob der Vater hart oder weichmütig ist, bleibt sich in einem letzten Sinne fast gleichgültig. Er wird gehaßt und geliebt, nicht weil er böse und gut, sondern weil er Vater ist.

Dieses Geheimnis, diese sehr unscheinbare, aber recht tiefreichende Erkenntnis habe ich den schwersten Stunden meines Lebens zu verdanken, vor allem einer Stunde, wo viel vom Wesen der Welt sich meinem Gefühl enthüllte.

Sie fragen: »Wenn der Haß gegen die Väter ein allgemeines Naturgesetz ist, unter dem die Söhne stehen, warum bringen nicht mehr Söhne ihre Väter um, warum ist im Rechtsbewußtsein der Zeiten der Vatermord seit je der scheußlichste der Morde geblieben? Antworten Sie: Warum bringen nicht mehr Söhne ihre Väter um?«

Ich aber sage Ihnen: Sie bringen sie um!

Auf tausend Arten, in Wünschen, in Träumen und selbst in den Augenblicken, wo sie für das väterliche Leben zu zittern glauben.

Sie, Verehrtester, haben klassische Bildung genossen. Ich leider nicht. Denn mein Vater, so gut er's eben wußte, hatte mich zum Besuch der Kadettenschule verdammt. Dennoch kenne auch ich jene griechische Tragödie, wo Ödipus unwissend, daß der grauhäuptige Reisende sein Vater ist, den alten Mann erschlägt. Diese Tragödie ist eine wahre Fundgrube der Metapsychik des Menschen, und ich scheue mich nicht, mit Sophokles zu glauben:

Jeder Vater ist Laïos, Erzeuger des Ödipus, jeder Vater hat seinen Sohn in ödes Gebirge ausgesetzt, aus Angst, dieser könnte ihn um seine Herrschaft bringen, das heißt etwas anderes werden, einen anderen Beruf ergreifen als den, den er selbst ausübt, seine, des Vaters, Weltanschauung, seine Gesinnungen, Absichten, Ideen nicht fortsetzen, sondern leugnen, stürzen, entthronen und an ihre Stelle die eigene Willkür aufpflanzen.

Jeder Sohn aber tötet mit Ödipus den Laïos, seinen Vater, unwissend und wissend den fremden Greis, der ihm den Weg vertritt. Und – damit wir uns besser verstehen – betrachten Sie doch im großen und ganzen die Generationen, wie sie einander gegenüberstehn!

Sie sind genug Psychologe und Berufsmensch, um die Abneigung und Angst zu kennen, mit denen die älteren Beamten, Militärs, Kaufleute, Künstler den Weg der jüngeren Kollegen verfolgen. Die Alten möchten die Jungen alle abschaffen oder ihnen zeitlebens wenigstens als dankbaren Schülern, gelehrigen Jüngern den Meister zeigen. Die Triebkraft unserer Kultur, Herr Staatsanwalt, heißt Vergewaltigung! Und die Erziehung, die wir so stolz im Munde führen – auch diese Erziehung ist nichts anderes als leidenschaftliche Vergewaltigung, verschärft durch Selbsthaß, Erkenntnis eigener Blutsfehler am Ebenbilde, die jeder Vater statt an sich selbst, an seinem Sohn bestraft.

Die Tragödie – Vater und Sohn – ist wie jede andere über einer Schuld gebaut. Wollen Sie die Schuld dieser allgemeinen menschlichen Tragödie wissen? – Sie heißt: gierig unstillbare Autoritätssucht, sie heißt: Nicht-beizeiten-resignieren-Können!

Ach, mein Herr Staatsanwalt, wissen wir, ob die Gutmütigkeit des liebenswürdigen Julius zu seinem verkommenen August nicht auch eine der Millionen Spielarten der Autoritätssucht war? Gestehen wir uns nur ein, wir kennen Vater und Sohn Kalender recht wenig, wissen nichts von dem Wesen ihrer Beziehung, denn Julius kann nicht mehr sprechen, und August – will es nicht.

Aber, es steht fest, daß dieser Vatermord kein Raubmord war.

Eines noch! Der Fall Kalender und der Fall Duschek (es tut mir nichts, daß Sie mich für verrückt halten) dürfen aus folgendem Grunde klassisch genannt werden.

Der Beruf, zu dem mein Vater mich von frühauf zwang, war der Beruf des Tötens! Fechten, Schießen, Taktik, Artillerieunterricht – all das, was ich in vielen bitteren Stunden, ohne meinen Widerstand überwinden zu können, lernen mußte, all das war die Wissenschaft vom Mord.

Und August Kalender? In welchem Beruf hielt ihn sein Vater fest? Von erster Jugend an sah er tagaus, tagein nichts anderes als jene Bälle, hart wie Steine, die roh, wuchtig, von häßlichen Ausrufen begleitet, menschliche Köpfe bombardierten.

Die Schule, Verehrtester, in die uns beide unsere Väter schickten, war eine Akademie des Menschenmords!

Wer also ist der Schuldige?

Es gibt ein altes albanisches Sprichwort:

»Nicht der Mörder, der Ermordete ist der Schuldige!«

Ah! Ich will mich nicht freisprechen. Ich, der Mörder, und er, der Ermordete, wir beide sind schuldig! Aber er – er um ein wenig mehr.

Sollte es aber noch »Mitschuldige« oder besser gesagt »Hauptschuldige« geben, Schicksalsbazillenträger guter und böser Art, die uns anstecken, »Geister im Wind, die uns an den Mantelenden vorwärtszupfen«?

Sehen Sie! Am dreißigsten Mai vorigen Jahres, eben demselben Tag, an dem ich zum zweitenmal die Hand wider meinen Vater erhob, war mir ursprünglich keine geringere Absicht suggeriert worden, als ein Attentat gegen den Zaren von Rußland.

Von wem?

Von den reinsten Menschen, den uneigennützigsten Fanatikern! Ja, zum Teufel, das waren sie alle, obgleich ich Augenblicke habe, wo es mir scheint, sie wären Wahngebilde, Traumgespenster gewesen und ich hätte nie Opium geraucht. – Aber, verzeihen Sie mir, das gehört gewiß nicht hierher.

Hingegen fordere ich Sie, mein Herr, der Sie Richter sind, auf, bevor Sie Ihre Anklageschrift in die Hände des Gerichts legen, eine Nacht in Kalenders Bude, in der Gesellschaft seiner Charakterpuppen zu verbringen.

Gern möchte ich es selber wissen: Ruhen diese Figuren in der Nacht, oder müssen sie im Rhythmus ihrer Verdammnis auch zu öder Stunde auf- und niederschweben?

Schleichen die alten Klavierspieler, Tanzlehrer, Leichenbitter auch im Morgengrauen durchs Zwielicht; sie, die geduldig ihre Köpfe den frechen Bällen preisgeben, sie denken wohl: »Oh, ihr kleinen und großen Idioten, die ihr meint, uns leider Unverwundbare treffen zu können! Wir sind die Fata Morgana nur zwischen eurem Ich und Du. Uns glaubt ihr zu verwunden und tötet einander!«

Ich schwöre es Ihnen, Herr Staatsanwalt, Sie werden angesichts der Kalenderschen Automaten diesen Brief verstehen.

Reinlich und wahrhaftig will ich dieses so amtsungebührlich lange Schreiben schließen.

Ich habe viel von der Feindschaft zwischen Vätern und Söhnen gesprochen.

O, glauben Sie mir, auch ich habe die Liebe des Sohnes zum Vater kennengelernt. Ja, heute weiß ich es, diese Liebe war der stärkste Trieb meiner Seele, der verzehrendste Besitz meines Lebens gewesen; sie hat alles andere Leben von mir entfernt und mich zu meinem Unglück bis zum Rand erfüllt! Ich kenne diese Liebe. Sie muß die scheueste und geheimnisvollste von der Welt genannt werden, denn sie ist das Mysterium der Einheit und des Blutes selbst.

In der festen Hoffnung, daß Sie, Herr Staatsanwalt, unbedingt eine Nacht in der Kalenderbude verbringen werden, bin ich Ihr sehr ergebener
Karl Duschek.

Ich habe hier genau die Kopie meines Briefes an den Staatsanwalt jener Hauptstadt wiedergegeben.

Am nächsten Tag ging ich in Cuxhaven an Bord des ›Großen Kurfürsten‹. Nach einer Reise von zehn Tagen erblickte ich die große Statue auf Liberty Island. Lärm und Musiken kamen fern und dumpf übers Meer.

Es war der erste August des Jahres Neunzehnhundertundvierzehn.

Hier aber die Worte eines Geretteten als

Epilog

Ich habe meine Kindheit und Jugend in einer Welt verbracht, wo, wie ich glaube, kein Mensch auch nur eine Ahnung vom rechten Erlebnis in sich trug. In einer Welt von aktiven und passiven Narren habe ich die unwiederbringlichsten Tage meiner Laufbahn verloren.

Unter falschen Gewichten stöhnend, schuf die Seele falsche Gegengewichte.

Wenn ich an alles und an alle zurückdenke, erscheint vor meinem Auge ein Zug grabentlaufener Gestalten, die so phosphoreszieren, daß es mir unmöglich scheint, sie zu beschreiben. Und ich? Ich selbst bin mitten darunter.

Ich habe sie, mich, uns alle geschildert, aber wir waren, heute weiß ich es, alle so wenig wirklich, so wenig wahr, daß notwendig die Beschreibung voll unwahrscheinlicher Dinge sein mußte.

Weg damit!

Denn ich sehne mich, von mir selbst zu sprechen!

Da wäre viel, sehr viel zu sagen! So zum Beispiel, wie ich meine letzte Gefahr überwand, mein schwerstes Opfer brachte! Welche Gefahr, wird man fragen. Wenn mich auch nur wenige verstehen werden, habe ich zu antworten:

Die Musik!

Ich habe eins erkannt: Alles ist sinnlos, was der Welt nicht neues Blut, neues Leben, neue Wirklichkeit zuführt. Einzig um die neue Wirklichkeit geht es.

Alles andere gehört dem Teufel an. Vor allem aber die Träume, diese entsetzlichen Vampire, denen sich alle Schwächlinge und Memmen hingeben, alle, die niemals aus dem Winkel der Kindheit kriechen wollen. Und das wollen viele nicht, viele tausend Männer, ja Millionen bleiben lieber in den dunklen Dunstecken ihrer Kinderzeit verkrochen. Mir scheint, ihr da drüben, daß eure Welt der Uniformen, Höfe, Orden, Kirchen, Flitterrepubliken, Industrien, Handelsbeflissenheiten, Moden, Kunstausstellungen, Zeitungen und Meinungen, mir scheint, daß diese Welt nichts anderes vorstellt als einen großen modrigen, verspinnwebten, dekorierten Winkel, in dem sich, mit Wahn und Träumen Unzucht treibend, die große Kind-Angst der Menschheit verkriecht.

Rette sich wer kann!

Was aber führt der Welt Wirklichkeit zu? Wer kann das sagen?

Der Gedanke, der zuerst das Feuer herabgebracht hat, ebenso wie der rauhe Lustschrei eines Wandernden in der Morgenröte! Der Blick, der zum erstenmal den Sternenknäuel entwirrt hat, die Hand, die zum Urschiff die Balken zusammenband, ebenso wie das langsame Auge einer säugenden Mutter, der göttliche Schritt eines schönen Weibes und jegliche Herzenstapferkeit.

Wer kann sagen, was Produktivität ist?

Aber was sie auch sein mag, sie ist nur das, was aus gerader unmittelbarer Seele kommt.

Drum hütet euch vor den Träumen der Krummen, Zertretenen, Verdrehten, Witzigen, Rachsüchtigen, wenn sie diese Träume als Schöpfertaten feilbieten!

Seitdem ich Wirklichkeit erlebt habe, sehne ich mich nach einem Sohn.

Doch nein!

Jetzt darf ich es ja verraten.

Ich habe das erstemal an meinen Sohn gedacht, meinen Sohn in einer deutlichen Vision gesehen, als ich meinen Vater mit erhobener Waffe im Kreis um den Billardtisch jagte.

Und das war die Tiefe des Mysteriums jener Nacht!

Wir haben die Erde verlassen. Sie hat sich gerächt, indem sie uns alle Wirklichkeit nahm, tausend Wahne dafür und schlechte Träume gab.

Ich aber will mein Geschlecht wieder der Erde verschwistern, einer endlosen ungebundenen Erde, damit sie uns entsühne von allen Morden, Eitelkeiten, Sadismen, Verwesungen des dichten Zusammenwohnens.

Vor einigen Monaten habe ich geheiratet. Es geht uns leidlich gut und noch besser.

Aber – daß ich es nicht vergesse, in den nächsten Tagen hoffe ich handelseinig zu werden.

Ich denke dabei an die kleine Farm im Westen, die ich kaufen will.

Bibliographischer Nachweis

9 *Die Katze.* Handschrift (University of California at Los Angeles); Textvorlage. Erste Seite: »Prag/1906 oder 1908/(eher 1906)/ *Die Katze* (Erzählung eines Kranken)/*meine dritte Novelle* soll *niemals* veröffentlicht werden./Die ersten Novellen: verloren oder vielleicht bei Haas./*1905:* 1.) Baltasar Rabenschnabel/2.) Oktoberballade/(Gewiß noch manches, woran ich mich nicht erinnere)/*ferner verloren*/1910. Nicola Dawcoc«. (Texteingriff, vermutlich von Alma Mahler-Werfel in die Handschrift: »unbekannte Anziehungskraft« verändert in »zenithische Gravitation«.) Letzte Seite: »Abendgespräch 10/Knabentag 8/Ein Traum 10/Besuch aus dem Elysium 15/Die Fliege 3/Die Riesin 4/Diener 2/Lebensteil 1/D. u. k. Rat 1«. – Erstmals in ›[S. Fischer] Almanach. Das achtundsiebzigste Jahr‹, [Frankfurt am Main:] S. Fischer Verlag 1964, S. 92–99. Aufgenommen in F. W., ›Zwischen Oben und Unten. Prosa, Tagebücher, Aphorismen, Literarische Nachträge.‹ Aus dem Nachlaß herausgegeben von Adolf D. Klarmann. [München – Wien:] Langen Müller 1975, S. 815–821.
Anmerkungen

9 *Portamento:* hinüberziehen eines Tones zu dem darauffolgenden; *ephebisch:* knabenhaft;
Vergeßt nicht den Äskulap . . .: nach Platon, ›Phaidon‹, waren die letzten Worte von Sokrates: »O Kriton, wir sind dem Asklepios einen Hahn schuldig, entrichtet ihm den, und versäumt es ja nicht.«

11 ›*Mörder*‹ . . . ›*König Alboin*‹: vermutlich tatsächlich von F. W. geschriebene, aber nicht erhaltene Stücke;

12 ›*Seeschlacht bei Lissa*‹: in der Seeschlacht bei Lissa, einer Adria-Insel, schlug die österreichische Flotte unter Admiral W. v. Tegethoff am 20. Juli 1866 im Deutschen Krieg die italienische Flotte, die vergeblich versucht hatte, die veraltete österreichische Festungsanlage zu erobern;

Schafsberg: Schafberg, Aussichtspunkt im Salzkammergut. 14

Die Geliebte [I]. Erstmals in ›Herderblätter‹, 1. Jg., No. 2, Prag, 17
Februar 1912, S. 23–24 (Anmerkungen); Textvorlage. – Abgedruckt in ›Das neue Pathos‹, H. 1, Berlin-Steglitz 1914, S. 14.
Aufgenommen in F. W., ›Erzählungen aus zwei Welten. Erster Band: Krieg und Nachkrieg.‹ Herausgegeben von Adolf D. Klarmann. Stockholm: Bermann-Fischer Verlag 1948, S. 13–14.
Anmerkungen
Galerie: nach dem Verbrecheralbum auch die Wiener Unterwelt; 17
parquet: im Französischen auch die Staatsanwaltschaft;
Streicherdithyramben: Dithyrambe, ursprünglich ein kultisches
   Weihelied für Dionysos, allgemein eine trunkene Dichtung;
Tschunguse: statt Tunguse (Angehöriger eines sibirischen Volks- 18
   stammes); vermutlich eine eigenwillige Ableitung von dem
   chinesischen Wort für China Tschungkuo.

Die Diener. Erstmals in ›Herderblätter‹, 1. Jg., No. 2, Prag, Fe- 19
bruar 1912, S. 24–26 (Anmerkungen); Textvorlage. – Aufgenommen in F. W. ›Erzählungen aus zwei Welten. Dritter Band.‹
Herausgegeben von Adolf D. Klarmann. Berlin und Frankfurt
am Main: S. Fischer Verlag 1954, S. 467–468 (Nachträge zum
ersten und zweiten Band).
Anmerkung
teleologisch: die Teleologie betreffend, die Lehre vom Endzweck 20
   und der Zweckmäßigkeit.

Der Dichter und der Kaiserliche Rat. Erstmals in ›Herderblätter‹, 21
1. Jg., No. 2, Prag, Februar 1912, S. 25–26 (Anmerkungen);
Textvorlage. – Aufgenommen in F. W., ›Erzählungen aus zwei
Welten. Dritter Band.‹ Herausgegeben von Adolf D. Klarmann.
Berlin und Frankfurt am Main: S. Fischer Verlag 1954, S. 469
(Nachträge zum ersten und zweiten Band).

Die Riesin. Ein Augenblick der Seele. Erstmals in ›Herderblätter‹, 22
1. Jg., No. 4–5, Prag, Oktober 1912, S. 41–43 (Anmerkungen);

Textvorlage. – Aufgenommen in F. W., ›Erzählungen aus zwei Welten. Erster Band: Krieg und Nachkrieg.‹ Herausgegeben von Adolf D. Klarmann. Stockholm: Bermann-Fischer Verlag 1948, S. 15–18.

26 *Revolution der Makulatur. Ein Märchen.* Typoskript mit handschriftlichem Vermerk F. W.'s »1912/*für einen Verlags Almanach* (von K. W. bestellt)« (University of California at Los Angeles); Textvorlage; offensichtliche Tippfehler wurden korrigiert. Vermutlich hatten die Verleger Ernst Rowohlt und Kurt Wolff diesen Text für eine geplante (satirische?) Zeitschrift angeregt, die unter dem Titel ›Fahnenmasten‹ im Ernst Rowohlt Verlag erscheinen sollte, wozu es aber nicht gekommen ist. »In den ersten Oktoberwochen soll tatsächlich das erste Heft der Fahnenmasten erscheinen.« (Kurt Wolff an Walter Hasenclever, 10. 9. 1912.) Vgl. Wolfram Göbel, ›Der Kurt Wolff Verlag 1913–1930. Expressionismus als verlegerische Aufgabe.‹ Frankfurt am Main: Buchhändler-Vereinigung GmbH 1977, Sp. 651–652, Anm. 371. – Erstmals in F. W., ›Zwischen Oben und Unten. Prosa, Tagebücher, Aphorismen, Literarische Nachträge.‹ Herausgegeben von Adolf D. Klarmann. [München – Wien:] Langen Müller 1975, S. 836–839.
Anmerkungen
26 *Blachfelder:* flache Felder;
28 *Buhl:* Bühl, Hügel.

30 *Das traurige Lokal.* Handschrift (University of California at Los Angeles) mit dem Vermerk »Leipzig November 1912. Niemals veröffentlichen!«. Textvorlage ist eine maschinenschriftliche Abschrift, vermutlich von Adolf D. Klarmann. – Erstmals in F. W., ›Zwischen Oben und Unten. Prosa, Tagebücher, Aphorismen, Literarische Nachträge.‹ [München – Wien:] Langen Müller 1975, S. 831–836.

36 *Die Stagione.* Erster Teil einer Novelle. Handschrift in einem Schulheft (Privatbesitz); auf dem Titelblatt »Die Stagione/Eine

Novelle/von/Franz Werfel/Leipzig 1912«; am Schluß des Textes: »(Fortsetzung im Heft 2)«. – Erstmals in Eduard Goldstücker, ›Eine unbekannte Novelle von Franz Werfel‹, in: Acta Universitatis Carolinae – Philologica Germanistica Pragensia IV, Praha 1966, S. 65–83 (anschließend auf Tafeln Abbildungen der Handschrift mit Zeichnungen); Textvorlage. – Aufgenommen in F. W., ›Zwischen Oben und Unten. Prosa, Tagebücher, Aphorismen, Literarische Nachträge.‹ Herausgegeben von Adolf D. Klarmann. [München – Wien:] Langen Müller 1975, S. 821–831.

Anmerkungen

Stagione: Opernensemble;	36
unärarische Sonntags-Montur: hier private Kadettenuniform;	
›Il Trovatore‹: (Der Troubadour, 1853), Oper von Guiseppe Verdi (1813–1901);	39
Teatro Constanca: Teatro Constanzi.	
assentiert: für militärdiensttauglich erklärt;	40
Retraite: Zapfenstreich der Kavallerie;	42
Cottage: Villenvorort;	
Kamarilla: (spanisch), einflußreiche, intrigierende Partei.	45

Die Erschaffung der Musik. Geschrieben 1913. Erstmals unter dem Sammeltitel ›Zwei Legenden‹ in ›Daimon. Eine Monatsschrift‹, 3. Heft, Wien, Juni 1918, S. 124–125; Textvorlage. – Aufgenommen unter dem Sammeltitel ›Zwei Legenden‹ in F. W., ›Erzählungen aus zwei Welten. Erster Band: Krieg und Nachkrieg.‹ Herausgegeben von Adolf D. Klarmann. Stockholm: Bermann-Fischer Verlag 1948, S. 47–48; zur Datierung vgl. dort ›Anmerkungen‹, S. 295.   48

Der Tod des Mose. Geschrieben 1914 als Teil des Dramatischen Gedichts ›Esther, Kaiserin von Persien‹; im Manuskript am Rand: »Die Legende natürlich viel zu lang und nicht für das Stück« (vgl. F. W., ›Die Dramen. Zweiter Band.‹ Herausgegeben von Adolf D. Klarmann. [Frankfurt am Main:] S. Fischer Verlag 1959, S. 343–377, besonders S. 349–352; zu Datierung   50 und Zitat vgl. dort ›Anmerkungen‹, S. 513–514). Dieses Teilstück erstmals als Erzählung fast unverändert in ›Die Erhebung. Jahrbuch für neue Dichtung und Wertung.‹ Herausgegeben von Alfred Wolfenstein. Zweites Buch. Berlin: S. Fischer Verlag 1920, S. 77–81; Textvorlage. – Aufgenommen in ›Erzählungen aus zwei Welten. Erster Band: Krieg und Nachkrieg.‹ Herausgegeben von Adolf D. Klarmann. Stockholm: Bermann-Fischer Verlag 1948, S. 159–162.

Anmerkung

53 *die Könige der Riesen Sichon und Og:* (Sihon), König der Amoriter verwehrte den von Süden anrückenden Israeliten den Durchzug durch sein Land und wurde von ihnen geschlagen (4. Mose, 21 ff.). – Og, König des Stadtstaatengebiets von Basan und des nördlichen Teils von Gilead, gilt nach Johannes 12, 4 als Nachkomme der riesenhaften Rephaiter; sein Hauptsitz war Aschtarot; in Echrei, das zu seinem Besitz gehörte, verteidigte er sich vergeblich gegen die von Süden vordringenden Israeliten (4. Mose, 21, 33 ff.).

55 *Knabentag. Ein Fragment.* Geschrieben 1914 oder 1915. Erstmals in ›Daimon. Eine Monatsschrift‹, Prolog, Wien, Februar 1918, S. 38–43; Textvorlage. – Aufgenommen in ›Die Erhebung. Jahrbuch für neue Dichtung und Wertung.‹ Herausgegeben von Alfred Wolfenstein. Zweites Buch. Berlin: S. Fischer Verlag 1920, S. 71–77. Ebenfalls in F. W., ›Erzählungen aus zwei Welten. Erster Band: Krieg und Nachkrieg.‹ Herausgegeben von Adolf D. Klarmann. Stockholm: Bermann-Fischer Verlag 1948, S. 57–62; zur Datierung vgl. dort ›Anmerkungen‹, S. 295.

Anmerkungen

56 *Greißler:* Krämer, kleiner Lebensmittelhändler;

59 *Cachou:* Katechu, malaiisch-portugiesisches Wort für einen Gerbstoff.

62 *Cabrinowitsch. Ein Tagebuch aus dem Jahre 1915.* (Das Archiv, in dem sich die Handschrift befindet, wird bei Lore B. Foltin, ›Franz Werfel‹, Stuttgart: J. B. Metzlersche Verlagsbuchhand-

lung 1972, S. 31, nicht angegeben; sie zitiert daraus jedoch den Untertitel: »Eine Erzählung. Aus einem Tagebuch aus dem Jahre 1915.«) Typoskript (University of California at Los Angeles). Erstmals in ›Die neue Rundschau. XXXIV. Jahrgang der freien Bühne‹, Heft 6, Berlin, Juni 1923, S. 552–558; Textvorlage. – Aufgenommen in F. W., ›Erzählungen aus zwei Welten. Erster Band: Krieg und Nachkrieg.‹ Herausgegeben von Adolf D. Klarmann. Stockholm: Bermann-Fischer Verlag 1948, S. 21–26.
Anmerkungen
Kavalett: in der Soldatensprache ein einfaches Bettgestell; 63
Atout-Karte: Trumpfkarte. 65

Bauernstuben. Erinnerung. Geschrieben 1916. Abschrift (University of California at Los Angeles); Textvorlage. – Erstmals in F. W., ›Erzählungen aus zwei Welten. Erster Band: Krieg und Nachkrieg.‹ Herausgegeben von Adolf D. Klarmann. Stockholm: Bermann-Fischer Verlag 1948, S. 19–20; zur Datierung vgl. dort ›Anmerkungen‹, S. 295. 69
Anmerkung
Erdparzen: Parzen, Schicksalsgöttinnen, die auch Töchter der Erde bzw. des Meeres genannt werden. 69

Die andere Seite. Typoskript mit handschriftlichem Vermerk: »1916 (Jezierna)« (University of California at Los Angeles). Erstmals in ›Die Aktion. Wochenschrift für Politik, Literatur, Kunst‹, IV. Jahr, Nr. 47/48, Berlin, 25. November 1916, Sp. 652–653; Textvorlage. – Aufgenommen in F. W., ›Erzählungen aus zwei Welten. Erster Band: Krieg und Nachkrieg.‹ Herausgegeben von Adolf D. Klarmann. Stockholm: Bermann-Fischer Verlag 1948, S. 27–28; zur Datierung vgl. dort ›Anmerkungen‹, S. 295. 71

Geschichte von einem Hundefreund. Zwei (fast) textgleiche Typoskripte, eines davon am Schluß mit dem Hinweis »(Heft Jezierna in Ostgalizien, im Feld 1916)«, das andere – Textvorlage – im 73

Anfang mit dem Hinweis »Geschrieben im Feld 1916« (University of California at Los Angeles). Erstmals in F. W., ›Erzählungen aus zwei Welten. Erster Band: Krieg und Nachkrieg.‹ Herausgegeben von Adolf D. Klarmann. Stockholm: Bermann-Fischer Verlag 1948, S. 29–32.

75 *Das Bozener Buch.* Fragment. Geschrieben 1916(?). Erstmals in F. W., ›Erzählungen aus zwei Welten. Zweiter Band.‹ Herausgegeben von Adolf D. Klarmann. [Berlin und Frankfurt am Main:] S. Fischer Verlag 1952, S. 389–396 (Anmerkungen) und, das X. Kapitel, S. 295–298; Textvorlage. Zur Datierung vgl. dort S. 388. (Lore B. Foltin, ›Franz Werfel‹, Stuttgart: J. B. Metzlersche Verlagsbuchhandlung, Stuttgart 1972, S. 31, nennt als Entstehungsort und -zeit Bozen 1915.)
Anmerkungen

79 *Inferno von Strindberg:* (1897), autobiographisches Werk von August Strindberg (1849–1912);
Emanuel *Swedenborg:* (1688–1772), schwedischer Mystiker;
Harpagon: Hauptfigur in ›Der Geizige‹ (L'Avare, 1668), Komödie in fünf Akten von Molière (1622–1673);
›*Die Seestadt*‹: vermutlich ein nicht erhaltenes Stück von F. W.;
faux connaissance: falsches Verständnis;

81 *Bild von Sais:* der verschleierte Bild von Sais (Unterägypten) ist eine Legende;

82 *actio est par reactioni:* (lat.), Bewegung ist gleich Gegenbewegung;

83 *Caliban:* mißgestaltete Figur auf einer einsamen Insel in ›Der Sturm‹ (The Tempest, 1611), Komödie in fünf Akten von William Shakespeare (1564–1616).

88 *Die Geliebte [II].* Typoskript mit handschriftlichem Vermerk »1916 (Hodow)« (University of California at Los Angeles). Erstmals in ›Die Aktion. Wochenschrift für Politik, Literatur, Kunst.‹ VI. Jahr, Nr. 43/44, Berlin, 28. Oktober 1916 (Franz Werfel-Heft), Sp. 599–601; Textvorlage. – Aufgenommen in F. W., ›Erzählungen aus zwei Welten. Erster Band: Krieg und

Nachkrieg.‹ Herausgegeben von Adolf D. Klarmann. Stockholm: Bermann-Fischer Verlag 1948, S. 33–36.
Anmerkung
Zeltblatt: (österreichisch), Zeltbahn. 89

Traum von einem alten Mann. Geschrieben 1917. Erstmals in ›Die 93 neue Dichtung. Ein Almanach.‹ Leipzig: Kurt Wolff Verlag 1918, S. 65–72; Textvorlage. – Aufgenommen in ›Deutsche Dichtung aus Prag.‹ Ein Sammelbuch herausgegeben und eingeleitet von Oskar Wiener. Wien – Leipzig: Verlag von Ed. Strache 1919, S. 329–335. Ebenfalls aufgenommen in F. W., ›Erzählungen aus zwei Welten. Erster Band: Krieg und Nachkrieg.‹ Herausgegeben von Adolf D. Klarmann. Stockholm: Bermann-Fischer Verlag 1948, S. 37–42; zur Datierung vgl. dort ›Anmerkungen‹, S. 295.
Anmerkungen
Marienglaslaterne: Laterne aus Gipsspat oder Gipsglas, die als 94
    Symbol der Keuschheit zum Schmuck der Marienbilder diente;
von Prittwitz: preußische Generalsfamilie. 96

Blasphemie eines Irren. Geschrieben vermutlich 1917/18. Erstmals 99 in ›Die neue Dichtung. Ein Almanach.‹ Leipzig: Kurt Wolff Verlag 1918, S. 37–47; Textvorlage. – Abgedruckt in ›Der neue Daimon. Eine Monatsschrift.‹ Wien, Juni 1919 (Franz Werfel-Heft), S. 22–27. – Aufgenommen in F. W., ›Erzählungen aus zwei Welten. Erster Band: Krieg und Nachkrieg.‹ Herausgegeben von Adolf D. Klarmann. Stockholm: Bermann-Fischer Verlag 1948, S. 49–56.
Anmerkungen
Exegi monumentum: Ein Denkmal habe ich errichtet..., Zitat aus 100
    den Oden von Horaz (65–8 v. Chr.);
Euphone: wohlklingende Instrumente; 102
τίϑημι: (títhemi), sich setzen, Halt machen. 105

107 *Die Erschaffung des Witzes*. Geschrieben vermutlich 1917/18. Erstmals unter dem Sammeltitel ›Zwei Legenden‹ in ›Daimon. Eine Monatsschrift.‹ Drittes Heft, Wien, Juni 1918, S. 121–124; Textvorlage. – Aufgenommen unter dem Sammeltitel ›Zwei Legenden‹ in F. W., ›Erzählungen aus zwei Welten. Erster Band: Krieg und Nachkrieg.‹ Herausgegeben von Adolf D. Klarmann. Stockholm: Bermann-Fischer Verlag 1948, S. 43–47.

112 *Theologie*. Fragment. Geschrieben vermutlich 1919. Erstmals in ›Der neue Daimon. Eine Monatsschrift‹. (Franz Werfel-Heft), Wien, Juni 1919, S. 28–29; Textvorlage. – Aufgenommen in F. W., ›Erzählungen aus zwei Welten. Erster Band: Krieg und Nachkrieg.‹ Herausgegeben von Adolf D. Klarmann. Stockholm: Bermann-Fischer Verlag 1948, S. 75–76.

115 *Skizze zu einem Gedicht*. Fragment. Geschrieben vermutlich 1919. Erstmals in ›Der neue Daimon. Eine Monatsschrift.‹ (Franz Werfel-Heft), Wien, Juni 1919, S. 29; Textvorlage. – Aufgenommen in F. W., ›Erzählungen aus zwei Welten. Erster Band: Krieg und Nachkrieg.‹ Herausgegeben von Adolf D. Klarmann. Stockholm: Bermann-Fischer Verlag 1948, S. 76.

116 *Begegnung über einer Schlucht*. Fragment. Geschrieben vermutlich 1919. Erstmals in ›Der neue Daimon. Eine Monatsschrift.‹ (Franz Werfel-Heft), Wien, Juni 1919, S. 30; Textvorlage. – Aufgenommen in F. W., ›Erzählungen aus zwei Welten. Krieg und Nachkrieg.‹ Herausgegeben von Adolf D. Klarmann, Stockholm: Bermann-Fischer Verlag 1948, S. 77–78.

118 *Der Dschin. Ein Märchen*. Geschrieben 1919. Erstmals in ›Der neue Daimon. Eine Monatsschrift.‹ (Franz Werfel-Heft), Wien, Juni 1919, S. 1–9; Textvorlage. – Aufgenommen in ›Die Entfaltung. Novellen an die Zeit.‹ Herausgegeben von Max Krell. Berlin: Ernst Rowohlt Verlag 1921, S. 224–235. Außerdem aufgenommen in F. W., ›Erzählungen aus zwei Welten. Erster Band: Krieg und Nachkrieg.‹ Herausgegeben von

Adolf D. Klarmann. Stockholm: Bermann-Fischer Verlag 1948, S. 63–74.
Anmerkungen
Dschin: (Dschinn) im islamischen Volksglauben ein böser Geist; 118
Gallione: (Galione), großes mittelalterliches Kriegs- und Handelsschiff mit drei bis vier Decks übereinander;
Schaitan: (Scheitan) der Teufel. 126

Spielhof. Eine Phantasie. Erstmals als Einzelausgabe: München: 130
Kurt Wolff Verlag 1920; Textvorlage. – Aufgenommen in F. W., ›Erzählungen aus zwei Welten. Erster Band: Krieg und Nachkrieg.‹ Herausgeben von Adolf D. Klarmann. Stockholm: Bermann-Fischer Verlag 1948, S. 131–158.
Anmerkungen
Elench: (Elenchus) veralteter Begriff für Gegenbeweis, Widerlegung; 131
Exhibit . . . ad acta gelegt: hier: ein Vorgang ist nicht abgelegt worden;
Kasten: österreichisches Wort für Schrank; 132
Trimurti: im Hinduismus die göttliche Dreieinigkeit von 138 Brahma, Wischnu und Schiwa;
Theogonie: die mythische Vorstellung von der Entstehung und Abstammung der Götter;
altfränkisch: altmodisch. 155

Die schwarze Messe. Romanfragment. Geschrieben 1919. Hand- 159
schrift (University of California at Los Angeles); Textvorlage für Kapitel »7 Der Klub des Abendmahls«; am Schluß des Manuskripts »(Fortsetzung 2tes Heft)« – dies ist nicht erhalten. Erstmals – mit Ausnahme von Kapitel VII – in ›Genius. Zeitschrift für moderne und alte Kunst‹. Herausgegeben von Carl Georg Heise und Hans Mardersteig. Zweites Buch [= Zweiter Jahrgang]. München: Kurt Wolff Verlag 1920, Dichtung und Menschheit, S. 255–279; Textvorlage für die Kapitel I–VI. Vollständig, mit dem letzten Kapitel, erstmals in F. W., ›Erzählungen aus zwei Welten. Erster Band: Krieg und Nachkrieg.‹ Her-

ausgegeben von Adolf D. Klarmann. Stockholm: Bermann-Fischer Verlag 1948, S. 79–130.
Anmerkungen

165 »*Es soll auf Liebesschwingen*...«: 1. Akt, 5. Auftritt, Duett Lucia – Edgard;

167 ›*I Puritani*‹: (1835) Oper von Vincenzo Bellini (1801–1835);
›*La Favorita*‹: (1840) Oper von Gaëtano Donizetti (1779–1848);
›*Norma*‹ (1831) – ›*Il Pirata*‹ (1827) – ›*La Straniera*‹ (1829) – ›*Beatrice di Tenda*‹ (1833): Opern von Vincenzo Bellini;
›*Don Pasquale*‹ (1843) – *Maria di Rohan* (oder Il conte de Calais)‹ (1843) – ›*Anna Bolena*‹ (1830) – ›*Elisir d'Amore*‹ (1832): Opern von Gaëtano Donizetti;
›*Lodoiska*‹ (1796) – ›*Medea* (in Corinto)‹ (1796): Opern von Johann Simon Mayr (1763–1845);
›*Fernando Cortez*‹ = vermutl. ›Bianca e Fernando‹ (1826) – ›*La sonnambula*‹ (1831): Opern von Vincenzo Bellini;

169 Giovanni Battista *Rubini*: ein berühmter italienischer Tenor;

170 *Stretta:* (pl. Stretten) eine Schlußsteigerung;
Kabaletten: (ital. Cabaletta) kleine Arien;
Balabillen: (ital. balabilla) Tanzepisoden;

171 *Arpeggien:* in der Art einer Harfe zu spielende, also die Töne eines Akkords nacheinander erklingen lassende Musikstücke;
Adept: in die Geheimnisse einer Wissenschaft oder einer Geheimlehre eingeweihter Jünger;
Koprophilie: Neigung zum Häßlichen oder Obszönen;

172 *Soffitten:* vom Schnürboden herabhängende Dekorationsstücke, die eine Bühne nach oben abschließen;
voce bianca: (voce bianche) Knabenstimmen;
Quäker-Seelen: bezieht sich auf die mit diesem ursprünglich, im 17. Jahrhundert als Spottnamen (Zitterer) bezeichnete englische, sittenstrenge Sekte der ›Gesellschaft der Freunde‹;

173 »*Tombe degli avi miei*«: (Ihr Gräber meiner Ahnen) Gaëtano Donizetti, ›Lucia di Lammermoor‹, 3. Akt, 8. Auftritt, Rezitativ des Edgard;

174 *Episodisten:* Nebendarsteller von unwichtigen Rollen;
»*Vor der Tore Eisengittern*...«: als Zitat nicht ermittelt;

›Hernani‹: (›Ernani‹) Oper von Giuseppe Verdi; 175
Kosmogonie: die mythische Lehre von der Entstehung der Welt;
Gigantomachie: in der griechischen Sage der Kampf der Giganten gegen Zeus;
»Exerceo«: (lat. »ich beschwöre«) bedeutet hier Teufelsvertrei- 181 bung im Namen Jesu;
Missing link: in der Entwicklungsgeschichte die fehlende Über- 182 gangsform zwischen Affe und Mensch;
Achab: (Ahab) Sohn des Königs Omri (hier Amri) – er regierte 185 von 878/877–871/870 v. Chr. –, war von 871/870 bis 852/851 König des israelitischen Nordreichs und führte zusammen mit seiner Frau Isebel (hier Jezabel) den tyrischen Baal-Kult ein, gegen den Elia kämpfte – vgl. 1. (!) Könige, 16, 29 f.;
Astaroth: (hebr. aschtoret) weibliche Fruchtbarkeitsgöttin der 186 Phönizier und Göttin der geschlechtlichen Liebe;
Samuel: im Alten Israel offenbar Priester, Politiker und Prophet; 188 er designierte, vermutlich unter dem Druck der Ältesten Israels, Saul zum König;
Jezabel: (Isebel) Gattin König Ahabs (hier Achabs); sie wird von 189 F. W. vermutlich aus klanglichen Gründen *sidonische Hure* genannt, obwohl sie aus dem phönizischen Tyros, nicht aus dem wenig entfernten ebenfalls phönizischen Sidon stammte – sie führte zusammen mit ihrem Gatten den Baal-Kult in Israel ein, zu dem auch kultische Prostitution gehörte;
Kabirenkappe: Kabiren sind antike Götter eines von den Phönizi- 197 ern übernommenen Geheimkults der Griechen;
Thesbiter: (eigtl. Thisbiter) Elia stammte aus dem Ort Thisbe in 198 Gilead (bei F. W. Galaad);
Adam Kadmon: offensichtlich eine von F. W. frei erfundene laut- 199 malerische Wortkombination;
Daguerreoplatte: benannt nach dem Erfinder der Photographie 202 auf Metallplatten Louis Jacques Mandé Daguerre (1789 bis 1851);
Theosophen: Anhänger religiöser Richtungen, die in meditativer Berührung mit Gott den Weltbau und den Sinn des Weltgeschehens erkennen wollen;

203 *Theurgie:* heidnische Kunst der zauberhaften Beschwörung von Göttern und ihrer Hilfe;
Goëtie: Zauberei, Geisterbeschwörung;
204 *Nessushemd:* eine verderbenbringende Gabe, benannt nach dem in der griechischen Sage durch den Zentauren Nessus vergifteten Gewand des Herakles;
212 Θαυμάζειν: (thaumádsein) staunen, aber auch begierig sein, etwas zu wissen.

214 *Nicht der Mörder, der Ermordete ist schuldig. Eine Novelle.* Geschrieben 1919. Erstmals als Einzelausgabe erschienen: München: Kurt Wolff Verlag 1920; Textvorlage. – Aufgenommen ist F. W., ›Erzählungen aus zwei Welten. Erster Band: Krieg und Nachkrieg.‹ Herausgegeben von Adolf D. Klarmann. Stockholm: Bermann-Fischer Verlag 1948, S. 163–284; in den Anmerkungen dort, S. 296–297, heißt es dazu ergänzend: »Im Englischen erschien es unter dem Titel ›Not the Murderer‹ in dem Sammelband ›Twilight of a World‹ (New York, Viking Press, 1937). Neben einer längeren Einleitung schrieb Werfel Glossen zu den hier gesammelten Werken. Leider ist das deutsche Original der Glosse zum Mörderroman verschollen. Daher versuchte der Herausgeber hier eine Rückübersetzung aus dem Englischen zu bringen.
Nicht der Mörder, der Ermordete ist schuldig (›Not the Murderer‹). Dieser kurze Roman ist das älteste Werk in dieser Sammlung ›Aus der Dämmerung einer Welt‹. Es war dies der erste ernstere Erzählungsversuch eines jungen Menschen, geschrieben zu einer Zeit, als die Dämmerung noch herrschte, in ihrer allerletzten Stunde. Vielleicht kann die Unmittelbarkeit des Erlebnisses den Mangel an künstlerischer Reife verzeihen lassen. Der Grund dieses Versuches lag weniger in einer literarischen Inspiration als in dem menschlichen Gefühl, das sich eher durch das geschriebene Wort Erleichterung verschaffen als durch das gedruckte Wort Aufsehen erregen wollte. Das kleine Buch wurde in wenigen Tagen niedergeschrieben; sein Stoff ein Verbrechen, das die große Sensation Wiens war, sein Inhalt ein Brief an den Staatsan-

walt. Mit wenigen Änderungen wurde der Brief dem Roman einverleibt; das außerordentliche Verbrechen, auf dem sich die Geschichte aufbaut, ist in kühnen Worten und dem wirklichen Sachverhalt gemäß ohne weiteren Kommentar erzählt. – Im Frühling des letzten Kriegsjahres besuchte der Autor mit seiner Frau, die er erst kurz vorher kennengelernt hatte, den berühmten Wurstelprater in Wien, diesen alten Vergnügungsplatz des Volkes, eine Art Hetzmesse, der in jenem grausamen Hunger- und Elendsjahr auf den Zuschauer einen greulichen und spukhaften Eindruck machte. Die Ohren wurden von dem Geplärr der elektrischen Orgeln durchgellt. Es gab allerhand Arten grober Vergnügungen, darunter auch eine dumpfe Schießbude, die die Frau des Autors so sehr erregte, daß sie das Bild nicht abschütteln konnte. Sie war nämlich vor Jahren mit einer Gruppe von Freunden im Prater gewesen, und eben diese Bude war ihr als die wesentliche Erinnerung an den Platz im Gedächtnis haftengeblieben, weil die Puppen menschliche Gestalten mit äußerst lebenswahren Gesichtern hatten, in denen das ganze Weltelend sich ausdrückte. Statt der Flinten dienten große harte Bälle als Geschosse. Ein sommersprossiger, halbwüchsiger Junge bediente die Kundschaft mit den Bällen. In der Gesellschaft befand sich an dem Abend auch ein Künstler, der wegen seiner hellseherischen Gabe bekannt war. Er schaute eine Zeitlang zu, wie diese menschlichen Figuren von den Bällen bombardiert wurden, worauf er, auf den sommersprossigen Jungen zeigend, bemerkte: ›Eines Tages wird ein Mörder aus ihm werden.‹ – Meine Frau wiederholte nun den Satz, der sie so sehr beunruhigt hatte. Es war noch Krieg, und auf irgendeine phantastische Weise schien es ihr, als ob ein Zusammenhang damit und der Bude mit ihrem Ballbombardement bestehe. Sie wollte diese Bude wiedersehen. Da wir uns aber nur schwer auf der ausgedehnten Wiese zurechtfinden konnten, fragten wir ein altes Weib, das Karten für ein Karussell verkaufte. Höchst erstaunt antwortete diese: ›Ja, wissen Sie es noch nicht? Folgen Sie nur der Menge! Gestern nacht wurde der Besitzer von seinem eigenen Sohn erschlagen.‹ Dieses Zusammentreffen von des Lebens Mysterium

Anmerkungen

214 *Arie des Cherubin:* »*Neue Freuden, neue Schmerzen*«: aus Wolfgang Amadeus Mozarts Oper ›Figaros Hochzeit‹ (›Le nozze di Figaro‹: Zweiter Aufzug, Nr. 11 Ariette »Ihr, die ihr Triebe des Herzens kennt« (»Voi che sapete che cosa è amor«);

217 *ärarische Montur:* staatliche Uniform, hier die offizielle Kadettenanstaltskleidung;
Retraite: vgl. Anm. zu S. 42;
Lüsterjäckchen: kurze Jacke aus glänzendem, etwas steifem Halbwollgewebe;

218 *verflachst:* von Sehnen durchzogen;

224 *Ringelspiel:* der österreichische Ausdruck für Karussell;
avancierte und retirierte: bedeutet eigentlich im Militärischen befördert werden und sich zurückziehen, hier vor- und zurückspringen;

228 *Plänkler:* Schütze oder auch Scharfschütze;
Teerjacke: (abgeleitet vom engl. Jack Tar, Hans Teer) ein Matrose.
Spitalsbruder: Landstreicher;
Brigant: Straßenräuber;

230 *Leichenbitter:* Person, die zur Beerdigung einlädt;

233 *detachieren:* einen Truppenteil für besondere Aufgaben abkommandieren;

235 *menagieren:* im Österreichischen beim Militär Essen fassen;
Adjustierung: Uniform, dienstmäßige Kleidung;

236 *equipieren:* veralteter Ausdruck für sich ausstatten;

249 *Gigerl:* Modenarr, Geck;

250 *gehaut:* im Österreichischen durchtrieben, listig, schlau;

257 *Aurea aetas:* das Goldene Zeitalter;

258 *Vedetten:* Feldwachen;

261 Pierre Joseph *Proudhon:* (1809–1865);
Max *Stirner:* (1806–1856);

Michail Alexandrowitsch *Bakunin:* (1814–1876);
Peter *Kropotkin:* (1842–1921);
Stanislaw *Przybyszewski:* (1868–1927);
John Henry Mackay: (1864–1933);
Aufdraherei: Angeberei, sich durch Geldausgaben wichtig ma- 264
chen;
chargiert: ausgeprägt; 266
Anstand: Rüge; 268
aufmischen: in Schwung bringen;
Alexander Petrowitsch *Iswolski:* (1856–1919); 271
Sergej Dmitrijewitsch *Sasonow:* (1861–1927);
Omladina: Serbischer Geheimbund zum Kampf für die Unab- 274
hängigkeit Serbiens, gegründet 1848;
agacieren: (frz. agacer) reizen;
Psia krew!: (tschechisch/polnisch) Hundsblut! (Hundsfott!); 287
Inquisiten-Abteilung: Gefängnisabteilung; 288
Kotter: Arrest; 289
Detachement: vgl. Anm. zu S. 233; 290
Zyklame: Alpenveilchen; 292
Auditor: öffentlicher Ankläger bei einem Militärgericht;
assentieren: vgl. Anm. zu S. 40; 294
Retirat: (Retirade) Abort; 295
Exzedent: Unfugstifter;
Tachtel: Ohrfeige;
Anstand: vgl. Anm. S. 268; 303
Alaunstein: ein Salzstein zum Blutstillen; 304
Kolatschen: (tschechisch) kleiner, gefüllter, Hefekuchen; 306
Buchtel: Gebäck aus Hefeteig, oft mit Marmelade gefüllt;
Mignonflügel: zierlicher, kleiner Flügel; 307
Schragen: Holzgestell;
Ausgedinge: Altenteil; 316
Ave atque Vale: Grüß Gott und Adieu!
Soffitten: vgl. Anm. zu S. 172; 317
Koriandoliblättchen: einzelnes Konfettiblättchen; 318
Libertinage: Liederlichkeit, Zügellosigkeit; 320
»Épater le bourgeois«: Den Bürger erschrecken;

325 *vagisches und sympathisches Nervensystem:* vegetatisches und autonomes Nervensystem (Nervus vagus und Truncus sympathicus);
Perisprit: Herkunft und eigentliche Bedeutung nicht ermittelt;
Aura: okkulte Vorstellung von einem den Körper umgebenden Lichtkranz;
Od: nach der naturphilosophischen Lehre des chemischen Technikers Carl von Reichenbach (1788–1869) eine dem Magnetismus ähnelnde Körperkraft, die das Leben lenke und von besonders Veranlagten empfunden werden könne;
328 *Parrizida:* Vatermörder.